散文卷 ———————————————————— 福鼎市文学艺术界联合会 编

新时期
福鼎文学作品选

Selected Works of Fuding's Literature
in New Period

海峡出版发行集团 | 海峡文艺出版社

图书在版编目(CIP)数据

新时期福鼎文学作品选. 散文卷/福鼎市文学艺术界联合会编. —福州:海峡文艺出版社,2017.8
ISBN 978-7-5550-1123-1

Ⅰ.①新… Ⅱ.①福… Ⅲ.①中国文学－当代文学－作品综合集－福鼎②散文集－中国－当代 Ⅳ.①I218.574②I267

中国版本图书馆 CIP 数据核字(2017)第 188805 号

新时期福鼎文学作品选·散文卷

福鼎市文学艺术界联合会 编

责任编辑 刘徐霖

出版发行 海峡出版发行集团

海峡文艺出版社

经 销	福建新华发行(集团)有限责任公司	
社 址	福州市东水路 76 号 14 层	**邮编** 350001
发 行 部	0591－87536797	
印 刷	福州德安彩色印刷有限公司	**邮编** 350008
厂 址	福州市金山工业区浦上标准厂房 B 区 42 幢	
开 本	787 毫米×1092 毫米 1/16	
字 数	380 千字	
印 张	25.25	
版 次	2017 年 8 月第 1 版	
印 次	2017 年 8 月第 1 次印刷	
书 号	ISBN 978-7-5550-1123-1	
定 价	46.00 元	

如发现印装质量问题,请寄承印厂调换

山海交响的乐章

谢　冕

　　福鼎，地处闽浙交界，人口 60 万，新石器时代就有人类在这里活动，清代乾隆四年建县，这里人杰地灵，集山、海、川、岛于一身，同时人文历史的山海也是交相辉映。鬼斧神工用在太姥山，很俗，也很贴切，肖神，肖人，肖物，这种景象，是天地人相互投射、相互印证的一种隐喻。有一组石头叫"二佛谈经"，无声的法音，芸芸众生，各得其解；另一组石头"仙人锯板"，仙人已去，留得踪迹，在岁月繁华中给人以启迪。尤其是云雾起时，人境，仙境，亦幻亦真；俗心，雅趣，自得其乐。

　　在福鼎，海不辽阔，依山而湾，沙埕、大白鹭、小白鹭、敏灶等连成一条曲折迷人的海岸线。潮水涨时，涌入城镇的溪流，咸淡融汇，若夕阳，若晨辉，熠熠生光；渔民或出海，或归来，各色船只荡漾；高速路，国道，火车轨道，疾驰的各种车辆，或桥上，或水边，山海交融，入眼入心。

　　在福鼎，山川起伏，葱绿连绵，溪流飞瀑，旧村新颜，点缀其间。闻名遐迩的九鲤溪，四周山势雄伟，密林中清泉流布，汇聚成两条大溪，环绕着村庄，交汇成一条。泛舟溪上，浪花飞溅，两岸青山颠簸着倒退，仿佛时光可以重来。

　　在福鼎，岛屿星罗棋布，海至深处，不显苍茫。嵛山岛的神奇在于顶上有两个天然淡水湖，曰大天湖、小天湖。湖边，万亩草场，春来绿意葱葱，秋至枯黄绵延。若星夜，天空、海上，点点繁星，交相辉映，可以俯仰，可以耳语，可以相忘。

山海交响，福鼎历来文人辈出。站在这片古老的土地上，我们可以看到前辈有林滋秀、杜琨等等，以诗文在历史深处向我们微笑致意，也可以看到改革开放以来，谢瑞元（已故）、薛宗碧、狄民、王祥康、白鹭等在八十、九十年代，或诗，或文，唱出了属于自己的歌谣，使现代福鼎文坛一点也不寂寞。这是地理意义和文学意义上的福鼎，我们站在静态的时间逻辑里可以对之发出更清晰的思考。

　　从九十年代末，福鼎的文坛开始更加繁荣。吴守峰、白荣敏、钟而赞、周宗飞、林宜松等等一个个涌现出来，而且涉及的题材也更加广阔，小说、散文、诗歌、评论全面开花。这些作者在全国各大刊物上频频露脸。

　　进入新世纪以后，70、80后作家汇入福鼎文学的大军，王丽枫、曾金珠、陈小虾、福林等等，这时候，福鼎文学呈现出了60、70、80甚至90，四个年代的作者交相辉映，一派繁荣的景象。

　　特别值得一提的是，福鼎的诗歌创作，据不完全统计，近十年来，福鼎有一千多首诗歌发表在《人民文学》《诗刊》等国家级、省级刊物，新世纪以来福鼎诗群蓬勃的发展势态，已成为享誉全国的"闽东诗群"中一支重要的生力军。

　　这套大型丛书是福鼎新时期以来文学的巡礼，文学是历史发展的文字影相，通过它，我们可以回到历史的现场，在岁月的年轮中启迪人生智慧，进而触摸这里的土地，这里的山川河流、人文气息。

　　祝福福鼎，祝福福鼎的文学。

2017 年 7 月 1 日于北京大学

目录

谢瑞元

──────────── | 作品

谢瑞元，笔名吟文，生于1931年2月23日，卒于2013年8月28日，福建省福鼎市人。中国作协会员，宁德市作协副主席。曾出版长篇小说《书院钟声》，散文集《女神的山》《渡头月》《红梅雨》。散文作品11次获得全国性大奖、《竹笠》《风雨渡》《故乡茶亭》等十多篇作品被收入《写作辞典》《新华文摘》《散文获奖作品集》《短篇散文选萃》及人民日报出版社《晨光短笛》等书刊。《竹笠》《风雨渡》还分别被收入浙江省中学教材、华东师大附中教材。

山 中 岁 月

我总感到，记忆虽已发黄，而那段山中岁月，是不该忘却的。

与山阔别，我的眼帘，还时时闪着山影。往事回首，令我一惊：从青丝到白发，岁月留下将近三十个年轮的印痕。而这印痕，却是烙在山岩上的。

一位美学家认为，人在山旁便是仙。因为山是空灵的，使人有飘飘欲仙之感。若是这样，我是合格的仙了：因为我非但近山，且是长期住在山中。

我一脚踏入深山，正是青春年华。在山重水复中，疏落着几座矮屋。在农舍用竹席一围，便是我的宿舍。离村居很远，搬掉宫里神龛上香炉，贴上毛主席像，便是学校了。开学伊始，筹借几张梳头桌，十来个学生坐着上课了。这是深山有史以来的第一堂课：时值 1952 年秋天。

乍一住在深山，我没有飘飘然的感觉，心情却是沉重的。每当晨昏，我凭窗听竹叶在风中寂寞地奏鸣。在我泪眼模糊中，竹鸡鸟啼着相思的曲子。这伤心、惆怅，是莫名的，说不出是为什么。

屋主女儿很伶俐。她可能窥见我心灵的忧伤，常在上山割草时，采一束野花插在竹笠上带下山来，供在我的案上，或采些野栗子，在山上烤熟裹在围裙里。当她把肩上那捆草卸下后，笑吟吟地用手捧给我。每次，我上城回来，她在村外茶亭等我，并替我挑东西。

山中花乱开，很难辨别时序。记得杜鹃花开时，我赶排歌舞配合搞宣传。家长们听说孩子演戏，笑得合不拢嘴，忙扛来门板在山坡上搭戏台。我用糖果纸作裙子的花边，女孩子们高兴极了。演戏那晚，山野火把星星点点，人们从四面八方赶来。

山中秋天，冷极了。何况，宫里又没有门窗。这时，又是农忙时候，学生们去拾乌桕籽，挖零落畦里的小地瓜。原只十来人，这时更少了。在寒风中苦读，学生们衣着又单薄。我"灵感"来了，"发明"了"打稻桶教学法"——用农民搁在门前的打稻桶，我们蹲在桶里上课，既能晒到太阳，又可避风。

一天，我正蹲在桶里讲课，一个老太婆爬上岭来，颤抖的手拿着信纸。原来，她想给远方的儿子写信。她恳求着说："哎！老师，我不识字，看黑黑，摸平平，真苦哇！"于是，我决心办夜校了。每当夜幕落下山谷，妇女们背着孩子来上课。一个妇女识了些字后，快活了，托人送来五个鸡蛋，叫我一定要收下，不然她是过意不去的。

几十年的山中岁月，磨炼我能耐得寂寞。久而久之，反而尝到寂寞的甜头：

每当夜晚，门扉一掩，窗灯一亮，幽深处有一种诗意的感觉。我怎么形容静呢？我只感四周的世界，是那么空旷辽阔，野外声音点点，都十分清晰。偌大的静包裹着我，压迫着我，我始而感到悚然。逐渐适应后，觉得它如浓酒，使我迷醉。俗谓"买安求静"，我系寒士，而这静却不用买的。此刻，我伏案备着三复式的教案，改着密密麻麻的课卷。每当倦时，泡一杯浓茶，慢慢儿品着，欣赏着窗前的山中舒舒朗朗的月亮。

1981 年秋天，我辞别了山。正是春晖寸草，怎能言报？如今，我每当见到远山，令我无限思念，愈感到她的美。这诚如美学家说的，是距离的美。但我不敢苟同的是，我不感到山是空灵的，我认为她是沉默的、实在的、倔强的。山给我的并非一味是飘飘欲仙的空灵感。我在山中有过痛苦，也有过欢乐。我认为，我才是真正的生活。

春 天 的 歌

牛背的笛声

晨雾逐渐消散，桐江里树影逐渐清晰了。哦！是谁这么早在桃园里培土？

他愉悦地听着什么？——从南岸传来了笛声。笛声跌落在水面上，流得很远、很远……那清澈的桐江，映着那骑牛横笛的倒影。这孩子是"牛司令"，头剪"一片瓦"，脸蛋儿圆圆。

早春二月，桐江两岸大闹春耕，大人、小孩都忙呐。瞧！那牛背上驮着各种果苗——桃、李、橘、柚……叫孩子怎么不快活呢?！笛声渡过桐江，传到北岸。这时，从北岸顺流而下，传来了笛声。啊！江里又映着骑牛横笛的倒影。这女孩叫笑妹，头扎羊角辫，脸如桃花。叫她怎么不乐——现刻，她们的植树计划超额完成了。

随着阵阵笛声，两岸传来一串笑声。啊！怎么叫人不欢欣呢?！——这梧桐之江变成百花江了。瞧！"牛司令"神气极了，挺胸凸肚的，朝北岸吹着。笛声化成淙淙的桃花水，奔腾着、激溅着，流进新开辟的百果园里。霎时，眼前仿佛呈现叶茂花红，硕果累累。此刻，笛声显得那么喜悦与自豪。笑妹是个犟女孩，怎肯认输呢?！笛声化成漫天春雨，浇洒着她心爱的百果园、万宝山，那芬芳的音符，显耀与骄傲地缓缓飞翔着，那意思仿佛是：百果园稀罕什么？我们种的果树不比你们少，还种了桉树、松树、柏树、樟树哩！"牛司令"听到北岸笛声，又横笛吹了起来。随着笛声的召唤，南岸放牛孩子围拢来了，抢着从牛背上搬下果苗，繁忙地栽了起来，并喊："比比吧，今天看谁栽得多！"笑妹听了，如火中撮盐，笛孔溅出激越的歌声，毫不示弱，表示应战！这时，老支书从桃园出来，哈哈笑说："好哇，来个栽树比赛吧！"

这时，早霞满天，桐江像被谁泼了胭脂，流着芬芳的桃花水，流着从牛背跌落的笛声……

吉祥草

三月清明，奶奶从遥远的山村，捎来一篮"鼠曲粿"。望着这篮嫩绿色的"鼠曲粿"，勾起我童年的记忆：

小时，每当三月清明，我提着竹篮儿，跟奶奶去采鼠曲草。它长在田畔、山坡湿地上，花儿淡黄，嫩绿的叶瓣儿上，闪着晶莹的晨露，密生洁白的棉毛，散发着清香。我们采撷时，心头充满着欢欣。这时，奶奶微笑着说："吃了'鼠曲粿'，'落春'了，农事便忙了。"每当采集到满满的一篮，在小溪边洗净，便晾在家里。

"鼠曲粿"是故乡"吃春"时节的主菜。奶奶是做"鼠曲粿"的能手。她把晒干的鼠曲草磨成粉，和在糯米粉里，用笼子蒸熟后，做成小巧玲珑的梅花、杜鹃、石榴等花形，然后拌糖或煮或炒，清甜美味。一种是把鲜鼠曲草蒸熟，和在蒸熟的粳米里，拿到村前水碓去舂。这时，大碓里闪着盏盏金亮的灯火。舂"鼠曲粿"的男女青年，盘着抒情的山歌，欢声阵阵，笑语频频，热闹极了。舂"鼠曲粿"的咔嚓声与流水的哗哗声，组成生活芬芳的音符，在绿色的田野上款款飞翔。朦胧的春夜月，也从云缝中露出欢欣的笑容，窥视着这幸福的节日山村。每当舂完一臼嫩绿、喷香的"鼠曲粿"，便放在厚而坚实的宽长垫板上，于是一阵繁忙的搓捏，做成各种象征吉祥、幸福的形状：宝塔、白鹤、寿星……在众多艺术品中，奶奶捏塑的形象栩栩如生，博得大伙好评。

奶奶对鼠曲草充满感情。她称它是瑞祥之草，吃了能避邪除病，人寿年丰。以后，我虽离了故土，居住城镇，每当三月清明，她总捎一篮"鼠曲粿"来，祈愿我一家也吉祥如意。

在童稚的回忆里，是一片充满明媚春光的芳草。我的相思化成一只彩蝶，永远迷恋着它。我想：农村如今已驱除了邪祟，奶奶愿望已经实现，吉祥草又长满山野了……

绿 色 灵 雨

山谷弥漫着淡蓝色的晨雾，雨是绿的。

绿雨是那么轻灵潇洒，晶莹闪亮。它洒在山坡的树苗上，洒在破土而出的春笋中，洒在秧田里。山谷幽静极了，只听绿雨在纵情歌唱，夹着牛儿梨田的吆喝声，并从远处丛林传来的机器声。

欢乐、甜蜜的绿雨在飘洒着。它敲打在屋瓦、窗扉、阔叶、竹笠上，如珠似玉，叮叮当当。在斜风细雨中，在漠漠水田里，那戴着竹笠、穿着雨衣在犁田的人们，神情是那么舒畅；牛儿倾斜着角儿在拉着犁。啊！山谷沉浸在绿雨的欢歌中。

家家屋里静悄悄的。绿雨敲打着锁闭的屋门。哦！春耕大忙，待在村头那幢楼屋里的是春生哥吗？他怎么眼睛失明了！——

去年清明时节，他在田里插秧时，忽见村西头制药厂失火了。他忙撂下秧苗，直奔失火点——冰片车间。这是真正的赴汤蹈火啊！在浓烟里，在烈焰中，他抢搬结晶槽，又从过道中滚出几桶六母油时，被烈火封锁在围墙的角落里。怎么办？——越墙，越墙，别无他路啊！他身材魁梧，只要就近登上油桶，完全可以越过三米高的围墙。这时，他神情是那么严肃，眼里闪射着无畏、坚毅的光芒，却忍着烈火燃烧的剧痛，用他那双有力的大手，将一个已攀着墙沿又无法翻越过去的姑娘，托上墙去。火势愈来愈猛，他正要越墙，发现两个女工个子矮小攀不上墙。这时，他双臂力乏了，便毅然蹲了下来，用肩膀将两人先后顶高，越过围墙。在一阵难堪的灼痛中醒来时，他已躺在医院里了。原来，他被烧昏倒时，人们砸墙而入，把他救出的。他灼伤严重，经医生抢救才脱险，但双目却从此失明了。他救的那个姑娘是翠妹。她是在制药厂附近田里插秧，看见起火先他冲入救火的……

绿雨不知人心事，这时由疏而密地下着。急骤的雨珠儿，在他窗前阔大的芭蕉叶上敲打着。听着雨打芭蕉，他英俊的剑眉紧锁了。裹在春雨声中，窗外频频传来吆喝牛儿犁田的声音。听着这优美的春耕二重奏，他仿佛了溶满香甜的桃花水的田里，犁叶如飞，泥浪滚滚。而他如今不能驾犁挥鞭在广袤的水田里驰骋。他是铁骨铮铮的汉子总不能事事让人代劳。哎！他顶得了繁重的农活，受得住烈火的考验，却承担不了这么多人的巨大关怀，尤其是翠妹的深情厚谊啊！

在急骤的雨声中，这时远处机声越来越近了。哦！是谁驾驶着拖拉机，从城里回来了！——哦！是翠妹嘛。她脸像野山茶花一样朴素，总含着腼腆的微笑。此刻，她仿佛感到有点儿急躁，拖拉机穿过雨帘，直奔村头而来。呃！可是，她怎么不入家门，却把拖拉机驶到坝头田里呢？……

从春到秋，她每发觉他胸闷、烦躁，似在无声叹息时，便搀扶着他沿着村前那条流水淙淙、桃红柳绿的溪堤上散心；朝朝暮暮，又如何排遣寂寞呢？她便把一只自己旦夕采野菜喂大的肥猪出售，买了收音机让他听；他一换衣衫，她便替他洗……一年来，她以一顶两，替他代耕代种，并无微不至地照顾他日常生活。

机声透过雨帘，传到芭蕉窗下。他听着春雨，心里正感焦急，只听机声愈来愈近了。他侧耳凝神地听着，分辨出是来自坝头田里，不禁惊愕了：呃！是谁替他犁田呢？他正猜想着，从远而近传来一阵脚步声。这脚步声是那么熟悉、欢快——哦！是他妈妈从田里回来了。她未到家门便欢乐地喊："孩子，不用烦了，翠妹替我们犁田啦！"他一听蓦地站了起来，探头窗外，两手激动得发抖，说："哦！妈妈，翠妹又替我们犁田？""是呐！孩子！"于是，他在妈妈搀扶下，来到机声隆隆的坝头田边。他朝机声方向喊："翠妹，你忙呐，怎么先替我们犁田？"机声突然停了，翠妹望着在绿雨中的母子，声音颤抖地说："你爸爸风湿痛，你又……"说到这里，她心里一酸，眼睛湿润了。啊！这梗塞心头的千言万语，这梗塞心头的万语千言，怎么吐露，又何必吐露？

山谷弥漫着淡蓝色的晨雾，雨是绿的。啊！飘飘绿雨，是她心灵的雨朱儿吗？它是如此圣洁、晶亮、甘甜，滋润着他焦急的心田……

竹　　笠

黄昏时分，我在竹乡迷路了。

面前是一片绿雾似的竹海，往哪儿走呢？我真是焦急极了。这时，由远而近，传来咔嚓咔嚓的脚步声。我抬头一望，是个畲家女孩，约十来岁，头

谢瑞元

扎红头绳，苹果脸儿，项系红领巾与缀一串彩珠，身背竹篓儿，着深蓝镶花宫装，正在沿途俯拾飘落的金黄色的竹叶。

我如在雾海见到航灯，欢喜极了，上前急问："小孩在，翠竹岩往哪儿走？"她蓦地抬头一愣："哦！同志，您上翠竹岩吗？我带路。"我感激地说："麻烦你了。"她不好意思地一笑："麻烦什么？顺路儿嘛。"我望着她的背篓，好奇地问："你拾竹叶裹粽子吗？"她指着头上戴的竹笠，哈哈笑说："不，做竹笠的衬里哩。"只见她头戴的竹笠，很玲珑别致：在那塔形的尖顶上，嵌着一颗闪亮的珠儿。竹笠上，画着闪闪的红星；竹笠里，衬着金黄的竹叶。笠绳系着一串五彩珠儿。我很羡慕，便问："这竹笠哪儿买的？"她自豪地说："是我仿照妈妈那顶编的。妈妈像我这么大，戴上这样的竹笠，当上红军小交通员哩！"我省悟道："哦，怪不得的！那你如今戴上这画着闪闪红星的竹笠，不也像个小红军嘛！"她甜甜地笑了，说："嗯！我们少先队员为了向老红军学习，在学校搞勤工俭学——自己编竹笠哩。"

夕阳从竹叶间筛下斑驳的碎影。归林倦鸟在啁啾着。她边拾着竹叶，边领着我走。约莫半个钟头，只听有人喊道："竹芯，快回来吃饭啰！"这时，她抱歉似地指着说："同志，您上翠竹岩，顺这条路走，不一会儿就到了。我回家去，妈妈叫我啦。"只见崖直站着一位头发苍白的妇女。我说："哦！是你妈妈吗？"她点头说："嗯！"又向我喊声"再见"，便飞也似的跑了。

我爬上坎坷山路，便到翠竹岩畲寨了。只见座座木屋亮着灯火，三五成群的畲家姑娘在编着竹笠。我找到畲村小学，蓝竹青老师一见惊喜地问："您怎么认得路？"我把途中经过说了。她哈哈大笑，说："竹乡无门都是路——幸亏您碰到我的学生，不然要在林中过夜哩。"说罢，她带我登上木屋。楼上很宽敞，有教室、宿舍、劳作室。只见劳作室里，堆满斗盘、竹笠。那竹笠编有各种花形图案：桃花、杜鹃、梅花、石榴……那千万条嫩绿的竹丝，交织着孩子们勤劳与智慧，幸福与欢欣。蓝老师指着窗下一架简便的机器，说："这架破竹机，是我们设计的。这道工序解决了，速度快多了。"又说："编竹笠是畲乡的风俗习惯。编出各种花形图案，象征着吉祥如意，岁月如花啊！"

这时，窗外春雨潇潇。她探头窗外，关切地说："怎么忽然下起雨来了？"说罢，向我笑说："少先队员们利用劳动课和课外时间，搞勤工俭学。她们拿编竹笠的收入，解决了学习用品等问题哩。今天是假日，晚上会来编竹笠的。"我说："又风又雨的，恐怕不会来了吧？"她像发现了什么："喏！不是来了吗？"我探头窗外，只见竹林中盏盏风雨灯在闪亮。不一会儿，一群天真活泼的畲族女孩，便跑上楼来了。竹芯一见到我，高兴地说："同志，我晚上编顶竹笠送您！"畲家女孩如此好客、热情，使我深受感动。我说："谢谢！"她又羞涩地说："谢什么——自己编的！"蓝老师也说："对！同志老远来到这儿，你编顶竹笠给他留作纪念吧！"她"哦"了一声，蹦蹦跳跳地跑了。

我频频呷着糖茶，浏览着案上报刊。过了一会儿，正想去看她们编竹笠。忽然，竹芯捧着竹笠来了。她含羞地说："编得不好，给您吧！"我珍重地接过，抚摩着说："谢谢！"她不好意思地跑了。

窗外风雨更大了。她们编完竹笠，提着盏盏风雨灯就要走。我拉着竹芯的手，说："风雨这么大，你们等会儿吧！"她哈哈笑说："我们学习老红军，长征路上不怕风不怕雨的！"说罢，把竹笠一戴，喊声"同志，再见！"便顶风冒雨地跑了。俄顷，背影消失在夜色中。

我正深情地抚摩着竹笠，夜风送来谁家木屋的笛声与歌声："小小竹笠画红星，想起当年风和云……"歌声叩开人们记忆之窗，我的神思驰往遥远的当年，仿佛看到竹芯说的那个戴竹笠的红军小交通员。

如今，小交通员已成为鬓发苍白的老母，然而她的后代——竹芯和女孩们系着红领巾，戴着绘有闪闪红星的竹笠，顶着风雨，仍然行进在老红军踏过的道路上。

夜深了，风消雨停。月亮的清辉在绿雾似的竹海上闪烁、荡漾……

谢瑞元

9

渡 头 月

　　我搭维修船抵马渡头。抬头一望，月已挂在渡头老榕树上。

　　一脚踏上渡头，我的心情有点激动。岁月不曾冲淡了记忆，昔日这儿是两三星火的古渡，如今变成灯火繁华的维修船只的大码头了。没有老艄公的指引，我简直找不到钟圣贞家。往日，在渡头老榕树下，只有一座孤寡老人的茅舍，两三座畲胞住的老屋。畲胞自称"山客"，大都是在深山务农的，而这儿却是捕鱼的。

　　我正赞赏着畲胞新居，钟大爷来开门了。他始而一愣，继而认出来了，快活地："哦！是你！"老人知道我爱海，把我带上三层楼临海露台，搬来藤椅让我坐。正当炎热盛夏，而这儿却异常凉爽。我正欣赏着渡头月下这金峙门里如画的港湾，老人笑哈哈地捧上一杯糖茶。我呷了几口，忙问："大爷，圣贞呢？"老人笑指桨声灯影的繁华港湾，说："她在船上钓'丝鳗'哩。"

　　踏着渡头月，我在岸边寻找钟圣贞。忽然，在不远的海面上，传来清脆的渔笛的声音。啊！这相思的曲调是多么熟悉。这时，一段往事不禁浮现我的眼前：

　　十年前的一个夏夜，我跟当时正青春年少的钟圣贞在这海上泛舟垂钓。她钓了一会儿，坐在船头，对着渡头月吹起了这只曲子。不久，在不远的一只钓船上，传来山歌声。那末尾两句是："飞上银河打个转，落到心里只一人。"歌停，那船上传来一阵笑声。这时，钟圣贞面颊上两朵红云，羞涩地低头笑了。原来，那唱山歌的后生仔，是来这儿作客的畲山人，叫雷朝生。一锤定音，两人从此一见钟情了。后来雷朝生家连吃饭都成问题，怎能成家立业呢？他一生气，便远走他乡，毫无音讯……

　　愈来愈近的渔笛声，把我从回忆中惊醒。我抬头一望，只见一只渔船靠近岸边了，那个坐在船头，对着渡头月吹渔笛的，是钟圣贞。我忙喊："圣贞！圣贞！"一听喊声，渔笛声停了。她抬头朝岸上望，一见是我，忙摇船拢岸了。我一跳上船，她忙用笑脸来掩饰刚才从笛声中流露出来的心灵的伤痕，说："啊！你来了！"我一注目，只见她原是苹果形的脸变瘦长了，头缠一绺红头绳，穿深蓝镶红边宫装，裙带飘飘，显得很潇洒。久别重逢，她特别热情，忙蹲在小灶旁，生起火来，笑说："你不是爱吃'蒜炒丝鳗''清炖鲙鱼'吗?!"这两样菜是这儿特产。在这港湾的'丝鳗'与鲙鱼，因为是半咸淡水，所以味道非常鲜美。不久，船上飘散着香味，她愉悦地把酒菜摆在舱面上。我呷了几口酒，尝了几箸菜后，想探问雷朝生的情况，又恐怕触动她心灵的伤痕，欲问又止。她见我吞吞吐吐，已察觉到了。她望着渡头月，喟叹说："哎！时间过得好快的。"我点头说："一晃将近十年了！当年的情景，好像在眼前一样。那年，我听到雷朝生走了，替你难过哩。如今，他回来了吗?"一提到雷朝生，她和当年一样，感到羞涩了，面颊蓦地飞上两朵红云。片刻，她又抬头望着渡头月，笑说："他早回来了。现在人家富了，我配不上了。"我顿感心宽了，笑说："你不是也富了吗?!呃！几时有喜糖吃?"她幸福地抿嘴笑了。

突然，一个念头跳进我的脑里：桂花开在群芳之后。她和雷朝生，都是已到而立之年了。她俩的爱情，从春华到秋实，经受了时间的考验，散发着成熟的香味。啊！这不是很像迟桂花——越到老秋，愈发芬芳吗？

想到这里，我不禁一乐，笑说："我送你一件有意义的礼物。若是今年秋天，我折一枝迟桂花送你——桂花越迟越香！"她会意地笑了："算你猜着了，是今年秋天。"我乐得一仰脖子，干了一杯酒，笑说："愿有情人都成眷属，祝你俩从此永远幸福！"

这时，我抬头望着渡头月。啊！久分必合，月缺月圆——从今夜残缺的新月中，不是隐约看到中秋月圆了吗……

风 雨 灯

每当夜晚，在畲乡的田野里、竹林中、山径上，闪亮着盏盏风雨灯。

谢瑞元

这种风雨灯，看来很简陋，只在一个玻璃罐中装着一个灯芯设备，可它最合人们的心意。因为，上畲乡夜校的，都来自无边的竹海，星散的村落。每当墨黑的夜，风雨之夕，更兼山路坎坷，简直无法行走。带上了这种风雨灯，既光亮，又不怕风雨；既宜于照路，又能照着上课，可真是最理想的了。

一盏，两盏，风雨灯亮了。每当上学时，散学后，在田野里、竹林中、山径上，盏盏风雨灯闪亮着，宛如天上的繁星！望着这闪亮的风雨灯，我不禁想起早已过去了的年代：在那风雨如磐的暗夜，人们翘首山中那座木屋，盼望着从那里闪现一粒金亮的灯火。这是希望的灯火，战斗的灯火。每当夜色深沉，木屋里亮起灯火时，人们便不约而同地来了。大家轻轻走上楼去，坐在光亮的风雨灯下，围着一位飘着银须的老红军爷爷，老红军爷爷盘腿坐在竹榻上，怀里抱着"嘭嘭鼓"，慷慨激昂地评唱着。战斗的鼓声，激动着穷人的心魄，却吓坏了敌人的胆。叛徒跑去告密了。突然，一阵枪声震畲乡。老红军爷爷为了掩护他的女儿蓝翠竹脱险，自己却牺牲了。然而，老红军爷爷留下的那盏风雨灯，是风吹不熄，雨打不灭的。不久，蓝翠竹便接过那盏风雨灯，把密件藏在发髻里，来往于深山密林，为红军捎带讯息……

一盏，两盏，风雨灯闪亮着，从漫漫的长夜照到黎明。啊！风雨灯，你是战斗的灯，革命的灯。革命的红灯永远闪金光，革命的红灯代代传：哦！是谁在木屋里，又高擎起当年老红军爷爷的那盏风雨灯？那面容酷似蓝翠竹的姑娘又是谁呢？——那是蓝翠竹的女儿，名字叫蓝杜鹃呐。她手中的那盏风雨灯，又是从她妈妈蓝翠竹手中接过。当年她妈妈从老父亲手中接过风雨灯，一边为红军捎带讯息，一边又继续活动在深山密林的木屋里，向乡亲们宣传着革命的真理。有一天，她不幸被敌人的便衣队逮捕了，便衣队从她发髻里搜出了地下党的情报。于是，各种刑罚暴风雨般降到了她的身上。可是英勇的蓝翠竹呵，紧咬牙关，不吐半个字，直到英勇牺牲……

一盏，两盏，风雨灯闪亮着。多少个夜晚，蓝杜鹃呵，你在木屋里为乡亲们智力扶贫，讲授种田的科普知识。人们记忆犹新：去年春天，畲乡人们决定开凿"红军洞"，来灌溉新开辟的水稻田、花果山。哦！今夜，木屋里干吗张灯结彩，锣鼓喧天？蓝杜鹃呵，你干吗头簪红花，穿着镶红边的节日盛装，系着象征喜庆吉祥的裙带？啊！你高擎着的那盏风雨灯，今夜又为什么灯芯结蕊、爆花？难道有啥喜事吗？——是啊！是啊！畲乡扫盲工作达标，获得奖状啦！一盏、两盏，风雨灯闪亮着，欢笑着。在木屋里，风雨灯下，蓝杜鹃呵，你又在讲授种田的科普知识，那声音似银铃，似莺啭，飘荡在无边的竹海……

　　一盏，两盏，风雨灯闪亮着，在木屋里，在田野中，在人们的心上。呵！它比往日更璀璨，更辉煌，宛如天上的繁星！

东 海 捕 鲨

　　我一脚踏上腥气与咸味交织的捕鲨船，大爷便捧来一大海碗的鱼片粥。在粗犷而爽直的捕鲨人面前，吃鱼是不必客气的。倘若小家子气地吃，反而是犯忌的。我故意问大爷的孩子："你不怕鲨鱼吗?"大爷拍拍他厚实的肩膀，赞道："这黑仔人小胆大，是我的好帮手哩！"又说："鲨鱼凶，可它只吓唬胆小的人！"这话在我的心扉上一撞。

　　捕鲨船一出沙埕港，便见大海的广度与力度了。啊，茫茫无边，洪波涌起，那撼人心魄的巨浪迎面压来，天地震动了，摇晃了。飞浪激溅，啪啦啪啦，如子弹射进船舱，我顿感头晕目眩。哦！大海的性格，并不是都像抒情诗那么温柔。此刻，大爷关心而含蓄地问："你尝到大海的滋味了吗?"我苦笑着说："我长久想着大海，可如今一见到它，却有点害怕了。"大爷仰面哈哈大笑："这说明你尝到大海厉害的滋味了。"

　　船在波涛中颠簸得厉害，而大爷立在涛头浪尖，却谈笑自如。可能因长年累月同风浪搏斗的缘故吧，捕鲨人在纵谈中声如洪钟，显示出大海一样粗犷、豪放的性格。这时，我清醒了点，也同他们谈了起来。我的话题自然离不开鲨鱼。一提起鲨鱼，大爷显然乐了，说："鲨鱼种类可多了，什么昂鲨、蛤蟆鲨、犁头鲨……其中昂鲨块头最大，其次算蛤蟆鲨了。昂鲨体长，梭形，

谢瑞元

尾柄细，常在'牛尿水'中起浮追食小鱼小虾。"

东海日出，把光亮溶化在朦胧的晨雾里。那金色的雾，扩大到无边，忽然，"望鱼台"上传话："左前方七百米发现鲨鱼！"我惊喜异常，屏住气，不眨眼，却没看到什么。大爷理解我此刻的心情，忙指着前方海面："莫急，你看那边溅起水花，正是鲨鱼张口掠食鱼虾。"我顺着他手指的方向望去，果然有条大鲨，黑黛色的背鳍像屋脊一般。这时，大爷俨如临战时威严的指挥官，果断地将手一挥，敏捷地跳入舢板船。跟大爷在浪尖上滚大的黑仔，也一跃而下，两人轻轻摇着橹向昂鲨靠近。此刻我为他俩担惊受怕，心想：这鲨鱼若稍一使性，这俗名"舢板仔"的小船不就底朝天了吗？

我原以为鲨鱼是弱智的，不料它却很机灵。这时，它见舢板船靠近，突然翻了一个身，尾巴一扫，潜入水里，海面只留下一道深深的波谷。舢板船像疾风中的一片落叶，时而浮起，时而沉下。海浪咆哮，浪头扑进船舱像要扫荡船上的人。忽听舢板船上大爷喊道："把稳橹！"话刚落音，大昂鲨又露出水面。大爷判断惊人地准确，这是多少经验的积累呵。此刻，舢板船从鱼尾靠近大昂鲨。说时迟，那时疾，大爷手中锃亮、锋利的"昂鲨钩"，猛进捅进了它的腹部，动作迅速、利落。顿时，大昂鲨在水里流着血翻滚、挣扎，发出刺耳的"呼噜"声，拖着缠在钩上的绳索，疾如离弦之箭，向深海逃去。顺着鲨鱼使性，舢板船也快若流星在后边追赶。受伤的大昂鲨拖着舢板船狂奔，不久逐渐减速，最后终于筋疲力尽了。大爷手一挥，大喊一声："收绳！"捕鲨手们忙碌地收拢绳索……

我想，如何收拾这庞然大物呢？当鲨鱼被拖近捕鲨船时，八条汉子手拿大刀与铁钩，威风凛凛地站在船头。这时，只见手拿大刀的汉子，把鲨鱼分段砍开。每砍一段，汉子们便铁钩齐下，把那段鲨鱼拖上船来。装满鲨鱼的捕鲨船，此刻也装满欢乐的渔歌。

大爷起钩后便上捕鲨船来，喜悦之情溢上他那久经风霜的脸。我忙笑问："大爷，这条大昂鲨有多重？"他撑开拇指与中指，在鲨鱼胸部边鳍上丈量了宽度后，比划着回答："估摸一万多斤！"我惊奇地问："不用称，怎么知道？"他风趣地说："我的手便是一杆秤呐。"他从腰间解下酒葫芦，脖子一仰，咕噜咕噜地豪饮着。

眼前这位捕鲨老英雄，以及他那惊险的捕鲨战斗的场面，令我终生难忘。

这时，黑仔喜悦地走来了。大爷一见，故意把脸一沉，说："胜不能骄！"他望着眼前无边的涛头浪尖，脸霎时又变得严峻了。片刻，他对黑仔说："孩子，我老了，将来得由你们来开辟新的捕鲨航道了！"

啊！万里扬帆，捕鲨船又将远征海洋……

风　雨　渡

起风了，又下着雨。我赶到渡头，只见暮色四合，水天茫茫，不禁愣了：今夜能赶到水乡吗？

我沿岸找渡船。只见一株老榕树下，系着一只小船。我欢喜极了，上前急问："有人吗？"船舱里钻出个系红领巾的小姑娘。她约十二岁，头戴尖形渔乡斗笠，着玄色短袄主，赭色裤子，调皮地说："人不是在这里吗？"我忙改口说："哦！不，我是问有人撑渡吗？"她望着我，黑亮的眼睛一闪一闪的，显得大胆、活泼，说："我就是！"我既喜又忧，说："哦！你？……"哦！这个带咸气的大海女儿生气了。她一撅嘴说："怕，你就别搭船！"我不禁伸伸舌头暗自嘀咕：哎呀！这小姑娘脾气可大呀！

风雨更大了。雨珠儿沿着斗笠滚落，打湿她的衣裳。她把斗笠摘下一甩，重又戴上，便一点竹篙，"啪啦"一声，船靠岸了。她挺小心地扶我上船。船逆着风行。她显得很从容，熟练地扯起风帆，把舵一转，左舷"哗"地高高卷起一道浪花。"同志，别怕，坐稳！"船儿逆着风浪，倾斜得厉害，沿着之字形航道，在浪里迂回曲折穿行。我想：她的操舵技艺还蛮高明，可不该小看她哩。

我迷迷糊糊醒来时，风平浪静了。我推窗一望，只见云开月出，大海迷蒙处隐现一抹如黛青山。我往船尾一望，只见她稳把着舵，在风雨灯下看书。

谢瑞元

发上用彩布扎的红箍,像火苗儿一样,在微风中飘动。这时,她蓦地抬头,哈哈笑着,说:"怕风浪吗?"我故意逗她说:"怕。你呢?"她又哈哈笑了,说:"敢做瓢子不怕汤,敢做艄公不怕浪!我跟爷爷学操舵,出过大海,这港里一丁点儿风浪算什么呢?"这时,我眼前仿佛掠过去迎接暴风雨的海燕,不禁夸赞地说:"你像海燕一样勇敢呐!"提起海燕,她感到无限向往,笑着说:"我爱海燕,我爷爷替我取名儿叫海燕呐!"我望着她,问:"哦!海燕,你爷爷哪儿去了?"她自豪地说:"今儿是假日。学习雷锋叔叔,爷爷上城去买机器,我替他撑渡啰。"我笑了,又问:"哦!这渡船如今也准备用机器吗?"她认真地说:"同志,如今水乡要奔四化,能揽着这根橹儿不放吗?"她这么一提,那往昔苦难的"连家船"的影子,不禁在我脑海里浮现了:

这是挂着一支小帆的流浪船。它长不足两丈,宽不过七尺。船儿在东海上漂游着,无日无夜。它踏过多少惊涛骇浪,度过多少风风雨雨的白天黑夜呵。那发上用彩布扎着红箍的渔家小姑娘,日夜揽着橹儿,帮助爸妈摇橹,在海上漂过了一个朝代又一个朝代……

想到这里,我忙点头。说:"是呀!你们这一代,再不能像祖辈老揽着橹儿在水上漂。眼下,你在校里要好好学习,将来要掌握先进的科学技术,去斩风劈浪,征服海洋!"她连连点头,说:"嗯!爷爷也这么说哩。现在,我学习雷锋叔叔,正利用课外时间,学习技术呢!"说着,她把手中的书往我面前一摆,说:"我姐姐是轮机员。这是我向她借来的《机帆船驾驶法》。"我赞赏地说:"好哩!将来水乡需要你,你一定能成为一个女轮机员!"她甜甜地微笑了,说:"嗯!爷爷也这么说哩。"

真是风顺船疾,不觉船已入港了。只见水乡桅杆如林,滩上鱼篓成堆,岸上楼房层叠,灯火辉煌……好一个繁忙热闹的水乡啊!

上岸了,她帮我找到了旅社。黎明,我被响亮的螺号声唤醒,推窗一望,只见一对对机帆船划破银色的波浪远航了。我仿佛看见那个小姑娘坐在机舱里,正驾驶着那奔腾在海洋上的"骏马",似强箭离弦射向那金色的远方……

水 上 婚 礼

黛色的云沉下去，黎明醒来了。哦，白昼是被桨声吵醒的吗？

此刻，水乡的连家船，并排地停靠岸畔，在缕缕的炊烟里，裹着吱吱吱的杀猪声，鸡鸭的叫声，人们的欢笑声。

水面又诞生一只连家船了。它彩绘完毕，舱门贴着大红喜字，并缀着红花。连脸胡的肖大爷，穿着肥大的赭色龙裤，擦着鱼叉，还给它系上红绸子。他的老伴在催她的孩子黑仔上迎亲船。黑仔剪短发，高鼻梁，厚实的胸脯，仿佛装得下大海的波涛。他穿着便衣、龙裤，显得挺俊的。一望远海，又一瞧手表，他便跳上那只张灯结彩的迎亲船，两个渔家姑娘也跟着跳上船。迎亲船在鞭炮声中，向海上疾驶。

海上的帆影，逐渐清晰了。红日、碧海、赭帆，大海如一幅明媚的油画。那站在船头摇橹的黑仔，眼睛挺尖的，他发现远海上一粒红点，船儿便直朝那个方向奔驶了。

红点愈来愈大了。那舱门扎着红绸，也缀着红花的船，是载新娘来的。新娘名叫岩花，大眼仿佛涌着波涛，挺大胆、泼辣的；穿着枣红大领上衣，系枣红裙子。船上一个后生仔摇橹，还有两个渔家姑娘做伴。此刻，岩花低眉想起离家出嫁的情景：

昨夜，她爹妈在船上备了酒席，请亲戚和她的女友们来喝杯喜酒。酒过三巡，锣声响起。锣响一声，她哭了一句。按渔家风俗，渔妹子出嫁，难舍共同浮沉的家，伤心了。新娘越会哭，哭得越好听，来年养下小仔长大后，一定很会捕鱼。她在唱《哭嫁歌》中，从爹妈哭到兄弟姐妹，表达出嫁依恋的心情，并表示回娘家之日的欢欣与希冀。

急促的桨声，惊醒了沉思。她蓦地抬头，见迎亲船驶近。她心跳得厉害，萌生出一点儿羞涩。"啊哈哈！"双方船只都爆发出笑声。当两船并拢时，岩花一昂头儿，要跨过迎亲船。同船的两个姑娘却故意把她拦住。黑仔急了，

谢瑞元

正要过船来接，却也被同船的两个姑娘拦住了。一时，船在海上打着转儿。黑仔急中生智，忙用桨伸过去。岩花一脚踏上桨儿，正要跳过迎亲船，不料脚下一滑，跌落到海里了。黑仔一慌，赶忙跳进大海，把岩花抱到迎亲船上。黑仔又把手镯套住她的手腕，于是迎亲船上的鞭炮炸响，驶向渔港。

水乡愈来愈热闹，愈来愈忙碌了。殷红的糯米酒启封了，鱼肉、鸡鸭肉、猪头肉下锅了，满船散发着浓郁的香味。按水乡习俗，中午以猪血为主菜，叫"猪血午餐"。并排的各只连家船上，用鱼篮当酒桌，宾客们围坐在舱板上大声谈笑。顷刻，猪血汤、猪头肉等几样菜上"桌"了。几桶蒸得香喷喷的米饭，放在"桌"旁。到连家船上吃鱼，可不能小家子气，要筷子打横大块块地夹，预示海上丰收的好兆头。接着，各船开始猜拳，用大碗斟酒干杯。新郎、新娘的船上，闹得特别欢。

"闹夜饭"是水上婚礼的高潮。暗蓝的天幕上，嵌着一轮淡黄的圆月。月光如银蛇在海上旋舞着。那只作为洞房的连家船，舱中点燃红烛。彩电、电唱机一齐播放。筵席开始，四两肉、红烧鱼等主菜上"桌"了。"闹夜饭"以酒、鱼、肉为主，不吃饭。闹洞房"做条件"后，盘歌开始了。黑仔咧嘴笑着，沉思片刻，用洪亮的声音唱起了歌头："唱歌要唱唱歌头，咸水歌儿唱出喉；三更捕鱼四更富，五更岸上盖高楼。"歌声唱出水乡新一代立业的壮志。接着，一支支咸水歌，飞出船舱，溅落海面。肖大爷拿出鱼叉，站在黑仔面前，说："鱼叉一代传一代，这柄鱼叉就传给你吧！"黑仔接过鱼叉，心潮起伏。

夜深、筵散，黑仔同岩花还搂肩伫立船头。明儿，这只水上新诞生的连家船，要万里扬帆了……

薛宗碧

————————|作品

薛宗碧，1942年出生，北京大学毕业，现居福建福鼎。福建作协会员。历任福鼎市文联主席、福鼎市政协秘书长等职。1996年被选为第六次全国文代会代表。出版诗集《越过山水》、散文集《太姥游踪》等。

父　亲

　　父亲去世十年整了，我一直没能为他写一篇纪念文章。多少次提起笔，又放下，因为他实太平凡了，而且他的儿女们跟他一样平凡。自古道："父贵子荣，子贵父荣。"这两者他都没有沾边，写什么呢？写了又有什么意义呢？然而，不写，我的良心时时受到强烈责备。

　　在我的记忆里，父亲的身体向来不好，常闹心口疼，闹眼睛疼。心口一疼，特效药仅是白曲炒鸡蛋；眼睛疼，就用糙纸浸生尿外敷，有时莫名其妙地让隔壁堂嫂用灯芯草刮眼帘，刮得血肉模糊的，怪吓人。后来我知道，他是患胃病和沙眼。他六十三岁那年，胃疼得厉害，在床上打了两天滚。赤脚医生看情况严重，才送他到县医院。医生诊断胃穿孔，要开刀，家里人不同意，说是六十甲子吃透，不算夭寿，死在手术台上，便是十伤的鬼。我坚持动手术，他总算捡回一条命。八十岁那年秋，他得了感冒。"七十三、八十四，阎王不叫自己去。"大概他也信这句话，一开始就不肯看医生，也不让弟弟们告诉我，怕我忙，影响了工作。过了一个星期，弟弟们感觉不妙，背着他给我打电话。我立即请了城里的医生一起赶回乡下老家。医生开了药，我再三吩咐他一定要吃，他只说了一句："我晓得，不要着力了！"因为有紧急的事要办，我先返城。次日，我又让医生同行。快进村，远远遇见堂叔，他念道："去了，去了，人死灯灭。"到家里，只见父亲安详地躺在床上。二弟讲，昨天他就是不吃药。夜里，兄弟四个守着他。他们聊着聊着，过了子时，突然警觉，摸摸父亲的鼻息，他已断气了。他走得那么平静，没有惊动任何人，恰似油灯熬干了油一样。

　　我和父亲父子一场，却从来没有很好交谈过，他的内心世界什么样？我不了解。在家里，我几乎没听他说过什么，或者发过脾气。从我懂事起，他没打过我，也没骂过我；没哄过我，也没夸过我。对我的弟弟姐妹们，也是如此。这是疼爱吗？我想是的。我读书很迟，十五岁小学毕业，母亲不让我升学，理由是家里生活困难，父亲没有表态，我自己死活要读下去。初中上高中，母亲又以同样的理由反对，父亲还是没有表态。我据理力争，说服了母亲。高考报名，母亲说："别报了，考中也没有用。"我恳求试试看，如果侥幸考上了，不念还不行吗？母亲勉强同意，父亲依然没有表态。想不到我真考上了，且是名牌大学。我对自己的承诺负责。但是心里非常痛苦，天天躺在床上，像生了一场大病。母亲动员我去学艺，父亲照例没有表态。他为什么总是没有表态？我猜测无非是母亲已反对，他如果不反对，拿什么供我升学？他如果也反对，我还有升学的希望吗？所以，只好来个不置可否，凭母亲一人去应付。他是聪明的，用心也良苦。最后，是社会帮我圆了大学梦。

一位名人说过，老实是无用的别名。父亲的老实是乡里公认的。我没有听说或者看到他与村里任何人红过脸、吵过嘴，也许他自认为人微，压根不具备这种资格。有一回，我和父亲就在河里罾鱼，一条足足斤把重的鳊鱼跳到河滩上，一个年轻人眼疾，猛扑过去，鱼儿一挺跳回河里。父亲眼疾手快，一把便逮住它。年轻人硬说是他先发现的，父亲二话不说法，把鱼给了他。我很不服气，父亲说："为一条鱼伤了和气，值得吗？"一年夏天的傍晚，刚吃了饭，父亲便拉起小罾，叫我拾上竹篓跟他去。我们来到村边小池塘，把小罾放下水。小池塘平平静静的，水很浊，罾什么鱼？不久，水突然湍急而下，似乎上游在发洪水，随之，金钱蟹像秋天的落叶一样飘来。我惊喜得不知所措。父亲两只手飞速地抓，我也学着，四只手不停不歇，转眼间竹篓装不下了。我背着回家，村里人看见，纷纷拿了工具赶来，父亲为他们腾出好位置。当晚，大家满载而归。次日早上，我给几家没有上小池塘的乡亲送去我们的胜利品。那一天，全村飘着金钱蟹香。乡亲们对父亲的尊重，可能就是因为他的忠厚老实，与人无争。父亲晚年，无论谁家办红白喜事，都少不了拿好吃的孝敬他老人家；他出殡时，全村人为他送葬。

以我的理解，父亲这一辈子根本就不知幸福为何物。他六岁失恃，八岁无怙，孑然孤哀子，寄养在他叔叔家里，叔叔家里人口多，生活和困难用一句话概括：有上顿，没下顿。从小干活，从小吃苦，没爹没娘，向谁倾诉？有了家庭，应该是幸福了吧？然而，这于沉重的家庭担子很快把幸福压到地底去了。在我长大后离开家之前，父亲好像没吃过白米饭。一年几担谷子，全都换成地瓜米，以细兑粗，图的量多，但仍糊不住一家人的口，大饥荒年，四弟差一点饿死，不得不过嗣给单身的堂叔。父亲饭量颇大，一碗饭在三五口就落肚，几乎不用下饭菜，瞧他的吃相，还以为在吃美味佳肴哩！20世纪70年代初，我从浙江调回福建老家，叫父亲进城住几天。头天中午，我到食堂给他打半斤大白饭，一毛红烧肉。他把饭吃了，肉却剩下三分之一，问他怎么不吃光？他说："一顿配这么多肉，贼吃的！"一句话噎得我鼻子发酸。父亲平生无嗜好，最奢侈的享受是抽一袋旱烟。旱烟上火，水烟不上火，可水烟贵，他舍不得买。他的生活目标——不让全家挨饿，把孩子拉扯大，自己再苦也能忍受。

过了天命之年，父亲就丧失了劳力，晚年，身体一直很羸弱。不幸的是，在他六十五岁时，五十九岁的母亲瘫痪了。弟弟们务农，没能力请保姆，我亦负担不起，照顾母亲的责任便落在父亲一人身上。瘫痪的病人，自己不能动弹，一个姿势躺久了，就难受得痛苦不堪。瘫痪的人最怕身上长褥疮，父亲不得不为她勤翻身。据父亲说，大概一刻钟要为她翻一次身，白天间隔短一点，晚上间隔长一点，一天至少六十次以上。更累的是，抱她上马桶。他们没地方住，睡在旧房子的暗楼上，人站起来伸不直腰，跟关在笼里没有两样。有时，父亲很想下楼透透气，不到十分钟，母亲便大声呼叫。一天如此，一月如此，一年如此，十年如此，直至母亲过世。这十年是父亲为减轻母亲的痛苦而自己痛苦折磨的十年。每次我回家探望他们，父亲从无一句怨言。邻居们无不称赞他好耐性。母亲走的第二天，我才赶到家。当时正值夏收夏种，弟弟们为不误时，一早下田抢收稻子。一进门，我听到父亲号啕之声，上暗楼，见他与母亲躺在一起，满脸涕泪，那样地伤心，那样地动情，他一定是想起母亲一生的种种好处，想起两人相濡以沫支撑一个家庭的种种苦难。我劝他别哭坏身子。母亲走了也是彻底的解脱，他哪里听得进去？反而哭得更厉害。还有什么比一个老人发自内心的痛哭更让人撕心裂肺的呢？

母亲走后，父亲过了几年轻松日子。其实我清楚，他生活得并不轻松，一个人，太孤单、太寂寞了，到兄弟几家轮着吃，诸多不便，只是他不提而已。

父亲实在是太平凡了，平凡得像一粒泥土，但在我的心目中，他是一座山！

2003 年 9 月

母　亲

父亲八岁便成了孤儿，寄养在他细叔家。他能成家立业，完全归功于他的亲姑姑——我的外婆。外婆怕娘家断了香火，只好委屈自己的大女儿。村里人说，母亲是鲜花插在牛粪堆，可我从来没有听过她一句怨言。她是一个认命的人。

在我的印象里，母亲是家庭的主事，父亲一切由着她，她把家操持得有条不紊的。我的兄弟姐妹多，五男二女。我们穿的戴的，无不是母亲手工制作，大人穿过的旧衣服，改改缝缝，便成了孩子的新装，大的孩子不能穿了，翻新一下，给小的孩子穿。我们的鞋子，鞋面往往不是一块布料裁的，而是几种颜色的碎布头拼凑而成，因为花样巧妙，穿出去倒也挺招人注目。母亲的针线笸箩像个万花筒，布头线脑，各种纽扣，五颜六色，很让我着迷。我上初中那阵，中山装尚不普及，母亲不知从哪学的，居然自裁自缝，给我做了一套。自然，那裁剪、针脚与机械缝制的不能相比，可在我的同学眼里，是赶了时髦。我们的村子不大，不到二百的人家，每个人穿的衣服，几乎都是母亲一手裁剪的。大姑娘出嫁，小伙子娶亲，新婚头一天的新装，非请母亲开剪不可。村里人称赞母亲心灵手巧，我想那是被我们一帮孩子逼出来的吧？母亲的很多手艺是无师自通的，譬如织渔网、剪鞋花、扎香袋、打毛衣……她剪鞋花，不用描，不用画，拿起剪和纸，要凤是凤，要龙是龙，要花是花，要鸟是鸟，随心所欲，让人称奇。村里人请她帮忙，从不推诿，是急活，整夜地赶，把义务做得透透的。最令我百思不得其解的是，一个目不识丁的家庭妇女，竟然用手指点一点，便知道初一十五、黄道吉日、佛期节气，甚至是潮水涨落的时辰，这些天文常识，她是怎么学到的？她生前我屡屡想弄个明白，却始终忘了问她。

我们的奶奶，是父亲的细婶。奶奶有个抱养的孩子，她不住孩子家，却和我们一起生活。家里，奶奶是最受尊重的，母亲非常孝顺她，有好吃的，让她先尝，冬天，保证她穿暖、盖暖，每天把火笼打得旺旺的给她。奶奶去世的时候，母亲借债请道士，为她的亡灵超度，这在农村是很体面的。我们隔壁有个退伍军人，孤苦一人。母亲时常抽空帮他料理家务，家里有酒有肉有鱼时，少不了叫他过来吃一餐。让我们兄弟最有意见的是，舅舅送我们的中秋月饼，母亲总是把好吃的分给邻居的老人，我们只能吃次的。她说："人都会老的，老人孩子意，好待承。"母亲和父亲晚年，邻居家办红白喜事，都会送好吃的东西讨数他们，是不是因为母亲当年就是这样做了呢？

小时候，有一件事我很迷惑：我们家为什么一天到晚不断外人？母亲生于清末与民国交替时代，弄了个半天足，地里农活基本干不了，多数在家里做女工。白天，那些赋闲的老爷爷、老婆婆，轮番来我们家，与母亲聊天。母亲安详地边干手中的活，边听他们拉家常。女人们，婆媳不和的事，妯娌口角的事，邻里反目的事，更是找上门来向母亲诉说。母亲微笑着安慰、规劝她们："互相让一让，什么事也不会有。一个屋檐下过日子，抬头不见低头见，亲都亲不过来，记哪家的恨？"双方和睦了，感激母亲，母亲也很高兴。晚饭后，男人们没事儿，上我们家谈农事，讲古来朽，一盏油灯、一碗热茶、一把烟筒，热闹而温馨。母亲也常常做些谜语给大伙猜。她的谜语不讲什么格，土得不能再土，大伙却猜得有滋有味的。我小时候没有书读，连小人书也没有，一些启蒙的知识就是从大人的谈天说地中听来的。

我和母亲相守的时间不多，上初中，我离开她到外地就学，参加工作后，见面的时间屈指可数。母亲讷于言，不善表达自己的情感，我从没有听过她喊我们一声"儿啊"之类的亲昵得让人心酥的话，可她比谁都疼爱我们，这就是"平平淡淡才是真"吗？母亲很爱面子，把求人视若登天，为了我读书，她却求人了。我们村小学，只能读到三年级，四年级后转学镇上中心小学。中心小学距我们村五华里，中午须带饭吃。我家很穷，中午这餐饭把母亲难坏了，没有白米饭，也得弄个"半白半黑"，即大米、地瓜掺和。菜配更是拿不出手，可我很理解也，从不嫌弃。带去的饭，到中午必得热一热才能吃。母亲先去求我的一位堂姑帮忙。堂姑是做午餐生意的，嫌我的饭菜寒碜，没几天就托词不帮了。母亲又去找她一位改嫁的婶婶。老人家生活十分艰苦，二老相依为命，但很疼爱我，好饭菜都有给我吃，至今回忆起来，我还会掉眼泪。

母亲五十七岁时，得了帕金森病。那时我在一个偏僻的山区公社工作。有一天，弟弟捎来母亲为我做的一床苎布蚊帐，我和爱人当场不知说什么好。我想象不出，她是如何用颤抖的手，辟开一根根苎麻，捻出长达万米的苎线的；请人织完布后，又是如何颤抖着裁缝出蚊帐的。她知道我不缺蚊帐，也知道我买得起蚊帐，可她偏偏要自己做。这蚊帐没有染色，纯天然的，睡在里面，一股香香的苎麻味，恰如"瑞脑消金兽"。一年四季，我都挂着它。当时一家四口，住的宿舍不足十平方米，屋顶、墙壁常漏水。一年后，爱人洗蚊帐时，发现蚊帐靠墙一面已被沤烂了。如今，住着高楼大厦，再也不用蚊帐了，然而我一直感觉，母亲那床蚊帐还挂在床上，使我每一天都睡得安安稳稳的。

母亲终于卧床不起，形同枯木，躺了整整十年，尽管有父亲的悉心照料，但她那求生不得、求死不能的痛苦，是可想而知的。每次我回家看望她，她老爱重复一句话："我死不了怎么办？"我说："吃毒药你能拿吗？别的不怕，干什么就怕轮不到死呢？你见过我们村哪个老人死漏了？"被我一噎，她默不作声了。现在想起来好后悔，我为什么不能说几句宽慰的话呢？母亲咽气时，我不在她身边。农村人说，不孝的孩子，老人是不会让他送终的。是啊，母亲在世时，我孝顺过她一天吗？没有！二十年来，我为自己的不孝遭受良心的折磨。当然我不会求母亲的原谅，我只希望我的后辈不再像我一样。

薛宗碧

25

外　婆

　　我们家和外婆家，虽说在两个村子，可相距近得不能再近了，两处的炊烟几乎飘到一起。即便如此，母亲和外婆也很少走动。在农村，走动就是做客，做客不能随随便便。小时候，我老是盼着外婆来，她每次来都要带一些吃的给我们兄弟姐妹，比如炒豌豆、蚕豆、黄豆，或者米面、水粿、米粉之类，好一点的有米糕、光饼、炒米，农家货、粗糙货，对于穷孩子，却不啻美味佳肴。偶尔给一件新衣服、一双新鞋子，就把我们乐翻了天。外婆来，母亲总得凑摆几样好菜，那是我们平日里根本吃不到的。外婆哪舍得吃？一样一样不断夹到我们小孩的碗里，母亲直用眼睛横我们，外婆却笑眯眯地催我们快吃。外婆住几天，我们无疑改善了几天生活。

　　我们家吃口多，一年总有半年缺口粮。外婆家山地多，每年切许多地瓜米，在我们家断炊时，二舅挑些地瓜米接济我们。一年秋天，我们家田里收回的谷子没晒干，衙役便如狼似虎般催交钱粮。其实，我们家早就寅吃卯粮了，那些谷子还不够还人呢！外婆担心父亲被抓，担心我受惊吓，吩咐父亲领我到她家躲一躲。外婆见到我，一下紧紧搂住，生怕我被人抢走似的，还一个劲地吻我："心肝宝贝，在外婆家，什么也不用怕了！"这时，我觉得，外婆就是我的保护神了！

　　我刚会走路开始，常住到外婆家，一住便是数月半年，堂舅直呼我箩米仙。我不懂何为箩米仙，但听他语气，猜想一定不是好货，长大了才明白，那是笑我不吃完一箩大米不肯走。在外婆家，我发现，外婆不只是家庭的主心骨，更是全村的主心骨。村里人办大小事，或者是遇到难题，都要向外婆讨教，女人、孩子头疼脑热的，外婆总是主动给他们拿主意。外婆不嫌其烦、有求必应的品质，居然传给了我母亲，为我们后辈积下了阴德。原来，她们之所以受到别人尊重，首先是她们肯于帮助他人。

　　在我六岁那年，天大的灾难突然地降临外婆头上——尚未知天命的外公和年仅二十五岁的大舅相继病故。外婆不只哭干了泪水，心血也竭了。然而，她没有想过绝路，因为她十分清楚，二舅、小舅、小姨都还嫩，假如她走了，这个家还能存在吗？人就这么奇怪，无论绝望到什么程度，只要心中有所牵挂，便会顽强地活下去。外婆很瘦弱，一双小脚，走在路上，倘遇上大一点的风，恐怕会被吹跑，可瘦弱的躯壳竟包容着一个坚韧的灵魂。她硬是挺直腰杆，把倾倒的家庭大厦重新支撑起来。

我上高小那阵，在中心小学，傍晚放学，常常绕道到外婆家，一是想看看外婆，二是想改善一下生活。外婆家的晚饭，是一大锅黑乎乎的地瓜米，只有锅边可见到一丁点白米饭，那是照顾家庭主劳力二舅的。我来了，外婆便将白米饭全盛给我吃，菜是自家生产的时蔬，外加咸鸭蛋、海蜇皮。鸭蛋也是家养田鸭生的，以浓盐水腌半月一月的，即可食用。煮熟的咸鸭蛋，蛋黄像金子一般，溢出黄黄的油，吃起来香香的，腻腻的，一到嘴里，饭就被赶进肚子里去了，喉咙怎么也留它不住。外婆坐在我身旁，看着我狼吞虎咽，如同欣赏一件艺术品一般，一边时不时提醒："慢点吃，多吃点菜。"如果我一两天没来，她会问"昨天怎么没来？"我含着饭，嗯嗯地点点头，我知道，她每天傍晚都在屋前路旁等着我。我的吃相让外婆那样舒心，她脸上始终挂着微笑，这微笑，我一辈子都忘不了。

小时候，我爱生病，长得又瘦又小，同伴们喊我跳鱼鬼（内海滩涂边的一种黑黑的小弹涂鱼）。老家有个风俗，小孩不健壮，外婆必须在立夏那天，煮一锅立夏饭给他吃。立夏饭是一种杂烩饭，以大米为主，配料有大虾、目鱼、笋子、豌豆（或蚕豆）、猪肉、鸡蛋、香菇，等等，每样都寓意一个祝愿，比如，大虾可避獈（獈獝是传说中的一种吃人兽）；鸡蛋让人光头净脸；笋子使四肢硬朗如竹。送立夏饭还有个讲究，至少要过一座桥，没有大桥，小桥、木桥也可以，要连续送三年。在我的印象里，外婆送的次数何止三年？尽管吃了那么多立夏饭，我的身体始终也没有健壮过，很辜负了外婆美好的期望。

十六岁我到外地读书，然后参加工作，十年间，我探望外婆的次数少得可怜。每回去看她，她依然视我如小时，说我爱吃红酒炒鸡蛋、米粉煮酸菜，都叫舅妈和邻居堂舅妈给我做这两样点心。

薛宗碧

外婆过了八十，便痴呆了，一句话说了又说，一件事问了又问。我们兄弟几个，只记得我的名字，在病危昏迷中，还叨念着我。外婆逝世时，因为交通、通信不便，舅舅没通知我，我没能见外婆最后一面，留下终生无法弥补的遗憾。

鼠　曲　粿

我的老家，每个自然村都有自己的一个特殊节日，春节过后，或过清明节，或过谷雨节，或过三月三节，各不相同。更奇的是，同一个七月半"鬼节"，从八月十三日到十六日，过哪一天，也不一样。为何有如此差异？倘若溯源，恐怕与祖先从全国各地迁徙而来不无关系吧。

外婆家是过清明节的。在我的印象里，清明节的标志是吃鼠曲粿。鼠曲粿不同于白粿之处，便是粳米和进了鼠曲草。

什么是鼠曲草？很多人不认识，其实它极为常见，我国各地普遍分布。鼠曲草亦称佛耳草，菊科，二年生草本。茎基部即分枝，呈丛生状，全株密生白色棉毛。叶互生，多为匙状。头状花序簇生枝顶，初夏开花，花黄白色。

清明时节，鼠曲草尚未开花，茎叶又绿又嫩，采来舂粿最好。采鼠曲草是女人们的活，外婆、妗子，还有表姐表妹们全都出动，上山半天，每人拎回来一篮子。鼠曲草很不经煮，和一种叫艾蒿菜的一样，开水里一捞一篮子剩不下一碟子。男人不知道，以为是女人偷吃了呢！所以，老家有一句俗语："男人见生，女人见熟。"鼠曲草烫熟后，用菜刀剁碎，把水挤干和蒸熟的粳米混合，放到石臼里舂。舂糊舂匀后，揉成绿色草履状的条粿或上尖下圆的冥斋。这道活儿是男人的专利，女人是不能插手的，因为要用来祭祖。

刚舂好的鼠曲粿，热热的，软软的，又不粘口，吃起来香滋滋的韧韧的，很耐咀嚼。农村人多喜包红糖粉吃，十分可口。凉了，可煮了吃，或炒了吃、烤了吃。要咸的，可配肉丝、牡蛎、青菜等。先煮好汤，后放粿片，一滚便熟。若要干的，先炒粿片，后加少许带汤的熟料，以润为度。煮甜的比较简单，只要将粿片在开水里煮熟，拌糖就成了。炒甜的与炒咸的方法一样，只是以糖代咸作料。我的体验，烤粿片口感最妙。做法是锅里放上食油，烧热，然后贴上粿片，用锅铲不断地翻转，直至酥软而不生焦即可。

小时候为吃一顿鼠曲粿，春节一过，我便天天盼着清明节快到。外婆家不富，但清明节总要弄丰盛一点，让我们全家一起过。外婆很能调理，除了春鼠曲粿，还煮了不少菜肴，跟过年差不离。我们村与外婆村离得很近，吃过晚餐，我们就回家，外婆给我们带许多鼠曲粿。在饿得死去活来的岁月里，外婆村不能过清明节了，因为既无粳米，也无鼠曲草，那时候，能吃的野菜几乎被农民挖光了，鼠曲草更是在劫难逃。外婆很疼我，知道我爱吃鼠曲粿，清明节尽管不过，也要想方设法弄点代用品给我解馋。饥荒无糙米，饿极了，什么都好吃，那甜中带苦的口感，至今还保留着无穷的回味。我离家读大学以后，再也没有吃过外婆的鼠曲粿了。现在，外婆已经过世，妗子们依然延续着清明节的传统，可惜我无缘享受那一份口福。

近几年，野菜热悄然兴起，报刊上连篇累牍介绍吃野菜的好处，说可以让人少得疾病，延年益寿，多吃腻了大鱼大肉的人们对野菜追之捧之。于是，清明节市场上出现了专卖鼠曲粿的。我买过一回，孩子们吃了都怀疑起我关于鼠曲粿的宣传，他们瞪着眼睛问我："爸！这就是您吹的鼠曲粿？没味没素的。"我尝一口，便知道是假货，粿里用的是赝品——芥菜叶，压根儿没有鼠曲草。假货使真货蒙受冤屈，我很为之愤愤不平。

今年清明节前，我特意吩咐老家的兄弟，请老舅送几条鼠曲粿给我。老舅爱我如子，说我想吃哪有不照办的？

"如今，清明节照样过，只是没有多少人家春鼠曲粿了，不是没有粳米，也不是鼠曲草少了，年轻人怕麻烦，不愿春。嘻！我们这一辈过老后，恐怕鼠曲粿就绝了。"老舅颇有点伤感。

"鼠曲草可入药，性平，味甘，功能祛痰止咳，做成鼠曲粿，成了药粿，既解馋饱肚，又治病健身，可谓一举两得，有条件，应该多春点当饭吃。传统的东西，过时了，可以丢，而如果仍然有益于现代人的，就该发扬光大。

我看鼠曲粿是不会绝的。"

我这话，老舅很中听。

那天晚餐，我亲自掌勺，炒了一盘甜鼠曲粿，孩子们听说是正宗货，一抢而光。这也验证了一个道理：只要货正宗，不愁没市场！

太姥月夜

圆圆的夕阳从拔云峰后面滚落，山色骤然暗淡下来，犹如舞台上灯光转场。斜晖穿过岔口，铁青的岩峰放射橘黄的光芒，东面还是明朗的白昼。大海不再是单调的苍茫，锦波闪闪，如一张笼天罩地的金网。红霞朵朵，耀人眼目，田野、村庄一派祥和景象。西边的晚霞，司空见惯，东边的晚霞，却是头一回看到。

我默默地独坐迎仙台上，任夜色浸淫。

天全黑了，海风吹来的是初秋的凉意。白日里令人叹为观止的小石景，现在很难见到了，敛翅的苍鹰、听潮的玉兔、攀缘的猿猴、报晓的雄鸡、出洞白蟒蛇、下山的鲮狸，哪里去了？大概都回到自己的窝巢洞穴里去了吧？那些参差崴嵬而袒露无遗的岩峰硕石，变得局促而含蕴莫测了。两个对弈的仙翁还丢不下他们的残局，陷入更深的沉思，真是棋逢对手，杀得难解难分。那一对年轻的夫妻，停下了匆匆逃遁的脚步，在夜幕的庇护下，抱头痛诉绵绵的相思情。天柱峰、拔云峰、铁柱般巍巍然将天死死撑住，不使坠陷。秋蛩唧唧，荒草沙沙，山鸟惊梦，晚风掠林，为这寥廓的夜添几许寒意，增几分静谧。突然，我发觉自己置身于一座古堡之中，城内雄兵百万，没有嘶喊，黑压压的一片。城头勇士们披坚执锐，剑拔弩张。也许有一场战争即将爆发，紧张的待命，令人窒息。"嘎——"一个声音蓦然腾起，划破夜空，像一道无形的闪电。我毛骨悚然，心为之一颤。战斗并没有打响，古堡依然一片阒寂。我长长地舒口气，放眼东望，冥茫的世界里，有一片一片辉煌的灯火，遥遥地闪着清冷冷的光，传递神秘的诱惑，那些地方无疑是太姥山周围的村镇。更远处什么也看不清，只有星星点点光亮，指示着大海和岛屿的存在。

上弦月明亮起来了，为群峰勾勒出一道柔柔的银边。天高了，山也高了，而渊谷愈加幽深难测，不可望更不可及。大海，冷冷的银灰色，好像一片无垠的沙漠。村镇露出了黑黝黝的轮廓，闪动和流动的火光告诉我，它们还没有睡。天地空灵如梦，想象在朦胧的旷远里飘游……

哦，太姥山，亿万年前，你在海底是怎样的景况？是不是像我此刻在你怀抱里一样？为什么你要冲出大海？是什么给了你掀天裂地的力量？小时候读李太白《梦游天姥吟留别》，以为诗仙将"太"字误写成"天"字。后来知道，天姥就是天姥，在浙江天台县。现在想想，觉得还是应该"梦游太姥吟留别"，诗中不是有一句"半壁见海日"吗？天姥哪里去看海？雄峙东海之滨可说是太姥山的得天独厚之处。大海养育了太姥，雕塑了太姥，太姥是大海的儿子，大海至今仍托着太姥往上长。我隐隐感受到力的律动，仿佛身下的迎仙台在升腾。

夜是伟大的艺术家，对白天人们熟悉的景物，进行了认真的再创作，使之更富于哲学性和美学性。"具象，因明朗而单纯，因朦胧而复杂。"夜给了我一个貌似有限却是无穷的空间。

月朦胧，夜朦胧。没有伙伴，不敢走动。然太姥一角的夜色，已够我流连忘返。何日邀三五同仁，游一游太姥夜景，该有怎样的收获呢？

夜深露重，依依然而归。

蚊 扰 记

环境龌龊，蚊虫成阵，白日尚且袭人，夜晚更加猖獗。

我不爱点蚊香，一则因其无效，蚊们往往在袅烟中聊天；二则因其烟味呛人，不堪忍受。为安睡，眠床只好挂蚊帐。然蚊帐非金城汤池，蚊们总能入侵。蚊声嘤嘤，手本能地乱拍，倘叮住皮肤，神经顿时紧张，"啪——"狠狠一记，打得脸发烧、腿发辣，有时差点没把耳朵挝聋了，但都未能打中蚊子。气急败坏，霍地拉灯，坐视六合，却不见踪影。索性挂起帐门，用枕巾驱赶，以为奏效，可一躺下，依然嘤嘤之声不绝于耳。拉灯——关灯——拉灯，往往一二个钟点，竟毫无所获。这一折腾，困意已跑到爪哇国了。忽然想起一乡下老翁之言："打蚊子，莫性急，等它叮入神了，没有不百打百中的。"我决心试一试，然而办不到，蚊嘴一触及皮肤，肌肉便自然痉挛，一痉，它就跑了。

妻终于开口："蚊子总是要咬人的，饿着肚子哪会停下让你打？你就乖乖给它咬一口吧！"

想想也是，堂堂万物之灵，还经不住小小蚊子的一小口？笑话！于是，坦然、释然了。

心静入梦快。浅睡醒来，感觉有几处奇痒难耐。呼地坐起，拉灯——天哪！蚊帐上好多圆鼓鼓的小黑点，全是撑得肚破的蚊子。咬牙切齿，"啪啪啪"，双手血迹模糊。

妻也醒了，说了："蚊子吃饱就不再咬人了，何苦打满手血？"

不打，饿了还会咬人的。

不会的，到饿了，便死了。

真的吗？

妻太良善了，所以，挨咬的，她居多，白皙的皮肤，总是布满蚊咬过的斑斑红点。

绿水青山枉自多，大人无奈小虫何。醒醒不除，恐怕永远都摆脱不了蚊的困扰。

夜 宿 天 湖

一望无际的大海中，有十二个岛屿，曰福瑶列岛，被誉为东海明珠；嵛山岛的制高点上有到一对淡水湖，曰大、小天湖，被称作太姥山风景名胜区一绝。当我们来到大天湖边时，已是近黄昏。

夕阳如橘，晚霞似锦，在天湖万亩草场上撒下一张透明的金网。强劲的东北风，推动青草，从湖边向山顶涌去一排排灿灿的波涛。波涛涌上去、涌上去，然后溢出山梁豁口，溶入大海，与无边的碧浪共飞扬。一座座山峦，像一群非洲的雄狮，抖擞金色的长毛，奔向光彩的天空。这景色让我们叹为观止，全都纹丝不动地伫立在原地欣赏起来。

俄而，红日坠入紫云。那紫云或若巍巍的山岳，或若峨峨的城墙，上缘镶一道亮得耀眼的金边。瞬间，天暗了下来。转身发现月亮挂在东天，苍白得如同宣纸。山上风特大，吹得人站立不稳，且寒气飕飕，我们只好回到住地。

大天湖边，新近有人在那里开辟度假村，建了七八座竹楼。竹楼离地面依山而筑，茅草覆顶，竹香茅香，幽雅宜人。晚饭后，外面风冷，月儿被乌云遮盖，无处可玩，大伙回房，拥被神聊，倒也惬意。

疲惫袭来，聊着聊着便倒头睡着了。

半夜睡醒，透过竹壁缝隙，见室外十分明亮，以为天已大白。想起要看海上日出，呼地起床。打开竹门，天地洁泸，玉魄当空，银光如水。万亩草场，白茫茫一片，宛如铺了一层薄霜，一个个山包，恰似一只只绵羊，静静地卧着，睡得香甜如醒。风神也睡了，湖面像一张巨大的玻璃，湖水与夜空一色，皓月如圆镜，天上一轮，地上一轮，相对映照。听不到海浪的喧哗，也听不到秋蝥的吟唱。天湖，只有这个时候才真正是天上的湖。我抱膝坐在竹楼台阶上，若有所待。可期待什么？是期待瑶池仙女下湖洗澡？是期待造湖的小白龙冒出水面？许久，许久，脑海悠悠地飘来一个一个写月的名句："明月几时有？把酒问青天。""举杯邀明月，对饮成三人。"酒！对了，此刻必须有酒！我立即想到吴刚——"借问吴刚何所有，吴刚捧出桂花酒。"是的，吴刚有酒！举头望月，不由得咂咂嘴。忽然心中漾起一阵羞愧，自觉可笑——神话的精神的滋养品，与口腹何干？不情愿地站起，想沿湖走一走，或越过那道山梁，到小天湖边，也许那里有更可看的。可一个人，有点惬。

薛宗碧

复又坐下，无思无欲地静然着。人有欲望，有思想，缘于本能，亦缘于环境。在这样一个纤尘不染、万籁俱寂的世界，人已是通体透明，本能也消失了，还容得下什么？

渐渐感到凄清、孤独，心里发虚。人们总是在理想中追求纯洁、安宁，殊不知过于单一的纯洁，过于空灵的安宁，是不适宜人的生存的。我套回无形的思想骏马，走进竹楼，躺进被窝。月光挤过壁缝，在竹地板上洒下斑斑亮点，我不时睁开眼睛瞟一瞟，怎么也不能入睡。

"当！当！当……"突然从远处传来清晰的钟声。晨钟！天湖寺的晨钟！我猛然惊觉，而对床伙伴仍然鼾声均匀。我轻轻起床，开门，月光依旧。四周除了忽有忽无的和尚早课声，没有别的任何响息。几杵疏钟，哪能敲得醒酣梦中的人们？约过去半个小时，晨风起了，吹皱一湖静水；宿鸟醒了，啼破一山清寂。晓月愈来愈苍白，东方溟蒙的海面下，似乎有烈火的青焰在升腾——我知道，天快亮了！

昭 明 夜 话

金秋文学笔会在城西鳌峰昭明寺举行。

鳌峰海拔不出三百米，矗立于两溪夹流的长方形平地上，便成了绝对高山，正所谓独占鳌头也！

夕阳下，昭明寺塔金碧辉煌，城里望去，若天宫仙阙，故有昭明夕照之盛名。

日落了，暮鼓也已飘逝在重重黛色的远山，归鸟成群叽叽喳喳翔唱于苍苍的林颠。它们一会儿没入松林，一会儿呼噜噜地腾起，腾起即唱，唱完又没入，如是者数，终归安宁。

我们三五文友在当家法师的禅房阳台上纳凉。

夜幕一抖，落日的余热顿消，清风南来，明月东升。秋虫们一下体悟到这清凉幽明，立即组织起一支宏大的合唱团。优美的领唱，磅礴的合唱，和谐的重唱，雄浑的轮唱，男声、女声、童声，高音、中音、低音，民族唱法、美声唱法、通俗唱法，或远，或近，或左，或右，或上，或下，悦耳动听，令人陶醉。这是我从未听过的虫子大合唱："啊！真正的天籁，应是天底下最美的音乐了！"

"善哉！小虫们心中无挂无碍，才有这绝妙的歌唱。"法师点头微笑，白胖开朗的脸，活脱脱一尊慈祥的菩萨。

"无挂无碍，那是小虫们，我们人类做得到吗？请看我们脚下的尘寰！"大家随着年青诗人所指，俯视眼底的城区——

此刻，城里万家灯火，绝无白日所见的杂乱。记不得谁说过，夜是母性的，在母亲的怀里，一切都是美好的。年轻人知道繁灯下，哪是商场，哪是舞厅，哪是卡拉 ok 厅，哪是宾馆饭店……闽浙边界的不夜城哟，热闹非凡！

"倘若人人心中都无挂无碍，恐怕这世界就不复进步了，就连笑口常开的弥勒佛也只能闭嘴如蛤。"年轻诗人激动得有点不恭。

"眼下，文人心中的挂碍太多，写作难，发表难，出书难，又想着下海，又想着脱贫……无挂无碍至少我做不到。"中年散文作者一脸不屑的表情。

"选择文学，就注定了一辈子要安贫乐道。当文人难得的是心净，心专。法师，这和你们的禅是否相近？"发言的老作者干瘦干瘦的，和法师形成强烈的反差。

"阿弥陀佛！若人欲了知，三世一切佛，应观法界性，一切唯心造。立名、立德、立功、立业，没有不由最初一念发广大心，立坚固愿而努力争取，达到圆满的目的。佛法世法，法虽不同，理无二致。"法师依然点头微笑。

"看来，我们这次选择昭明寺举办文学笔会，是对了。昭明寺，乃南梁昭明太子所建。昭明太子何许人？《文选》编者萧统是也！昭明身为太子，总该有享不尽的荣华富贵吧？他却淡薄于功名利禄，而孜孜于文学事业。这里也说明，人总是追求高尚的。"作协主席好像在做总结。

谈论间，月已升得老高。夜空暗蓝，疏星点点，显得神秘而旷远。虫歌已歇，清露有声。忽然闻到馥郁的花香。哦，金桂！先前怎么连这浓烈的芬

薛宗碧

芳也闻不到呢?

有流星倏地划落。法师肃然起座，回房参禅去了。文友们也要去讨论他们的作品，独我舍不得这良辰美景。

岑寂，更使思想活跃。可是我自己也说不清在苦思缅想些什么。不知过了多久，冥冥中，仿佛听到徐疾有致的议论："……事出于沉思，义归于翰藻……"谁?昭明太子乎?睁开眼睛，高塔、梵宇、近楼、远山，尽在明月朗照中。

有点凉清，回到文友中，他们谈得正热烈呢!

照　　相

平素，我很不喜欢照相，尤其不喜欢照集体相。在我看来，一个平头百姓，相再美、再多，有多大意义?拍照的过程，啰啰唆唆，何必受那个罪?

单独拍照，似乎比较简单。但我不习惯摆姿势、做表情，一对镜头，自然而然地紧张起来，手脚无措，如果摄影师指指点点，叫头低头仰，脸左脸右，叫自然点，笑一点，便感觉心里烦躁，我最佩服那些眼疾手快的摄影师，他们不动声色，当你坐或站好，不知不觉，"咔嚓"一声，千分之一秒，成功了!

照集体相，就没有那么便宜了。如果同样是平头百姓，好说，以高低为序，或以男女归类即可;如果人数不多，也好说，随便坐或站都行。反之，要是有领导参加，问题便复杂多了，首先要排座次，官大小，次序有讲究，千万不能排错了，更不能排拉了;其次，领导时间宝贵，精力宝贵，必须一切停当，才能通知他们出场，平头百姓只有耐心等待，为一张照片，往往得付出一些生命的代价。

记得有一回，一个会议合影留念，前排椅背上贴着头头脑脑的大名，以对号入座。入座时，一头头发现没有自己的名号，脸一沉，扭头就走。工作人员慌了神，连忙说："对不起，我们正在加位子！"他理也不理，径自退场，全场一片尴尬。结果，那张集体照洗出来，人们发现，没有一个人的表情是自然的。

1996 年，我有幸出席第六次全国文化会。会前，中央领导要和与会者合影留念。我们五点起床，六点从亚运村出发，七点进入人民大会堂，以省为单位整队，三千多人，上上下下，左左右右，折腾了至少半个钟头。我把合影带回来，家人争着看，可是在长卷上找来找去，不见我的光辉形象。我也只记得大概的位置，不敢确定哪个是自己。三千多人，蚂蚁一般，密密麻麻，即便用放大镜，也难分彼此。终于找着了，也不过是个模模糊糊的影子，五官且不清，更不用说表情了。

说真的，每次让我参加集体合影，我觉得是一种精神负担。一个平头百姓，寂寂无闻，前头的份儿自然没有，只能乖乖站在后面，可是不如人高，站个不被人遮挡的位子，不易找到。摄影师不得不亲自为我扒拉个适当的缝隙，众目睽睽之下，真有点狼狈。有时，必须到最前面，蹲在前排的地上，年轻时还行，年纪稍大，两只脚便有意见了。因此，每逢集体照相，能逃则逃。

这辈子，我没有照多少相。小时候，在农村，不知照相为何物。初中毕业，第一次照相，个人一张，集体一张。高中三年，饿得死去活来，全班毕业合影留念，个个像瘦猴。上大学，第一个星期天，就跑到天安门照相，一个乡下孩子，穿一件打补丁的褐色中山装，一双黑色的布鞋，一边倒发型，立正、昂首、挺胸，滑稽得可以。大学没有毕业照，特殊时期，"文革"尚未结束，班上两派，又是突然扫地出门，谁还有心情拍照？在部队农场接受改造，哪能照相？之后，十年山区生活，不办任何证件，所以，一张个人照也没有。从 20 世纪 80 年代末以来，有条件到各地游山玩水，才积累了些照片。不是我喜欢照，都是游伴们和我老伴逼出来的。前回为出书找标准相，翻翻箱底，属于我的照片，确实不多。但就这有数的照片，我认为已经滥了：一、人不美，照得也不美，没有欣赏价值，再多何用？二、小百姓一个，这些照片绝不可能成为史料，与废纸片何异？因此，可以断定，其命运最终只

薛宗碧

能是被扔进纸篓，或付诸一炬。

　　自然，生活中像我这样不爱照相的人，还是少数，多数人都是比较喜欢照相的。他们留影，因为美，美就该多闪光；或者是为了留念，不论是名士伟人，还是凡夫俗子，留种种可保存的轨迹，总是美好的。所以，爱不爱照相，人各有好，不可强也。以此推及其他，每个人如何生活好，必须由他自己安排，觉得怎样自然，就怎样生活，这便是美。

唐颐

———————— 作品

唐颐，1953年4月出生于福建省古田县，祖籍福州，1982年毕业于福建师范大学中文系。系福建省炎黄文化研究会副会长、中国作协会员、中国法学会会员。当过插队知青、工人、教师、公务员，现已退休。对文学创作情有独钟，已出版《树犹如此》《二十八个人的闽东》《闽东纪事》《山水有道》等散文集和报告文学集。散文作品入选《福建省文艺创作六十年选·散文》《福建师范大学百年文学大系》等选本。先后多次获中国新闻报纸副刊奖、华东报纸副刊好作品奖、福建新闻报纸副刊年度作品奖等。散文集《二十八个人的闽东》获福建作协第二十六届优秀文学作品二等奖。

福鼎有个孔子后裔村

　　每年 9 月 28 日，是孔子的诞辰日，至今已经 2560 年。在这一天，全国乃至世界，有不少地方举行"祭孔"活动，最典型的莫过于山东曲阜的祭孔大典了，可我只是在电视和报刊上领略过，而 2006 年的这一天，却有幸全程参加了福鼎市管阳镇西昆村举行的祭孔活动。在闽东一个相对僻静的村落，何以举行如此"正统"的祭孔仪式？孔子和西昆之间有着怎样的文化传承？孔子遗韵在西昆散发着怎样迷人的气息？我带着这一连串的问号，在西昆做了一次绝好的孔子文化遗产的探寻。

孔裔聚居成就文化名村

　　西昆村位于太姥山西麓，距福鼎市区 30 公里，现在村里 2000 余人口中，孔氏后裔 860 多人，该村有"江南孔裔第一村"之称，亦被列为"福建历史文化名村"。

　　西昆孔氏宗谱记载：孔子第 55 代孙克伴公，为镇江丹徒人，明洪武元年（1368 年），以右卫总旗官职跟随大军征战福建，阵亡，按军功世袭，其侄儿孔希顺袭补福建建宁右卫总旗，不久屯兵长溪柘洋里（今柘荣县），之后又从柘洋里转迁福鼎沙埕流江村，凡三迁始奠定于西昆。

　　柘荣县双城镇东峰村作为西昆孔氏的肇基始祖地，现有一座孔氏家庙，位于该村中心，始建于明弘治八年（1495 年），前后两座，前座奉祀本祠祖宗神牌、灵位，后座为"大成殿"，奉祀"大成至圣孔夫子先师"神位，大门两旁镌刻楹联一副，联曰："泗水源流通柘水，尼山气脉贯东山。"

　　据西昆老人们口口相传，闻毅公（孔希顺）曾调任沙埕一带当小官，因 4 个以讨海为生的兄弟均命丧大海，于是发誓不与海水打交道，遂迁到四面环山、山清水秀的西昆。

据说西昆村整个地形呈九只狮子形状，当地有"三只明、三只看不见"的说法。无独有偶，柘荣的东峰村，位于东狮山下；东狮山乃太姥山脉的最高峰，海拔 1479 米，状如一只卧狮，昂首眺望西北方，而目光所及处正是西昆村（相距二三十公里）。我为自己的发现而揣摩：莫非当年闻毅公择居一定要以狮山、狮峰为要吗？莫非吉祥如意的中国狮子文化是孔氏家族所传承的精神寄托吗？

走进西昆，总能感受到自然生态与古村落的和谐可人，村头鹅卵石铺设的古官道旁伫立着一株古树，五六米的腰围，近 30 米高的身躯，树龄 600 年，远观玉树临风、冠盖如云，近视沧桑稳重、儒雅可亲。这是一株我国特有的珍贵树种，国家二级保护珍稀濒危植物——长袍铁杉，这株让西昆村民引以为豪的"风水树"也理所当然成了该村的地标了。

西昆的文化底蕴更多地弥漫在许许多多普普通通的孔氏子孙身上。那天，退休的中学音乐老师，也是西昆祭孔的主祭人孔旭章告诉我，大凡一个家族修谱，子孙的字行由造谱先生讨取，而孔家的字行均由皇上钦定，正因为如此，全世界孔姓后裔的辈分，都可对上号。现西昆孔氏村民中，以孔子第 70 代"广"字辈为长，依次有昭、宪、庆、繁、祥、令 7 代同村，到了令字辈，已是孔子第 76 代孙了。他还告诉我，村里存有一本据说来自山东的手抄《字行辈分表》，表中依次罗列了明洪武三十三年、清康熙四十二年、道光元年和民国九年所有钦定的字行共 50 个，道光钦定的还没用完，民国钦定的 20 个字还没开用。

那天祭孔仪式后午宴，好奇心驱使我询问席间的几位村民，能不能数数孔氏后裔的名人，老少爷们果然如数家珍：从小小年纪就以让梨闻名的孔融，写了《桃花扇》的孔尚任，到国民党财神爷孔祥熙，为共和国屡次捧回金牌的国球手孔令辉，甚至近些年活跃在百家讲坛、人称"北大醉侠"的孔庆东都无一漏网。

村民们还告诉我，1998 年开始，孔子后裔对家谱进行第 5 次大修，使入谱孔子后裔的总人数达到 200 万，遍及世界各大洲，其中以韩国、朝鲜、日本、马来西亚、新加坡、印尼、缅甸、美国等国家人数较多。现在已经传承到 80 多代了。

孔庙大厝折射孔子思想

在孔氏家族中，祠堂被称为家庙，西昆的家庙始建于清顺治十年（1653年），面对着 3 座狮子形的山峰，素有"三狮朝一祠"的传说。大门两旁有一对雄雌狮子，雌狮子还携带一只小狮子，再两旁乃旗杆石夹，跨进大门，昂首可见清乾隆皇帝所赐的"至圣裔"金字牌匾。家庙内有戏台，顶呈八角形，藻井雕刻精美，正厅面阔五间，进深四间，是族内重大活动的地方。正堂神龛供有历代先主木主牌，左右两侧则摆列家族 10 个房头的木牌位，梁间悬挂有多块匾额，但族人视之为宝轻易不肯示人的乃一幅"孔子圣像图"，画像下方有一段抄录《礼记》的文字，落款"孙文"，并盖有四方篆刻印鉴。家庙按例一年开三次，分别是三月初三、七月十五和除夕，除此，凡孔氏家人有红白喜事，都可在家庙里举行，含有向老祖宗报告家族大小事务的意味。

西昆家庙被列为福建省十大名祠之一，也是 1989 年福鼎市首批文物保护单位。同样的，西昆的几座百年大厝，于今虽然与芳草为伴，坐落在岁月深处，但仍折射出孔子文化遗产的缕缕光辉。

规模最大的是建平厝，一座房子占地就 10 余亩，像一座小城堡，墙内竟有大片田地，内墙旁有旗杆石夹，难怪敢在大门口竖匾上书"建平村"三个字。据说，封建朝廷出于对孔圣人的尊重，有"抓丁不进建平村"的不成文的规矩，于是后来就有不少外姓人进住，以避抓壮丁，形成了如今孔姓为主，其他姓氏共居的西昆村。

年代久远的大厝还有总厅、上新厝、下新厝等等，多是四合院式结构。这些明清建筑虽大都年久失修，不少残垣断壁，但破败中仍透着当年的气派，尤其是那些雕镂在门楼上，悬挂在匾额中的文句，更能令你触摸到孔夫子的思想。如"走必循墙"，从字面上解释，即自己走路时循着墙走，把大路留给别人走，考据其大义，乃是处世恭顺谨慎及仁爱心理，是孔子的人生哲学。又如"世笃二南"，源自《论语·阳货》篇："子谓伯鱼曰：'人而不为《周南》《召南》，其犹正墙面而立也与！'"原来"二南"是《诗经》的重要篇章，孔子教导儿子伯鱼，一个人不学习"二南"，就像对着墙壁站立，一事无成。朱熹认为"二南"所言皆修身齐家之事，不认真学习，就不知道民间百姓的生活状况、思想感情，因而不可能全面透彻地了解周王朝德治、礼治的精髓。从这些文句中，我们不难从中体味西昆孔子后裔对孔子思想的深彻领悟并努力恪守。

司马迁在《史记·孔子世家》记述，"《诗》有之：'高山仰止，景行行止'。虽不能至，然心乡往之，余读孔氏书，想见其为人。……孔子布衣，传十余世，学者宗之。自天子王侯，中国言'六艺'者折中于夫子，可谓至圣矣！"司马迁对孔子的推崇备至，代表了中国传统的评价，很长一段时间，孔子是被供在神坛上的。但有一段时间，孔子却以麻痹劳动人民、压制革命、反对法制的封建糟粕的代表人物受到批判。那个年代，西昆村民"谈孔色变"，更不敢想祭孔活动了。

这些年，以孔子学说为核心的国学热潮涌动，特别是被许多学者昵称为小妮子的于丹女士在《百家讲坛》讲述的《论语》心得，使寻常百姓走近了孔子和《论语》。虽然她认为《论语》的真谛，就是告诉大家，怎么样才能过上我们心灵所需要的那种快乐的生活；虽然她认为《论语》就是教我们如何在现代生活中获取心灵快乐，适应日常秩序，找到个人坐标；虽然她认为孔子只有温度，没有色彩……这些观点和论述在一片喝彩声中也受到不少非议。但是，我们不得不承认，于丹把孔子请下了神坛，把《论语》讲述的充满活力，千姿百态，不仅有温度，更有色彩，简直是姹紫嫣红，五彩缤纷。孔旭章老师告诉我，于丹的《论语》讲座，他每讲必看，西昆不少村民也是于丹的"粉丝"。

那天，我望着上新厝门楼上雕镂着"光前裕后"四个字，深深感受到"为祖先争光，为后代造福"的守望和期待洋溢在孔庙和大厝的四周。

民俗礼仪传承孔子文化

这一天的祭孔典礼在孔氏家庙举行。主祭人的一声"启户"，众多西昆孔氏子孙按老幼尊卑次序，每9人一排共9排组成"孔子巡游"方阵，在大殿孔子汉白玉雕像前排列整齐；主祭人再一声"正冠肃立"，庄严肃穆的祭礼典礼开始了。

雕像前设香案和供桌，主祭人和司仪站在供桌的右侧，一番鞠躬作揖后，进行三献礼：初献帛爵，帛为黄色丝绸，爵为仿古酒杯，由正献官将帛爵奉到香案，主祭人供奉祭文，而后全体参祭人员对孔子像五鞠躬；亚献和终献乃献香献酒，分别由亚献官和终献官将香和酒供奉到香案。

接后对孔子行五拜礼，一拜自强不息，二拜厚德载物，三拜精忠报国，四拜孝亲尊师，五拜共促大同。期间，主祭人诵读《孔子赞》，头人诵读祭文……

祭孔，是华夏民族独特的一个隆重祀典，它可追溯到公元前478年，孔子卒后的第二年，2000多年来从未间断。全球的祭孔仪式大致相同，主祭人告诉我，西昆的祭孔仪式和曲阜完全一致。

每逢祭孔典礼，各地宗亲代表，文人雅士云集西昆，孔裔宗亲也趁此聚会，世界孔裔联谊会会长孔德墉派代表参加了2006年的这次盛会，并在致辞中说："西昆村是至圣后裔文化遗产地，西昆的《孔氏家谱》已汇入世界《孔子世家谱》中。"孔德墉是中国最后一位"衍圣公"孔德成的堂弟，世居曲阜，后移居香港，1998年，经孔德成许可，他在香港注册成立了《孔子世家谱》续修工作协会，主持第五次大修孔氏家谱。

在西昆，孔氏举办丧事，还保留其家族古老的"圣人殡"葬礼。仪式具有文明、朴素和节俭的特点，散发浓厚的孔子文化气息。仪式如下：

死者殡殓之日，请来本族有名望的人担任"主殡官"，另聘礼生二人协助。

殡台搭在院落里或屋外空旷地均可，台上摆八仙桌一张，桌上供奉"至圣孔夫子先师"圣贤牌，前置香炉一只，并设茶酒五果等供品。

行殡前，由礼生主持，孝男孝女向灵前上香、祭酒，悲哭跪叩志哀。参与吊唁的亲友，按长幼辈序施礼，与死者遗体告别。即毕，主殡官一声"止哀"，霎时间全体肃立，鸦雀无声。这时，主殡官率二礼生登台就席讫，礼生道："请主官诵读圣经。"主殡官诵读《大学》第三十章其中一段。诵毕，主殡官宣告："时辰已到，请鲁班师傅盖棺！"殡礼完毕，随即发葬。

整个"圣人殡"仪式既隆重又节俭，据说是孔子制定的丧礼模式，充分体现了"礼"与"俭"的思想。

在西昆，治文重教是传统。古时村里在族田中置办一块"书灯田"，田地收入专供老师和学生读书点灯的费用。西昆村读书重教风气浓厚，学风严谨，人才辈出。自清乾隆到宣统年间，有贡生4名、廪生4名、太学生1名、国学生7名、庠生21名。即使到了现在，村里最重视的还是教育，村里每年都有好几个学生考上大学；前些年，村里还创办了德成传统文化学校，与西昆小学形成互动，孩子们上小学前在该校接受启蒙教育，学习《弟子规》《三字经》等。

"大学之道，在明明德，在亲民，在止于至善……"那天的祭孔仪式最后，德成传统文化学校的小朋友们到戏台上朗诵《大学》和《弟子规》，整齐而稚嫩的声音在孔氏家庙的上空久久回荡，让听者的心灵仿佛接通了那延续了千百年的文脉。

林嵩和太姥山

林嵩应该是历史上最早一位钟情和研究太姥山的重量级人物。

林嵩应该还是历史上最早一位宣传和推介太姥山的形象代言人。

被誉为"闽中之全才"的林嵩，于唐宣宗大中二年（848年）生于长溪赤岸（今霞浦松港街道赤岸村），他自幼天资聪颖，好学有大志，唐僖宗乾符二年（875年）赴考长安，一举考中进士。

林嵩的故居面临东海的松山港湾，原是一幢单层6间大厝，可惜大部分建筑毁于清末战火，唯一块刻有"劝儒乡擢秀里第二都"字样的石碑犹在。故居的背后，就是连绵起伏的太姥山脉，而林嵩的一生与太姥山结下了不解之缘。

林嵩 12 岁那年，到太姥山西脉的灵山筑草堂书院刻苦攻读。灵山今属福鼎市秦屿镇礼澳村，草堂书院坐落于灵山的一个小山坳中，现遗址犹存，墙基尚在；荒草丛中，还有一口水井，以青石为底，井水依然清冽。因林嵩在灵山筑草堂读书，所以后人又称灵山为草堂山，此山山势延缓，站在草堂书院遗址上，可仰望太姥山岳诸峰，巍峨挺拔，可俯视周遭，晴川海湾，水天一色。如此奇美的山色风水相伴林嵩草堂书院读书 13 年，于是，千古名联"大丈夫不食唾余，时把海涛清肺腑；士君子岂寄篱下，敢将台阁占山巅"就在此脱口而出的。

更难能可贵的是，林嵩登第后，翌年循例荣归故里，除叩拜高堂，欢会亲朋，还带头以赴考节余旅费为基金，率众在其灵山读书时曾目睹"河流湍急，一雨成灾"的蓝溪之上建桥，以便乡民往来。于今蓝溪桥遗址犹在，桥头有碑，现桥为民国时重建，仍是通往太姥山的路径之一。

建蓝溪桥应该是林嵩热爱故乡，钟情太姥山的第一次回报。福建省观察使李晦以林嵩"禀山川之秀气，闽中之全才"上报朝廷，奏请敕改乡、里旧名，以旌表贤良。乾符五年唐僖宗即降旨：授予林嵩秘书省正字的官职；改赤岸乡为"劝儒乡"，故里为"擢秀"，劝儒乡下辖五个里，除擢秀外，为望海、遥香、育仁、廉江四里。这四个里在清乾隆四年，单独设县，就是现在的福鼎市。福鼎建县，虽在林嵩身后的 800 年，但饮水思源，福鼎人民应该感谢林嵩。

林嵩到长安任职三年便弃官回乡，弃官的原因，与那年黄巢的农民起义军攻入长安肯定是有关系的。林嵩为此写下"一任旁人谈好恶，此心愿不愧苍生"的诗句，足以说明当时的情境与心迹。但不管如何，太姥山有幸，让他再一次回报了故乡。

如果说太姥山下 13 年的刻苦攻读，林嵩对太姥山的认识是感性的，那么此番重返草堂书院，则是理性地全面考察和研究这座东南名山了。

此时的太姥山已经名声在外，在林嵩考中进士的后两年，唐僖宗敕建国兴寺。太姥山寺庵不少，但规模最大的数国兴寺，单石柱就有 360 根，至宋代焚毁，今寺前旷坪上尚有许多石柱横卧草丛之中，很有沧桑感。而造化所赐之太姥山峰险、石奇、洞幽、雾幻的"四绝"美景也引起世人的注目，林嵩努力的结晶体现在他此时写下的《太姥山记》。

这是现存关于太姥山的最早文献之一。文中对几条入山路线的介绍，虽简明扼要，但极有次序而科学，而许多景点描述，既可领略经典传世，又可看到历史演变。除此，《太姥山记》还为我们认识太姥山文化提供了极有价值的线索，尤其是关于摩尼教的记载。林嵩对太姥山感性与理性的结合，已经超出一般意义上的熟悉和热爱了。在《太姥山记》中，他几乎以主人或导游的身份在如数家珍，这在所有古人的太姥山游记中极为罕见。

在太姥山下闲云野鹤又充实繁忙的日子又过了三年，唐僖宗中和四年（884年），福建道观察使陈岩聘林嵩为团练巡检官。唐僖宗还都京城后，重新启用林嵩，后官至金州刺史。在职期间，林嵩勤于吏治，"政声感人"，但生不逢时，林嵩虽掌一州军政大权，终无法挽回江河日下的政治局面，只好借故奏请提前退休回乡。

晚年的林嵩，先在离家不远的岱村，以整理旧籍为主，后迁犁溪畔，种梨树，筑草堂，取名"犁花草堂"，梨溪在今霞浦县杨家溪风景区的龙亭村，也属于大太姥山风景区内，就在这样优美的自然环境中过着悠闲清淡，与世无争的隐居生活。

值得一提的是，林嵩享年96岁，于五代后晋开运元年（944年）逝世。这样的高寿，于今看来，也是罕见。我想，这与他早年乐山，晚年乐水一定有很大的关系，仁者与智者的林嵩似乎以此来诠释那句话——"禀山川之秀气"。

走进太极八卦城

道教是中国土生土长的固有宗教，深深扎根于中华传统文化沃土，它的标志是太极八卦图。太极就是一个圆，里面用"S"线画着阴阳鱼；八卦图是一个正八边形，每条边上都标明一个符号。古人认为，无极生太极，太极生两仪，两仪生四象，四象生八卦，八卦生六十四卦，这就是太极化生八卦的基本理论。

这理论用在建筑上，就诞生了太极八卦城、八卦村、八卦楼，等等。我感到惊诧的是，新疆的特克斯县城，是目前发现的，中国（当然也是世界）保存最完整，也是最大的一座太极八卦城。我曾见识过浙江兰溪的诸葛八卦村和福建漳州的土楼八卦村，至于一些八卦楼、八卦地、八卦田等也有所耳闻，但这是在中国边陲少数民族地区啊！

县城中心是一个气派的八卦广场，广场中心原有一座太极观光塔，不知为何被拆除，现原址被广告牌围着正建设中，我们可从广告牌看到航拍的八卦城照片，整座城市是非常方正的八边形，相当壮观。即以八卦广场按相等距离，相同角度，如射线般向外伸出八条主街，每条主街长 1200 米，每隔 360 米就设一条连接八条主街的环路，一共四条环路，后一环的街比前一环多一倍，即一环八条街，二环十六条街，三环三十二条街，四环六十四条街。这些街道按八卦方位形成了六十四卦，各街道都按爻卦名称设置了方位说明牌。

在八卦城目睹耳闻两件事饶有意思，一是这座县城没设一个红绿灯，交通秩序井然。据说原来也设，1996 年，一位易经专家建议拆掉红绿灯，说是按八卦原理，无论怎么开车都不会堵，不必多此一举。那日，我们驱车试验一番，果然畅通无阻。还有一件事，当地人更津津乐道，说有一位外地司机，开辆严重超载大车进县城，担心被罚，夜间才出城，远远看到一位警察在灯光下值勤，赶紧调头绕道，车行不久，又遇见一位警察在灯光下值勤，便绕道更远，但绕来绕去，始终躲不开处处都有灯光下值勤的警察。这司机整整绕了一夜，第二天，把自己遭遇告诉同行，说特克斯县城警察太多了，结果成了笑谈，传遍全城。其实，这位"晕头转向"的司机，一个晚上见到的就是八卦文化广场的一个警察。故事虽然有些夸张，但我们那天出城，起先凭感觉行车，结果也是绕"晕"了，还得回到八卦文化广场，找准了路牌出城。

据县志记载，特克斯八卦城最早出现在南宋时期，道教高人丘处机应成吉思汗邀请前往西域，路过特克斯河谷，发现了理想中的太极八卦地，于是，勘定方位始筑城。1936年冬，"新疆王"盛世才岳父邱宗浚调任伊犁屯垦使兼警备司令，邱老头热衷易学，看上这块风水宝地，以老城雏形为核心，拓展建设，还请来俄罗斯专家帮助测绘施工。据说，八条主街道还是套上20头牛，用犁头拉出来的。前些年，上海吉尼斯总部授予特克斯为"世界最大规模八卦城"。

那天，我们去参观"八卦城公园"，问询门卫老人，才知晓观光塔前世今生的传说。观光塔始建于1968年，22.5米高，为三层八面柱体混砖结构，墙体写满毛主席语录，时称语录塔。1993年改造成50多米高的观光塔，从此，成了登高俯瞰八卦城的最佳处。几年前，县里拆了观光塔并斥巨资建100米高的观光楼，都快竣工，不知为何，拆了，现在不建宏伟高楼了，建个气派的太极坛。有人传说，拍板建百米高楼的领导突然患病去世，楼便拆了，估计是谣言。又有人说，楼与八卦城不协调，违反了文物保护条例，所以拆了，应该不是谣言。我们听罢，都叹气：折腾啊。老人说，领导也不容易，还陪了性命。我们笑了，称赞这里古风犹存。

第二天，慕名前往刚获得世界自然遗产头衔的喀拉峻草原，离县城才30公里。哈萨克语中"喀拉峻"的意思可解释为"莽莽苍苍的草原"，太名副其实了，走进海拔2000米的高台草原，四野皆是芳草碧连天，犹如一幅舒展的碧色地毯，毯面还绣着五色花朵，一直铺展到皑皑白雪的大山脚下，不管老少爷们，还是老少美女们，都恨不得在"五花毯"上打个滚。

醉人美景，吸引我们越走越远，不知不觉来到山坡一个毡房前。一位哈萨克大妈，一位十二三岁少年郎，一匹大鬃马，一只小黄狗，在蓝绿天地间，其乐融融。我们喝着大妈自制的酸奶，请少年郎骑大马，携小狗，给我们拍照。寡语羞涩的少年郎，一上马背就矫健敏捷，时而放缰驰骋，时而立马扬蹄，小黄狗紧跟其后，不厌其烦给我们摆姿势。同行的摄影发烧友陈君说，今天一定有好作品。

我问："小伙子，你的马让我骑回营地吧，要多少钱？"少年郎回答：

唐 颐

"不行，只有旅游公司的马队才能载客。"他的母亲帮着解释："不是钱的问题，我们要讲规矩。"

……

太极八卦城之行很是愉快，但还是惊诧，我只好努力思考：应该是中国传统文化太博大精深，又影响深远，于是深入少数民族地区，远至祖国西北边陲；因为乌孙国 2000 多年前就和西汉王朝结盟，共同抗击匈奴，所以中华民族传统文化早已融入其中；也许道教推崇的法师自然，无为而治的理念，与哈萨克民族逐草而牧，遵循自然的生活方式以及纯朴的本性是一脉相通的；大概中华传统文化的保护太任重道远，总是像冯骥才先生担心的那样，很难乐观起来……

曾章团

————————| 作品

曾章团，福建省作协会员，福建省民间文艺家协会副主席兼秘书长。曾任《东南快报》副总编、中共福建省委党刊《福建通讯》杂志社社委、《海峡茶道》《寿山石》等杂志创办人并担任总编、福建省政府发展研究中心咨询服务中心主任、福建省区域和企业评价中心主任兼《发展研究》杂志总编、福建文学杂志社社长、《艺品》杂志总编等职务。

在《诗刊》《当代诗坛》《海峡》《福建文学》《学术评论》《人民日报》《国际商报》《福建日报》《海峡通讯》《福建师大学报》等报刊发表散文、诗歌、新闻、学术论文作品50多万字，诗文被选入《福建师大百年文学大系》《不老的长安山》《中国当下诗歌现场》（2016年卷）、《诗韵涵江》以及《舆论引导力与传播力探讨》等选本。获福建省第九届社会科学优秀成果三等奖。出版有诗集《镜像悬浮》。

记忆中的石磨

我的童年是在外婆吱吱呀呀的石磨声中度过的。

外婆家的石磨是用青石琢成的，不大不小，摆放在大厅中柱旁，磨盘就安放在石头堆的上面。每到黄豆收成的季节，外婆就会将收成的黄豆泡在水里浸上一个晚上，第二天，就一个人坐在石磨旁，右手握着手柄，左手舀着黄豆，将它轻轻倒入石磨上方的小孔里，推着石磨吱吱呀呀地转动，于是那磨面和磨盘间便沁出一圈乳白色的黄豆沫。不一会儿，细细的响声便会伴随着吱呀声不断传过来。那响声仿佛从遥远的地方流来，从春日的豆苗，夏日的烈日而来，从那虽然瘠薄却开着淡白色小花的田埂上而来，从外公锄头杆上镰刀口上而来……一直流到这个不再枯燥不再乏味的日子，流进散发着季节清香的厨房。

黄豆磨好了，外婆便在厨房里施展她的手艺。那些乳白色的黄豆沫烧开后，豆腐香便缓缓溢满了厨房。接着外婆又将用纱布滤过的黄豆沫倒到一个木制的大圆桶中，放入白粉末的石膏，盖上木锅盖，过会儿掀开盖子，桶里便结出洁白鲜嫩的豆腐花。外婆每次总要舀出一碗，加上糖，让我先尝那热乎乎地喷着浓浓香气的豆腐花。外公在家里常会帮着将豆腐花一瓢瓢倒到一个铺好白纱布的四方槽里，在上面放上另一块板，再压上石头，等外公外婆做完这一切，我的豆腐花也已经吃完了。那股香甜爽口至今犹在舌尖上涌动。

外婆压出的豆腐一块一块的，很像我作文纸上的方格。外婆便将那方方的豆腐东送西送，自家倒吃不到几块。没几天外婆便再烧一锅，压出后，一块块放到铺着稻草的竹篮里，蒙上布，让它发霉，长出一层厚厚的绒毛，然后做成了豆乳。做出的豆乳也是香喷喷的，可以慢慢地吃到年底。我的童年便也在嫩软的豆腐中一节节长高了。

外婆的石磨到晚上常又成了我儿时的书桌。那时乡下小学时兴成立晚上学习小组，几个人要在组长家中一起写字做作业，老师还时常下来检查。我的那组便在外婆家里。外婆在石磨上放上那块豆腐板，点上煤油灯，我们便围在石磨旁，在微弱的灯光下写字、读书。外婆每次总要坐在旁边，看着我们写字，看着我们这一小群人乖乖坐在那里，一个个一声不哼地学开了。有时外婆会从厨房里端出糯米汤等点心，显出一脸慈祥的微笑，大家这才敢叽叽喳喳又闹开了……到每学期末评比优秀学习小组，我们组总是第一。

石磨就这样碾过黄豆，碾过外婆的红颜，碾过外公强健的身躯。外公和外婆流去了那些比糯米、黄豆还饱满沉重得多的晶莹的泪珠，去感动泥土感动四季，去叮咛小字辈，使他们也相继回归了故土。

外公离开我们的时候，我、外婆和妈都守在他身旁。那晚他似乎预感到自己将会离开，就把我们几个都叫到他身边。我们小心守着他，到后半夜，在我被哭声吵醒时，外公已经走了。妈和姨娘们都在外公身旁放声大哭，只有外婆一人痴痴地搂着我，呆呆地望着外公合上双眼的脸。外公走时外婆没在我们面前掉过一滴泪，但我知道外婆的泪都是流进心坎里。

外婆走的那段日子，我正参加高考。先是大舅发来电报说外婆病危，爸妈一起去了，只有我被留在家中。那几日我只是揣着外婆那绵绵的叮咛，让时光一天天在汗水和习题间流走。等妈回来告知外婆已经走了，我正踏进严深的考场。

我知道我无论如何都不能补回这段情感的缺憾！在我的记忆中永远流淌着那洁白的叮咛声。

前几年大舅家建房子，那个石磨的磨面被石头砸裂了缝；房子建好了，石磨也就被搬到房外。去年我回故乡，那个记忆中的石磨还是堆积在墙角边，任风雨洗蚀，在时光里慢慢地老去。

渡口·母亲

有时候突然会觉得自己的生命竟是同某一种事物紧紧联系在一起。我曾有几次这样的感悟，但追踪到底是同哪一种事物联系在一起，却是怎样也无法清晰，只有朦胧、模糊的影子在晃动。老家小小的渡口，就时常这样在我眼前沉浮着。

我的老家在海边的一个渔村，从家门口到下面的大海只有八分钟的路程，小时候的我，就在那海边长大。那片海就在村前蓝着，默默地汹涌，无数次在潮涨潮退着。因为村前是海，也就有了供船只停靠的渡口。我记得每次渔船或渡船归来，渡口总是热闹的，挑鱼的，搬东西的，看人的……将渡口簇拥得热气腾腾。每每这些时候，我们小孩总是在大人的中间钻来钻去，东瞧西望，你追我赶。那时只知道渡口是一片热闹的地方。挤着很多人，有很多新鲜事。

在一个炎夏的午后，我无意中踩到渡口延伸到海中的礁石，避免了一场"不测"时，我才真正认识了渡口。那时，我已经到了偷偷下海游泳的年纪。

小时的村里，每个学会游泳的人，都要在平潮时的渡口与相隔二十米左右的"八戒礁"之间来回游一趟，才算是真的学会。现在想来那倒很像是学徒的出师"仪式"。那天中午，正是我和伙伴们的出师表演。我们同许许多多人一样，在紧张而激动中扑进了海里，离开了渡口，往对面的"八戒礁"奋力游去。几个人气喘吁吁地爬上了礁石，终于骑上了在海中只露出一点点的"猪八戒"背上。当然，在上面只能是换几口气，马上得游回渡口，才算"过关"。当同行的几个还舍不得离开礁石时，我一个人就已经跳到海里往回游，回来可不比刚才的游出去容易，游几步，我就感觉手臂及双脚的沉重，划得又艰难又慢。快到渡口的岸边时，我全身都往下沉，终于乱了手脚，整个人竖着往深水里踩，又苦又涩的海水已经冲进我嘴里，我意识到我在下沉，呼叫已经来不及了。但奇迹就在我下沉的时候发生了，我的脚突然踩到了礁石，本能地奋力一蹬，全身又往上浮了，我终于被几个高年级的"师傅"拉回岸边。

在大海退潮以后，我才知道自己踩在了渡口往海中延伸的礁石上。也正是那时，我才看清了渡口的全貌。它像一个巨人平躺在村前的海里，头枕着陆地，让船只无论在涨潮还是退潮都能停靠在它的岸边；让村里的每个渔民从它的身上踩过。小时的我，就是这样在它身上踩了一脚。事后，母亲于黄昏中来到渡口，在那里烧了一把的香，还在那里自言自语，又极小声地说了一番话。

或许是命中注定了我不属于那片渺茫的大海吧！也许是从小就惧怕大海的缘故。初中时，我独自一人考上了县城的中学。从那时开始我就离开了村庄和父母，远离那片大海。于是，我发现自己每次离家与归家都要在渡口身上踩过去，在渡口与渡船之间上上下下。

由于我较早就开始独立生活，因此，每次的离家上学，母亲总要送我上渡船，然后站在渡口，默默地目送我启程。从那时开始，我就在一次次的送别里，看着渡船慢慢离开渡口，看自己渐渐离母亲远去。在我眼中，渡口最后只剩下它的轮廓，成了一片模糊的淡影，远远静卧着，安详，温顺。母亲单薄的身影也是从那时开始一天比一天深地嵌入了我的视野之中。

我已经不知道有多少次回首或探身望着那片淡影了。在一次又一次的告别里，在母亲无数次的远眺里，我的背影离渡口也渐渐遥远。我后来上了中专，终于又在大学里读了几年书，有了让母亲放心的事。渡口也在一年里修建成了一个小码头。但离家时，母亲还是要送我上渡船，她还是那样目送着渡船和我的远去。回首时，我发现渡口已不在，但码头还是成为一片淡影。我茫然望着这抹淡影，母亲的身影还是站在寒风中，连同那片淡影成了横在我生命中的一道风景。

过完春节的这次告别，我在渡船上一遍遍地想着：渡口是什么呢？是我即将溺水时，发现了它延伸的部分，像一只大手托我上浮？是我每次告别时的回首，每次回家时的寻觅？是母亲每次远送时写满叮嘱的目光？还是母亲每次远送孩子时站立礁石时的孤单。

渡口是不可破译的密码。就如眼前的这海，站在前面码头上的母亲。我只能感觉着这许多无言的片刻，它似一段路，让我一个人在上面走，母亲在身后紧紧盯着我……

我知道，渡口已不在了，母亲也会不在的。我又一次茫然望着那抹淡影。我的视野里，汹涌着那片大海，驻扎下整个故乡的形象，但它又都那么幽远，

曾章团

那么朦胧，朦胧中似乎又透出无可复加的清晰，那就是那抹淡影，我知道那里站立着我永恒的母亲。

散落的丰碑

在福建的海边，总会不期而遇渔村里形式各异的石头房，而在福鼎更会迎面望见一座座石头垒起的城堡，围坐在大海之外，沉默不语。寂静的石头，写满沧桑的城墙，让人探寻时光背后的故事和秘密。

据清嘉庆版的《福鼎县志》记载："水澳堡，大白鹭东五里。明洪武二年，置福宁卫军防守。州志作水屿堡。"我的老家就在水澳，在我的记忆里，村里的那段老城墙似乎就是现在模样，只是越来越多的树和草长满墙身，那些爬满青苔的石头已被杂草掩盖住，像是有意要遮住过往的旧事。

城墙至今还完整保留着西门和北门两座城门，村的南面是码头和海，小时候听老人说他们也没见过南面城门的模样，因那是通往大海的，在没有倭寇的岁月，村里的渔民是一直要向着大海敞开一切，大南门不复存在应该是非常久远的事。原来还有东面城门的遗迹，记得只有一段城墙的凹陷处，城门早已荡然无存。小学三年级时，有一次我曾在那爬过，不小心从左边凹陷处那段旧城墙上掉下来，好在树枝没有插进眼睛，而是伤到眉眼上，当时还流了很多血，事后，我妈妈还给城墙烧过香。

那时村里人经常围在城墙边大榕树下聊天，老人们偶尔还说起古时候的故事，说村里原来是将领训练水师的地方，个个都英勇善战，曾经杀敌无数……有时候，大人会和我们小孩说城墙下藏着很多尸骨，叫我们千万不要站在城墙边乱找乱挖。我就读的水澳小学就建在北门边上，所以，从小我们都不敢太靠近城墙，隐隐约约觉得那里一定有神灵。

村里的城墙因为长久闲下来，就逐渐被人遗忘。长大以后才知道老家的城堡是明初卫所之下在福鼎（当时隶属福宁卫）境内设立的两个巡检司之一，另一个是离秦岭不远处的大筼筜，可以说水澳堡和大筼筜堡是明代为抵御倭寇在福鼎境内最早建的两座古堡之一，同时，还建有烟墩和水寨。福鼎市区山前的烟墩山就是其中的一座，现体育中心旁的小山包旧时亦被叫作"烟墩山"。驻扎秦岭的烽火门水寨，是明初福建所建三座水寨之一。如此可见，福鼎的海防位置是相当重要的，《福鼎县志》在《海防》部分开篇就说："福鼎地处闽北，与浙洋交界，最主要口岸有三曰南镇，曰潋城，曰泰屿，逼近外洋……其余各澳及诸港汉，在在均可通海，前代屡遭倭警。"

卫所建城，巡司建寨，又有烟墩星罗棋布，明朝政府在闽沿海建起了看起来非常严重的海防。按常理看来，这样的海防岂能让倭寇在沿海肆无忌惮地侵扰？著名历史学家黄仁宇在《中国大历史》中曾描述道："有的卫所早已在历史之中被疏忽遗忘，此时无从动员，临时募集的士兵则不愿战，也不知战法，更缺乏款项足以供非常状态之开销，因之自公元1555年开始，倭寇流毒于东南沿海达二十年之久。"

据《福鼎史话》（白荣敏著）"海防积弛，倭祸荼毒"一章中描写：嘉靖三十四年起，"倭从浙江来，蹂躏福宁州"，"自此以后，无岁不犯叫"，"沿海民居，焚毁一空，春天燕子飞翔，找不到旧窠，起新窠都构在树林上面"。在福鼎，嘉靖三十五年十月，一万多名倭寇攻打秦岭堡，乡民程伯简率领大家奋力抵御七昼夜，程伯简战死城上，但城未被攻破；三十七年四月，倭寇再次攻打秦岭堡，亦未能破城；三十八年四月，倭陷桐山，遍地几成焦土，民居所剩无几；四十二年五月，倭攻流江……

四百多年的时间过去了，时间的灰尘遮不住它的血迹，倭寇烧杀掳掠的暴风骤雨一样冲刷着沿海的每一个角落，冲洗着鲜血和死亡，淹没了多少哀怜、哭泣、呻吟、绝望的呼吁。

那些可歌可泣的百姓抗倭行动在县志和一些宗谱里都有不少的记载。清嘉庆《福鼎县志》载，嘉靖三十五年（1556年），倭寇侵犯秦屿城，程伯简组织百姓奋起抗倭，青壮年守卫在前，弱者次之，连妇女也盘起头发运石送饭。倭寇连攻七日不下，程伯简还设下巧计，与倭寇展开决斗，铳矢并发，消灭了一部分倭寇，其余的连夜逃遁。英勇的程伯简却身受重伤死于城上，而且在这次战役中死难的民众共有四十余人。事后，乡人李春荣等建"忠烈祠"，以祀英烈。

嘉靖四十二年五月，倭寇在沙埕、流江等地骚扰，沙埕人民配合把总朱玑率领的舟师迎头痛击，歼战甚众，俘虏五十余人；四十三年四月，水澳人民积极配合明参将李起率领的军队打败倭寇于水澳，歼战千余人。当然，这两次痛击倭寇，都是在戚继光统一指挥下的军事行动。

当我的脚步穿过滟城古堡，我听见了它的呐喊，它的城墙上还留有炮台。当我的脚印踩在玉塘古堡残存的女墙上，我看见了它的伤痛，夏氏族人寡不敌众，尸横遍野，血流成渠。当我的手抚摸过石兰城堡仅存的那斑驳的城门，我听见了它的呼唤，练武强身，扫除倭寇。

为抵御倭寇，在福鼎境内，沿着海边建起了不少的城堡。《福鼎县志·城池》就收录达三十一个之多，较大的城由政府倡建，绝大部分较小规模的堡则是由当地老百姓自发组织建筑。从北到南，把散布于沿海的古城堡连接起来，就如一条玉龙盘山镇海，筑起福鼎海疆的坚固屏障。这些古城堡，就是福鼎人民抗击倭寇的一座座丰碑。

秦屿城、桐山堡、店下堡、沙埕堡等许多有记载的城堡都已被时光之手推倒，现有保存比较完好的除了县城附近的玉塘堡，还有秦屿的滟城堡、屯头堡，沙埕的水澳堡、官城堡，硖门的石兰堡以及店下的古家岐堡等。

在秦屿镇西北角，有一座几乎被人遗忘的古堡叫滟城古堡。据《福鼎县志》记载，滟城古堡建于明嘉靖年间（1522 年），是当地族人为抵御倭寇而兴建的。至今，古堡内还住有百余户人家，但由于年代久远，一些建筑已渐渐被水泥砖瓦所替代，唯有整座城墙依然完好如初。

堡城墙周长 1127 米，由自然石和溪卵石叠砌而成，高 5.6 米，底厚 4.6 米，依地势而筑。由于北面靠山，整座城墙仅开有东、南、西三个城门，每个城门宽不足 2 米，高不足 3 米，仅可供马车通行，所有大宗货物都得在城门外拆分运入。

滟城三面环山，东面临海。远远望去，杂草在石缝中瑟缩，堪称完好的古城墙还残留北门炮台一座，愈显苍茫。遥想当年，从海面而来的倭寇，必然出现在潋城东向的平坦地带，正好处于炮火的打击范围。

据当地人介绍，古时，城堡内有大宅二十余座，城仓十余间，庙堂、戏台若干，小巷甬道纵横交错，置身其中如入八卦阵不知所向。由此可见，这座当年位于闽浙交界的冷城古堡有过繁华景象，而这繁华又与"坚不可摧"的城墙不无关系。

沿着古城墙巡视，唯一可读到的文字信息是一块嵌在东门外墙石砖上的碑记：福宁州杨家溪司主老爷罗某捐奉重修蓝溪东门桥（东门护城河桥）道立碑记康熙四十年（1701 年）七月。数百年过去了，古堡内外发生了巨大变化，古城墙却能完好如初。护城河绕流，听村中老人说，整个潋城呈圆形，早年一条石板街自东贯西，将堡内建筑布局一分为二。内有环城路，还有长220 米、宽 1.2 米的清水河自西向东走向，中间分渠向南沿街而过……

今年金秋时节，因着福鼎一片瓦诗社在玉塘文化山庄举办了一场诗歌研讨会，又是一次诗人雅集，在午后暖阳，我因此了解了玉塘古堡。没有了四百年前的剑影刀光，只有连绵青山，阵阵风涛。

玉塘堡，位于福鼎市桐城镇玉塘村。明嘉靖三十九年（1560 年），为抗倭御寇而筑。北顺山势，南沿海边环绕，城墙有 874 米，有东、西、南三门，西、南门为拱形，东门为方形，保存基本完好。诗人林典铇还陪我寻找到东门外县级文物保护单位"玉塘夏氏忠义冢"，它就是那次抵御倭寇而被杀害的夏氏村民集体埋尸之处。

回望历史，抚摸城堡的肌理，那些无畏和坚韧，依然在秋阳下闪着光芒。福鼎人民奋起反抗，众志成城，保家卫国，更是筑起了一道道血肉长城，立起的是一面精神的丰碑。

在石兰村，为了抗击倭寇，邓氏的先祖于明万历八年绕村建成城堡，城内呈长方形，以石堡城门为入村口，连一条长长的古巷道，铺以青石，巷道两旁砌二米高的石墙，巷道宽的地方不足一米，窄的只容一人穿身抗击倭寇，石兰的先祖们不仅利用先天的地理以及自然的优势，同时，发动村民，奋起习武，当时上自古稀老人、下至儿童都练拳弄棍，常常给匪寇于痛击，令倭寇死伤累累，闻风丧胆。据村里老人介绍，那时候整个村是崇尚武术的，全民皆兵，为了抗击倭寇，瞭望樟放哨的那个人，锣鼓一敲，村民就马上从门口跑出来，上面城墙上面原来刀枪林立，从上面刀枪拿一下就出去抗倭寇。于是就有了传至今日的拳棍术，为了纪念先祖，后世的人们称这种拳棍术为"石兰邓姓抗倭拳棍术"。

现在的城堡，已经很老了。斑驳的红褐色石块，遍布着的青苔，昭示着古城堡的百年沧桑。只有北面的一个城门依然挺立，城墙三米多高，向两处延展一直到无边尽头。

秋天在远去，我突然看见了落叶的背影，海边时空沧茫处，隐约传来的海潮声正拍打着我的心胸，因为，这些古老的城堡，我记住了一段历史。每天在都市车水马龙中穿梭，有时仰望天空，向着故乡的方向，我的心底，蓦然而生一种敬仰，不由地会举起右手向着那些丰碑敬礼！

寻觅东冲

一

车子一路盘山而上，从霞浦城关前往东冲的路上，隔着起伏的山峦，有人说到了海。海在这样的时刻，总是寂静的，海在山之外。过了好一阵子，我忍不住问同行的北壁乡叶丽建书记，他说，听到声音了吧？下了山，就是东冲半岛了。

车子似乎快了起来。海，果然在我的视线内涌动着。一眼望去，海湾内风平浪静，水面上插满了竹竿、木排，四处是紫菜和海带，还有用浮标围起的一层层鱼排和木屋。我的故乡也有海，我对海的记忆比水要多，可是，水是单一的，而海，深不可测。下了山，不时会看到渔民们摇着小舢板在劳作，他们在耕耘着大海。近岸的滩涂，水面上的竿影、船影与波光粼粼的大海、远山浑然一体。你说什么都没有用，眼前的海是赤裸的，毫无忌讳，你看见了它，它却始终看不见你。公路沿海边一直环绕延伸，车子一路向南，沿途那些被海所勾勒的绚美的剪影不停地在车窗外闪现。我们经过长春镇、下浒镇、北壁乡政府，两个多小时后终于抵达最南端的东冲村。

位于半岛末端的东冲村，像是东冲半岛伸向东海的一只大手臂，三面环海，一面靠山，与宁德蕉城、罗源、连江等县（区）隔岸相望，并形成了东冲口，最窄的地方不到两公里。汹涌的大海在这里被"收住"、被降服，口内形成了闽东广阔而丰饶的观井洋、东吾洋以及著名的三都澳。东冲口外就是东海，关口以内这片内海则变成了"洋"，海水和淡水交汇，这里也成了世界著名的黄瓜鱼繁育基地。

村里人都很热情，他们说每年农历八月十八，天文大潮时，东海汹涌着奔呼而来，涨潮声一浪高过一浪，东冲口内的观井洋，还在喘息着退潮，"海"和"洋"在这里形成落差的水墙，有时高达三米多，船只如果在这里被吞没，沉船往往要几十天后从连江境内浮上来，东冲口的险峻由此可见一斑。现在，东冲口岸边礁石上高耸一座航标灯塔，提醒往来航行的船只。

二

因着特殊的地理位置，东冲村曾经有过自己的辉煌。东冲村，明清至民国称东冲镇，历史上为交通要冲。在村里的古码头上，至今还立着1934年成立东冲镇时，镇长林俦手书的"东冲镇"青石碑，碑上还刻有"民国二十三年仲夏建"的字样。据村里老人回忆，那时镇上两条街，上面街和下面街人来人往，熙熙攘攘，街市繁华，每年春节期间，上、下两条街都会比赛燃放烟花和鞭炮，短暂的焰光曾把那时的夜空映得一片通红。

新中国成立后，东冲就是一个地地道道的村了，辖有和石、长基、望月楼、沙塘、澳里等11个自然村，全村现有621户，总人口2500多人。村里主要以海上养殖为全村的支柱产业，因这里水流缓急，海上养殖主要就是鲍鱼，是霞浦最大的鲍鱼养殖基地。村里，四处都能见到海上养殖的浮标和渔网等工具，它和普通的渔村没有什么特别。只是村里不时出现的古榕树张着浓荫背后好像藏着什么，古树的根须，似乎是和村里不曾遗忘的历史紧紧相连。

古村，除了古树，一定还有村民朝觐的古庙。据《霞浦县志》载：清乾隆时在东冲镇依次敕建观音宫、妈祖宫、临水宫。"文革"期间被毁。唯第三进临水宫左右两堵内墙，紧靠街内民房幸而保存。20世纪80年代在旧址重建，占地100平方米，为红墙青瓦单座，悬山顶木结构，宫内供奉的是临水娘娘陈靖姑。在临水宫正殿左右墙上各绘十八仕女，仕女面目慈祥俊美，头顶盘髻，衣裙裹体，亭亭玉立，神态如生，整个绘画线条细腻。2002年发现这是清代临水宫重彩壁画，此画俗称临水夫人三十六仕女，而人物造型为明代装束，其画工达到一定绘画水平，是霞浦县现存壁画最完整一处。据村老人说，此画清乾隆时，村人特重金聘请福州画师彩绘，弥足珍贵。但令人遗憾的是，几年前宫里的壁画请人重新描过，颜色显得有些新，古壁画的韵味顿时全失。

村里至今保留着，正月期间，全村上下对宫内供奉的临水夫人共同祭拜的习俗，以此保佑村中该年风调雨顺，家和业兴。村里的光阴仿佛就在临水宫的氤氲里流转，倒是有几分平静，也有几分从容。

临水宫最前方面海而建原来是观音宫，依着村里的一块巨石，这块远看像柱子一样的巨石，东冲村人都叫它"柱石"。柱石上至今依然铭刻着清朝康熙五十六年（1917年）福宁州同知史国祥苍劲有力的隶书"雄镇海疆"。我从史料上知道有这"雄镇海疆"的柱石，那天我是在村主任张海影带领下，钻到村民破旧不堪的房子里，穿过一片废墟才找到刻在柱石上的这四个字。无论是在海上，还是在村里，"雄镇海疆"已经被遮蔽了。

我不知道，这是被村里人所遗忘呢？还是现实把历史藏匿起来。

三

打探东冲的历史，它的命运似乎是和清政府在三都澳设立福海关紧紧联系在一起的。清光绪二十四年（1898年），清政府在三都澳成立福海关，以此开辟了闽东海上茶叶之路。此后，英、美、意、俄、日、荷兰、瑞典、葡萄牙等13个国家的21家公司都在三都岛设立子公司或商行，三都澳成了中国东南贸易的一个重要港口。据有关资料统计，1900 年至 1917 年，三都澳年平均出口茶叶量为 11.56 万担，均占福建省年出口总量 20 万担的 50% 以上，占世界茶贸易量 1.73%，这是一组令人惊讶的数字。

福海关是中国第一个因茶而设的海关，东冲设常税总关，管理闽东各处常关。宁德地区的茶叶从东冲口出发，东通日本，朝鲜半岛，西经东南亚，印度洋地区，直至西亚和东北非，茶叶经由这些海上交通路线销往各国，走向世界。据当地人说，当时国外寄来的邮件，只要写上"中国三都澳""中国坦洋""中国东冲"，就可以直递收件人手中。

"茶季到，千家闹，茶袋铺路当床倒。街灯十里亮天光，戏班连台唱通宵。上街过下街，新衣断线头，白银用斗量……"这首在闽东流传的民歌是当年茶市繁荣的真实写照。那时的东冲就是一面镜子，反射出历史上的一度辉煌。

现在回头去看，当时的海关堂早就不在，只遗留下几条旧石条静静躺在街边。那些钱庄、货铺、商行也早就被人遗忘，只有村里上年纪的老人谈起当年的繁华，似乎还能唤起点点记忆。当然，被村里遗忘的还有我正在寻找的"番仔楼"和"绣球楼"。

其实，绣球楼就在临水宫的右前方，是一座砖石和木结构的小楼，西洋造型，一层是白色的砖石，拱形门还保留完好，二层为木结构，外面的木板已经开始散落。绣球楼是当时外国人的休闲娱乐场所，本来是两座并排而建的，左边的小楼经不起风雨，几年前倒塌被拆除，只留下空地，好像它无形的身躯还在。从临水宫旁边弯折的小路往上，拾级而上的台阶早已残缺不全，树叶和枯枝盖着路面，再绕过一小段石板路，映入眼帘的是一座孤单而老旧的红灰两色的石砖楼，隐身在村顶上，淹没在一片杂乱无章的树林和杂草间，也把尘世和大海的喧嚣隔绝开来。这就是为英国人来海关工作生活起居而建的海关楼，当地人称之为"番仔楼"。小楼面对三都澳，背靠着大洛山，原来的楼只有两层，都是由红砖砌成的，新中国成立后，这里被改建为驻军的营房，好的是原有的红砖楼都保留着，只是在正门入口加建了一排建筑物，把红砖楼遮隐起来的同时前后两座楼又联成一个整体，是一座真正的中西合壁的楼。入番仔楼内，楼里一片萧瑟，一楼房间依稀可见壁炉位置，每扇窗都有外飘窗，门窗早就不翼而飞，飘窗上已长满青苔。

村主任张海影告诉我，乡里已争取到省财政的一些资金，正准备把番仔楼进行修复，村里到这座楼的路已经在修建。我知道，不久的将来这里又会由沉静转为喧哗，但这种喧哗一定是游人的，楼里原有的喧哗早就烟消云散，这楼就像是老人一般守着大海和青山。

四

东冲口历来是闽东地区的战备要地，海上交通咽喉，就像东冲口的海面，看似波澜不惊，其实暗流涌动，东冲就是一块写满沧桑的海角。

民国二十三年（1934 年），东冲海关帮办吴仰贵（又说吴光茂）是海关职员中唯一一个中国人，无数次目睹外国侵略者在东冲横行霸道、仗势欺人并不断倾销洋货，严重破坏我民族工业的发展，而政府又软弱无能，便愤然去职。在离开东冲之前，吴仰贵将自己的满腔爱国情怀抒写成"国货救国"四个大字勒刻在波涛汹涌的虎头岗断壁上，警醒世人不能当亡国奴。我在村里远眺，那四个大字无疑刺痛了我的眼睛，一个卑微的赤子，我们只能记住他爬上虎头岗的背影，看不到他悲愤的面容，甚至都不能准确知道他的名字，而那铿锵之声永远震耳欲聋。

1945 年 5 月，侵华日寇已四面楚歌，当时驻闽日军六十二独立旅四千余人被迫北窜，船舰从三都经东冲口撤走时便炮击东冲。至今，建于 1913 年的东冲小学大门横梁上弹孔犹存。1949 年中华人民共和国成立后东冲口建立了海军基地。驻防海军屡立战功，英雄的"588"艇被授予"海上猛虎艇"称号。在东冲口悬崖上长眠着 1954 ~ 1955 年在东冲战斗中牺牲的张广祥、李志远、王明益、马洪恭四位烈士。村里人在心底都记住了他们的名字。

现如今，霞浦城关从动车站到东冲的二级公路正在修建，我想，一年多以后，从霞浦到东冲只要一个小时，那时一定有更多的人来东冲寻觅，哪怕要找的仅是一幅被人遗忘的历史画卷。

狄民

———————| 作品

狄民，50后，原籍山西，出生于福建省福鼎市。以医为业，爱读书，尤其爱读闲书。业余创作以散文为主。因创作得与诸文友相识，于诊疗之外，更见识一片天地，心中常有欢喜。

独 行 太 姥

客人因故未能如约，反正已到山下，索性独行太姥。

一个人登山，快也罢，慢也罢，率性而为，一路行去，优哉游哉。

沿着新修不久的木栈道上行，举目四望，全是风景。

时令已是春末，杜鹃花期已过，但道旁偶尔还能看到一两朵，自顾自地开放，带着一抹勇敢的绯红。

很多时候，人不如花。开与不开，并不能由自己做主，有很多制约。你想长叶时，偏要你开花。你正开得欢，却又要你谢幕了。心态好，固然可以淡然处之，但心中未必没有些许别扭。

山上的植被很茂盛，很葱绿，把那些远远近近、大大小小的石头，在阳光下映衬得更加奇崛，洋溢着阳刚之气。

这些年来，上太姥山也已经很多回了，或是会议，或是社团，总会有一帮人呼喝去来。一路上言笑晏晏，天下大事，家长里短，反而冷落了山水风光。转一圈回到山下，回顾行程，不无几分茫然，只好自我安慰，权当锻炼身体。

独自行走则不然，心与天地相接，更无旁骛，一些熟识的风景居然品出不少新意，更可喜的是，一些本来不是风景的地方，也有意外的收获。拐过一个弯，一棵普通的小树，挨着一块平常的山石，而小树的根部，居然还有两株摇头晃脑的白蘑菇，树依着山石，蘑菇依着小树，皆不出半丝声息。蓦然间觉得它们在这静静的山中是那么的自然和谐，那么的情意脉脉，让人不由得生出几分感触、感动和感悟。

一花一草，一木一石，这个时刻，这个地点，纯属天意，无诉无求，阳光正正地从头顶泼洒下来，满目青翠，满耳宁静，山风轻过，一片叶子斜斜坠落，遥遥几声鸟鸣，不由地一声叹息从心底漾开，一时间竟然有些痴迷忘机。

这些年外出旅游，多是结伴而行，且大多有导游指引。一心只奔着那些所谓景点而去，其间则闷头赶路，到地点后，一番介绍，初闻虽觉新鲜，但所见所思，已落导游窠臼。等到灯下回想，无非长些见闻而已，并无自家见解留痕心中。提笔枯坐，惭愧腹中空空，索然无味。

于是便体会到独行的妙处。

独自行走，听到自己的足音缓缓地在石阶上弥散，消失在空谷林木之中，淡淡的身影，时而在前，时而在后，无语相伴。没有计划一定要攀到何地，却留心每一处大自然不经意间刻画出的神工鬼斧。

行到一片瓦景区，那儿最出色的景点是金龟爬壁。往常到此，导游总会告诉你，一个生灵想要修成正果，必须灭绝一切贪婪情欲，否则，一失足成千古恨，谁也救不了你。导游说到此处，轻摇手臂，依稀有二分奚落，一分幸灾乐祸，游客也大多点头称是。那日，独立崖上，遥对仍在峭壁上苦苦挣扎的石龟，心中居然平添一种尊敬。凡世间即如圣贤，亦有过错，何况生灵。而犯错之后，仍不肯放弃，不肯他往，从跌倒处爬起来，千万年咬牙展示在如织的游客面前，纵蒙羞受辱，凭千夫所指，只一心向上，这又该具何等大勇气，何等大智慧！

若这般情状，神仙还不知，未免有失洞察；若已知之，尚不肯宽宥，则神仙又不免心肠太过冷酷。

放下屠刀，尚且可以立地成佛，更何况知错能改，自古为人间大善。假如过此人人皆存此念，或许神仙垂怜，石龟终有破云而去之日也未可知。

独行的妙处还在于你可以独立拥有一个浩瀚的空间。

奔波在滚滚红尘，终日局促于逼仄的水泥钢筋块中，吸他人之所呼，两耳嘈嘈切切，阳光总是隔窗灿烂，一面屏幕埋葬了多少明月星空，长此以往，令我不得开心颜，所以一有机会，就要奔向山，奔向水，奔向清风满面、清气盈胸。

站在半山的涌翠亭上，天空很清澈，很辽阔，几缕轻云，疏而不乱，淡淡地浮着，愈见娴静。眼下青山起伏，林木森森中小径蜿蜒断续，间有人影三两。远方，薄雾开处，市镇如画，晴川湾海空波平。

我的眼睛还不够好，还看不到更远方的大海，但那几座浮在海面上的朦胧岛影，已足够让我神往。

你一个人静静地站着，没有导游催你，也没有同伴呼你，听凭遐思自由地飞翔，这些山，这些水，这些竹木花草、白云飞鸟，这一刻，你拥有它们，它们也接纳你。无须说一句话，只要静静地站着便好，山风过耳，心无点尘，神驰八极，自在，自得。

曾经有过的那些关于岁月的感叹，那些关于日子的记忆，以及那些关于距离的惆怅，等等，这一刻，似乎也都随风远去，烟消云散。

蓦然想起李太白的"众鸟高飞尽，孤云独去闲。相看两不厌，唯有敬亭山"。这诗往常也读过背过，今日方觉得理解深了一层。

独行归来，红日西斜，一肩阳光，太姥山已在心中。

感 受 石 兰

走在石兰（石兰村，位于福鼎市硖门乡）的山道上，心中有大的欢喜。

山径蜿蜒，人行进在明媚和翠绿里，山风若有若无地吹过，数声鸟语，远远响在浓浓淡淡的深处，阳光款款地铺在周遭怡然自得的山坡上，让你忍不住想要愚蠢地去猜测它们的梦。

我们去看古树。

石兰古树成群，以榕、樟、枫为主，皆有传奇。如"夫妻榕"，据说是我国纬度最北的古榕树，四百多年的相依相伴，竟然心生灵犀，能相互感应，在春秋两季里此黄彼绿，此绿彼黄，相映成趣。又如"榕抱樟"和"樟抱榕"，树龄均在千年，树高也均达 20 多米，枝干遒劲如龙腾天际，绿叶如云随龙欢舞，因自古以来多有灵异，而被村民奉为"神树"，其中"榕抱樟"还入选《中国树木奇观》全国 500 树王的第 39 位。

在众多的植物中，最能让我产生敬畏的就是古树。岁月如流，把无数鲜活的人事冲刷得干干净净，大概只有阅尽沧桑的古树，还记得这小小村庄的悲欢离合。亲近一株古树，总能够给我以欢乐，同时，给我以警示和启迪。

我们去看竹海。

出了石兰村，顺竹林间的山道而上，一直上到峰顶，就看到了竹海。只见漫山遍野的红竹林，一岗连着一岗，连到天边，绿浪翻滚，飒飒之声盈耳不绝，真是蔚为大观。在竹林里，我们还看到了紫竹，令人惊喜。

一棵竹子很平常，一丛竹子也很平常，但竹海，尽管只是量的简单重复，给人的感觉就截然不同。竹海如大海，你无言肃立，静静体验一种宏大的无边无极的力量，你的心灵在轻轻地战栗——欣喜的战栗。

继续往海边的方向走去，路的两侧，高高低低的杜鹃树上，开满了鲜红或是粉红的杜鹃花，在这高山顶上，没有人来打扰它们，它们也开得格外欢实。走不远，然后，突然间，它就那么雄姿英发、气势磅礴地横亘于天海之间。

那就是今天最让人惊心动魄的大鹏！

见到它的第一眼，你张大口，却什么也没说，只在心里发出一句无声的惊叹。

海岸线神奇地构成了大鹏的身子、头部和喙，而两边的山峦，则构成了它向上斜展的巨大的双翼，仿佛大鹏鸟正要拍浪而起。

"北溟有鱼，其名为鲲。鲲之大，不知其几千里也；化而为鸟，其名为鹏。鹏之背，不知其几千里也。怒而飞，其翼若垂天之云。""抟扶摇羊角而上者九万里，绝云气，负青天，然后图南，且适南溟也。"有庄子在前，我真的无须再作饶舌。

转瞬间，海雾弥漫，大鹏仅作神龙一现，一行人没有一个来得及掏出相机，谁个敢说冥冥中没有天意。

走在石兰的山道上，心中有大的感触。

石兰村以野兰花而名，但石兰村的野兰花却伴随着一段国破家亡的历史。宋靖康二年（1127年），宋徽宗、钦宗被金兵所掠，北宋亡。同年康王赵构即位南京（今河南商丘），开始了风雨飘摇的南宋。然而，无论南宋小朝廷仓皇拼凑的军队，还是浩浩荡荡的长江天险，都没能挡住金兵南下的铁蹄，公元1129年十月，为了追捕南宋的隆裕太后，金兵在黄州渡江，直扑江西吉安，那一带的百姓，从此生活在巨大的恐惧中。南宋绍兴二年（1132年），一支邓姓族人，从吉安庐陵出发，扶老携幼，背井离乡，匆匆踏上了东逃的路。谁能说清那一路上跋山涉水的艰辛，谁又能说清那一路上走投无路的彷徨，他们只知道走啊走啊，只想着走得越远越好，恐惧和智慧使他们本能地走向青山而不是平原，有一天，又饥又累的他们终于走到了一处野兰花盛开的山坡。或许，和宋代大文豪欧阳修同乡的庐陵人，骨子里多多少少都有几分诗意；或许，将近千里的路程，使他们确信自己已置身安全之地，那一天，就是这兰花让他们选定了自己的第二故乡。

今天，我们慕名而来，也正是兰花盛开的季节，路旁的绿茵丛中，到处可见长叶离离、柔美舒展的兰草，叶间还点缀着几朵花序金黄、花瓣嫩紫的小花，她的身姿婀娜而又脱俗，她的气韵浓郁而又清雅。历史已成为族谱中发黄的记忆，而兰花的美，却穿越时空，在千年后的这一刻，引动我们的幽思。

其实，邓姓先人万万也不会想到，四百多年以后，一场几乎相同的灾难，再一次降临到他们的后辈身上。明嘉靖年间的福建沿海倭乱，又毁掉了他们的家园，不过，这一回，邓姓子孙们没有选择逃避。他们齐心协力，垒石成墙，以坚定的信念无声地昭告了一个村庄面对外侮时的尊严。

时间又过去了四百多年，城门上攀缘的紫藤依旧如约在这个美好的三月里开着典雅的花，今天，我们先后在这保存完好的城墙前留影，心中充满了对先人的崇敬。

再见了，石兰！

山　行

一

平常的日子，去登一座平常的小山。

山上有一座千年古刹资国寺，因为是假日，处处笑语喧声。

穿过寺院，一边拐弯，一边沿坡上行。

这是初春，山坡上的野花还没有开，但大片大片的茶园，大片大片的草地，随山势起伏，尽情地伸展着蜷缩了一冬的肢体。

眼前的绿并不浓烈，隔着嫩绿的草叶和疏朗的枝条，能看到散发着暖气的黄土。时近中午，天很蓝，阳光柔柔地洒下来，给似乎娴静的绿平添了几分清亮和活泼。顺着茶园中的小径慢慢地向前走去，渐渐地便觉得自己已经融入这个绿色的世界中了。

小径旁有几棵小树，亲密地挨着挽着，树荫里的绿，又较别处幽深和沉稳。你忍不住伸手去触摸头顶上的树叶，感受叶片那锯齿般锐利的边缘，感受隐隐约约的叶脉间那毛茸茸的温软，仿佛触摸到一些久违的往事……手上下意识地加了点力，一丝尖细的刺痛刹那间便从食指传到心房，几句少年时最爱背诵的普希金和雪莱的诗句，不知从何处冒出，一下子来到唇边。

走出绿荫，抬起头，山坡渐远渐高。让人惊奇的是，那远处的绿，不像近处绿得这么羞涩纤弱，反而闪着天空一样的蓝光，绿得明快自信，纵目环眺，你不由地在心底里生出许多的欢欣来。

唉，自以为聪明的我们，错过了多少视而不见的风景呵。

二

这满眼的绿，其实也具有一种力量，让你静默的力量。

于是，闭上眼睛，站在这绿的山坡上。

起先，你只是感到静，无边的静，只能听到自己的呼吸，闻到泥土和草

狄　民

叶的气息。然后，逐渐有一些声音来到你的心中：风吹过树叶的声音，山涧中流泉欢唱的声音，昆虫翅翼拍动空气的声音，枝条和草茎生长的声音，甚至，阳光在山坡上移动的声音……

这些声音，有些很芬芳，有些很清凉；有些很欢快，有些很坚定；有些很悠远，有些很明净。你感受到它们，越来越清晰，好像这些声音是有重量似的，你不相信地摇了一下头，这些声音瞬间便消失了。你依旧闭上眼睛，放慢呼吸，随后，这些声音又再度来到你的心中，这回更清晰了，你不再怀疑，只管舒展整个身心去接受它们，也让它们接受你，犹如浸泡在温泉中，只觉得内心深处有些什么正在一点一点地消融，又有些什么正在一点一点地苏醒。

不知道过了多久，这些声音依旧回荡在你的心胸，只是它们不再是此起彼伏，而是变成了一支柔和的乐曲。那旋律你从来也没有听过，却又似曾相识，不，一定听过，或许是在未染红尘的童年，或许是在云烟迷茫的前生，它或许曾伴随过一段刻骨铭心的故事，或许曾伴随过一个穿越生死的诺言，只是你现在忘了，真的想不起来了，但它没有离你而去，它静静地蛰伏在你的血液里，静静地等待着一个命定的时间和空间，然后便潮水般地响起，摇撼你目瞪口呆的魂魄。你伫立着，浑然忘却身外的一切，突然，你有一种想要呼喊的欲望，应和着这音乐呼喊，以回答那充盈天地间的召唤。

那个平常的中午，过得很快。

那个平常的中午，过得很慢。

海　　望

稳稳地站着，面对海，太阳高高地悬在头顶上。

不禁再一次挺了挺胸膛。

每逢晴的日子，便想海。倘若说山是一种傲岸的存在，海便是博大深沉的展示。

站在山的面前，吸引目光的不仅仅是山的高度，还有山上那些浓烈顽强的生命，还有那条云雾间断续明灭的小径。而海，只是海，没有岛，没有船，没有海鸟，甚至，在这一刻，也没有云，极目所见，只是一大片无垠的波涛，波涛上一大片碧蓝的天。

空荡荡，却空得坦然，空得自在，空得无羁无碍，心无点尘。

山的幽深，隐藏了太多的奇迹，令登攀者常常有大大小小的惊喜和欢乐，而海的浩瀚，则将观海者的心灵过滤的近乎明净。此刻，站在这里，你才如此真切地体会到我们人类赖以生存的这个巨大的星球，体会到这个星球以外的更为巨大的天宇。

海边，裸露一小块月牙状黑黝黝的泥涂，有浪在进进退退，也不知是涨潮，也不知是退潮。其实，涨潮又怎样，退潮又怎样！也许人在乎，海自己并不在乎。

有风。海风从耳畔掠过，絮絮叨叨地诉说关于海的轶事，或许很有趣，但我听不懂。

我已经面对着海，又何必再听风说些什么。

在海的表面，风剪纸一般地剪出无数雪白的浪花。通常，人们在赞美海的时候，很少会忘记赞美浪花，然而，站在这高高的礁岩上，面对浩浩渺渺的大海，那些泡沫般转瞬即逝的浪花，便十分自然地被忽略了。

曾以为浪花也是海，此时想来，多么可笑。

也不知道已经站了多久，在如此巨大的空间里，时间也变得混沌起来，全身心只剩下一种感觉，那就是站在这里，面对海，真正的海。

那些海上勇士，水手或是渔民，从不自诩什么征服了大海，哪怕是完成了一次世人震惊的海上壮举；他们更不诅咒大海，即使是颠簸于大海的暴怒之中，他们宁愿声称自己是海的儿子。

然而，就是他们，当岸的淡影逐渐浮起在海平线上时，也会情不自禁地发出欢呼，热泪盈眶。

人类只有对海，才有着这般复杂的情感。

耳中忽然听到海的声音，不，不是那种轻盈悦耳的哗哗声，这声音要更低沉，更深邃，更震撼灵魂，我的笔无法描述这种声音。

站了这么久，直到这时分，才感受到海，我的心因狂喜而微微战栗。

是一种召唤吗？抑或一种启示？

无边无际。

海在缓缓地说着什么，我不能明白，更不愿意自以为明白，我只能让心的小小的跳动，很自然地融入这宇宙洪荒的节拍。

海在我的面前。

我在海的面前。

牛郎岗散想

有空的时候，找个晴朗的日子，去看看海。

比如，去牛郎岗。

我不知道，为什么大自然会如此钟爱这个地方，把这么多的美丽景观集中在一处？但它既然这么做了，肯定有它自己的道理。

到牛郎岗海滨，首先吸引你的，就是那一片迷人的沙滩。

沙滩的颜色，介于金黄和银白之间，在阳光下闪烁着柔和的光芒。沙子很细，因为海浪浸浴的缘故，赤足走在上面，有一丝潮润的感觉，酥酥凉凉，自脚下慢慢地升上来、升上来，直到这种感觉淹没了整个的你。那时，你闭上双眼，听任身外的喧嚣和你身内的沉重都一齐溶解，溶解在天风海涛的轻轻拥抱中。

那时，无论你笑了还是哭了，你的笑容或者泪水，都很明净，很纯真，如同逝去的浪花，如同旧照片中的孩提时代。

那时，你或许已经后悔，后悔自己过久地疏离了大海。

回想起来，也到过牛郎岗好几回了，可惜每一次都匆匆忙忙，没能见到这片沙滩在迷离的月光下舒展身躯，伴随着海浪温柔而又有节奏的拍抚怡然入睡的样子，也没能枕着这片若远若近的涛声做一个海阔鱼跃的梦，终究有几分遗憾，几分惭愧。

沙滩看着你兴冲冲来，兴冲冲去，一定暗自好笑。

其实，即使牛郎岗没有这片沙滩，它也仍然是美的，因为它的岸边，还有礁岩。

在沙滩的两头，屹立着一座座小山，终古不息的海浪，侵蚀剥离了它们朝海一面的所有脆弱，造就了我们今天所能见到的硬骨嶙峋。

礁岩的颜色远看都是青灰色的，但登上小山，你就会发现，礁岩也是丰富多彩的。由于石脉和水纹线的变化，形成了国画一般的深浅明暗，其间又随意泼洒些墨绿和暗红，在阳光里如汗青碧血，书写着亘古不变的悲壮豪情，令人肃然驻足。

小心地行到岩上临海那一面的崖顶，屏住呼吸，慢慢地探出小半个身子，眼前的景观美得让你惊心动魄。峭壁似断刀残剑，直插入海，峭壁的底部，被海浪撕咬开了一个大口子，惊涛拍击，浪花飞溅，你的耳中充盈着海的咆哮，你的心中，却被礁岩的刚毅深深震撼。

史海茫茫，英豪无数，哪一位不是历大险厄而不屈，执大智大勇，方成人所不能成呢！

无语傲对苍穹狂浪，宁为玉碎，不为瓦全，倘若你到牛郎岗，应当去看看礁岩。

站在这样的海边看礁岩。

站在这样的礁岩上看海。

其实，即使牛郎岗没有沙滩，也没有礁岩，它也还是美的，因为，它有海。

长天一碧，大海无涯。

轻帆渡浪，鸥影飞旋。

天是蓝的，海也是蓝的。但天的蓝和海的蓝却又各不相同。天的蓝清亮近乎透明，让人产生许多幻想；海的蓝则厚重而又含蓄，不事张扬里透露出

狄 民

大自然的无上威力。说海天一色，其实是人的视力有限罢了。究竟哪一种蓝更美呢？一帮朋友站在海边，各执一词，到底谁也没有说服谁。

登山往往是一种集体行为，看海就不同。你可以呼朋唤友，也可以独自面对大海。

敞开胸怀的大海常常会使人忘记海其实深藏了太多的秘密。从牛郎岗望出去，浩渺烟波里，就有一个小小的鸟岛，无数的鸥鸟日复一日心照不宣地聚集在那儿，为了它们自己的快乐和秘密。

那一天，某人见我在海岸上傻站了许久，不解地问我："你看到了什么？"我愕然，乍然间竟无言以对。是啊，眼前有什么呢？不就是一片大得没边、咸得发苦的水吗！

但这是一片有生命的水啊！

进化论告诉我们，这个星球上先有了海，先有了海洋生物，而后才有了陆地生物。说海洋是人类的摇篮，远远不足以表达人类与海洋之间的血缘关系。面对海，你常常会体会到那种寻根探祖的神圣和温暖。

潮起潮落，历亿万斯年而从未失信，仅凭这一点就足以让许许多多人自惭。

你看它挟着浪花喧腾扑上沙滩、扑向礁岩，嬉戏了一通，然后心满意足地退去，在阳光里转瞬间不留一分痕迹，依然是那片海，依然是波涛起伏，可谁知晓，刚才那个浪、那度潮又在哪里呢？

你想让一滴水永远不干涸，就把它放到海里。光这句话，就够我们咀嚼一生了。

山 不 说 话

山不说话。

山无须说话。

横空出世，阅尽人寰沧桑。危崖兀立，不怒自威，不由人不肃然起敬。当年辛稼轩面临山的巍峨雄浑，慨然而赞道：如对文章太史公。以司马迁的《史记》来比喻山势，真是奇人奇想。

千岩万壑，深谷幽涧。曲径蜿蜒处，又豁然别开洞天。游兴尚未尽，归途已黄昏，回首望山，无语自亲。李太白诗云：众鸟高飞尽，孤云独去闲。相看两不厌，唯有敬亭山。可谓深得个中三昧。

山不说话，却并不冷清也不寂寞。

山上有树，树上有鸟。

树下有草，草中有虫。

鸟鸣、虫吟，悠悠扬扬，此起彼落，喧闹而又不流于粗俗，山却因此而生意盎然。白昼，惹几许诗情；月夜，则更添三分幽静。

况且，山上还有风。

微风过处，草木萧萧，有人说像情人絮语，我却说最像渭城朝雨之中，阳关三叠，一咏三叹。而劲风浩浩，林涛阵阵，又似岳武穆长啸凭栏，壮怀激烈。此情此景，若能携友人三五，把酒高歌，心胸为之舒朗，又岂有俗虑九重，烦恼三千？

况且，还有流泉，叮叮咚咚，余韵不绝，恰如浔阳江头，秋月芦花里轻拢慢捻的琵琶，每每令登临者驻足低首，遐思无限。还有飞瀑，空谷雷鸣，声撼九霄，遥遥闻之已精神大振，行到近前，席地倚石而坐，闭眼听喧呼满耳，俨然周郎赤壁，金鼓齐鸣，三军振臂。又仿佛八月十五，观潮于钱塘江岸，那一种夺人的声势，非亲历者无法体会。

有天籁如此，山又何须说话。

然而，山真的不会说话吗？

一个暮色初降的夜晚，山鸟归尽，山月未起，疏星几点，在一峰巨岩下，我把耳朵紧紧地贴在那片微有凉意的峭壁上，很久，很久，脑海中一片空明，似乎无所闻，又似乎有所闻。

人之渺小，人生之短促，尚有三魂七魄；以山之博大、之古老，又岂无魂？

狄 民

佛家说禅，其玄奥种种，然归根到底，全在于一个"悟"字。

山行归来，山声盈怀，丘壑满胸，再入红尘时，竟恍然有桃源归客那一种隔世之感，几回想把山中的感受告诉他人，却总有难以言传之憾。

某日，某地，与某人伫眺远山，但见一抹浓绿，横依于天青沙白之中，幽娴如处子凝思，良久，某人云：山真宁静。

我欲辨之，终究默然。

山依然不说话。

天 湖 吟

那一天，懂得了什么叫清幽。

蔚蓝的天，湛蓝的海，天和海轻轻合掌，捧出一个明珠般玲珑可人的嵛山岛。

山径弯弯，斜伸向缭绕的烟雾间。恰是绿肥红瘦的季节，草木正自多情，一路行去，人在浓翠浅绿中，若非身临其境，谁敢信这是在大海怀抱中的一个岛上，在我贫乏的想象中，岛就是礁岩耸峙，浪花飞溅，天风海涛，舟楫成阵，却不料这岛上竟有如此山光秀色。

于是，就到了名扬遐迩、有"南国天山"美誉的万亩草场。

于是，就见到了倾心已久的你。

山势起伏，成峰成谷。峰头，灰白色的峭岩，在阳光里挽着臂膀站成一排，目送一只飞鸟从胸前轻盈地滑过；峰底，修长的山谷里，恬静地卧着一湖形如野百合的碧水，我知道，这就是你。

身前身后，触目皆绿。阳光铺洒下来，苍绿的峰，墨绿的谷，漫坡漫岗的绿草，远的黛绿，近的葱绿，绿茸茸地顺着坡势向下淌泻，直到湖边，水面也被染上了一层嫩嫩的绿意，更映出一湖琉璃的晶莹。

我莽莽撞撞地来了，却一头撞进一个毫无人间烟火气的仙境。

倘若在一个银河横挂的星夜，一钩眉月投影在你的波心，草虫唧唧，潮声隐隐，结一顶帐篷，守一盏风灯，与三五好友抚今追昔，共度长宵，那又该是怎样地快心！

不知暗蓝的天幕下，在你泛着白气的湖面，会不会冉冉升起一枝枝雪堆冰雕的莲？会不会有许多奇异可爱的小精灵，在露珠滚动的叶面上翩翩起舞，迎着月光唱着只有你才听得懂的歌？

那一天，懂得了什么叫淡泊。

放眼环眺，四面青山流云，风吹草低，海已经在很远很远的地方了，几点舟影，悠悠然似夜空里的星辰，散落在朦胧空阔的天边，给人一种闲适的感觉。其实，在那边灿烂的阳光下，正充满许多辛劳，许多收获，许多快乐，而在这山中湖畔，只有旷达的峰峦，谦恭的草，簇拥着端庄的湖。没有拍岸的潮声扰你的梦，也没有尘俗的喧嚣烦你的心。

听过许多关于你的动人的传说，每一个传说中，都有善良美丽的仙女，都有一段悱恻感伤的故事，传说中的主人公，最终都得到了幸福，或者在人间，或者在天上。

你永远是那些故事的背景，你承受他们痛苦的泪水，你倾听他们悲愤的狂歌，在他们终于拥有快乐时，你微微笑着，目送他们结伴而去的身影，而后，把所有的喜怒哀乐，深深地藏在涟漪不起的湖底。

斗转星移，千万年匆匆地就过去了。

漫长的年代里，曾有过无数的狂风暴雨，侵袭你，鞭挞你，风雨平息了，你依然守着自己的一份宁静和超然，秋月春风等闲度。

多少回，想象过你的模样，不知你是白居易笔下"养在深闺人未识"那天真未凿的少女，还是杜甫笔下"绝代有佳人，幽居在空谷"那历尽沧桑的少妇？此刻，面对你成熟而不世故，高雅而不孤傲的绰约风姿，我的心里却只有一声低低的叹息，为自己的姗姗来迟，为自己不经意错过的所有岁月。

那一天，真不忍归去，又不能不归去。

我跋涉了很长一段生命之路，才因为一个偶然的机会走到你的面前。

我选择也被选择，我创造也被创造。我不相信命运，却又时时被不可知

狄 民

的力量所左右。在世人面前，我不自觉地炫耀我所得到的，在世人目光所不及的地方，我独自为所失去的而黯然神伤。我曾因不知道自己的路在哪儿而彷徨，而今，我却为预知自己所将要经过的道路两旁都有些什么风景而困惑甚至沮丧。

在你的眼中，我所有的忙忙碌碌，所有的满足和不满足，或许都无足轻重，甚至可笑。

然而，我却不能留在你的世界里。我的身后，还有我必须去做的事，还有我愿意去做的和我不得不去做的。

很久很久以前，有一个几乎拥有人类全部智慧的人，在自己的门上高贴着"淡泊以明志，宁静而致远"，但是，他却以自己殚思极虑的一生，实践了"鞠躬尽瘁，死而后已"的自白，令代代男儿热血沸腾，夜不能寐。

这是人类的无奈，也是人类的自豪，你能理解吗？

太阳正当头，空气中弥漫着青草的气息，如果醉眠芳草，在你的身边，会做个什么样的梦呢？

回过头，在草长及膝的岗头，再一次默默地注视你。山风披襟，胸中，便有些东西慢慢地，一点一点地化开，成轻烟散去，却将一枝野百合，明晰地镌上舒朗的心版。

此情可待成追忆。我想，在未来的日子里，会有许多记忆诱生的梦和梦勾起的回忆，在风雨敲窗的夜晚，拂拭蒙垢的心扉，抚慰焦灼不安的灵魂。

瞬间。永恒。哦，天湖！

在　水　中
——心情白水洋

很久没有感受到这种快乐了。

如此清亮的水，映着蓝天白云，映着四围温情环抱的青山绿树，欢快地流淌着，一路浪花，一路歌声。

来吧，来吧。歌声若有若无地向你、向我、向行到她身边的每一个人发出呼唤。这呼唤不是恳求，也不是催促，仅仅只是一声随随便便的邀请，却因其简单、因其明了、因其漫不经心，而更让人动心，简直就是一种诱惑。

偏偏所有来到她身边的人，无论男人还是女人，无论老人还是孩子，都无法抵御这种诱惑。

抛弃一切羁绊的诱惑。

谁能拒绝？

水清澈，并不深，浅处露骨，河床清晰可见。

河床是洁白的石头，一整块石头，平展，空阔。这样的水，这样的河床，居然在同一个时空里机缘聚合，天然去雕饰，因此被誉为奇景。

水石相激，水花如雪。

夏天的水恣意地流，有些丰满，有些张狂。

就是这样的一片水，不动声色，隐藏着多少天地生化的神秘玄机。

把一切多余的留在岸上，往前一步，你就到了水中。

水漫过足背，漫过小腿，在稍深些的地方，忍不住就躺了下去，躺成一种最感惬意的姿态，让水漫过躯干四肢，到这时候，已经不需要谁来告诉你可以做什么或是怎么做，你自然地放松身心，享受水的温柔的拥裹，让水托着起伏跌宕，随意漂流，犹如一片自由的绿叶。

万事抛却，悠然自得，那个纷繁喧闹的世界离你越来越远。

不，不仅这些，你还会大声地笑起来、喊起来，忘形地手舞足蹈起来。

为什么不呢？自告别孩提时代，你有多久没有享受到这种与水亲近的快乐啊，这种单纯的快乐，只因为快乐而生的快乐。

唯有天地听见你的笑声，唯有流水应和你的歌声。

那曾经有过的难忘时光，那些纯真的记忆，那些无邪的眼睛和笑容，刹那间从遥远的不知处回到脑海。

啊——啊——这时分，还真的只有这最简单、最原始的呐喊才能表达你

狄 民

最复杂的情感。

水，湿了你的身体。

水，润了你的心。

在山泉水清。

水宜清凉。水恰清凉。

那是怎样的一种感觉，从肢体的远端出发，瞬间就抵达了心灵最深处。

那感觉不是迷醉，也不是晕眩，而是身心涤荡后的灵动和虚明。或许，古人所云的醍醐灌顶就是说的这般境界。

太阳当空照，白水石上流。

任他暑气熏蒸如斯，却奈何人在清凉界中。

如果是在月下呢，圆月固然佳，镰月亦可人，银光潋潋，溪声或慢或紧，遥听天籁四起，烟霭依稀，非梦非幻，又该是如何的一番情景。

那一片静谧中，谁在悄然入梦？谁从梦中醒来？

不小心呛了一口水，开心的一边咳嗽一边放怀大笑。

清凉真好。

今天，你不是绿茵岸上匆匆来去的看客，徜徉在山光水色里，却始终游离在山水之外。

在这一片水中，你的快乐就是水的欢歌，你的舞蹈就是水的风景。

天地万类，你的身心与谁的亲近又能比与水的亲近更绵密、更融洽、更浑然一体。

你无须向谁诉说你的快乐，你无须向谁解释你为什么快乐，想起来，这真的是一件最让人快乐的事了。

总喜欢追问快乐的意义，却忘了快乐本身就是意义，哪里还需要什么别的意义。

你的快乐近似于鱼的快乐。

"浴乎沂，风乎舞雩，咏而归。"

倘若两千多年前的孔夫子行在今日，与你同浴于此一泓澄净之中，他又会发出怎样的咏叹呢？

唇边，一抹微笑，散在阳光里，水能读懂。

清浅并不意味着肤浅。在水中久了，渐渐地，就觉得水也是有生命、有情感的。

哗哗奔腾时是爽朗的，缓缓前行时是儒雅的。激荡起落时自信果敢，波纹微漾时恬淡冲和。

你和水嬉戏，水也和你嬉戏，在这流动的嬉戏中，你慢慢地体验着水的重量和温度，被渗透却不感到侵犯，被裹紧却不感到窒息，一些曾经的难以割舍、难以忘怀、难以平抑、难以淡然处之，付之一笑的种种，不知不觉中，已随流水消融。

是五百年前的一次偶然结下的缘吗？是这一生中命定的一个约吗？错过了少年的天真无邪，也错过了青春的狂放张扬，在这个热情洋溢的夏天，却以秋天的心情和这片水相遇，不由人有几分感伤，更有几分庆幸。

或许你依然无法摆脱缠身俗务，或许你依然抱怨身心疲惫，但你至少可以为自己在灵魂深处留下一潭空明，去盛放每晚的月光。

站在水中，没有人知道你的改变，更没有人知道你是因了这水而改变。

生命中有些喜悦，你其实并不需要与人共享。

此地，此时，在水中，抑或不在水中，归途上的你，绝对是不一样的。

虽然你一勺水也没有带走。

水是柔软的，但生活早就教会我，柔软不是柔弱，柔软也是一种力量。

看似平滑的河床石面上，一道道或深或浅的刻痕，隔着薄薄的防滑袜，警示我水的尖锐和坚韧。

你感觉到的水和你看到的水，并不一样。

面对水，心中总保有几分敬畏。哪怕是一条最小的溪流，她所经历的岁月也远远超过最古老的人类。

水完全可以不要人类，人类又如何可以失去水。

水包容万物。她映照山树云天，她收留落叶飞花，她从不嫌弃碎草枯枝，她甚至不会拒绝污浊腥秽。

她向前，总是向前，无论直行还是迂曲，大自然中没有谁能长久挡住她的前行。

任君能有几多愁，一溪春水依旧向东流。

让该留下的留下，让该湮没的湮没，水，就是这样晓喻我们造化的大道。

一朵明黄色的小花，斜偎在嫩绿的茎上，泰然自若，临水而立。

这其实是一条宽阔的山溪。没有雨的时候，流水潺潺，两岸草木森森，在阳光里明媚却又幽静。

溪流是青山的珍珠项链。

但人来了，从四面八方涌来了，尤其是在晴暖的日子里。

人声鼎沸，与风声水声搅扰在一起，水面上嘈杂如市。

然而这并不是真的她。

假如你肯站到高处，站到青山的肩头，俯视这一环弯月般的水景，人群如蚁，所有的声音都被疏朗的山风筛净，只剩下淡然的山、怡然的水。

一幅天与地共同完成的重彩水墨画。

目有所见。

心无所思。

郑清清

———————————|作品

郑清清，籍贯福建霞浦。现任福鼎市文学艺术界联合会主席，福鼎市教科文卫体与文史学习委副主任。

生活在母亲的手中像花开

那天下午我出差路过家中，一开门，从二楼垂下的虎耳草像绿色的帘呈现在我的眼前，身着红色衣裳的母亲就像花一样被衬托了出来，那景象好看极了。我一边对着母亲赞美着，一边迫不及待地楼上楼下欣赏起母亲种的花草来。

紫色和红色的三角梅从三层的阳台灿烂地迎了下来，一枝枝一簇簇像仙女在舞蹈。三层的平台就像植物园。数量最多的就数铁树了，我熟悉的两棵已有一人高，这两棵铁树，俨然就像一对老夫妻，不断繁衍着后代，那围着他们摆放的十几盆大小不一的小铁树就是他们的子孙。黄栀子在一角，开满了一树白色的花，与大片铁树的绿形成明亮的对比，散发着阵阵的清香。二楼的空间较小，沿着过道的走廊种着十几盆虎耳草，这种草在民间还有一个很吉祥的名字，叫"金线吊金钱"，也许是冲着这份吉祥母亲才种了这么多。虎耳草生机勃勃地垂向一楼。于是一进大门就看到这绿色的帘，而透过这道绿色的帘就是天井的花坛了，层层叠叠地种满了花花草草，虽然都不是什么名贵的花草，但小庭院在它们的点缀下也已是春色满园了。

母亲爱种花，这是她热爱生活的一种方式。在我的记忆中，母亲总能让我感到温馨幸福。

记得小时，父亲的一份工资，要赡养奶奶和养育我们姐妹三人。于是母亲变着法子式地安排生计。就说三姐妹的服装，在 20 世纪的七八十年代，我们可算是有花样了。母亲手巧，她会编织各种图案的毛衣，从穿在里面保暖的到外套，一年一个花样，那漂亮的毛衣外套常常引来女生羡慕的眼神。经常有家长来我们家借毛衣当样品。在别人的夸奖面前，母亲总是如实地解释道，每年做新衣裳花费大，自己织的毛衣年年可翻新，能省很多的钱。

操持家务是母亲一生的事业。在那经济拮据物资匮乏的年代，能干的母亲把我们的生活打理得是有滋有味。一块肉和一条鱼在她的手上会变成不一样的几道佳肴，就是青菜瓜果她也会创新出别样的口味来。如常见的空心菜，炒着吃一个味道，伴着吃一个味道，煮汤又是一个味道，就连西瓜皮她也能变成菜肴。母亲热爱生活，追求美好。从她对日常生活的用心，就能体会出来。家乡冬至那天，有祭灶的风俗，意寓来年更加足食。每年母亲都做得很神圣，供品的花色都要有吉祥的意思。清洗厨房，吉时摆上供品、上香、生炉，招呼一家人围在一起搓汤圆，煮汤圆，一个环节接着一个环节，一点都不马虎。敬神的汤圆要搓得很圆，很好，一般是母亲自己动手。余下和好的汤圆粉是用来包冬至饺的。这时母亲俨然像个教育家，鼓励我们包出各式各样的饺子。这是我们最开心的时刻，就像在玩能吃的橡皮泥。我与姐姐各自拿出看家本领，比着谁做得最好。最激动的就是这些创意冬至饺放到锅里煮时，我们是围在锅边，等着它从水中浮出，指认着这是谁谁做的，欢呼雀跃地像在欣赏着一件件自己创作的艺术品。母亲会不断地表扬着我们，也许这就是我们得到的最早的创新思维教育吧。儿时过年的印象也是深刻的。从母亲开始酿酒就能感受到新年要来了。那一个多月时间，仿佛母亲的生活节奏也在加快，准备着家人的新衣服、买年货，送亲戚的礼物她是样样周全。每年热闹的年夜饭后母亲还要接着蒸年饭。用木蒸笼蒸一笼，在过年的那几天时间里，一家人可吃上几天的，越吃越香。后来，房子几次装修，厨房中的那个大灶被我们要求着保留了下来，虽然与现在的家居不协调了，但它却成了我们的一个爱物，大灶也见证了我们一家和社会大家庭一样生活得越来越美好。现在我们一家团聚时，母亲还是用这大灶，蒸着大锅饭，仿佛时光依旧，温暖依旧。

母亲没有什么文化，但她心地善良，乐善好施，关爱他人。父亲从外地刚调回来时，我们没有自己的房子，不是住单位的宿舍，就是租房子住，搬家是经常的事。但每到一个新的地方居住，母亲就会与街坊邻居建立起很好的人际关系，这与她善良的性格是分不开的。记得我们刚搬进城关镇政府宿舍时，邻居的孩子们常常因父母亲下乡、出差等工作吃不上饭，母亲总是很热心地把这些小家伙张罗到家中，和我们一起吃喝，照顾好他们。多年后，每当我碰到这些家伙时，他们总会谈及母亲做的好吃的饭菜，很是感动。后来我们有了第一座自己的房子，搬到新家时，家里买了一台黑白电视。那时正在热播电视联续剧《霍元甲》，母亲每天傍晚把天井冲洗一遍，到了晚上在天井中排好凳子，打开大门，邻居们就纷纷上我们家来看电视。一部电视剧播下来，我们家仿佛成了这里的老住户了。我参加工作时，家里又搬了一次新家，母亲也是很快与邻里建立起了友好关系。父亲有一片果园，当瓜果成熟时，母亲就会把果实送给街坊邻居品赏，有时母亲还会带着邻居们上山采摘，体验收获的快乐。

父亲退休后，经常参加县里组织的老年科技服务活动，还常获得老年科技先进的荣誉。2001年父亲科技为农的先进事迹还上了《福建日报》。有次父亲下乡指导工作，在田间病倒被送进医院急救。昏迷了一天一夜的父亲抢救过来时，嘴歪了，话也讲不清楚了。这种病是要慢慢康复的。但每次到医院复查，医生总是说父亲是同类病人中恢复最好的。这与母亲的付出是分不开的。母亲不仅从生活上照顾得好，而且在精神上给父亲很大的信心。有时母亲还会慰藉我们，用父亲一点一滴的进步来鼓舞全家。一年多的时间父亲就康复得很好了，还会参加老年门球等活动。这一切与母亲坚强向上的心态是分不开的。

母亲不是伟人，只是一个平平常常的家庭主妇，但从她的身上我感受到了平凡的美，坚强的美，善良的美。

今年已75岁的母亲，虽然体力、精力已大不如从前了，但她依旧以美好的心态，与老父亲一起怡情地过着每一天。吃斋念佛，不紧不慢地摆弄着她的花草，与老邻居们拉着家常，接听着子孙们打来的问候电话，盼望着一个个节假日家人的聚会。

我愿这样的生活画面像花一样常开不败。母亲穿着好看的衣裳永远在等着我们回家。

雨中的春天

这个春天雨来得太多，与田野里花草的约会被耽搁了无数。其实，到了现在我这个年龄，冲动与激情是要倍加珍惜的。若涌上心头要去聆听一场花语时，就要行动起来。可以独自一人走进一个村庄，或一片田园。当然最美好的事是，你的想法与一两个好友不谋而合。这样，就可以去向往的地方，一路上谈笑风生，在短暂的旅途中又会增添出无数快乐的想法与点子来。这样的情景是再美好不过的了。

雨还在下着，春光是不可负的。我的招数是，煮一壶老白茶，约上几个好友，把脑海中的画面请出来，让五彩缤纷的花在手中绽放。春天开的花很多，寄情的百合，伤感的丁香，冰清的水仙，富贵的牡丹……有的是自己亲眼看过的，更多的是朋友们从四面八方发图片过来的。在这样多的花海里，我最钟情不已的，是那些淡淡的紫和小小的碎花。

老白茶在陶壶中慢慢地煮着，带着枣香的老白茶弥漫了整个书房。当然是先喝茶了，一杯两杯，直至身体微微发热。唐代诗人卢仝在《七碗茶》中写品茶的美妙意境：一碗喉吻润，二碗破孤闷。三碗搜枯肠，唯有文字五千卷。四碗发轻汗，平生不平事，尽向毛孔散。五碗肌骨清，六碗通仙灵。七碗吃不得也，唯觉两腋习习清风生。一杯清茶，让诗人写出了一片广阔的精神世界，将喝茶提高到了一种非凡的境界。

作为白茶故乡的人，品茶，品好茶是一件得天独厚的事。我手上珍藏的白茶，就有《茶，一片树叶的故事》中制茶人方守龙先生的太姥山生态有机茶；也有在各类茶赛中的获奖茶。有朋友外婆做的老白茶；有从茶农手上直接淘来的带着太阳味道的纯天然萎凋白茶。最为得意的一次是，2013年，品过一款春茶后，爱恋不已，最后索性把这款茶全部收藏。当年，这款茶后来被原来的企业送去参加茶赛，得了金奖。现在这款茶的口感转变得越来越美，

郑清清

全家人都爱得不得了。当你爱茶了，茶也会通人性，也会与你私语。那个山头的茶，那个茶师的作品，我的舌尖会悄悄地明白。

品茶是不能独自的，一是珍藏的好茶与友人分享，听听被大家赞美的声音，会有一种自豪、美好的感觉油然而生，这种感觉是有益于身心健康的。另一方面常常是一壶好茶，会引出无数的好茶等你分享，于是，茶事活动一场接着一场。在不经意间，会品到自己手中收藏不到的好茶和种类。生活在小城真好，生活在茶乡更是有福气。福鼎的茶店布满大街小巷，茶店装饰的也很是考究。常常行走在路上时，被朋友们邀进茶店品茶，而忘了出门该要办的事。

福鼎白茶是地方的一个产业。茶产业的昌盛也带出了茶文化的繁荣。政府的茶文化活动是大手笔，中央电视台新闻联播栏目，这两年直接到福鼎直播开茶节。茶农、茶师成了新闻人物。当代散文名家在太姥山上种植茶树，百名作家笔下写白茶，白茶仙子走进世博会，书画家们描绘白茶故事长卷等等，一场场文化盛宴让福鼎白茶声名远扬。

一方水土养育一方人。传说，太姥山古名才山，尧帝时，有一老母在此居住，以种蓝为业，为人乐善好施，深得人心，她曾将其所种绿雪芽茶作为治疗麻疹圣药，救活很多小孩，人们感恩戴德，把她奉为神明，称她为太姥，这座山也因此名为太姥山。如今，太姥山上的古茶树——绿雪芽依旧枝繁叶茂，成了旅游的一个景点。

千年的故事，仿佛演化成当下的生活。如今，福鼎人的生活与茶密切相连。福鼎春天的故事，主角一定有茶。有趣的茶事，让生活增添了许多的欢乐。清明茶是最受热捧的。一次下乡，听老茶农说，清明节当天的白茶与檵木花合在一起晒干，收藏起来，夏天中暑用这檵木花茶，一喝就好。当然这檵木花只能是福鼎茶山上野生的，花是白色的那种。我家先生夏天容易中暑，采制檵木花茶，成了他每年的心事。就连今年的雨也没有绊住他的热情。野生的檵木一个山头也才几株，那年我们是在点头乡村的一个山里找到的。如今每年都要与它重逢一次。两斤茶青和着能采到的檵木花，每年制作的量不会超过半斤。可想而知是怎样的一种珍贵了。这珍贵中还包含着收获自己劳动成果的那份喜悦。

清明节之后，连连的好戏就是品茶了。你的，我的，他的……今年品清明茶的雅事，居然在上海闵行区龙茗路上"八闽清音"的茶店里。茶店老板是一个年轻的福鼎人，店只经营福鼎白茶。这样的经营风格一下子拉近了我的喜欢。清明茶一款接着一款品着，听着老板一款一款介绍。本以为今年清明茶是找不到带着太阳的味道了，原来爱茶的老板用 3 月 25、26、27 三天，从"一号山头"采制的白毫银针，让我品尝到了心怡的味道。鲜爽、毫香，甘甜……美妙无穷。

情不自禁想起冰心先生曾说："我要尽量的吞咽今年北平的春天。"那么，我想说："来吧，我的朋友，我们一起在白茶故里——福鼎吞咽春天。"

郑清清

王祥康

—————————|作品

　　王祥康，1964年出生，福建省作协会员、福鼎市作协主席。1984年开始创办《绿雪芽》《诗岛》等民间报刊，在海内外百多家报刊发表诗歌数百首、小小说20多篇，诗作收入40多种诗歌选本。曾获 "寻韵·中国茶都"全国征文比赛一等奖、第二十九届福建省优秀文学作品奖等。出版诗集《夜风铃》《纸上家园》。

石 心 水

　　太姥山的石头是有生命的。这是我数十次的登临、数十次的迷恋与流连后的又一个发现。七月的太姥以她赤裸裸的挺拔与雄奇，毫无吝惜地接纳了我们。清晨，我们兴致勃勃地从顶峰"瞭望台"出发，准备到山的背后去看看久负盛名的"天门街"，去聆听历史的余音。

　　导游却神秘地引领我们先去附近看著名的"美女献花"石景：一块巨石形象地并呈着一对女性生殖器官。羞怯的耳语和无忌地嬉笑之后，我们走向天门岭。

　　陡峭的天门岭被洪水冲刷得寸步难行，浓密的杂草又掩盖了原有的险峻。我们拨开浸透晨露的草丛，小心探寻着错落的石级。在这荒废已久的古道之上，现代的脚印正踩牢历史的痕迹，一步步深入久被遗忘的天门寺，深入时空的隧道……

　　天门寺位于唐代白箬庵的旧址之上。而现在迎接我们的却是一座以粗石垒筑的寺庙，其百年不变的古朴与清寂，诉说着沧桑与无奈，就像太姥山的石头亘古守候，就像谷涧的细流苦苦涩涩地清数年岁。

　　住持和尚领着我们去拜谒唐代"天门街"的遗迹。俯身在残砾废瓦之中，轻轻地一手握着唐朝，一手举起宋朝；就在细密的竹丝柳荫下，宽阔绿油的菜园边，我们已经一脚踏进了历史的繁华与盛世的安乐。透过布纹瓦的纹路，我仿佛听到了隐隐传来的叫卖声，听到了历史凄风苦雨的悲鸣……我的心中已被压上了一块石头。住持又引着我们看散落在周围的石雕，指点四周的石景，讲解山脉的风水，诉说神奇的传说，参观他一手筹建尚未竣工的飞檐翘脊的庙宇，回望历史，描绘未来，如数家珍。在他的热情与兴奋中，我心上的巨石沁出了一泓清亮的水……

　　就在不远的地方，我又发现了一处奇景：在一块巨石靠近底部的地方，有一个像锅样的凹处，"锅"底分布着五个碗口大且很圆整的石洞，蜿蜒地通向巨石的内部。"这是石头的血管！"我突然惊叫起来。看着五个同样大小的洞口同样地挂下一缕湿湿的水渍，没有流动的感觉，就这样湿湿地挂下来，在石下汇到一处，汇到一个手帕大小四四方方的水槽，里面已聚起半指深的清澈的水。就是这半槽来自石心的水，养育着一位奇特的僧人。

水槽边有一个小小的石罅，八十七岁的布道和尚就住于此。他五岁离尘披剃，参访了不少名山大刹，八年前，苦行一生的他终于在这里觅到了归宿。他拒绝了十步之遥的亮堂大殿，就在半米见方的矮架上垫着棕团，日夜打坐。一架破旧的煤油炉，半槽清清的石心水，以及石罅深处敬奉的三尊小小的简陋的接引佛，便是他的一切。一袭素洁的青衣好像雾一样裹着青瘦的身体，偶然抬起的眼睛中，目光空蒙辽远，仿佛能穿透岁月，尽览宇宙人生……八年来，他没有躺过，甚至没有靠过，就这样坐着，像一块坚硬的石头，任凭岁月剥蚀，以独特的状态、以永恒的佛性，一寸一寸靠近终极无暇、妙明圣洁的大圆觉……

布道和尚告诉我，不管洪涝还是干旱，这槽水总不会溢出，也没有枯竭过。

哦！石心水，你莫不是太姥山石的精髓！你的招呼，你的滋润，使布道和尚坚硬的生命内核潺潺地流动着一泓永不枯息、永不泛滥的信念源泉，使他成为太姥山上又一块令人敬仰无比的奇石！

这时，我又想起"美女献花"石景。我想，那不只是亿万年前造山运动的妙手偶得，也不只是大自然的鬼斧神工；那应是天与地的动人神话，是生命最初的注释，是神灵最原本的象征。正是它赋予太姥山石以万古不灭的生命、悲悯天地的灵魂。这生命和灵魂呵护着一方水土，流自石心的水哺育着山上山下的芸芸众生，生生不息……啊！太姥山，让我为你作一次神圣的顶礼膜拜，让我永生永世为你歌哭，为生命礼赞！

王祥康

资 国 品 美

"莲峰曙月"为桐城八景之一，在瓣瓣山峰环抱之中，在皎皎月辉清濯之下，坐落花蕊的资国寺占尽风水。

资国寺的美不仅得益于自然环境，更体现在她的历史与现实，沧桑与荣耀。在近年的改造建设中，不断有珍贵的文物重见天日，这并不奇怪。资国寺建于唐朝，兴于宋朝，明清重兴，岁月更迭，几经兴衰，屈指算来，建寺已有 1140 年了，可谓历史久远。传说中的九井十三墩，可以想象当年香火之旺盛。我有幸参观了至今仍在饮用的唐井和不久前新出土的宋井，其古朴、其厚实、其大气，足见当时的匠心独运；还有零散周围的柱石，廊石，莲座等，其雕工或粗犷或精细，花鸟虫兽鲜明生动，典丽庄重，憨态可掬，虽然有不少已是残缺不全，但所透出的一股沧桑感，令人怦然心动，凝思噬泪。今天，资国寺住持贤志法师眼光独到，计划建一座展览厅，将挖掘出的文物一一整理陈列，展示福鼎历史的渊源和灿烂的文化。我正为这种难能可贵的举动赞许时，目光又被寺内的一处彩塑吸引了：一位大力士正拼足全力，用肩顶住一棵被岁月压弯的千年铁树。这是妙手偶得，还是蕴含深远的一种象征？资国寺千年飘摇，百载动荡，风风雨雨中总是绝境逢生，就像这铁树倔强地挣扎，顽强地生存。这是历史文化的参数，还是人生命运的写照？如此简捷、直观，又如此撼人心魄！

从历史的思绪中折回，我惊讶于现实的奇迹——短短的两年多时间，资国寺已经是旧貌换新颜了。站在山门前仰望这座仿北京香山碧云寺大山门建成的崭新门楼，上为木结构，飞檐斗拱，金碧辉煌；下为花岗岩，朴实、厚重，其庄严、气派，足可与皇家寺庙相媲美。对于资国寺，这门楼可说是一部书的精美封面。打开，穿过明清风格的新山门，迎面是中西合璧的旧山门。

跨入山门，中轴线是宋代建筑风格的朝圣区。旧殿古色古香，新殿宽敞亮丽，两旁是唐代建筑风格的生活区，线条简洁、明块，构造凝重，大气；后面的休闲区，假山、花坛、喷泉，林木扶疏，曲径通幽，东面新辟的占地30多亩的"莲峰福寿园"，布局更富韵味。两边回廊逶迤起伏，与回廊若即若离的是数座各式凉亭，如双龙戏珠；园中央13米高的七层"经幢"，据说在全国同类建筑中属最高，精雕细琢，层层各有典故，状似文笔直指云天……

徜徉在历史与现实中，穿梭于古典与现代里，细细阅读，慢慢品味——多样、和谐、统一，主次分明，井然有序；清幽、雅致、朗丽，错落有致，流畅生动。园林建筑中的造景、借景等技巧被运用自如，恰到好处。信步闲游中，点缀在某个弯角处的奇石异花，会让人不经意中眼睛一亮，就像读到妙词巧句，顿觉身心愉悦。的确，资国寺仅菊花的品种就有80多种；而石，也有太湖石、斧劈石、灵璧石等名贵奇石多种。这是人化的自然美，这是凝固的音乐，透过它们，我仿佛看到了绮丽的山水风光，听到了悦耳的节奏和旋律，感觉到跳动的音符，如生命一样浑然而生动。还有令人流连的，要数名家的字画了：赵朴初、弘一法师、茗山法师、启功、刘炳森等等的书法，或专为资国寺题写，或从别处临摹，使让人玩味、启人心智的古诗名句、楹联门匾锦上添花。李耕画派传人周秀廷为大雄宝殿所作的六幅水墨壁画，更是珍贵，每年都吸引全国各地一批批他的学生到这里临摹。名家字画提升了资国寺的文化内涵和欣赏品味，也从另一方面印证了福鼎历史上对"瑞云租头，太姥拳头，资国笔头"的称誉。这是"资国笔头"的延伸，是对文化的崇尚和传扬。

在"自然美"的环境中流连忘返，我又被资国寺出家人的美德深深的感动。他们节衣缩食创造人化的自然美的同时，又积极主动为受灾的农村捐资建校，资助贫困生上学，热心慈善事业，服务社会，不图回报，在许多地方成为美谈。他们所体现的出家人的人生价值，丰富了佛教中"普度众生"的意义，让人肃然起敬。突然，我的眼前浮现出那位大力士和贤志法师两个形象，两个形象又很快重叠在一起，那样自然、贴切、融洽，让人浮想联翩……

不知不觉已是夕阳西下。从寺后小山岗那幽静、整洁的林荫小道走出，

王祥康

只见阳光透过树林，像一张斜靠的竖琴，浓浓淡淡的烟，在道道光柱中冉冉升腾，袅袅而去。天地间迷漫起一股疏密和谐的来自天籁的音乐之光。这是何等的景致，何等的境界！我突然一个激灵，脚步变得清爽、飘逸，仿佛漫步于圣洁的天国，轻盈曼妙之中，已是一身淋漓的仙气。

吴守峰

———————| 作品

吴守峰，1974年生，福建福鼎人，福建省作协会员，福鼎市作协副主席，中国散文学会会员，中国红楼梦学会会员。现供职于福鼎市财政局。

放 歌 中 国

上古仓颉造字，把泱泱神州的钟灵毓秀浓缩在"中国"的笔画里，构筑出这最瑰丽强健又最平淡质朴的词语。用炎黄的歌喉轻轻诵读"中国"，油然而生的家园之情，便屡屡停泊在我的心头，令我思潮长忆，魂牵梦萦。

对于每一个敬爱桑梓之地的中国人来说，中国是信仰，是守望，是一种相依相偎的眷恋。那些天蒙初开的稚童，那些鬓发苍霜的老者，那些为稻粱谋的饮食男女，那些在现实舞台上奋斗拼搏的匹夫匹妇……芸芸来者与去者，生于斯、长于斯、葬于斯，幸福和痛苦俱在，忧愁与欢乐共存。其中的大多数人没有惊天动地的伟业，却实实在在创造了和正创造着平凡而伟大的中国，无怨无尤，如链之环环相扣，如藤之紧紧缠绕，如画之展卷无穷，如诗之韵味隽永。

人生羁旅，乡愁是无药可医的，天涯游子"黯然神伤者，唯别而已"。一百多年来，我们的同胞、学子，或背井离乡，南洋漂泊，或西涉欧美，东渡扶桑，在掬别之际，许多人都带上一袋家乡的泥土，从此毕生铭刻着中国式的虔诚，哪怕命运跌宕，也早已将故园历尽沧桑不败、久经风雨不衰的形象时时烙印在心坎里。炎黄子孙在海外听到一声唢呐，一腔二胡，看到一折京戏，一出狮舞，尝到父老捎来的一口月饼，心中都顿生一阵酸楚，催下两行热泪。乡情、乡思、乡音凝聚胸襟，永莫能忘的，是祖国。

中国，这一片崇高的圣址，有我们最深的根系和渊源，有祖祖辈辈的苦乐悲欢，有我们少小时所珍爱的一切，青年时的追求与理想，中年时的事业与前程，老年时的归依与怀念。普天之下，谁人不知，爱中国，就是爱我们永恒不变的生母。既然深爱她，何妨为她舍身求法，视死如归，何妨为她鞠躬尽瘁，忠贞无悔。英法联军残暴地焚毁了经 150 多年才建成的"万园之园"——圆明园，但摧不倒巍峨耸峙的远瀛观，它巨大的石柱凛然不屈。日本帝国主义的铁蹄沦陷了大半国土，虐杀了无数生灵，却始终不能遏止中华民族坚强的呼吸。"古今多少奇丈夫，碎首黄尘燕然勒功，至今热血犹红。"多少次外族的掳掠蹂躏，都无法使我们灭国绝祀。

圣哲说"小人怀土"，生为中国的子民，是我们莫大的荣幸，与生俱来的是对祖国一往情深的赤忱，生死相依，荣辱与共，不离不弃，萦绕于心的是丝路驼铃、黄河惊涛、昆仑皑雪、漓江烟霭，以及杏花春雨、小桥流水的江南。那屈原云梦的行吟，长城墙下孟姜女的啼哭，赤壁征尘里的战火，总是挥之不去。如今万般华彩，夜夜梦回，中国情结愈经时空揉搓，愈发荡气回肠。五千年，由慎终追远、饮水思源，由感恩图报、仁民爱物，由忆往事而思来者，生生不息。一切的一切，从家到国，从国到家，圣与俗，古与今，阴与阳，方与圆，无数传奇都包括在"中国"里，默契而悄无声息地融汇在一起。

岁月如流，我痴情跋涉于"中国"的智慧和彻悟中，轻轻触摸那一卷卷洒满清辉的册页，神驰野渡孤舟，古道长亭……在灯火阑珊的人生驿站里，我倾听妩媚的音律，吮吸知识的芳香。中国，慢慢由抽象变为具体，汪洋恣肆地充盈我的灵魂，滋润我的心房，渐渐渗透到每一缕发梢，每一丝神经，每一处骨髓，每一寸皮肤。在我的生命里，关于中国，是儒雅敦厚，简拙苦涩，美艳浓郁，精致奇巧，是深邃博大，庄重贤淑，静逸温婉，玲珑锦绣……更是苦心孤诣，卧薪尝胆，为民请命，毁家纾难，精忠报国……挥挥洒洒的从容，堂堂正正的大气，任何言外之物都不堪比拟。我并不耽溺古老，亦非叹惋往昔。暮暮朝朝，我愿做一只青春的夜莺，为中国昼夜长歌。

时代在变，乾坤扭转！从四分五裂的旧中国到天下为公的新中国，弹指一挥间，中国，就像一轮永不落的朝阳，现代化的"中国梦"逐渐长大并从摇篮中蓬勃地迈向大地。南水北调，西气东输，中国的版图上，渲染着神舟飞天航母巡海，铺展着改革开放市场经济，昭告着励精图治强国富民。从封闭走向开放，从单纯走向丰饶，从保守走向改革，从发端灿烂文化的四大发明走向 21 世纪的伟大复兴，中国大踏步地赶上来。当今的中国正在强大，未来的中国将更加强大，经过五千年孕育、一百年疮痍、六十年火浴的中国必

吴守峰

定大放奇彩！如此恢宏而壮丽，如此慷慨而激扬的史诗，千古风流！

祝福中国，祝福我们的父母之邦。这是我今生今世的夙愿和祈祷。

岁月会老，而中国永远年轻。

百花深处赋英华

花是大自然的精魂。

爱花赏花能够一往情深的乃是中国人。从古代以来，中国人与花有着缠绵瑰丽的情缘。生时以花相贺，恋时以花相约，别时以花相赠，直至辞世，也是花拥而送花簇而葬。退居田园，悠然采菊东篱下，酣于归隐；遁入空门，寂寞一生侍花如佛。黄昏凋寥，登高望乡，无花怎可排遣这一怀悲苦离愁；浮云梦残，相思泪苦，无花怎能倾诉这一腔挚诚真爱。岁岁朝朝，我们中国人竟如此钟情地视花为生命之侣，从她无羁无拘、本色天然的活力中获得崇高的禅意，无私无怨地眷恋着。

神州花卉品种之繁、名目之广、传说之奇、诗画之妙，在世界上都是首屈一指的。赏花人的逸闻佳话，灿若群星：屈子大夫滋兰九畹，李太白醉卧花丛，杜少陵对花溅泪……人生苦短，草长莺飞，爱花痴狂木至死不悔的当推北宋林和靖（林逋），"梅妻鹤子"便是他毕生的真爱。若非无此相互慰藉的情感默契，安能写出"疏影横斜水清浅，暗香浮动月黄昏"的千古绝唱！

百花相伴于苦乐悲欢，相守于岁夕朝暮，中国人护花惜花、赞花颂花，在代代相沿的口碑里推崇出传统的十大名花。梅花独抱冰霜，开得绮丽，落得壮美，一树新枝报春归，生也清灵，死也凛然，她敢为天下先的品格风骨是中华民族永恒的华表。牡丹有国色天香的美艳，更有蔑视圣命、百劫千焚矢志不移的傲骨，"绝代只西子，众芳惟牡丹"，中国人赞美她赤英绛焰般的风神洒落，更仰慕她不屈不淫的忠贞。菊花的知音是颂其为霜下杰的陶渊明，她若飞若舞，龙翔凤翥，端丽俊秀，逸气如云，"一从陶令评章后，千古高风说到今"，那返璞归真的奔放气势便是一秉至诚的高风亮节。兰花姿态优雅，为"香"始祖，避尘俗而居深谷峭壁，栩栩然是淡泊高洁的奇美君子。月季是阆苑宫阙的绚丽佳人，18世纪传入欧洲时，英伦三岛举国欢腾。杜鹃云蒸霞蔚，天涯自芳，那点点脂痕、斑斑殷红岂非子规鸟对故国桑梓的苦苦依恋？山茶丽质卓绝，笑傲于阡陌山林。荷花在水一方，玉肤冰肌，淡冶如睡，袅袅婷婷，出淤泥而不染。桂花香飘云天外，秋风送爽，直上广寒宫，"人闲桂花落，夜静春山空"又是何等隽永。水仙玲珑绰约，宛如凌波的缟衣仙子，古人把她与花中君子兰花视为伉俪，称其为"俪兰"。

赏花有三品：茗赏上，谈赏次，酒赏下。谷雨时节，奇葩争喧，众妙毕呈。其妍资美态，风貌迥然，以"色、香、形、韵"皆备者为最，大自然不拘一格的巧手雕琢传达出飘逸飞扬的神韵。"夜来风雨声，花落知多少"，一夜的疏风骤雨，掠猎万点，落红成阵。翌晨，庭院花圃，残红狼藉，枝倾叶萎，又有花枝挺立，戏蝶曼舞，构成"斜斜复整整"的世界，涤人情怀，最富有诗情画意。"山水甲天下"的桂林因遍植桂树而得名，那玲珑别致的桂花不也与漓江一样脍炙人口。"若教解语应倾国，任是无情也动情"，佳花丽卉不仅有仕女的妩媚娇艳，有帝王的雍容大度，而且其性如圭玉，其情似烈焰，出众超凡，至情至美。亵渎和欺凌这种美是不可饶恕的，人们只有用人性的光辉去回味这种神韵，去品鉴这种美丽，才能体会到百花的清纯朴直。

百花于"日中月中有影"，于"风中雨中有声"，因此，赏花因影因声添出种种妙趣。

月色溶溶，清辉盈窗，花影疏密参差，花枝摇曳而舞影婆娑，别具"云破月来花弄影"的空灵朦胧之美。郑板桥植竹屋南，一夜醒来，清风徐徐，匀薄洁白的窗纸上"一片竹影凌乱"，恰似一幅苍拙的水墨丹青，不禁醍醐灌顶，顿有彻悟，叹为"天然图画"，于是板桥画竹便有清癯冷峻之风，开一代先河。

苏州听雨轩一隅有一泓碧水，几丛芭蕉，至风雨大作，纷飞的雨儿滴落蕉叶，其声青妍，时若管弦暗哑，时若珠玉铿锵，忽高忽低潇洒欢快，恍惚间生出"雨打芭蕉室更幽"的意境。杭州西湖静凉轩的一联"半塔斜阳垂老

吴守峰

衲，一池残叶战秋声"，如简简淡淡的剪影，将一种动人心魄的花之美逼入人的肺腑。"午夜生虚籁"，风敲紫竹林，竹梢"凤尾笙笙，龙吟细细"，鸣金戛玉，清韵可听，甚或"误听风声是雨声"，引人入胜。

爱花使人逸兴滔滔，赏花使人欢颜解颐。"花魂春招不归，梦随蝴蝶江南飞。"民间流传农历二月十五日是百花生辰（有说二月十二或二月初二），中国人以此为"花朝节"。《梦粱录》载："以为春序正中，百花争放之时，最堪游赏。"清蔡云诗曰："百花生日是良辰，未到花朝一半春；红紫万千披锦绣，尚劳点缀贺花神。"历代骚人墨客玩味和吟咏百花，用他们超凡的思想，造就了翩翩十二花神。康熙御制"花神杯"，杯上绘十二当令的名花，并书题赏花诗，精美绝伦，传为重宝。

赏花在中国典雅锦丽者有之，古朴素淡者有之，俊逸高瞻者有之。杜甫状写爱花人之痴："不是爱花即欲死，只恐花谢老相催，繁枝容易纷纷落，嫩蕊商量细细开。"苏东坡的《赏花》诗也写得意趣横生："赏花归去马如飞，去马如飞酒力微，酒力微醒时已暮，醒时已暮赏花归。"花卉之美，神韵脉脉，仿佛微香丝丝缕缕，让人尽醉尽兴而归了。

《红楼梦》的大观园是花的天国。曹雪芹以智慧的光芒为我们构筑起一座美轮美奂的天上人间。春日，滴翠亭前彩蝶顾盼，垂柳含烟，稻香村红杏出墙；夏日，蔷薇架上花盛叶茂，采莲藕香榭，荷花映日红。秋日，紫菱洲上蓼花苇叶摇摇落落，西风瑟瑟，"留得残荷听雨声"却是难得的清趣；冬日，白雪世界，琉璃乾坤里银装素裹，凭桥屹立，唯见红梅斗雪……长歌当哭的《葬花吟》更是以花喻人，凄绝风骚，纵然花亡人衰，也要"质本洁来还洁去"，这是怎样的风流，怎样的执着，怎样的回归啊！

秦月汉关，黄钟大吕，史海钩沉出一些赏花的掌故。欧阳修《风俗记》载，唐代牡丹盛开洛阳，洛河两岸，花连田畴，"一城之人皆若狂"，士庶百姓竞相遨游，"笙歌之声相闻"。城中某大官僚举行牡丹盛会，宾客云集，堂上却无牡丹。过一会儿，主人问："香发了没有？"左右皆答："发了。"于是帘卷起，立即异香自内而出，歌姬多人，捧酒肴，携丝竹，姗姗入殿，殿后则有十名白衣仕女，衣着发鬓都簪着牡丹，载歌载舞，歌罢帘垂，不一会儿，帘重卷起，香又袭来，随即又有十名歌姬出场，唱牡丹名曲，穿戴皆为牡丹花样，如此往返，饮酒十次，更换十次，这样赏牡丹名种的场面，为世罕见。

人类来自大自然，与自然万物同根同源，中国人用博大的胸襟和悠久的文化渊源赏花，移易性情，升华思想，物我合一。"待到秋来九月八，我花开后百花杀。冲天香阵透长安，满城尽带黄金甲。"黄巢石破天惊之语完全脱出窠臼，表现出赏花者全新的思想境界和艺术风格。大千的荷花图与白石的鱼虾同样动人，价埒金玉，其根本都源于自然万物的至情至美。

花之美，在于热烈地开了，还会静静地落。昙花一现，瞬息即逝，这固然短暂，却是最璀璨、最庄严的生命之光。苏州邓尉"香雪梅"梅林成阵，及至花儿凋零，辞枝委地，落英缤纷，飞扬不知何处，陆游迁想妙得，人世间阅历的沧桑使他吟出闪烁古今的名句："零落成泥碾作尘，只有香如故。"落花无言，赏花者对花谢之凄凉境界，或伤感，或哀悼，龚自珍寓情于中，触发真理，"落红不是无情物，化作春泥更护花"，艺术地揭示了物质不灭，万物生生不息的客观规律。

在阳光普照，百花齐放的季节里，在我们美丽如斯的人生大河中，时刻拥抱这大自然的精灵，亲近这造物主的尊荣。也许，花开花残，明媚鲜艳不过是过眼烟云，但是，"使生如夏花之绚烂，死如秋叶之静美"（泰戈尔），这种绚烂至极归于平淡的人生观是从来受人推崇的。倘若要将花的至情至美化如我们生命的韶华，却要花掉我们整整、整整一生的光阴！

腔调的钤记
——话说福鼎闽南话

法国汉学家、语言大师马伯乐曾说过，闽南话是世界上特别古老的语言。张口一说，闽南话无论是语音、词汇或者语法，居然都是"古早"的话，这有趣得很。在福鼎，土著的福鼎人称闽南话为"下南话"，称讲闽南话的人为"下南人"。在福建省内，闽东福鼎一带是闽南话使用的最集中区。

"古早"的闽南话保存了一系列晋唐甚至更古的古汉语。最典型的是闽南话"女人"写成普通话的"查某人"，"男人"写成"查甫（埔）人"或"查博人"。"某"，指不明说的人名。连横《台湾语典》："女子曰查某，女子有氏而无名，故曰某。""甫，男子美称也。"（《说文·用部》）北齐颜之推《颜氏家训·音辞》："甫者，男子美称，古书多假借为父字。""查"，是旧时官吏的俗称。但我以为，"查甫、查某"应该有更贴切的表达。一次乡宴上，有提及闽南话"女人"是否应写成普通话的"煮补人"，一时大呼精妙妥当。一路考究下来，闽南话"女人"也可写作普通话的"煮粮人""做母人""在户人"，相对应，闽南话"男人"可称作普通话的"打捕人"。古早时，人们都过着自做自给的生活，女主内男主外。这样一来，女人最主要的任务就是在家料理家务事，一日三餐，煮好饭，做好菜，洗衣缝补，为丈夫生儿育女，传宗接代，故称"煮补""煮粮""做母""在户"；而男人呢，除了种好田，还负责打猎和捕鱼，故称"打捕"，久之成俗。

闽南话"男人""女人"，诉诸文字，亦有人写作"诸甫""诸妇"，抑是如专研闽南语的台大教授吴守礼先生写的"诸父，诸母"。在闽南、福州或海外华侨称成家的男、女性为"唐部人"（或"唐补人""唐铺人"）、"诸娘人"（"煮粮人"），未成家的男、女为"唐部囝""诸娘囝"。随"开漳圣王"陈元光和"闽王"王审知入闽，中原汉人大量迁徙通婚，闽地原住民都称入闽者为唐兵或唐人，也有说"唐铺"是唐代的"铺兵"，因为唐制，十里一铺，设兵驻守并传达官方文书。"唐补人"则意为唐朝补充的男人，以唐时，中原衣冠相率迁闽，故尊称之。唐代国势强盛，声威远播海外，自此后，海外华侨称自己为"唐人"，把祖国大陆说成"唐山"，华人聚居的地方命名为"唐人街""唐人町"，因为这是汉唐子孙的荣耀，也表示不忘本，居远尚思源的意思。

中国素有"礼仪之邦"之美誉，闽南人把礼仪叫作"礼数"。"隔壁亲家，礼数原在。"在人际称谓上，注重礼节的闽南话，一般称年长的人为"某某先"，也会尊称路遇的陌生老人为"老阿伯""阿婆"，还将老师和医生尊称为"先生"或"先生娘"。年节或去探望亲戚朋友时，闽南话说"带手"，就是带礼物的意思。闽南话称媳妇为"新妇"，即新进家门的妇女。最早可追溯至前秦时代。"乐府双璧"之一《孔雀东南飞》："新妇初来时，小姑始扶床。今日被驱遣，小姑如我长。"宋洪迈《夷坚甲志·张屠父》："新妇来，我乃阿翁也。""新妇"如果漂亮，那一定是很有面子的事，厝边头尾会称赞她"水"。"花月貌"的"水阿娘"（漂亮新娘），女人长得漂亮，闽南话常说"真水""水查某"（美丽的女人）、"水当当"（非常漂亮）、"真水气"（漂亮的样子，也用于处事得当）。用"水"形容女性美是恰如其分的，水与美貌形影相随，自古以来即传唱不辍。《诗经·秦风·蒹葭》："蒹葭苍苍，白露为霜。所谓伊人，在水一方。"用大自然景物中水流清澈衬托美人的冰肌玉骨粼粼荡漾，更能映照女人的婀娜多姿。《红楼梦》里贾宝玉口中有一句名言："女人是水做的"，说明女人的情跟水一样深，跟水一样透明。一曲《高山青》中"阿里山的姑娘美如水呀"。闽南话还善于运用文学修辞，比如："烧糜损菜，水查某仔（美少女）损子婿"，用的是借喻的修辞手法。"水"也可用来称赞小孩或形容漂亮物品。

民以食为天，闽南话说"食饭皇帝大"。吃在闽南话中为"食"，吃干饭是"食饭"，吃稀粥是"食糜"。"千辛万苦，为着腹肚"，"腹肚若饱，着无好食"。福鼎有一句非常通俗流行的问候语："有食末？"随时随地都可以听到，大家都不在意，很自然。听到这句问候语时，通常回答"食饱了"或"刚在食"或"食未饱"，也可以说"刚好想食"等等。美食虽好，无锅不成。"锅"闽南话是"鼎"，所以福鼎的名小吃"锅边糊"也叫"鼎边糊"。"鼎"在古代是三足两耳的炊具，后世去其足留其耳，变成一只深底大口的圆锅，作为煮饭烧菜的炊具，北方人、官话语区称为"锅"，粤语和客家话称"镬"，闽南话称为"鼎"。鼎里烧沸的水，闽南话谓"滚水"，与普通话的"开水"词义相同。"滚水"肯定是古早话。《红楼梦》第五回："一个老婆子，提着一壶滚水走来。"第四十一回："妙玉自向风炉上煽滚了水，另泡了一壶茶。"元马致远《寿阳曲》："一锅滚水冷定也，再撺红几时得热？"《金瓶梅词话》第五四回："李瓶儿契了叫苦，迎春就拿滚水来，过了口。""油条"闽南话叫"油炸鬼"，显然是"油炸桧"的谐音，因为南宋百姓对奸相秦桧的民愤，所以愤怒出诗人的同时也出油条。

福鼎市民对海鲜的热爱是近乎热烈的。海蜇，闽南话是蛇，音炸，福州话读作"塔"。福鼎海域曾出现海蜇旺汛之盛况，著名的"凉拌海蜇"以琥珀色和淡黄色间杂，拌上芝麻香油，坚实松脆、透明爽口，最大的特点就是有嚼头。青蟹，闽南话应写作"蟳"，明《闽中海错疏》是我国现存最早的水产动物志，其中记载："海蟳，蟳蚜也，长尺余，壳黄色青。金蟳色黄。虎蟳，文有虎斑。"福鼎对蟳的烹饪方法多样，主要有对半煎蟳、清蒸蟳、糯米蒸蟳（称蟳饭）、老酒炖蟳、油炸蟳等，以对半煎蟳味道最香美。和"蟳"一样令人垂涎的是"蠘"。闽南话成语"红膏赤蠘"，红膏指梭子蟹的红色脂膏，赤蠘指梭子蟹，形容人被晒得赤红，像煮熟的螃蟹一样颜色。闽南话俚语有言："冇蟳吃水，冇蠘吃后腿。"方言"冇"是普通话的"没有"，冇蟳冇蠘，指螃蟹不饱满，但冇蟳是整只肉都很少，冇蠘即便再冇，那后腿肉也十分饱满。福鼎的厨倌，一般的做法是将冇蟳切块后用于煮汤，或米粉汤，或白菜汤，那味道绝对鲜美，因此有"吃水"一说。而冇蠘在餐桌上众箸所向，必定首选后腿。这句俚语的意思引申开来就是：不是很理想的原材料也有可取之处，只要懂行。

年纪越成熟，越懂得旧时滋味的妙。在快餐年代，可以让我们回味的味道实在太少太少。古早味绝不仅仅是怀旧复古，更是一种自然回归，福鼎白茶绝对是古早味的。茶，和丝绸、瓷器比肩，堪称古代中国对外贸易的拳头产品。品茶代表了中国人的生活方式、文化品位和对人生的思考。我们可以意会，英语"tea"（茶）的拼写与闽南话"茶"的发音，竟然如出一辙。这记载了 16 世纪葡萄牙人和荷兰人向闽南人购得茶业的历史。

古早味的还有扁食、鱼片、馍馍、麻晶饼、面茶糕，带着儿时记忆，令人怀恋，根深蒂固为人心依赖的老滋味。在食品安全人人喊打却又万般无奈的今天，用老老实实的手段，最好是自然农耕法，让鸡鸭鹅放山，猪牛羊撒野，鱼鳖虾在池，蔬菜瓜果、稻谷米面统统都远离农药化肥和添加剂，土鸡土猪、手打面、牛肉丸、鼠曲粿、御豆酥、挂霜芋，野生或纯手工做出来的，才有古早味道。只要是天然有机，就备受推崇。以菌菇类为主打的"武陵山珍"门庭若市就是明证。吃可以是汇入身体营养的动作，吃也是文化的面貌，蕴藏情感、生活、历史、往事等多重元素，现在有很多掌勺的厨倌"拜味精做师傅"，任何东西都加味精。闽南话味精叫"味素"，难怪少了味精，福鼎人就直呼"冇（无）味冇（无）素"。古早味的消失，真是我们生活上的灾难。

在闽南语里，有一些流传很久、很有深意的词汇，从普通话的词义上分析，也是非常有意思的，只是潜移默化，我们沉浸其间，耳熟能详，觉得天生如此，至于其源流，从未一一分辨。文化的烙印是多么神奇。熟悉的莫过闽南话的"厝"，即房子，以"厝"为词根造的词很多："厝脊"（屋脊）、"厝顶"（房顶）、"厝瓦"（房瓦）、"厝下"（屋檐）、"厝边"（邻居）、"草厝"（草房）。闽南话称"老婆"为"老马"，也称"厝里"。闽南谚语"千金买厝，万金买邻居"，"做田要有好田边，住厝要有好厝边"，意指与邻居和好是很重要的，房子有钱可以买到，好邻居有钱也难买。

细细品味闽南语日常用语，包括成语、俗语、俚语、谚语、歇后语，都是古早话，有着悠久历史文化积淀，饱含意味，极为丰富，并具有鲜明的乡土特色。我们会发现，闽南话那些字词语汇，在劳动、生活中体验、感悟，在传承和流播中不断被修改、增删、润色、加工，经过煅词炼句，突出口语性和通俗性，大多变得简洁凝练、形象概括、朗朗上口，已悄无声息地贯通在我们福鼎人的社会生活中，成为人们喜闻乐见、爱说爱用的语言精华，有着鲜活的生命力。闽南话有辛辣，有幽默，有温良，有风趣，主导着我们的交际往来。每个福鼎人都会几句闽南话的俗语谚语，谈天讲古中偶尔串用一下，显得既精彩又诙谐，让人忍俊不禁。

有一些闽南话谚语是生活经验的总结，是活生生的劝世文，哲理丰富，耐人寻味。譬如，讲人生命运的，"艰苦头，快活尾"，先苦后甘，不经一番寒彻骨，焉得梅花扑鼻香。更值得提到的是长唱不衰的闽南歌曲《爱拼才会赢》，早年在闽南叫作《做人爱打拼》，讨海人都是迎风击浪的弄潮儿，"三分天注定，七分靠打拼"，《爱拼才会赢》集中、深刻、强烈地表现了人们敢拼敢赢的精神气概，如今大陆处可以听到人们为振兴中华，建好家乡，争取富裕而引吭高歌：爱拼才会赢。

　　在福鼎市内，闽南话的势力范围可与城区的桐山话相当。作为闽南方言岛的代表——沙埕，自古号称"福建头"，现在是名气颇大的渔场，正在国家一级渔港的基础上建设国家中心渔港。4.5万多人的沙埕镇，包括闽南话在内的方言就有6种，但通行的是闽南话。下乡到沙埕，听到一位老渔民说："前几年种田是渔船遇贼偷，现在种田是甘蔗倒头吃。"原来，他用比喻的方式说了两句闽南话歇后语。前一句渔船遇贼偷，船上最贵的是渔网，既然被偷了，后语是"无渔网（没希望）"，后一句倒吃甘蔗从蔗尾啃到蔗头，越啃越甜，它的后语是"节节甜"。听了觉得生动有趣，回味无穷。

　　同一市域共处的方言多，频繁的交往把许多人都培养成天才的语言家。闽南话、福鼎话（桐山话）、福州话、客家话、莆仙话、温州话等方言，不断杂拌、聚合、变种，兼通几种话也是家常便饭。现代的福鼎闽南话与闽台片的闽南话相比较，主要是入声韵、鼻化韵的合并和退化消失以及用词方面的差别。但总体而言，因为闽南方言势力强大，所受福鼎当地方言的影响较小，福鼎的闽南话基本保留了本土闽南话的特点，完全可以与本土闽南话流利沟通。

　　闽南话是中国汉语方言的宝库，现在是一个超省界跨国界的汉语大方言。探寻福鼎闽南话，我犹如进宝山，寻觅古汉语的活化石。令人振奋的是：闽南话"你好"已经作为地球60种语言的问候语之一，被录制在美国1977年发射的"旅行者"号太空船的镀金唱片上，到广漠无垠的星河中寻觅知音……

太姥山的星光

祖国东南的黄金海岸线逶迤蜿蜒，闽东宁德境内，"海上仙都"太姥山以其超然的神采，卓尔不群地屹立在东海之滨，天地之间，成就着亿万年的山海大观。

太姥的英文发音就是"Time"，说她是"时光之山"实不为过。世界宽广，多少尘世轮回，太姥山自有名士气节，隐者德操，无宠无惊，优雅、散淡、闲适，坐看云起。太姥的泉石雾霭、林竹溪瀑形影相随，冷眼注目那匆匆风月，短暂春秋。那些沉淀下来的传奇故事铺演着太姥山一折折戏幕。

汉武帝曾御旨东方朔册封太姥山为"天下第一山"（东汉王烈《蟠桃记》）。唐玄宗敕封的国兴寺，寄寓着对国家兴盛的宏大祈愿，它是盛唐瑰丽绚烂的奇迹。纷争过眼，大部分梁椽则掩伏在废墟的泥土和荆棘里，等待挖掘。三百六十根殿柱有七根冲天峙立，是存留遗址表面的玄晶柱础，坚定不移地把七根殿柱举向穹庐。巍巍峨峨的柱体，博大壮硕，仿佛天地间的笏，仪态超然地体现着炎黄孔武仁德的精神。它们在风雨冥晓中千年伫立，痴挽着太姥丰盈如森的夜色。寺前的千年铁树，如今一枯一荣。

鸿蒙以来，太姥山群贤毕至，少长咸集，它荟萃的人文华光生生不息。太子太傅、帝王业师、学士名流、及第状元如薛令之、王十朋、朱熹、郑樵、翁同龢皆与太姥有缘。山环水抱的太姥，其承载的人文气息从未淡薄过。上溯远古，道家的著名人物容成子——轩辕黄帝和道家鼻祖老子之师，曾栖于太姥山炼丹，至今七星洞附近有"丹邱磴"处，遗留石井、石臼和石鼎。太姥山民间故事中流传的"吕洞宾与四大汉"，讲述了道教吕洞宾度人罚恶的故事，颇具警世之喻，传说中的"拳打井""腰插松""堆山起""踏山倒"这四大汉，后来就成了天上"四大金刚"。太姥山"翻九台"是福鼎道教的祈福法事和农事民俗，道家认为宇宙有"九重天"，"翻九台"就是到"九重天"上祈神仙赐福保佑，祈求国泰民安、风调雨顺。其场面惊险、动作高难无异于徒步登天。筹建香山寺五百罗汉堂的品善法师是位不识字、只会讲方言的老僧，他身无分文，用人生最后十年八赴缅甸，跨越七千里路，募金一千万元，终于让五百尊缅甸玉罗汉落户香山寺，建起全国独一无二的五百玉罗汉堂。在九鲤峰下的山谷，五百尊含笑不语的玉罗汉，总让来朝礼者的内心充满了震惊和感慨：需要多坚定的信仰，才能成就这桩前无古人的宏愿。山顶摩霄庵，可一览众山小。层层天梯，蜿蜒通向顶峰。天梯是何人所凿？陀九还是步生。应该是那些衲衣百结的苦行僧，朝朝暮暮专注于筑路事业，不厌其烦，痴心未改，用毕生的心血，方便识与不识、见与未见的众生去领略"云横断壁千层险"的奇迹。"不为自己求安乐，但愿众生得离苦"，这何尝不是大放光明的"问道"之行？

如果说太姥山最具特色的伴手礼是什么，福鼎白茶无疑是首选。"世界白茶在中国，中国白茶在福鼎"。追溯起来，一千多年前，"茶圣"陆羽在《茶经》上引录道："永嘉（温州）东（南）三百里，有白茶山"，此即太姥山。中国茶界泰斗、百岁寿星张天福在《福建茶史考》说："白茶首先由福鼎创制的。"福鼎白茶是中国茶之白雪公主，所蕴藏的"六珍"——珍祥福地、珍稀物种、珍贵茗品、珍宝工艺、珍异妙韵、珍奇功效，使它三度被授予"全国名茶"称号，列入国家非物质文化遗产，成为全国范围推广面积最大的茶树良种和全国茶树对比"标准种"，六七十年代，仅川、湘、鄂、赣、皖、苏、浙、粤、桂九省到福鼎调良种茶苗计 50 亿株，现全国栽培面积 170 万亩。茶乡福鼎拥有国家林业局、农业部授予的"中国白茶之""中国名茶之乡""中国茶文化之乡"三项桂冠。自 2010 年以来，福鼎白茶已经连续七年在全国茶叶类区域公用品牌价值评估中进入十强，福鼎白茶的公用品牌价值达到 27 亿。播下一粒茶种，收获万家喜悦。谁可否认福鼎白茶是中国农民致富的"摇钱树"呢！开茶时节，太姥山极目处无不青翠。置身白茶园，缕缕清香轻柔丝滑。清周亮工《闽小记》载："太姥山有绿雪芽，今名白毫，色香俱绝，而尤以鸿雪洞为最，产者性寒凉，功同犀角，为麻疹圣药，运销国外，价同金埒。"《中国茶叶大辞典》将此茶树作为太姥山野茶收入"中国野生茶树种质资源名录"。太姥蓝姑，兰溪旁采兰浣纱的女子，在一片瓦周遭，以霓裳裙袂捧土，植茶鸿雪洞顶，胼手胝足，悉心呵护，茶树受日月吞吐精华，苗壮葱茏。蓝姑乃采摘焙制成茶，援此为引，普济生灵。蓝姑用茶渡人渡己，后羽化升仙，尧帝尊为"太姥娘娘"，她是白茶女神。而今鸿雪洞顶茶树枝条饱绽，冠盖亭亭。

　　福鼎白茶是中国茶文化富有诗意的品种，它所表现中华民族精神世界，所缔结的国粹之美，唯有品过方知。美国汉学家比尔·波特在《空谷幽兰》书中第一章"隐士的天堂"中提到：在太姥山，洞里有一位85岁的老和尚，他在那儿已经住了50年了。当时这座山的山神出现在他的梦里，并且请求他做这座山的保护者。从那时起至今，他再也没有下过山。在下山的路上，比尔·波特停下来拜访两位在附近山洞里修行的隐士。他们送给比尔·波特两公斤"东方美人"作为临别赠品——那是他们自己的小茶园出产的。在"世外桃源"中生产的太姥山茶竟然以"东方美人"为喻，一定是比尔·波特怀念的。果然，他在书中说："它是我过去非常喜爱的茶种，现在仍然是。"

　　太姥山远古号为"才山"，文明进步，乃教化之功。"十年树木，百年树人"，读书种子在太姥山间蓬勃发芽。唐"闽中之全材"的林嵩少年结庐太姥山草堂书院，写下千古名联"大丈夫不食唾余，时把海涛清肺腑；士君子岂依篱下，敢将台阁占山巅"。青年一举"显登上第"中进士榜，词赋为一时之冠，唐僖宗降旨改林嵩故乡环太姥山为"劝儒乡"，当年的"劝儒乡"就是今日福鼎。理学大家朱熹避宋廷禁"伪学"，因为太姥山下有学生高松、杨楫、孙调追随，隐于太姥石湖书院，疏注《中庸》，且让"溪流石作柱，湖影月为潭"，那秉烛披揽的鸿儒身影从此深烙在太姥的山光水色中。林仲节力挫江南济济文儒秀才，风骚独领为元英宗时江浙行省解元（就是当时华东片区的科举之魁），并进京元大都名列金榜二甲。后人称唐伯虎是"江南第一解元"，但那已是一百八十年后了。《福建省志》教育志卷载："福鼎县设仙蒲林家义学。元一代，福鼎中举者凡九人，其中仙蒲林家占八个。"无疑，仙蒲书院造就了世泽绵延的"书香门第"，至清咸丰年间，为林仲节衍裔立匾"贡元""选魁"，煊赫犹存。历南宋宁宗、理宗两朝的武状元林汝浃，年少夺魁，精武博文。身处板荡神州，他对"兵役"和"货币"的上疏奏议，谏言皇帝充实兵役，壮大武备，加强国防，同时严格货币管理，使之正常流通，这是耿直之臣对国家大计的泣血忠告。告老还乡后他以皇帝赏赐建状元府银两，兴修双魁书院，广收学子，造就人才。明洪武年间迁来管阳西昆村的孔子后裔，如今全村共有孔姓126户，600人，是孔子流寓天下的十支宗族后裔之一，至今繁衍生息……保存完整的孔子家庙，书灯田、圣人殡都完完全全遗留着孔圣先泽。诗礼传家。清乾隆年间，白琳翠郊村吴应卯在北京城开茶庄，富甲太姥山。他按"元、亨、利、贞"在太姥山麓建起了四房大厝，其中翠郊大厝是迄今为止在江南地区所发现的单体建筑面积最大、保存最好的古民居。他还办了一文一武两所学堂，圈定数千亩良田作为书田（田租），专门供给学子、中功名者。成绩优异的，资选其入京师国子监读书。在这一培育精英制度的关照下，至清末，文武学堂先后培养出20多个太学生，贡生、监生、庠生、廪生、武生数以百计。清内阁大学士刘墉与吴家关系甚密，品过福鼎白茶后，曾赠予"学到会时忘粲可，诗留别后见羊何"的楹联，寄望朋友家读书有成、友谊长存，这段茶诗知交的佳话，隔了万水千山，悠悠岁月，依然鲜活。吴家先人的精明，不仅仅是经商致富，更重在文化致胜。这种精神财富，才是永久的。

鲁迅先生有言："中华民族自古以来就有埋头苦干的人，就有拼命硬干的人，就有舍身求法的人，就有为民请命的人，他们是中国的脊梁。"名山千古，明季抗倭的秦屿壮士程伯简，清季抗英的定海总兵张朝发，追求民主的福鼎辛亥三杰：周忠魁、朱腾芬、潘雨峰，"闽东刘胡兰"的金维娇……都是太姥山磊落的山魂海魄。太姥山将军石在葫芦洞上披坚执锐，气宇轩昂，"中华民国"代国务总理、海军上将萨镇冰对此壮怀激烈："凭谁一击如雷起，倘或能醒举世狂。"萨镇冰筹款为太姥山修坝拓路，救民倒悬，后人铭记，民心难忘"萨公堤""萨公岭"。

太姥娘娘，汉人说是尧母，畲民传为蓝姑。中国文化的濡染、传统道德的耕耘，深深地烙印在汉畲子民的心上。汉族自古"龙的传人"，畲族永崇"凤凰图腾"，龙凤呈祥，同根血脉，这是炎黄甲胄生死相依的传奇。农历三月初三，相传是黄帝的诞辰，汉族称之上巳节。后代沿袭，遂成汉族水边饮宴、郊外游春的节日。东晋永和九年的"三月三"，王羲之兰亭作"修禊"之会，曲水流觞，写下名垂千古的《兰亭集序》。畲族、壮族、侗族、瑶族、布依族、黎族、水族、苗族、土家族、土族也过"三月三"。太姥山麓，汉族采鼠曲草和米粉为粿，畲族以三月三为谷米的生日，采乌稔树叶蒸染糯米，家家吃乌米饭。海峡两岸"中华一家亲"各民族欢度"三月三"歌会曾在福鼎揭幕，大陆的汉族、畲族，台湾的高山族，近千名少数民族同胞共聚太姥山，两岸齐欢唱，歌声越过海角天涯。

习近平总书记在闽工作期间，数度登临太姥山，关心和支持景区建设。现在太姥山，世界地质公园、国家重点风景名胜区、国家 5A 景区、国家自然遗产、国家海洋公园等金牌加身，蜚声遐迩。上海世博会时，习近平来到世博联合国馆参观，高兴地品饮太姥山的特产珍品"福鼎白茶"。在茶香茗韵中，习近平心中的第二故乡闽东似乎成了望得见的乡愁。近年来，他依然关心着太姥山下的"美丽乡村"建设，一个硖门柏洋村，莅临视察；另一个磻溪赤溪村，亲做批示。太姥山上永不停息的音律，有如木琴轻奏，有如珠落玉盘。这些音效是太姥山上的奇洞、奇谷、奇潭的鸣响。蹑足太姥山滴水洞，洞中终年泉水叮咚，山泉清甜可口顿释满身心倦怠。水滴如豆，清越的水石撞击，森森袅袅，膛膛嗒嗒，穿石成凹。百年千年万年，滴水始终没有停歇，昭示大自然坚韧的伟力。"滴水穿石"是习近平赞赏的品格，他曾鼓励广大干部群众：越是困难的时候，越能磨炼人的意志，要有"滴水穿石"般的韧劲。

人们常誉太姥山为中国"女神山"，但若以爱情之山来称颂，将更加浪漫。玉湖澄碧，夫妻峰是一阕如梦令，一曲天净沙，婉约娴静。多少个一钩新月天如水的夜，多少的倾心倾意……彼此的喁喁私语，或许鱼儿会偷听；彼此的鲽鹣情浓，或许神仙会艳羡。星光是夫妻峰忠实的证人，遍野回荡着海誓山盟。真情真爱，播洒在太姥山的山海之间。

星光熠耀，古时太姥山堪称神仙把酒欢歌的世外桃源，今日太姥山已成黎民百姓络绎而至的人间仙境。山的伟岸，海的狂澜，构成太姥山云横雾纵的山海交响。雄、险、秀、幽、峻，兼容并蓄，万载寂寞，埋没不了太姥的天生丽质。她是女娲补天未竟的天然工场，是编织了千百年的中国结。滴水穿石、摆脱贫困、建成小康的愿景，从太姥山发端，汇入无比绚丽的"中国梦"。

白荣敏
———————|作品

　　白荣敏，1972年2月生于浙江省苍南县，现
供职于福鼎市太姥山风景名胜区管委会，业余从
事散文写作和地方历史文化挖掘和整理，著有散
文随笔集《走过乡间》《太姥记忆》《福鼎史
话》，编有《太姥诗文集》等。

梅 雨 潭

不知为什么，又常常想起梅雨潭。早年，知道了语文教科书里的梅雨潭就在近旁的温州，2003 年通了高速，偕两位好友，就去了。掐指算来，已有 10 年，时光恍惚，犹如那渐行渐远的绿。年过四十，越发想体味一下国家困顿社会迷茫时期的朱自清先生，如何还有一股难得的美意与豪情。于是，又去了。

走的还是高速。这条东部大动脉，自北向南，穿越中国经济最活跃的地区，像一条丰水期的河流，汹涌澎湃。各式汽车呼啸而过，朋友把车开得像一条灵动的鱼，时而减速让道，时而加码超越。"高速"是这个时代的关键词，现在的人连旅游都是那么匆匆，似乎不这样就跟不上时代的步伐，我不知道，这样的行走到底有多少风景能够进入内心。也许真是因为躯壳自顾自走得太快了，我们把灵魂远远抛在了身后。

梅雨潭在温州的仙岩，仙岩是温州南郊的一个乡镇，原来隶属瑞安市，几年前划给了瓯海区。虽然城市的扩展已然迫近这里，但相对喧嚣的市区，还是安静了许多。车子擦过集镇，来到了大罗山脚下。温州一带的山，都属于连绵不断的雁荡山脉，然而仙岩所属的大罗山却远离群山，巍然坐落在温瑞平原上。其山平地拔起，峻峭峥嵘，给温州带来了不少的生气。正是春深时节，仰望头顶青山，蔚然深秀。眼前一条溪流在绿树的掩映下从一个山坳中倏然钻出，我们沿溪进入，被盎然的绿意包围，心很快就沉静了下来。

突然就遇到了一堵围墙，在一排树的怀里，10 年前的记忆是一座寺院。尽头的拐角终于有了一座门楼，门楼却又不署寺名，高挂"开天气象"四个行书大字，一看落款，"晦翁书"。这样的牌匾寺里大雄宝殿还高挂一块，可见其被珍视。"晦翁"是朱熹晚年取的名号。"庆元党禁"，朱熹受到了政治上的迫害，被斥为"伪师"，甚至有人提出要杀朱熹以谢天下。67 岁高龄的朱熹带着一身的"晦气"避难到了福建老家，然后辗转闽北、闽东各地，后来取道瑞安，来到了大罗山脚下。大罗山养育了像陈傅良这样的思想家和政治家，曾经长期在仙岩读书授徒，创办书院，他所代表的永嘉事功学派，与当时朱熹的道学派、陆九渊的心学派，并列为南宋时期三大学派，产生深远影响。他的哲学观点与朱熹有分歧，政治上却是朱熹的支持者，庆元三年，朝廷立"伪学"之籍，名单上共有59人，陈傅良赫然其中。就在此前后，陈傅良被弹劾罢官回到温州老家。我猜想，朱熹与永嘉山水的结缘，与陈傅良不无关系。南方的山水值得流连，他一路寻找学问和政治上知音，同时不改教育家的本色，每到一处就开坛讲学，传播他的理学思想。我想他当时的境遇何其不堪，甚至危险重重，朝廷一片打杀之声，他却有心情题写"开天气象"这样雄阔高昂之格调的话语，真是非有一般的胸怀和气象不能做到！

离开仙岩寺，我们是三步两步就钻进了梅雨潭，不知道走的是不是朱先生当年的路径，但突然之间，一条瀑布就挂在了头上。水流不大，再经岩石的撞击，纷纷扬扬，丝丝点点，真是像极了江南四、五月间的梅雨。这"梅雨"好生温顺，仙女一样的飘飞而下，柔柔的就扑进了一汪绿色的深潭之中。梅雨潭的两边均是峭崖陡壁，包住了这一条白水和这一汪绿水，与外面的世界就更有了距离。虽然还有哗哗哗哗的水声，但我此时的心却愈发的沉静了。

我登上了梅雨亭。因游人可以在此坐观飞瀑，又名观瀑亭。果然整条飞瀑尽入眼帘，偶尔还能感觉得到数点纵情的水珠飘来，粘到脸上，撩拨起了心底的一点诗意。坐下来，发一点思旧的幽情，于是就怀想起朱自清先生。

那是1923年10月的一天，天气薄阴，先生和浙江十中的同事马公愚以及另外两位朋友，也是先到了山脚下的仙岩寺，再到了梅雨潭。那绿色的潭水像一张极大的荷叶铺展着，先生站在水边，为那潭水的绿而惊诧了，他的心随着那绿水而摇荡，舒缓了心头的愁绪，迸发了心底的诗情。他对马公愚说："这潭水太好了！我这几年看过不少好山水，哪儿也没有这潭水绿的这么静，这么有活力。平时见了溪潭，总未免有点心悸，偏这个潭越看越爱，掉进去也是痛快的事。"

1923年春，为了生计，朱自清应浙江著名教育家金嵘轩的邀请，到位于温州的浙江十中任教。从1920年5月开始，朱自清从北大毕业回到了浙江，辗转于杭州、温州、台州一带。军阀混战，民不聊生，他带着妻小以及心头的苦闷和悲愤，像浮萍一样到处飘零。那时，五四的狂飙已然落潮，文化战

白荣敏

线呈现分崩离析的状态，就如鲁迅所说："有的高升，有的退隐，有的前进。"想当初，为改变中国的历史面貌，他们满怀激情，激扬文字，满以为经此狂飙扫荡，祖国河山必然焕发一新。谁知狂潮一退，依然荒滩一片。各系军阀在中国政治舞台上演了一幕又一幕的丑剧。丑恶的社会现实，时时给先生以强烈的刺激。

山水有清音，也许真是干净的山水能够洗涤身上的所谓"晦气"！也许唯有这"越看越爱"的山水，能带来心灵的些许慰藉，从中获得一些"活力"。寻找山水的慰藉，在以前的文人，还有这样的能力；时光晦暗，他们能在污浊的生活环境中阅读美，体验美，进而拥抱美。今天，国家发展，政治清明，可我们如何在庸常的生活里寻找幸福和诗意？这既是一种能力，也是一种态度，更是一种责任。记起禅宗圣严法师的一句话，大意是，人生要在平淡之中求进步，又要在艰苦之中见光辉；要在和谐之中求发展，又要在努力之中见希望。社会有缺陷，但我们胸中要有气象，朱熹如是，朱自清如是，我们也应如是。

朋友们也分明惊诧于这梅雨潭的绿了，一个劲地拍照留念，我却不知在亭上坐了多久，直到他们喊我离开。温州的朋友告诉我，这山后还有一座伏虎寺，弘一法师曾在寺中驻锡，潜心悟道，醉心山水。说得我心动，但斜阳西下，不得不起身回程。我心想，错过就错过吧，弘一法师当年遁入空门，已了无牵挂，可我们还得回到那些庸常而实在的日子里。

火红的身影

一

一片枫叶悄然坠落，如一声哀婉的叹息。这火红的叹息，因炽热而成熟，因成熟而持重，慢慢地接近地面，然后静静的贴在那儿，找到了它安息的所在。

枫叶为什么这样红？因为它累过，病过，它经受了冷风的吹拂，甚至霜雪的冰冻，在冬天到来的时候，它成熟了，紧接着，它坠落了。

我看到，一阵又一阵的寒潮，魔鬼一样，迅速地来，凶巴巴的，带着一副狰狞的面目，用扫把一样的大手，扫过来，扫过来，它把目标瞄准高大的枫树，施以魔法，让他们感到彻骨的寒冷。它扫过一个山头，又一个山头，扫过大会岭，扫过龙川岭，扫过松龙岭，扫过岩庵岭，文成的70多条山岭古道统统扫过。高大的枫树分明就是大山里的男人，面对寒冷，他们首先站出来，用自身当火把，在冬天里点燃，点燃，以致70多条山岭古道熊熊燃烧。

你只要闭上眼睛，就会看到文成的山头燃烧着一条火红的身影，它像极了一条矫捷的火龙，在重重青山之间游走。

这就是浙江文成的红枫古道。

文成的文友告诉我，在古官道两旁栽种枫树，就是古人想利用枫树火红的颜色来指引道上的行人，不要迷失了方向，沿着枫树的方向、火红的方向行走，就能够走出大山，走到想要达到的目的地。

二

我看到，675年前，一个火红的身影，也是从红枫古道走出去，走到县城青田，走到府城处州，走到省城杭州，再走到元大都（今北京）。

当时他还很年轻，揣着一颗火红的心，像身边火红的枫叶一样，充满燃烧的激情。他要赶那一年在京城的会试。

他就是刘基，字伯温，那年，他23岁。

他知道，在蒙古人坐天下的"大元"时代，作为第四等人的"南人"，要在极其有限的科举名额里取得功名，绝非易事。但他自幼在父亲精心教育下，博通经史，"诸子百氏过目即洞其旨"，"凡天文、兵法诸书，过目洞识其要"。况且，刚刚一年前，22岁的他，在杭州参加江浙行省乡试，中第十四名举人。

因此，走在红枫古道，他的脚步轻盈。

果不其然，会试结果，他中了三甲第二十名进士，为当时士流赏识，有慧眼者称他为"魏征之流，而英特过之，将来济时器也"。

他终于走出了文成的红枫古道，意气风发进入了另一条更为漫长的路途。殊不知这条道路不仅漫长而且充满坎坷。

其时正当元末，朝政昏乱，奸佞当道，社会黑暗，天灾频仍，大规模的农民起义已经在各地酝酿。但青年刘基好像并不灰心，在进入仕途的最初几年，怀揣家乡红枫一样的用世热情和救世情结，尽于职守，不怕丢官，不避强御，一往无前，虽不断地起起落落，但终究做了许多好事实事。

而且他不断地向当局进言，论及当时经济、军事、社会上存在的种种弊端，以及纠正的改革之道。然而，日薄西山的元统治者并不买账。

严冬终于来临。

元至正十三年（1353年），刘基因为反对招安方国珍，被上官扣上"伤朝廷好生之仁，且擅作威福"的帽子，被羁管于绍兴。这次意想不到的打击使他感到绝望。他的同时代人黄伯生《故诚意伯刘公行状》说他发愤恸哭，呕血数升，想要自杀，"家人叶性等力阻之，……遂抱持公得不死，因有痰气疾。"

如此悲愤的一劫，是青年刘基走向成熟的重要一课，就像严冬的第一场大雪，兜头泼向他家乡古道上的高大红枫……

三

必须进行自身的蜕变，否则难以抵御严寒，难以在冬天里展示火红的身姿。

可蜕变何其艰难，这是一个极其痛苦的过程。他一方面痛彻地诅咒元朝这座"坏宅"无从修葺，即将坍塌，但这种诅咒本身说明了他的难以割舍之情。以至于当朱元璋礼聘他出山的时候，他一拖再拖，延迟了一年多才带着老家处州青田一带的割据武装归于朱元璋幕下。

元至正二十年（1353年）三月，刘基和宋濂、张溢、叶琛同赴金陵，向朱元璋呈时务十八策，受到了朱元璋的重视和礼遇。闰五月，陈友谅引兵攻建康，刘基竭力主战，以为"取威制敌，以成王业，在此举也"，朱元璋采用了他的建议，"乘东风发，伏击之，斩获凡若千万"。从此，刘基开始了明朝开国军师的生涯。

识时务者为俊杰。刘基终于从痛苦的泥沼中走了出来，就像家乡古道上的枫树，那些鲜艳的色彩其实一直隐藏在体内中，现在退去绿色的外衣，露出了里面火红的衣衫。

重要的是，完成了蜕变的刘基，内心重新燃烧起了一股火一样的激情。

历史学家总结了刘基在明朝立国中建立的三件殊勋：一是劝朱元璋彻底与小明王韩林儿割断关系，自己另立山头；二是在战略上采取了先打击消灭陈友谅、后张士诚方案；三是在与陈友谅的决战中贡献了影响全局的谋略。

刘基实现了"处于幽谷，迁于乔木"的追求。他的才学和机智得到了淋漓尽致的发挥。在重大战役中，或运筹帷幄，或亲临前线指挥战斗，"遇急难，勇气奋发，计划立定，人莫能测"。

但"树大招风"，伴随而来的却是"高处不胜寒"的尴尬和痛苦。

已经打了七八年仗的朱元璋自然懂得刘基的价值，所以刘基初到其麾下时，称他为"老先生"，一副礼贤下士的面目。实际上，朱元璋性格多变、猜疑忮刻。因为当时天下未"定于一"，此时他的一些"求贤""尊贤"的"表演"，只是他的一种暂时的手段。

在朱元璋身边待久了，刘基已经感觉到了"伴君如伴虎"的忧惧，历史记载这个时候的刘基，已不是出仕元朝时的那种"论天下安危，义形于色"的精神面貌，年轻时的锋芒已被朱元璋的专制摧辱消磨得差不多了，展现在我们的面前的是一个谨小慎微的侍臣形象。

"徼福非所希，避祸敢不慎？富贵实祸枢，寡欲自鲜咎。蔬食可以饱，肥甘乃锋刃。探珠入龙堂，生死在一瞬。何如坐蓬荜，默默观大运。"晚年的这首《旅兴》充分表达了对人生无常的苍凉悲叹，可以看出他的内心极其苦闷。

一个有思想、有抱负、有才学、有自尊、有个性的士人的辛酸和苦闷！

在残忍专行、刻酷寡恩的朱元璋身边，他要在保证自身安全的前提下实现自己的理想抱负和价值，他要费多少心机啊！

白荣敏

四

明洪武八年（1375 年）春天，一个瘦弱的身影又出现在浙南文成的红枫古道上。朝着故乡的方向，他的步履蹒跚。

道两旁的枫树依然各自一字排开，和他 40 年前离开时相比，树干高大挺拔了许多，它们像列队的士兵，无言地向这位回到故乡的开国功臣和治国良臣致敬；光秃秃的枝丫指向头上的天空，枫叶已然落尽，铺满了脚下，铺成了一条红色地毯，欢迎故人的真正回归。

在世人眼里，他开一代伟业，有无上荣光，理所当然成了故乡的骄傲，但一生的酸甜苦辣只有他自己知道。

三年前，他已经解甲归田，回到老家，韬晦自保。因为，大明建朝以后，他时时感到皇帝对他所产生的"不安"。朱的不安主要来自于朱自身的性格缺陷，但刘的"身份"是造成朱的不安的重要诱因。首先是刘本为元朝旧臣，而且是一位元朝的"忠臣"；其次是刘在家乡是有实力的人物，曾经拥有武装；更重要的是刘能文能兵，谋略过人，而且通"天文数术"，被认为懂"天书"能"预言"。这样的人，即便解甲归田，多疑成癖的朱元璋也难免产生"放虎归山"的错觉。

谈洋问题终于发生。

谈洋是福建浙江之间一块三不管的地方，刘基曾向朱元璋建议在这里建立巡检司。后来这里发生纠纷，有人说此地有王气，刘基想据为墓地，以图后代发达。胡惟庸把这个诬告转奏朱元璋，正中朱之下怀，马上夺刘基俸禄。

这意味着什么？发展下去将会怎样？凭刘基对朱元璋的了解，答案非常清楚。现在唯一能做的就是：回到朱的身边，让他看着自己，使他放心。

那一年冬天，刘基最后一次踏上红枫古道向山外走去，红透的枫叶不断在身旁坠落，坠落成一个个沉重的叹息。

回到京城不久，刘基感染了风寒。三月下旬，病重的刘基，由大儿子刘琏陪伴，在朱元璋的特遣人员的护送下，自京师动身返乡。

洪武八年四月十六日，大明开国元勋、一代文韬武略——刘基，走完 65

岁的生命历程，病逝于文成故里。

"不是战死沙场，就是回归故乡。"一生期待的失落，一个黯淡的结局，一声哀婉的叹息！

<h2 style="text-align:center">五</h2>

那一天，和文友们爬大会岭红枫古道。古道上的游客络绎不绝，走得快一些，一不小心还会人碰人，游客的步伐匆匆，为欣赏路两旁火红的枫叶，也为伸展一下缺少运动的身体，他们的脸上洋溢着快意和惊喜的表情。

是的，我们生活在一个平静祥和的时代，我们眼中的枫树，是热烈、美好的象征，是姹紫嫣红里的一种。几个人能想到，它的变红，是"病变"的结果呢？几个人能想到，为了变红，它的整个后半生要在越来越紧的寒风中度过？又有几个人能想到，600多年前，这条古道上曾经走过一位建立盖世奇功的伟人，而这位伟人，为了实现"为天地立心，为生民立命，为往圣继绝学，为万世开太平"的理想而受尽了内心的折磨！

或许，只有火红的枫树知道！

它曾经积蓄过多少生长的力量？它用它挺拔的身姿保护矮小的树木们不受寒冻；它又曾经燃烧过多少济世的热情？它把自己燃烧成火红的标记，只为道上的行人不会迷失行走的方向；为了所有这些，它又曾经付出了多少艰辛，经受了多少惧怕，承受了多少严寒！

或许，火红的枫树，只为一个有担当的男人燃烧！

或许，燃烧的枫树，是刘基心中到死都还不灭的火种！

或许，不灭的火种，是为了照亮刘基旷世的才情和一生的期待！

我的眼前，只有火红的身影，在无言地坠落……

太姥的诗意和风骨

乙未初夏，著名文艺评论家谢冕先生来福鼎，说起一段与太姥山的因缘：

大约距今七十年前，他福州老家存有一本手抄本《太姥山志》，宣纸书写，字迹娟秀，极为珍贵。可惜时代惨烈，战火连绵，这本当年他读来似懂非懂的书，后来消失在风烟之中。他家为什么有这本书呢？据说是他的父亲或兄辈因为躲避日军侵略战火避难太姥山，从山寺的僧人手中得到的。

"太姥山庇佑了我的家人！"谢老无限深情地说。

我想，太姥山庇佑的又何止是谢老的家人！这座僻处祖国东南海陬的方外名山，自古以来就是名士们安顿身心的地方。"扬舲穷海岛，选胜访神山。鬼斧巧开凿，仙踪常往还。"（薛令之《太姥山》）明月先生当年在东宫因诗得罪唐玄宗而被逐，回乡途中，或许牵挂的就是离他福安老家不远的这座神仙居住的太姥山。

霞浦赤岸人林嵩则干脆在太姥山间筑草堂读书，"士君子不食唾余，时把海涛清肺腑；大丈夫岂居篱下，敢将台阁占山巅"。太姥山间云卷云舒，都化作这位青年才俊的缕缕才情，萦绕在他宏阔的襟怀之中。草堂书院十三年苦读，一朝金榜题名，并获得了"禀山川之秀气，八闽之全才"的赞誉，可是林嵩到长安任职三年便弃官回乡，又住进了草堂书院，过上或吟诗作赋，或垂钓蓝溪，或游览太姥的日子。查史得知，那是黄巢的农民起义军攻入长安的时日。"一任旁人谈好恶，此心愿不愧苍生"，也许真是因为在这云蒸霞蔚的神山仙境待得太久了，便生出了对环境要求的"洁癖症"。马蹄喧嚣，人声鼎沸的长安城安顿不了林嵩的那颗心，他喜欢静静地伫立太姥山巅看日落，即便这一片金轮时时提醒着他：一个曾经光芒四射的王朝正在不可阻挡地走向没落。

"仰止子朱子，敬吊璇玑迹……地幽神更怡，趣得心自适。紫阳千载人，瓣香情何极？遗迹亘古存，长啸洞天碧。"传说朱熹在太姥山上的璇玑洞注释《中庸》，民国卓剑舟先生的这首《璇玑洞同李华卿敬吊晦翁遗迹》使我对此传说有了几分认同。南宋庆元三年（1197 年），一代理学大师由于朝廷的迫害流落到了太姥山间，他的学生杨楫在太姥山下的老家潋村，以极虔敬而庄重的态度接纳了他，并请他在族里的石湖观开课讲学，这个石湖观后来以"石湖书院"的名号被载入中国书院史。我不知道为什么福鼎城关后来也有了一座名叫"石湖"的桥，桥两头又有了唤作"石湖"的小区，如今，我住在这个小区里，于是得便把书房命名为"石湖居"，过着自适而充实的读书写作生活。两个"石湖"或许并无牵连，但均令我情不自禁地喜欢。"溪流石作柱，湖影月为潭"，一代大儒为石湖书院仅仅留下这样十个字。我以为这十个字是"石湖"二字的最好诠释。时光如不可阻挡的洪流奔向未可知的远方，但我们只以石柱的姿态做坚定的站立，一旦水流稍有缓和和平静，还不忘欣赏水中月亮的倒影以及一层层泛着光晕的涟漪。庆元二年的"党禁"，朱熹以"伪学魁首"落职罢祠，甚至有人提出"斩朱熹以绝伪学"，朱子门人流放的流放，坐牢的坐牢，此时的朱熹，大难随时可能降临，但他依然一腔旷达，以其深邃的思想和高尚的人格，为太姥山区的文脉传承树起了一面高扬的旗帜。而此间的杨楫，亦表现出了与老师风雨同舟、患难与共的可贵精神，他履理学之大义，秉师生之真情，给危难中的晚年朱熹以莫大的支持与安慰。我们应当记住 800 多年前发生在太姥山下的这段师生佳话，因为有了这段佳话，才得以使福鼎有幸成为"朱子教化之地"，才得以使太姥山下的这块土地有浓浓的书香缭绕并久久地弥漫开来！太姥山安顿过朱熹晚年一段困厄的时光，这是太姥山的骄傲！

　　来太姥山下潋村讲学的还有著名历史学家郑樵。夹漈先生淡漠功名却忧心国运，生活清苦而痴心学问，由于北方金兵在攻破北宋京都时抢走了朝廷的三馆四库图书，所以他决定以布衣学者的身份，在家乡夹漈山为南宋朝廷著一部集天下书为一书的大《通志》。为了得到著《通志》所需的学问，这位而立之年的青年学者背起包袱，独自一人前往东南各地求借书读。"乃翁爱书书满楼，万轴插架堪汗牛。"（宋陈鉴之《寄题长溪杨耻斋梅楼》）绍兴十九年（1149 年），郑樵的脚步在潋村杨家的藏书楼前流连不忍离去，他同意以私塾教师的身份留在杨家，条件是能够自由阅读杨家的藏书。

　　"溪流曲曲抱清沙，此地争传太姥家。千载波纹青不改，种蓝人果未休耶？"让夹漈先生不忍离去的还有这一带的山水。放眼西边，千姿百态的太姥山石营造一方仙境，近处青山如屏，绿水如琴，村前一方小平原平坦开阔，烟水氤氲。那条源出太姥山顶的蓝溪到此穿村而过，吟唱着一首古老的传奇。

白荣敏

其间，郑樵写下了《蒙井》一诗："静涵寒碧色，泻自翠微巅。品题当第一，不让惠山泉。"此诗堪与朱熹的《观书有感》相媲美，诗中描述了蒙井水的清冽，表达了对来自太姥山巅的井水的喜爱，关键是，他以井水自比，自觉其困顿环境中的学问追求和人格修养均可无愧，而且自当精进不止，三十年人生，虽无意功名，但真要比试，自信不让那些临安城里的学子们；只是，他志不在此，在于更宽阔辽远的所在！——太姥山水记录了一代大家不凡的心迹。

一粒沙里藏着一个世界，一滴水里拥有一片海洋。一部《太姥诗文集》，就是全部游山者的心灵史，其中的喜怒哀乐，顺逆荣辱，以及时代悲欢，历史洪流，都开放在犹如一朵朵小小的浪花似的诗文之中。福建怀安（今闽侯）人陈嘉言，南宋咸淳七年（1271年），因向朝廷上疏乞援襄阳以解东南之危，得到赏识而授官建州司户。景炎丙子（1276年）间，元兵攻陷建州，以嘉言上疏事，特下通缉令，必欲得之而甘心。陈乃由间道遁入太姥山，并于山中聚徒讲学。"吾闻尧时种蓝妪，世代更移那可数。帝尧骨朽无微尘，此间犹有尧时墓。墓中老妪知不知？五帝三皇奚以为！……请君绝顶试飞舄，左望东瓯右东冶。山川不见无诸摇，但见烽烟遍郊野。野老吞声掩泪哀，茫茫沧海生蓬莱。"这首《太姥墓》诗，满怀悲愤，直撼在异族统治下的破碎山河、遍野哀鸿的忧国忧民之心声，读来令人血脉贲张，扼腕长叹。

明万历年间，熊明遇受魏忠贤一党迫害，被流放福宁州任军事长官，与知州方孔炤成为莫逆之交，由此也和太姥山成了知音。"太姥山边看落霞，秦川千里傍天涯。我谓逐臣来岭表，人言仙使泛星槎。"（熊明遇《逍遥阁福宁道署》）这位热爱山水的性情中人，以太姥美景化解心中的郁结，抚慰心灵的创伤，为我们留下了"鸿雪洞""云标"两方摩崖石刻和《登太姥山记》等多篇诗文，正所谓文人的不幸，往往成为文学和山水的幸运。比如柳宗元的《小石潭记》，范仲淹的《岳阳楼记》，欧阳修的《醉翁亭记》，乃至王阳明的《瘗旅文》，莫不是他们迁谪期间的力作，其相关地点也因此而扬名，成为人文景点，接受四方来客的凭吊和瞻仰。

方孔炤偕熊明遇多次游玩太姥山，都带着年幼的孩子方以智，这座神奇的名山在他幼小的心灵里刻下了深深的烙印，这个聪明的孩子后来成长为一位中国古代出色的科学家，他在《物理小识》中探讨了太姥山空谷传声的奥妙。因为明朝的灭亡并被涉"从逆案"，方以智中年以后过着流离失所的"遗臣"生活，有一段时间，太姥山接纳了这位故人。因为是逃难，所以三缄其口，方以智山中生活的具体情况我们不得而知，但他的好友、后来降清做了"贰臣"的陈名夏却有诗歌述说他们在太姥山下相遇的情景："海上悲风沙作堆，荒荒遇子颜为开。畏人不及言儿女，亡命何繇居草莱。发犹上指须半白，但愿求方煮白石。煮石不得成金难，相顾执手当岁夕。"（《太姥山下风沙篇·别方密之北行》）世事无常，命运多舛，患难相逢，感慨良多。关于与方以智在太姥山下的相遇，陈名夏还写有《太姥山下遇方密之，怆然别去》《遇方密之于太姥山下，赠予金》等诗，我们知道，方以智的后半生，发愤著述的同时，秘密组织反清复明活动，这些诗歌无意中透露着方以智的行踪和作为，让我们隐约感受到，在明清交替的那个天翻地覆的悲剧时代里，太姥山间回响着这些反清复明义士们的慷慨壮歌……

我幼时居住的小山村在沙埕港北岸的一个山腰里，放眼西望，太姥山巍峨挺拔的轮廓在夕阳的霞光中依稀可见，一幅神秘的影像就这样嵌进了一个少年的审美里，一个人和一座山的缘分因此在冥冥之中被悄然约定。第一次爬太姥山是在读初中的时候，几个小伙伴过沙埕港流江渡到杨岐，经店下达太姥山下的秦屿梅花田、排长岭上山，到了山上已是过午，但大家都不觉得饿，心中洋溢着一般抑制不住的兴奋和无可名状的愉悦。这种不甚明晰的美感来自于一座名山散发出来的魅力，兰花一样隐隐的芬芳，和春草一样明净的清新。但后来，我慢慢读出了这座名山的沧桑和厚重，回头想来，已上名山几十次，每一次走在山路上，先贤们的身影款款而来，翩然而去，我呼吸着他们吐纳过的一缕缕清风，注目于他们吟诵过的一朵朵云彩，面对着他们抚摸过的一块块岩壁，追随着他们留下的一个个脚印，我的周身洋溢着温情和敬意。我和他们的灵魂对话，接受他们的教诲，如同一个幼小的学童，站在一群大师的身旁，默默地聆听和体悟——关于一座名山的诗意蕴藉和风骨品格。

太姥山间，大师们流连的身影

一

基本能够确认，郑樵与福鼎的关联和太姥山下潋村的杨家有关。

潋村位于太姥山东麓纱帽峰下，三面环山，面向东海。这个古老的村子后来因为明代抗倭古堡而受人关注，但它文化发展的顶峰当上推至宋代。早在北宋徽宗朝崇宁五年（1106 年），潋村杨家的杨惇礼就高中进士。杨惇礼喜欢读书，却不爱当官，在连任陕、彭、泉、宿四州教授之后，到朝中转任太学博士，时以贪渎闻名的权相蔡京结党专权，他便申请退休，以后多次谢绝朝廷的重用，还没到六十岁就安居老家，所以当时的官场称杨惇礼有三奇："有田不买，有官不做，有子不荫。"我想杨惇礼是个智慧之人，他知道人生什么最重要，不一定要当官，不需要很多田，却必须要有很多书。

就是因为有了很多书，使杨家能与郑樵结缘！

宋代著名学者、历史学家、藏书家郑樵，学者们称之为夹漈先生，一生淡漠功名却忧心国运，生活清苦而痴心学问，他在厨无烟火、困苦之极的莆田夹漈草堂上诵声不绝，执笔不休，聚书万卷，著书千卷，给后人留下一份精辟独到的精神财富，在我国文化史上竖起了一座不朽的丰碑。

由于北方金兵在攻破北宋京都时抢走了朝廷的三馆四库图书，所以郑樵决定以布衣学者的身份，在夹漈山为南宋朝廷著一部集天下书为一书的大《通志》。为了得到著《通志》所需的学问，郑樵背起包袱，独自一人前往东南各地求借书读。于是，这位而立之年的青年学者，来到了长溪，并滞留于长溪授学。

关于杨家藏书之富，清曹庭栋《宋百家诗钞》录有宋人陈鉴之《东斋小集》，其中有一首《寄题长溪杨耻斋梅楼》，开头两句就是："乃翁爱书书满楼，万轴插架堪汗牛。"此楼就是杨家先世藏书和读书之所。

与其祖父杨惇礼相比之下，杨兴宗在官场要活跃一些，明代的《八闽通志》《福宁州志》和《府志》均有的"少师事郑夹漈"的记载，而郑樵故乡所修之《兴化县志》则说的更为详尽："先生尝教授福温之间，从游者号之夹漈弟子，而史部杨兴宗为高第。至今后学思而仰之。"

《郑樵年谱稿》以为，郑樵流寓长溪时间，是绍兴十九年（1149 年）。11 年后，青年才俊杨兴宗成为杨家的第二位进士，从此进入仕途，初任迪功郎，再调铅山簿。这位有为青年敢于议论朝政，孝宗刚刚登极，他就对朝廷提出"任人太骤，弃亦骤；图事太速，变亦速"的批评。时南宋只余半壁江山，且北边金兵气焰正炽，他向朝廷提"以守为攻"之策，当时宰相汤思退主张与北边议和，托御史尹穑传话，如果见皇帝时不另提主张，就有好职位等着他，杨兴宗婉言谢绝。惹得汤思退大怒，而孝宗皇帝却欣赏他，所以得以一路升迁，任校书郎，与当年的另一位老师林光朝同行校文省殿，提拔了郑侨（郑樵从子）、蔡幼学、陈傅良等人，这些人后来都成为朝廷栋梁，所以"时称得人"。因为政见不合，杨兴宗最后得罪当权派，被外放地方官，先后任职于处州、温州、严州，卒于湖广提举，甚有政声。

太姥山麓潋村一带的山水真是值得流连，放眼西边，千姿百态的太姥山石营造一方仙境，近处青山如屏，绿水如琴，村前一方小平原平坦开阔，烟水氤氲。那条源出太姥山顶的蓝溪到此穿村而过，吟唱着一首古老的传奇："每岁八月，水变蓝色。相传太姥染衣，居民候其时取水，沤蓝染布最佳。"郑樵流连溪畔，为我们留下了《蓝溪》一诗："溪流曲曲抱清沙，此地争传太姥家。千载波纹青不改，种蓝人果未休耶?"卓剑舟《太姥山全志》载："在蓝溪前三桥下，石壁坚融，中有一穴，形如斧凿，泉极甘冽。"是为蒙井，郑樵还写下了《蒙井》一诗："静涵寒碧色，泻自翠微巅。品题当第一，不让惠山泉。"

诗中，郑樵正面描述了蒙井水的清冽，表达了对来自翠微之巅的井水的喜爱，除此，我们还能在清冽的井水中看出作者的影子，他以井水自比，自觉其困顿环境中的学问追求和人格修养均可无愧，而且自当精进不止，30 年人生，虽无意功名，但真要比试，自信"不让"那些临安城里的学子们；只是，他志不在此，在于更宽阔辽远的所在。

太姥山水记录了一代伟人不凡的心迹。

白荣敏

二

南宋庆元三年（1197年），一个大人物的身影在福鼎这个偏于闽东北一隅的小邑闪现，他就是大理学家朱熹。

对福鼎来说，这不失为一个特大人文事件，这事件对后代所起的巨大作用以及本身所折射出的象征意义在福鼎的人文教育史上均是浓墨重彩的一笔。

事件的重大缘于人物的重要，这样一位道德学问令人敬仰的大师，当权派出于政治考虑，把他的学说诬蔑为"伪学"，给予严厉的打压、禁锢。庆元二年（1196年）十二月，朱熹被落职罢祠，回到了他的福建老家，并在庆元三年来到了长溪。

《福鼎县志·流寓》载："朱熹，字元晦，绍兴十八年进士。庆元间，以禁伪学避地长溪，主杨楫家，讲学石湖观，从游者甚众。"

这是天意的安排。

闽东山水偏于东南沿海一隅，相对闭塞，为朱熹躲避祸害提供了相对安全的地点；同时，朱熹为什么选择长溪而不是别的地方，却还有另外一个重要的原因，那就是长溪有他的学生和朋友。

这位朱熹的学生兼朋友就是杨楫。杨楫，字通老，号悦堂，南宋淳熙五年（1178年）进士，绍熙五年（1194年）朱熹在建阳考亭书院讲学时，杨楫负笈从游。与当时的杨方、杨简同为朱门高足，时号"三杨"。此"三杨"绝非浪得虚名，都是南宋颇有成就的理学家，其中杨简发展了陆九渊的"心学"，创立了慈湖学派，在中国儒学发展史上占有显著位置，《宋史》有传。杨楫跟随朱熹的时间较长，在理学方面造诣颇高。陆九渊有《送杨通老》、黄干有《复江西漕杨通老楫》。宋人还根据杨楫的事迹绘制《杨通老移居图》，由林希逸题诗，刘克庄题跋。钱钟书先生在《陈病树丈属题居无庐图》也提到了这个典故。可见，杨楫在哲学史上具有一定的影响。

《福鼎县志·学校》："石湖书院，朱子讲学处，今为杨楫祠。杨爽记：'公尝从朱文公游。文公寄迹长溪，公履赤岸迎至家，乃度其居之东，立书院。'"我们不难推测，作为朱熹昔日学生的杨楫，老师避难到了自己的县境，他的心里是多么的百味杂陈，但师徒的心是相通的，对杨楫来说，这不失为一次绝好的机会，他必须让老师的学说在生他养他的土地上进一步发扬光大，而对一生矢志于理学传播的朱熹来说，能有一个场所供他讲学，也是再好不过的事。

于是，庆元三年，太姥山下的潋村旁，就有了一座史上留名的书院——石湖书院。

在石湖书院讲学后不久，朱熹准备到温州访问永嘉学派的朋友陈傅良等人，取道桐山，到高国楹家作客，并在桐山龟峰一览轩做了一次讲学。

天意的安排，还不止于此。

"伪学"冤案在朱熹死后九年（1209 年）得以昭雪，朝廷为朱熹恢复名誉，追赠中大夫、宝谟阁学士。宝庆三年（1227 年），宋理宗发布诏书，鉴于朱熹的《四书集注》"有补治道"，提倡学习《四书集注》。此后，朱熹理学作为官方学说，成为声誉隆盛的显学，流传数百年而不衰。

正因为朱熹理学在此后中国的思想界所占据的重要位置，朱熹来福鼎的这段日子在福鼎人文教育史和理学思想史上才有可能熠熠生辉。所以，清版《福鼎县志》编撰者在《风俗》《学校》《理学》诸篇的开篇语中均底气十足地说："福鼎自朱子流寓讲学，代有名儒"；"福鼎为朱子教化之地，海滨邹鲁，流风未替"；"宁郡夙号海滨邹鲁，鼎为属邑，自高杨诸君子游紫阳之门（朱熹别称'紫阳'，晚年创立紫阳书院于建阳），深得其邃，大阐宗风，名儒辈出，后先辉映"。

福鼎进士的朝代分布亦可佐证"朱子教化"的巨大作用。清版《福鼎县志》载福鼎进士有 44 名，其中唐、元、清代各只有 1 名，而宋代有 41 名之多。而这其中，北宋 3 名，南宋则有 38 名；在南宋的 38 名进士中，杨楫之后就占了 29 名。虽然，由于宋朝进士的录取名额较唐代大为增加，宋时的进士"含金量"不如唐代，而且南宋都城迁到浙江杭州以后，为闽东读书人应试提供了方便；但在杨楫中进士之后的南宋 100 年间就出了 29 名进士，在福鼎这块弹丸之地，用"雨后春笋"来形容也不为过，我们不能不承认这与"朱子教化"有很紧密的关系。郁达夫先生在散文《记闽中的风雅》中也肯定了朱子教化对福建文化兴盛的巨大推动作用，他说，由于朱子在福建的讲学，"因而理学中的闽派，历元明清三代而不衰。前清一代，闽中科甲之盛，敌得过江苏，远超出浙江。"

此殊为不易，而绝非偶然！

三

手捧三卷《太姥山志》，相比谢肇淛，真应该为自己长居名山之下而无半纸名山之文而感到汗颜。

谢肇淛一生热衷于游历四方名山，足迹遍及大江南北无数名山胜水，所到之处均留有登临怀古、状景抒情的文字，同时，还锐意搜罗与之相关的文献资料。也许正因为谢公有如此雅好和用心，所以当时的福宁知州胡尔慥，因"一再登是山……归而读是山旧志，寥落不称，为之慨叹"，于是心中谋划，欲邀约"才高八斗，癖嗜五岳"的"余师谢司马"能够"辱而临之"。他设想："今太姥既擅神皋，而复得司马为之阐绎，是当不朽矣。"

在胡尔慥的再三邀约之下，明万历己酉（1609 年）正月的最后一天，谢肇淛抵达长溪。但苦于淫雨连旬，一直到二月十五日，稍霁，出城（指福宁州城，即今霞浦县城）欲游太姥，可又雨作，跟跄而归。十九日终于转晴，他带着好友宁德崔世召和莆田周乔卿，过台州岭、湖坪，当晚宿杨家溪；翌日度钱王岭，到三佛塔，郡幕张宪周追至，四人结伴而行，上头陀岭，到了玉湖庵，下午游了国兴寺遗址后，折回到玉湖庵过夜；二十一日，他们先后游览了一片瓦、观音洞、坠星洞、小岩洞、石天门、滴水洞、一线天、龙井、摩霄庵、摩尼宫、石船，夜宿梦堂；上山第三天，他们过望仙桥，访天源庵、圆潭庵，达白箬庵，到罗汉洞，至金峰庵、叠石庵，傍晚取道蒋洋回霞浦。

考谢肇淛等人游山路径及时间，三天两夜，在山僧如庆的陪同指引下，几乎游遍太姥的重要景点，可谓一次深入而细致的考察，真正意义上的"用心"之旅。叹今人之游太姥，一两个小时走马观花，如何细细领略太姥"苞奇孕怪"之精妙！

游览之中，谢公不禁被太姥"岩壑之胜甲天下"所叹服，高度评价太姥山的奇美风光：“吾闽山川之奇，指不胜偻。武夷、九鲤以孔道著；越王、九仙、石鼓以会城著；独太姥苞奇孕怪，冠于数者。”没有辜负胡知州的期盼，谢公果然在感叹太姥胜景“所闻之非夸”的同时，为其“鹤岭碍云，鸾渡稽天，即有胜情，徒付梦想”而惋惜，针对太姥山“考之古今记载，何寥寥也”的状况，“乃为掇拾传秉，而益以所睹记，裒为志略”，编撰了三卷《太姥山志》，交由州守胡尔慥镂刻出版。

《太姥山志》上卷为景点、名胜的介绍；中卷为有关太姥山的记游文章和序、启、碑文等；下卷为诗。太姥山志的编修，始于万历乙未州守史起钦编成的《太姥图志》一卷，由于该书缺略不称，因此，谢肇淛的《太姥山志》三卷，便成为较早的对太姥胜景进行全面阐绎的志书。诚如他的好友崔世召赞叹的那样：“先生摇笔亦太横矣！……兹志传千载而下，风华映人，当与太姥争奇矣！”

令人惊叹和佩服的是，谢肇淛流连太姥山三天两夜里，熟记太姥景点及其主要特征，给我们奉献了一部沉甸甸的《太姥山志》外，还为我们留下了一篇游记、一篇碑记和21首诗，这些作品集中而全面地表现了谢肇淛游太姥山的经历和感受。

也许正是此次与山僧如庆的共同游历而结下了友谊，应如庆之请，不久之后，谢公又撰写了《岩洞庵置香灯田碑记》，记述了因岩洞庵“栖泊之艰”，向知州胡尔慥请求“派田若干亩存庵饭僧，以供游客”一事。碑文说，“吾闽之有寺，鲜无田能悠久”，太姥山“肇基最古”，但离城镇较远，无田可以饭僧，僧日贫，而游人也日少，因而极力建议为岩洞庵派田。胡尔慥划拨田亩，“已给券付僧掌管”，于是，谢公为岩洞庵撰此碑文，寄以岩洞庵乃至太姥山“福田播种，处处萌芽，金粟生香，在在敷实”的殷切期盼和良好祝愿。

不止太姥山，谢肇淛似乎对整个闽东都倾注了他的热情和才华，万历三十七年初春的长溪之游，历时两个多月，除《太姥山志》，他还奉献了《支提山志》四卷和《长溪琐语》二卷，为闽东不可多得的地方史志和文史杂记，诚可谓“藏诸名山”之作。

白荣敏

太姥山间，那些大师们的身影渐渐远去，淡入历史的烟尘，但福鼎这块土地，因此便有了丝丝缕缕的清气和书香，弥漫在我们的周围，温暖着走向未来的日子。

钟而赞

作品

钟而赞，1971年1月生，畲族，福建省福鼎市人，福建省作协会员，中国少数民族作家学会会员。诗歌、散文、小说习作见诸《文艺报》《诗刊》《民族文学》《诗歌月刊》《诗林》《中国诗人》《福建文学》《中国民族报》等报刊、收入选集或在文学赛事中获奖，出版文化历史散文集《灵魂的国都》，长篇小说《穿越台风季》入选2015年度中国作协少数民族文学重点作品扶持项目。

今天我们拜堂成亲

一

那时候我们还不太习惯使用结婚这个词语，也不用婚礼来概括一整套烦琐的仪式。我们只说拜堂，它是婚礼过程中的一道程序，却被赋予了全面的意义，所以既代表婚礼，也被用来指代结婚这件大事本身。对此，我的理解，拜堂自然是婚礼最核心的环节。一对新人，他们在众人面前向天地、父母以及对着对方一拜再拜三拜，等于在广而告之：今天我们拜堂成亲。

拜堂一定是在祖屋大厅里举行，也一定是在午宴之前举行。大厅的正面，上方有祖先的神龛，下方张贴着大幅的红双喜；两边的墙上，垂挂着多副对联，两两相对；正中摆一张八仙桌，披着红布匹，上头是两柄粗大的红烛，两朵焰火燃得正旺；两张太师椅分置两边，坐着男方的父母，手里攥着红包，脸上全是笑。一对新人并排站着，新郎的服装似乎没有特别之处，只是头发一定是刚理过的，脸也是刚刮过的，很精神，因为不好意思，这张脸始终红着，躲躲藏藏，想要避开什么，却掩饰不住欢喜。新娘凤冠霞帔，一身红衣裳，头上还披着红巾，整个一火团儿。大厅汹涌着亢奋的红色气流，乡邻亲友互相挤对，小孩在没有缝隙的缝隙里钻来钻去，每一个人的脸都是红的，是笑的。

"一拜天地！"主婚人唱了第一句，两位新人向着敞开的大门跪下来磕个头，挤在门口的人大呼小叫地急急让开（长辈有教训：受人跪拜要有福气才能消受，没这份福气不具备相应的资格，被人跪了拜了，或者要折寿，或者就要罹祸），不小心就把谁给挤倒了，站在门槛上的跌下来，压住了谁，肯定会招来一声骂，骂也带笑。"二拜高堂！"主婚人唱了第二句，新郎的父母连忙伸手去扶，一边就把红包塞过来，有好事的就喊："爷爷奶奶红包大不大，打开来瞧瞧!"喊声未停，便有很多声音在附和。"夫妻对拜!"主婚人唱了第三句，新郎有点急促，新娘有点忸怩，挤在边上的人又在推搡，只听见骨碌一声，新郎跪下去了，却一头撞到新娘的身上，引来哄堂大笑，"猪八戒吃新槽，越急越不上口"，闹哄哄的笑声中有人粗着嗓子叫。

这是小叔阿贺拜堂时的情景，之后，这样的场景便成为记忆。拜堂被新的婚礼仪式取代了。但是这个词的使用还延续了一段时间，乡亲们慢慢学会了使用新词结婚，多年以后才让它完全代替了原来的拜堂。让人感到遗憾的是，第二年阿贺叔和我们叫了一年的阿贺婶离婚了，这是村里第一例失败的婚姻，直到今日还是唯一的一例。是因为拜堂应该成为历史吗？我感到疑惑。

二

今天我们拜堂成亲！这几个字，就写在阿贺那张始终笼罩着红晕的四方脸上。其实三个月前，它们就在这张脸上隐约着。那天媒人引着他去相亲，一路上有人遇到，问一句，他急忙低下头去，含糊地回应了一声，耳根处立马就红了，似乎自己去做的是一件很不光彩的事，又似乎没有人不知道他去做什么事一般。问话的人都认得媒人，于是心照不宣地笑笑，爱问的向媒人打听是谁家的姑娘，爱逗的逗阿贺几句，把阿贺窘得没地方躲闪，心里头一边恨媒人话多，一边恨这些人这个时候怎么就不在家里待着。这一段路不长，媒人走得张扬，对于阿贺来说却是通往天堂门前必须经过的地狱，特别漫长，又不能不走。总算来到女方家了，阿贺坐在椅子上，头不敢抬起来，姑娘的父母还有他们请来的舅姑姨娘你一句我一句地问，问一句答一句，有人满意，说这孩子实在，有人却不高兴，怀疑是不是憨。姑娘自个儿也请来了几个姐妹，藏在另一间屋子里往这边探察，小声儿地议论着逗着笑着。轮到姑娘端茶敬客了，端到阿贺面前，头垂得特别低，然而却又特别想看一看眼前的这个可能与自己相伴终身的男子，偷着快快瞟一眼，不经意就遇到了对方同样躲躲藏藏的目光。

阿贺在等。有点忐忑不安，又有点儿甜蜜。过了几天，媒人便送来女方的庚帖。会掐算的阿恒伯对了双方的生辰八字："合呀！又是一对天地配。"

于是给媒人红包，也给阿恒伯红包，又请他们喝酒，计算着大定和嫁娶的日子，商量着如何就聘礼的大小和女方家讨价还价。媒人至少要来往奔走数趟，所做的就是斡旋的工作。通常，女方提出的问题要苛刻些，让男方见点利害，一是体现娘家的力量，免得女儿将来嫁过来受欺；二是尽可能为女儿也为将来的女婿争取一些物质储备，毕竟结婚后两口子是要自己对付生活的。但也适可而止，来往了几个回合，便见好就收，还要做亲家呢，哪能把关系搞得像仇人一般？但也有厉害的，向男方要这费那费的套路真多，别人听着都觉得有点过了头，偏偏又遇上一个不肯多拔一毛的亲家，生生就把两家人弄得心里很不痛快。这不痛快又传给小两口的新生活，闹出一些不和谐，大多很快就淡了，也被忘了。

这些场景在上演的时候，我还在镇中学初二年级一班的教室里全神贯注听老师讲课。然而在提起笔来描述时，我仿佛身临其境。可能是我把之前的所有相关记忆都用了阿贺叔身上了。当我理直气壮向班主任申请提前放学回村喝喜酒的前一天，中午放学回家，看到阿贺叔家里已经十分热闹。血缘最亲的客人，必须在这一天的午饭前赶到，并住下来，至少要住上两夜，在婚礼结束之后的第二天才能离开。他们要吃的这一餐饭，有个怪怪的名称，叫杀猪饭。那头肥硕的大猪，养了一年了，到了它做贡献的时候了。上午，太阳离东山头还不远，受请的杀猪师傅就来了。杀了猪，卸下其中的两大蹄膀，用一对礼品箩装，却装不下，就让刮得干净洗得发白上面还烙着红双喜绑着红线的蹄膀在箩外招摇，一直送到女方家，这就叫送猪蹄。我之所以说装猪蹄用的是礼品箩，是因为在我的记忆里似乎只有在走亲戚装礼品时人们才会用上它们，它们比用于农事的箩筐要小一些，编织尤其讲究细密，还戴着簸箕形圆帽子。那一双圆帽子，虚虚盖着两大块伸展着的猪蹄，背面的正中也一定各自印上红双喜。

三

村里各家各户出一个男劳力，采买菜料调料，租借碗碟被褥，搬摆桌子椅子，杀鱼剁肉洗菜，烧火端菜添酒，需要一干人马，才料理得过来。通知的办法是请他们在婚礼的前一天来家里吃早饭，也不用再说什么，大家都知道了，早饭后就围着主事的那位要任务，要了任务就各自忙去。那主事，很多天前就请来家里喝杯小酒，说起了婚事的前前后后，也就表现了请他帮忙的意思。于是最先来报到，帮助当家人出谋划策，支派人手，收取人情（礼金），结算开支。女人呢，也需要三五个或六七个，属于自愿来帮忙，不算在各户出的人手在内。

村子里一片混乱忙碌，当家人焦头烂额，很快就到了迎娶的日子。

这天一大早，在吹鼓班的吹吹打打中，四个年富力强的男人抬着一顶红轿子出发了。迎亲的队伍中，媒人是少不了的，新郎的姐妹被称作大娘姐的也是少不了的。当家人给每人发了一个红包，嘱咐交代了一通大事小事，这支队伍便出发了。前一天晚上闹夜宵，阿贺喝醉了。闹夜宵是年轻人的事，似乎只有一个主题，就是把将要当新郎的阿贺灌醉，醉到让他爬桌底，才算闹得彻底。早上，阿贺还有点傻头傻脑，但满心里却是甜的，甜得有点迷糊。平常前一天晚上喝多了，第二天总赖在床上不想起来，这一次却睡不着，也躺不住；平常喝多了迷糊就迷糊，这一次却不肯迷糊，因为心里牢牢记住一件天大的喜事：今天我们拜堂成亲。

临近正午，远远先听到阵阵鞭炮，整个村子兴奋了起来，人们在想象中翘首盼望，手上的活能停下的就停下来，专门一个心思等着新娘。女人和孩子已经迎到村口，一边叽叽喳喳地议论着，大多是关于新娘的话题。然后就看到以大红为主色调的迎亲队伍进入视线。队伍的前头，是一个提着红灯笼的小男孩，而后是空着手甩动得有点夸张的媒人和提着红纱罗瓜子袋的大娘姐。紧跟在后头的红轿子摇晃得很厉害，这是轿夫们在使坏，戏弄新娘。这一招有个专有名词，叫荡轿，所谓的荡，也就是摇晃的意思，晃得厉害，新娘在轿子里东歪西倒，这边撞一下那边碰一下，有人受不了，一口就把肚子里的东西一股脑儿地吐出来，娇弱些的还嘤嘤地哭出声来。之前当家人都交代过了，让轿夫们不要太过分，新娘离开娘家门口，进三步退三步，各摇一摇晃一晃，表示舍不得离开生养自己这么多年的父母，尽到人情就行了。偶尔也有顽皮的当了这么一回轿夫，又听说新娘的家人事先因为向男方讨要礼金费用要求苛刻态度又十分固执，便生出坏心思，想借机作践新娘一回，荡轿时就特别起劲。轿子后头，是吹鼓班，一路吹吹打打，沿途遇上村庄，吹打得更加起劲，这是给当家人挣脸。他们之后，是抬柜子扛箱子提马桶挑被褥的，这些都是新娘带过来的嫁妆，几箱几担人们都在一边数着，多了就夸，少了就有些闲话，对于新娘和她的娘家来说，算是一道硬关卡。

迎接新人的鞭炮一阵猛过一阵。就在腾腾的浓烟中，女人和孩子们围着大娘姐抢瓜子。大娘姐挡不住，索性抓一把撒一撒，任人满空中接满地面找。那边几箱几担的嫁妆被接到新房里摆设，新娘则被引到祖厝大厅。大厅里都准备好了，也恰恰到了时辰，于是举行拜堂仪式。

一拜天地二拜高堂夫妻对拜，三拜之后，这两个还不太熟悉的年轻人就是夫妻了，从此就要同床共枕相濡以沫了。

四

拜过堂，接下来的快乐是属于村庄的。对于一个集体来说，没有什么比人员的变化更值得看重的事。人们用狂欢表达对人员增多的喜悦，寄托着美好的希望和祝福；人们用哀悼表达对人员减少的伤心，也同样寄托着对未来的期待和憧憬。所有的仪式，或许都不是我们从表面所看到的那样，也不仅仅与一个人或一个家庭有关，而一定与更多人的追求有关，甚至就是追求本身。

这是村庄的节日。在厨房里忙碌着的，在院子里忙碌着的，在酒桌上喝酒的，在新房里闹着的，在墙角晒着太阳说笑的，在人群里穿来穿去的，一村子的男女老少，用不同的方式参与到集体的快乐中来。

酒是前一天甚至前两天就开始喝了，而真正的喜酒是从午宴开始，热热闹闹的晚宴过后才算结束。亲朋好友除外，村里各家也都要随一份喜，叫一个人赴宴，也有个专有名称，叫村邻酒。十几张大圆桌从祖厝大厅一直摆到院子里，人们各就各位，吃喝谈笑，猜拳行令。晚宴，大厅里摆着连席，四五张五六张甚至七八张方桌子成笔直连排，上首坐着新郎新娘，面前一双粗大红烛烧得正旺。两纵列坐着新郎新娘的朋友，等坐在下首的朋友头出手和新郎发了几枚仪式意义大于实质意义的拳，大家便活跃了起来，捉对或组团拼酒拼拳，引来一圈又一圈的看客。看着，一边吆喝着，还有闹小动作的；有村中年青小子，看着不过瘾，还要插手闹几拳的。这其中又有很多故事，比如新娘新郎要在大娘姐的带领下，选一男一女两个小孩充当金童玉女举着烛台前面引路，到各桌"讨大小"，什么意思？给长辈下跪敬酒，给其他宾客敬茶，学着叫唤各人的称谓；对方是一定要给见面礼的，都要装进红包里，简单些就扯一小片红纸压一压，塞到新娘的茶杯酒杯里。

然后就是闹洞房。那些挖空心思想出来的节目仿佛就是为了教一对新人学会男女之间的故事而设计的，让不谙人事的新娘又羞又怯又恨。这就是条件，一个很奇怪的名称，难道就是要成为合格夫妻所必备的条件？

小水电停止发电以后，村里有很长一段时间不通电。平时各家用的是煤油灯，宽大的夜幕之下，看到的是稀稀落落的几十颗昏黄的火豆。今夜，红烛成为主角。宴席桌上，走道边墙，厨房灶台，新人洞房，以及临时安排的宾客睡觉的地方，一根根红蜡烛因为焰火的映照全身发散莹莹的红光，渲染烘托成一团红色的光雾裹着整个村庄。鞭炮也是红色的包装，它们发出的欢快的噼里啪啦的叫声也是红的。就在这红色光雾红色声音和人们因为喝了酒或不因为喝了酒而展现着的一张张红色脸庞逐渐因为夜深而淡了薄了时，挂着红灯笼贴着红对联的那间屋子安静了下来。

五

已经有二十多年没见过这样的场景了，记忆或许有些错误，但是那弥漫着喜庆气息的红，至今还十分浓烈。有时回老家参加谁家婚礼，总带着不明确的期待；过后，似乎失落什么，怅怅然中便回想起过去。听说一些人家已经放弃了请村邻酒，原因是村邻的人情薄，比不上亲戚朋友，村邻的酒席大多亏本。又听说现在亲友送人情动辄上千元甚至上万元，以至于很多人一收到请束就发愁。这些讯息又让我增添了几许迷惘和不安。

贺礼的攀高，不是婚礼的错误，人情的淡薄，也与婚礼无关。至于红轿子被越来越讲究的车辆所取代，新娘的凤冠霞帔变成不避红白的婚纱，祖屋大厅里的拜堂成为历史，似乎也与意味着社会进步的删繁去陋无干。当婚礼的快乐完全属于个人，而不愿让村庄和乡亲们分享，它只需要雇一个摄像师傅，拍下整个过程，刻成碟片贮存起来，以备今后自己独自欣赏回味；而拜堂，它表达的是一份感恩，对天地和父母的生养；是一份尊重，对容身于其中的这个群体这个社会；是一份真诚，对即将与自己厮守终身相濡以沫的爱人。它把自己的快乐展示给众人，接受大家的见证，也让大家分享。它用一种仪式，对天地和众人大声宣告：今天，我们拜堂成亲！

窗外，热闹的街市中走过来一支奇特的迎亲队伍。先是一个穿黑色对襟小褂的男孩提着红灯笼引路，接着是一顶红花轿，后头是五六个人的吹打班。然后就看到了队伍的后半截，结着红花点缀着鲜花的三辆轿车。据说，近些年有人怀念传统形式的婚礼并付诸实施，于是便有人看到了商机，准备了一干行头用于租赁。然而终究有些不伦不类，而且因为古今皆重中西合璧，办这样一场婚礼，花费相当昂贵。

而我恰巧就看到轿子里的新娘撩开窗帘探出上半身，展示精心制作的新潮发型和洁白的婚纱。当她走下轿子时，会被引到祖屋大厅行拜堂礼吗？对此我深表怀疑。

奶奶的馈赠

我倚在门边，静静地注视着灵床上的奶奶，任泪水一颗颗从眼眶里涌出，顺着脸颊滑落。我真切听见它们掉在地上时发出的啪啦啪啦的声响。灵床边围坐着很多女人，她们在低声啜泣，或号啕大哭；她们身侧身后，还站着很多人，伤感地说着奶奶的生平；前厅，与灵堂仅隔着一层木板墙壁，热闹的法事在进行中，僧人在念经，法器有节奏地互相撞击，不断有人进进出出。这么嘈杂的环境，我怎么听得到眼泪落地的声音呢？多年以后，我才明白，那是眼泪撞击心脏的声音，只容许我一个人谛听的声音。

奶奶去世那年，我才十二岁。这个年龄，大概是不能理解眼泪何以与肌肤的疼痛无关，与号哭无关，而是源于无法用声音表达的心痛。对于我，是第一次如此真实地面对死亡，感受着死亡给生活带来的永远的失落。在这之前，村里有老人去世，我似乎总是站在很远的地方，听到的是有些模糊甚至隐约的哭泣，有点伤感地愣一愣，意识到又有一个生命从此不在视线里出现，夜空中将会增加一颗寻找不到的星星。然后，在长辈的安排下，披上一件白衬衫，跟在送葬队伍的后头，为死去的人送别一段路。很快，就忘记了刚才经历的过程，呼唤着小伙伴们，接续着未完成的游戏。

参加葬礼的客人走了，生活又回归原来的节奏。那些日子，我常常不经意间就走进属于奶奶的那间卧室。从我记事起，它就为奶奶所专有，却也是我们的乐园。我们在这里翻箱倒柜、大吵大闹时，奶奶很无奈地在一边叫："干吗这么吵哎干吗这么吵哎。"然后就摸索着打开枕边上的藤条箱，好半天才掏出来几粒糖果，或是一个两个果皮干涩发皱的橘子，有时也会是一瓶罐头，叫着：拿去拿去，不要在这里闹。我们总埋怨奶奶太小气，见奶奶打开藤条箱，就瞅准时机冲上去，争抢着从箱子里掏出更多的东西，然后一哄而散，聚到厨房里享受。奶奶忙乱地阻止着我们的动作，拍一下这个，又拍一下那个，却不立即把箱子盖上。现在想起来，她其实是有意让我们拿走更多一些东西。当我们聚成一堆吵吵嚷嚷着分享糖果、橘子或罐头时，她会站在一边骂几句，骂，不是因为生气，而是开心，我们从她的脸上看到的是笑，是满足。

我的意识里增加了一样新的内容：对失去的追寻。然而关于奶奶，当我用心怀念她的时候，才发现记忆多么苍白！就像那些美好的事物，因为与我们朝夕相处不为我们所珍爱，却早已经融入了我们的生命，与我们呼吸相通血脉相连，直到有一天，突然从我们的感官世界中消失，我们的生命似乎被削去了一块。于是，一张瘦削而苍老的面孔，矮小且有点佝偻的身段，迟缓的动作，气力不足的叫唤，这些细节频频出现在我的脑海里。奶奶给予我的是一个完全定型的形象，当我能把一些印象留在大脑里，奶奶便已衰老，走路都显得有些困难，仿佛一不小心便会倒下去。这个小脚女人，她用这双小脚，艰难地走过了七十三个春夏秋冬，并在漫长的贫困中坚守着一个普通中国妇女的伟大理想：一家人能够吃饱穿暖，把儿女们抚养成人，看到儿女们成家立业，看到第三代人充实着欢乐着繁衍着扩张着这个家庭。

她的理想实现了，所以她可以满足地离开这个世界，离开爱着她的亲人们，到天堂里和他的男人相聚，安详地生活，不为饥饿、严寒、辛劳和困苦而烦恼、伤痛或哭泣。父亲说，奶奶一生过得十分不容易，对这句话，我没有多大感受，但我可以想象。她生育了四个儿子两个女儿，小儿子送给了一家亲戚，家里还有三个男孩两个女孩。作为一个母亲，在最基本的生活原料总是匮乏的相当长的日子里，她经营着这个多子女的家庭一定需要面对许许多多我们这一代人难于想象的困难。而且，听说在我出生之前就已离世的爷爷是个不善于也不太愿意料理家事的人，却又热心于为他人和集体做事，尽管未必把家完全放手抛给奶奶，至少对于家庭和子女，他所用的心思和精力是不太多的。我略知人事以后，就记住了乡亲们偶尔会说到的一句话，你们家不一样，你们家都是吃公家饭的。这话含着羡慕的成分，也隐藏着愤愤不平。是的，伯父、父亲和叔叔还有我的母亲都是有工作拿工资的人，但是也正因为他们不参加或很少参加集体的农事劳动，在生存所需的物质配给供应的年代，我们家常常享受着不公正的待遇。我记得有一次母亲让我去领取口粮，分粮的人给我劣质的稻谷，我提出质疑，对方扔过来一句话：没工分，吃工资，还想有好谷子？或许因为这样，伯父带着伯母和小儿子住在单位，大儿子被放在家里（他的两个姐姐已经出嫁了），才十四五岁的小子，从事与壮劳力同等繁重的农活。为了照料堂哥和他妹妹的一日三餐，晚年的奶奶仍然要绑着围裙下厨房。对于父亲和叔叔的苦苦相劝，她总是说，兄弟分了家，就是各家各户的事，让你们养你哥哥的孩子不妥当。像每一个父亲母亲一样，她始终守着公平的意识，在乎子女之间的一份平衡。如果有什么困难可能破坏这份平衡，她便觉得自己责无旁贷应该承担起来。包括被抱养的小儿子在内的六个子女始终保持着和睦亲昵，一定有她的潜移默化的影响。这个略把声音放大些就会感到呼吸困难的老人，她把一些美好的东西通过血液和生活悄悄地传递给我的父辈、传递给我们，并将传递给我们的下一代。

爷爷手上留下的这一溜两层木瓦房，是结构宏大的宗族大厝最左侧的一间。那时一村子男女老少大多聚居在这座大厝里，女人之间的闲言恶语，由此引发的男人之间的争吵，惹起我们的兴奋。我们赶去旁观，奶奶却在家门口阻拦，即使我们已经钻进吵吵闹闹的人群里，她也会跑过来，伸出那双干柴般瘦弱的手把我们拉走。她无力劝架，所以便躲开来，不愿意掺和一场闹局。她也有和人家争嘴的时候，那是因为护犊，比如有人凌辱了伯父家的两个孩子，我的父亲又不在家，这样的时候，她便要挺身而出。挺身而出也不大声叫骂，把自家的孩子叫回来，说道几声，然后对着还在恶脸谩骂的对手沉着声调说一句两句："哪里就都是我家孩子的错？对孩子哪能这样？他们的父母都不在家，你这不是欺负人吗？"她显得那样衰弱，仿佛承受不了一个幅度稍大些动作，但是她的言语是威严的，也是足够让对方悻悻地结束恶骂的。然后回到家，数落着自家的孩子。只有这样的时候，奶奶才是啰唆的，她会把一番话说了一遍又一遍，说到伤心处，声音被卡住一般哽咽起来，便撩起围裙擦拭眼窝里渗出来的眼泪。

　　哽咽的声音里含着怎样的经历和承受呢？我不知道，也永远无法理会。我只是知道，奶奶是个爱流泪的女人，让我看到了她的脆弱。她的哭，有时是伤心，有时是欢喜，有时是因为激动。那一次，我在自家的门槛前捡到一张面值两元的纸币，像是刚印制出来的，崭新锃亮，折起来会发出清脆的声响。两元，那是多么大的一个数字呀！父母平常给的零用钱，是一分两分，最多五分；压岁钱，两角；上学学费，一个学期只要一元；我的书包掉进水里浸湿了，买新书，语文数学两本，只要交给老师两角。一张两元的新钞票，一定是要被父母锁进存钱的小木箱的。我的狂喜一阵接着一阵，又充满着担心，担心被人发现，不知道把它藏在哪里，又担心丢了这么大一张钞票的人心里一定很着急。要是父亲或母亲丢的呢？他们也一定会着急的，两元钱等于他们一天的工资，等于一家子几天的伙食。我没想到它是从奶奶的荷包里跑出来的，在我因为藏在口袋里的这一张面值两元的钞票而惴惴不安的时候，奶奶慌慌张张地从里屋抢出来，低着头四处寻找。院子里，我家厨房，她自己的房间，叔叔家的厨房，她这样往返着，头没抬起来，动作也变得紧凑，一点不像平常那般迟缓，脸上的那些皱纹几乎就要哭出声来。我犹豫着，又犹豫着，然后才问奶奶："奶奶，是不是丢了钱了？"奶奶这时才想起我在旁边，抬起头急切地问："你看到了吗？孩子你看到了吗？"我从口袋里掏出钱，递给了奶奶。我看到奶奶被急切压抑着的眼泪一下子流了出来，她小心地把那张纸币对折好放进藏在围裙里面的荷包，一边连声夸我："孩子你真乖，你真乖。"然后她很急促地拉着我的手，把我牵到她的房间，打开枕头上的藤皮箱，从里面取出一瓶罐头，递给我，又要去找厨刀，切开封盖。在我享受那瓶罐头时，她一直就坐在旁边，看着我的目光充满着柔和的爱意。然后，她想了想，又从荷包里找了一张一角面值的纸币，一定要塞给我。那一刻，我是如此真切而强烈地感受着一个老人的喜悦，而且这个喜悦是我带给她的，它在我幼小的心灵中植下了这样的意念：一个人，他是可以为别人带来快乐的；为别人带来快乐的人，他也一定是快乐的。

奶奶终于迎来她生命中最后的一段日子。这应该是她一生中最宽慰的一段时光，田分到各家各户了，饥饿已经不再；儿女们的日子比起过去好得许多，孙辈一个个蹦蹦跳跳；七十岁那年正月，儿子们还为她筹办了盛大的寿宴。坐在院子里的奶奶很开心地和别人交谈，脸上总是挂着满足的微笑。然而她的身体却一天不如一天，她生病了，不能起床了，儿女们围在她的床榻前，安慰她，为她偷偷落泪，无措地看着她走向她向往已久的天堂。

大地上有个村庄叫屯头

秦屿有万古雄镇之称，屯头就在它的东郊，一条近千米的拦海大坝横卧两者之间，兼作车来人往的通路。

这里曾是一片汪洋，海水在几座小岛屿之间环绕，水的北沿拔起一座高耸奇秀的山峰。这就是以山海大观著称、被誉为海上仙都的太姥山。

而后是沧海变桑田。其间经历了近千年的时光，寻找新家园的多个宗族相继来到这片蛮荒地，依山依屿安下石墙黑瓦，筑坝拦海，填土造田，硬是开垦出一方生长庄稼的肥沃良田。

筚路蓝缕以启山林的人们把安居乐业的梦想种子深埋在新土地里，也深埋进一代一代后人的心壤上。

于是形成村庄，形成城邑，如星如棋散布在大地上。其中一座叫秦屿，临港舳舻相接，舸舰辐辏，岸上人烟稠密，市井繁忙，俨然一大集镇；咫尺之间又有一座叫屯头，七八处宅院，百十顷田园，迎山风徐徐，听海语切切，日出日落或耕或渔，悠然中享受安适。

在屯头，即使新时期单调明亮的砖混水泥建筑完全代替了曾经的石门石墙、三合土夯就的大院埕、青砖墙黑瓦檐的木结构老宅院，却依然处处散漫着古朴的悠闲气息。

何况，还有年代久远而冠盖如阴的宋代老榕，一段起于朱明时代存留至今的粗朴城墙、城门，几座淡定于残颓荒废的木构老宅？何况还有收藏在旧祠堂新门面之内的古戏台：天顶处的精致藻井一层一层一圈一圈绘着流传在那个时代的人物故事，陈旧灰暗的板墙上渗入前人的诗词书画墨迹？

时值仲冬，原野空寥，轻岚若有似无。思绪从当下回归历史，有一种无形的力量托举着你，让你轻盈地飘起来，沉静在内心的某个高处——

你看到这样的一组场景：辛劳中伸一个长腰，回头瞧一眼稻穗金黄的眉眼，心里便漾出丝丝的欣慰；月光下一声幽叹，想到儿女们穿着新衣时的欢喜，先前的愁怨已然消失，嘴角不经意间有了一抿笑纹。和风绵延，不声不响地推着年轮从恍惚中来到恍惚中去，伴着对丰足的期待、信任，一代一代孩子成长了起来。

果然是，"昼出耕耘夜织麻，村庄儿女各当家。童孙未解供耕织，也傍桑阴学种瓜"。

大地乐意献出五谷，生活不吝啬赐予幸福。一个村庄就是一个朴素的信念：安宁，自得，辛劳有所获，亲人邻里在相亲相爱中感受温暖。

又觉得缺点什么……

你的目光往前方的草堂山眺望，那山，以云雾缭绕的太姥群峰为屏障，面向烟波浩渺的东海，俯仰之间，天地万物如迷如幻，这真是结庐读书、思接千载的好去处。

以书为友，以思为伴，生命改变了匍匐的姿态，心灵充盈着高远而广大的气象。这是家园的另一种表达：求知，问道，养性，修身，放飞情怀，为人生立意。

这是唐进士林嵩的草堂。来自长溪赤岸的林嵩，为寻一处读书、沉思之所，一路寻来，在屯头，遇到这座叫灵山的灵秀山峰，一见倾心，于是结庐而居，成就了后代的草堂山。遗迹堙没，旧影难寻，然而曾经的一条草径，之后的简易公路，延续着村庄的另一个理想：耕读传家，实现物质生活与精神生活的双丰足。

在屯头斗门、佳湾等自然村落，几处明清时期的民居、宗庙留下了乡人重读传统的遗迹。斗门林氏保留着一道匾，辞为"名魁乡榜"，是清光绪年间一位姓杨的浙江省级长官为中举的斗门林家子弟林万青所立。而在佳湾村，2006年之前还能见到一座始建于明末的四合院，这就是有清一代在地方上以学业人品闻名的陈淑孔的故居。陈淑孔是佳湾陈氏的骄傲，他于明崇祯十四年、十五年先后获福建府试第一、岁科试优等，崇祯十七年却毅然谢绝功名，退隐寺院。这一年，李自成军攻破北京，皇帝崇祯自杀殉国，其时陈淑孔才二十六岁，风华正茂，他的退隐无疑是与国同悲，体现了一个知识分子的国家情怀，被时任福建学政陆求可誉为"独存古道"。此后他在家乡立馆授学，致力于培养乡村学风、延续文脉传承，取得了不菲的成绩，《福宁府志》对于他的教育工作给了四字评价："多有成就"。其中大概就包括他的嫡孙陈球，于清乾隆年间考取了进士。宅院毁于2006年8月的超强台风"桑美"，现今只遗存两副科举旗杆碣，一副为陈淑孔立于清康熙年间，另一副是陈球立于清乾隆年间。旗杆碣被称为封建科举时代的"荣誉证书"，是中国传统乡村社会崇尚文化、追求人文厚养的见证，所谓"耕可致富，读可荣身"或许太多功利，但耕读传统却赋予了传统乡村独具魅力的人文品格。

因为有了文化的因子，乡村便有了格调，多了一道风骨。在屯头，抚摸着一段风剥雨蚀的城墙，指尖滑过的，掌心温习过的，不仅是城墙，更是一段历史，镌刻着屯头人维护幸福与尊严的勇气、不能被屈服的意志和蹈义不畏死的节操。这段城墙建于明嘉靖年间，城墙原总长百四十丈，高丈八尺，厚一丈有余，设上下两个城门，分别是迎旭门和庆城门。这是世居此地的黄氏族人为抵御倭寇、保卫家园举全宗族之力历时数月乃至逾年才筑就一座坚强堡垒，寄托着抗敌的意志，也承载着平安的愿望。它当然是横亘在敌人面前的一道铜墙铁壁，那些浸透了岁月风雨的石块、寒风中风姿飒飒的墙草，至今依然散发着一股凛然不可侵犯之气。

　　更坚固的城池在人们的内心。明代中后期，正是倭寇在中国东南沿海活动最猖獗时期，临海而居的秦屿、屯头倭患频发，不屈的乡人与亡命的强盗做殊死战，不少人因此而奉献出生命。在秦屿，程伯简和他的同伴们血染城头；在屯头，以林卿为首的十多位乡亲倒在了敌人的屠刀之下。这些平常与农具为伴的兄弟，从没想过有一天他们要拿起刀枪，也从没想过成为英雄，被人景仰，他们或许只有最纯朴的意念：这是我们的国家，是我们的家园，是我们的乡亲，是我们的人民，怎能容许强盗践踏我们的土地、残杀我们的亲人？

　　他们当然是英雄，不论留下了姓名的程伯简、林卿，还是更多无名勇士。活着的人们把他们合葬在村里一处叫官仓的地方，设坛祭祀，取名义民坛，让他们的故事世代传唱，让舍生取义的意念进入村庄的灵魂。清代嘉庆年间，乡人又筹资修坛，并树碑纪念，而村民自发的祭祀活动从明代延续到今天。延绵不辍的香火是精神传承在形态上的表达，在告诉人们：对于勇士义士，我们引以为荣；因为有了他们，家园历史有了厚度，有了重量感；我们与他们血脉相通。

　　在屯头，还有一个去处你不能不去：麒麟山上的革命烈士纪念园。山守望在村口，不高不厚，不雄不险，清雅而秀气。沿一道缓坡而上，百步之内便来到山顶平旷处，一座纪念碑高高耸立在正中，上面竖行几个金色大字：

人民英雄永垂不朽！

　　山应该与太姥诸峰同为一体，与海相接，据说山前便是当年的屯头渡口，曾有一条江叫麟江，现在是看不到了，似乎也不再有谁想起有这么一条江。但说到麟江小学，村里人是知道的，他们指着黄氏宗祠说：喏，那就是！当年，福鼎革命早期领导人黄丹岩就是利用宗族祠堂创办了一所学堂，成为他和战友们开展秘密革命的摇篮。

　　村里还残存着一座黄丹岩故居。当年黄丹岩牺牲后，国民党地方当局一团火把房子烧成灰烬，眼前的旧居是 20 世纪 60 年代重建的，损毁严重，但依稀可见当年的规模和结构，房子是按原建筑的模样仿建的，由此可以推断黄丹岩应该出生于殷实家庭。以小康之家境，怎么就选择了无产者的革命之路？其间多少艰难多少危机，而他以最后的牺牲证明了自己的至死不渝，这又是为了什么？

　　你吟诵着两首以屯头以麟江为题的诗，体悟穿过历史迎面走来的一个中国村庄的心声——其一当为前代乡贤所作："翕然佳气海濡边，氏族振振数百年。树绕麟山青映郭，泉流蟾石绿盈阡。涛声远近秦江外，峰影迷离姥岫前。好与素心人共处，柴桑风味话前贤。"其二是民国十八年即 1929 年，闽东革命领导人马立峰的《咏麟江诗》："革命洪流盖五洲，涌入鼎邑至屯头。麟江引来天河水，洗尽人间万古愁。"这两首诗，恰可为屯头、为屯头所代表的中国村庄所具品格作注释：山水之美可陶情，人文蕴藉可明性，而后其气浩然，其志高远，敢为苍生立命，为天地立心。

陈载耀

———————|作品

陈载耀，汉族，福建省福鼎市人。1963年3月出生，1984年7月毕业于福建师范大学中文系，大学本科学历，文学学士。1984年7月分配到福鼎一中工作至今，中学高级教师。现任福鼎一中校长。

美丽的符号

我常想为什么古人有那么多的字号？初生时有父或祖取的乳名，入学读书有先生取的书名，还有考举人考进士有朋友称呼的试名。做官之后有印名，结婚以后还有别字。令人眼花。文人、书画家之流自有别号、斋号、堂名，更是五花八门。"扬州八怪"之一的金农，他的字号竟达二十六个之多。这大概是古人的风气或癖好吧。

人的名字也常常打上时代的烙印。民主革命的巾帼英雄秋瑾，号"竞雄"，自称"鉴湖女侠"。有诗"儒士思投笔，闺人欲负戈"，足见诗人以天下兴亡为己任的胸襟。

我辈"文革"前后出生的人，则有"向东、红卫、永红、红兵、向军"之类名字，如雨后春笋，遍地皆是。

现在网上的帖名真多得叫人目眩。

美丽的名字莫过于各界明星，靓丽的形象与独特的名字重合，在男人和女人的眼中成了美丽的范本。名字在芸芸众生的寻常百姓眼中大都只是符号称谓，但在每个人的生活圈子里都会有一些让人刻骨铭心的字眼，或爱人或师友和尊长，在我们内心密码本中占有显要的位置。

大学同窗的室友，有叫"细民"的，中学的老同学有叫"良蟹"的，多年前的学生有叫"阿糯"的，现在回味这些返璞归真的字眼时的感受远胜当初的讶异和费解。不论名字大气或卑微均让我充满敬意。

平生除正儿八经给儿子取名之外，破例就是应朋友之托给他的小子取名——"赖钦敬"。"钦"是辈分排行，"敬"为辅义，有平仄和响亮的字音，煞费脑筋之后也沾沾自喜，因为得到朋友的喜欢。

教书时间长了见过无数学生，印象深刻的莫如名字奇特者。音容笑貌总能够同名字对上号。初为人师，班上一位叫"阿糯"的性情憨厚的学生，来自郊外的乡村，有太阳光泽的肤色，常会引人"风吹稻花香两岸"的联想。每当忆及师生一场，犹如望见乡野的缕缕炊烟，油然而生一种柔情。还有一位叫"竞雄"的学生，先阅览其作文，有大气硬朗的好书法，未谋其面，就有好感。到点名认识之时，方知是一个身材娇小却性格活泼开朗的女孩。此后，因其作文书面漂亮又有文采常打高分。

高中学生乖乖女多，安静而听从教诲，写作业极少有落下的。一次，课上激赏女生，表扬一大堆名字，想借此激将一些马马虎虎、偷工减料的男生，却反而引起全班的哄堂大笑。莫名之时，脑筋飞转，以为自己说错了话。说时迟，那时快，只见一个男生低头涨红了脸。我恍然大悟，是把叫"贻霖"的男生误为女生了。现在独生子女中，一些略显中性的名字也常会引起误解。新的班级刚接手，发现家长给子女取名爱用叠字。什么"婷婷""依依""卫卫""双双""佳佳"，一个班级里重复好几个，要认识学生可目不暇接，要有一个时间段才能"名副其实"。

一故友，夫妻两人姓名刚柔颠倒，偏偏女儿又从妻姓，魁梧的大男人曾多被误会为小家碧玉。上大一时，竟被"混装"编入女生宿舍，曾传为一段佳话。

一个人的名字无论是过去式，还是现在时，都代表着一个独特和鲜活的生命。一个名字一段人生的标记。历史名人，一个英灵，就是历史长河坐标系中的一座丰碑。除此之外，充满殷殷之心的长辈为小辈取名，当初无不添加着亲情的细腻，无不昭显无形之爱的慈祥抚摸。

有时候故旧契阔，不期而遇，封存的熟悉名字一下子蹦出来，真有"古路无行客，寒山独见君"的感慨。

名字本来是一个符号，若取得美丽，叫得顺口，听得真切，印象深刻，无疑给平静的生活增添无限诗意。

陈载耀

时间的味道

相思树下

长安山植被茂密，原生态里滋生出许多相思树。初夏的周末下午，我们搬了教室的课桌在浓荫处围坐消暑，两瓶开水、一大搪瓷杯的浓茶，悠悠地享受一个午后的时光。闽东人爱喝大碗茶，叶大茶粗，酽酽的茶汤，香气袭人，一咕咚地牛饮，特来劲儿！不像闽南人那样爱用小紫砂壶，壶里塞满铁观音，细斟细酌，把玩品咂。我的闽南同屋，一小茶壶的热水，高兴了可以直接啜吸，犹如西方的绅士爱叼大烟斗。冬天内服可以温润腑脏、齿颊留香，外用最实在，烘一烘瘦瘪的腹肌和不见阳光的肚脐，惬意得妙不可言。

相思树下无相思，但青春在荷尔蒙的作用下，内在的生命力在滋长，犹如一条暗河在身体内汩汩流动，情绪的表征为一丝的不安和惆怅。大碗茶和侃大山能够冲淡些年少的热望和妄求。回首过往，记忆仿佛在时光的丝帛上留下些许淡淡的茶渍，但冲刷不了青春张力的痕迹和时间的味道。

中文系学生自然要背诵许多古典诗文，要啃大部头名著。此外我却爱看些闲书，喜观古人野史笔记、小说话本，逸事笑料。往往借机揽胜兜售，以显广博。而那些稚嫩书生的同乡仁兄们毫无例外爱听艳遇传奇。相思树下，卖弄些古今杂碎，逸事趣闻，以博一笑。《笑林广记》《明清笑话四种》是说话的保留节目。不妨说几个故事。《连三拐》："一人三餐无食，夫妻枵腹上床。妻嗟叹不已，夫曰：'我今夜连要打三个拐，以当三餐。'妻从之。次早起来，头晕眼花，站脚不住，谓妻曰：'此事妙极，不惟可以当饭，且可当酒。'"方言"吃拐都没有"用来损人潦倒之至，困窘终身。《好酒》："父子扛酒一坛，路滑打碎。其父大怒，其子伏地大饮，抬头向父曰：'难道你还要等菜'。"等菜"契合方言反语"时不我待，机不可失"之意。《盐豆》："徽人多啬，有客苏州者，制盐豆置瓶中，而以箸下取，每顿自限不得过数粒。或谓之曰'令郎在某处大嫖。'其人大怒，倾瓶中豆一掬尽纳之口，嚷曰'我也不做人家了'。"方言"做家"意为持家俭约，在本邑的县志里收有此方言词目。福鼎方言"吃拐""等菜""做家"生活中使用频率很高的词，在古书中找到出处来历，我们为所操方言词的雅致蕴藉而沾沾自喜。古人用词特超前，有《造人》一篇为证："玉帝私行，见夫妇行房，召土地问之。答曰'造人。'问一年造几个？答曰'一个'曰'既如此，何消得这等忙'？"。"造人"一词古人就发明了，简约生动，如今常见于台港语。书中虽偶有涉及荤段子黄色笑话，但皆乐而不淫，聊博一粲而已。除此以外，虽是闲书，但对世态人情亦多讥讽，妙趣横生，令人忍俊不禁。特别在现今这个社会里，生活紧张、压力繁重，若多看些有趣的笑话，令人生多一些欢笑，亦未尝不是一件好事。《聊斋志异》里头的神女仙狐是梦境的意中人，《画皮》太恐怖，为君避讳；我爱讲《小倩》，带君进入一个奇幻的世界，感受一段刻骨铭心的爱情故事。聂小倩要勾引宁采臣的魂魄，不知不觉间却成了爱情的俘虏，但千年树妖不会让他们轻易逃掉。《小倩》也有一段浪漫感人、起死回生的爱情故事。不论人和鬼，都因此而起了彻底的改变。这些女鬼大多忠贞、决绝、多情无悔。谈资之外抚慰着我们这些青蛙们。《聊斋》里《快刀》一篇，死囚央求痛快断首，凛然果决有英雄气，令人失色扼腕。《婴宁》里的痴女可能成为大众情人，"手拈梅花"柔美万端，憨态可掬，是"斋男"的意淫对象。总之，下午茶是畅快超脱、聊以快慰的起居方式。没有哪种更好的逍遥可以超越它。茶是媒介，荡涤了五脏六腑，清空了冥思邪念。当长安山的高音喇叭奏响"军港之夜"的悠悠乐曲时，凡夫俗子的能量需求猛醒抬头，还是赶快奔食堂"小康"吧。

吾师迂阔

从 1977 级到 1980 级，我们"文革"后的这几届学生有幸结缘名师垂教。

陈载耀

中文系荟萃名儒，正值如日中天，仰赖的中坚，但大多数教职停留在"文革"前的讲师级别，副教授以上职称的凤毛麟角。但吾师们形形色色，书生意气，性格迥异，迂阔可爱。他们修炼多年，不名职衔，学养深厚，厚积薄发。

李联明教授是系副主任，文艺理论家，他就教他编的《文艺概论》。他是地道的福州人，中等身材，理着平头，国字脸，戴深度眼镜，相貌堂堂。说课中气十足，声音浑厚豪迈但很亲切，好像有磁振的低音在回荡。他学理丰厚，趣文逸史，广征博引，逻辑缜密。诗文名篇，古人箴言，出口成诵。重要内容，板书顿划，下笔有声。他最爱讲"典型人物"和"文学是人学"。想来当时理论是老调，但那时感觉先生超拔，唯理论高度、唯分析深度和唯佐证广度，集"三维"于一体。他说到得意处常和我们会心一笑。教我们看《文心雕龙》《诗品》《闲情偶寄》，对他的才学和品格我们不得不佩服投地。我毕业几年后，听说先生蟾步仕途，宦海腾达，曾主政省文化厅。

穆克宏教授专讲唐代古典文学，他有湖北人的口音，上课音量宏大，投入时，一派老学究模样：头往后仰，紧蹙双眉，眼镜后的双目眯缝成线。拉长下巴，喃喃自语，拖着长音，抑扬顿挫，常爱用一句"真是情何以堪，缠绵悱恻啊——"来评析那些爱情悲剧诗篇。学生开小差他会训斥一番。他一讲到动情处，必定心潮澎湃，情感激越，音调下降。我们座下的弟子不约而然地一同抒怀"真是缠绵悱恻啊——"然后低头窃笑一回。

齐裕锟先生教唐宋小说和元杂剧，他刚从兰州大学调回故里，以原中文系主任的资历、以现教研室主任身份为本科生上课。他谢顶，前额亮堂，圆圆的脸，眼睛不大，豆光荧荧，总是笑吟吟的。上课话语风趣俏皮，有北方的翘舌音和福州方言的乡音，这别致的腔调，仿佛任由他牵引到既陌生又熟悉的宋代俗世当中。他讲《水浒传》特别让我着迷。他讲"元杂剧"，介绍关汉卿生平，他那种洒脱满口曲词讲演，简直就是关汉卿再世。他说：关汉卿风流倜傥、市井青楼、满腹才情。倜傥不羁的浪子，"遇娼优而不辞"。关汉卿生性开朗通达，即使在碰壁之后仍然狂傲倔强，幽默着自我解嘲。"我是个蒸不烂、煮不熟、捶不匾、炒不爆、响珰珰的一粒铜豌豆，恁子弟每谁教你钻入他锄不断斫不下解不开顿不脱慢腾腾千层棉套头。我玩的是梁园月，饮的是东京酒，赏的是洛阳花，攀的是章台柳。我也会围棋，会蹴鞠，会打围，会插科，会歌舞，会吹弹，会咽作，会吟诗，会双陆……"有人说在元代"铜豌豆"誉男人的坚强睾丸，关汉卿旷世通才，旷达不羁，玩世不恭，如他一般的男人，想来不知要让多少女子坠入情网，无力自拔。

呵呵！我为齐先生的评论倾倒，在我的课堂笔记本里绘有一张齐先生半身像的速写，我一直珍藏着。

孙绍振先生是个杂家，通晓多门外语，尤精于诗的研究和美学评论，文坛正兴朦胧诗派，以顾城和舒婷为代表的新诗流派，孙先生力挺鼓吹，撰有《朦胧诗的美学意义》一文，一时震动文坛，文学批评与反批评鼓噪一时，影响颇深。孙先生那时已经声名鹊起。他可以用俄语、德语、不知什么语背诵外国名家诗篇，音律铿锵动听，可我们才疏学浅，曲高和寡，只权当聆听天籁之音。他又是冷幽默大家，诙谐中实在尖刻，往往捎带一枪，尤其对文学现象的评说。说课声音柔和纤细，带上海话腔调。名义上课程是教写作，但他视野开阔，偏于文本研究加美学探讨，中西贯通。他讲法国丹纳的《艺术哲学》，讲德国莱辛的《拉奥孔》，拉奥孔雕塑的美感张力，分析得头头是道。有时又讲《红楼梦》，讲悲剧形象。他讲斯宾诺莎的哲学，斯宾诺莎的名言："自由人最少想到死，他的智慧不是关于死的默念，而是对于生的沉思。"什么一元论者或泛神论者，什么理性主义者，高深莫测。他的课深受欢迎。受之"哲学"影响，我心有旁骛又着迷于法国狄德罗的书，费了许多时间写读书笔记。

先后教授外国文学的是李万均先生和温祖荫先生。李先生爱讲大部头名著和欧洲文艺复兴时期的作品，大讲《十日谈》和《坎特博雷的故事集》，讲肉欲和人性，说道中世纪性压抑的教士赤身裸体在雪地里打滚。那年代人的观念太保守，他的名言"性爱是最美的舞蹈"让人愕然，特大胆无忌，对人性的超常理解，在正统官方看来确属"哗众取宠"。外语系的女生偶尔也来旁听凑热闹。但广东人的口音，话语虽流畅可平舌音总觉得说话饶不过弯来。温先生温文儒雅，江西人的说话语调，委婉平和。他讲古希腊悲剧、莎士比亚戏剧和欧美短篇小说，他讲欧·亨利小说结构，"出人意料之外，又在情理之中"。特别擅长复述故事，作品中的细节描写他说得活灵活现。我们汲取其精华，有时偷懒，省省心就撂下必读的大部头了。

上现代汉语语音课，那位自诩北师大毕业的老先生本是福建人，教普通话儿化现象时，可说起话来吞吐不清——"囫囵吞枣"，舌头太卷，猜想莫非是老北京土话？于是同窗鹦鹉学舌，打趣地胡编乱造了一句："你这个角儿，再胡闹儿，我就三脚儿二脚儿把你踢到门外边儿去，叫你在地板儿边儿上打滚儿。"

不洁之器

第一年的元旦会餐，宿舍八个人，用二人合用的自修课桌并成临时大餐桌，系里统一部署：每个宿舍八个大菜，每人用自个儿的脸盆当作餐具盛一道菜。中文系不算书呆气的领导如此创意，当时就叫人傻了眼。可是那个劳什儿"海陆空"全武行用的，洗脚、洗脸、洗澡、洗衣服少不了它，能端得上桌吗？何况又是盛着热气腾腾食物？实在不可思议！一声令下，不执行就要饿肚子，可不能错过满足口腹之大欲呀！我的天！无奈和自嘲便喜形于色：不愿意也得愿意。宿舍里每个人都忙碌起来，用肥皂、洗衣粉将脸盆里外反复擦洗，恨不得磨去一层皮，自己洗，交换洗，用食堂的开水一遍遍浇烫，再不让自己放心就只能喝西北风去！菜端上桌后，饕餮的时候，很快模糊了某个脸盆曾是某君搁双大脚在里面蹚浑水的情景。八个菜留有印象的有一盆炖羊肉，靓汤有虾露的咸香味，是正宗的福州菜的纯味儿。肉菜凉了以致铝制脸盆大沿口凝结白蜡般的油脂。发了两瓶酒，一瓶是当时风行的叫"佐餐"葡萄酒，糖水般甜得发腻；一瓶"闻名遐迩"的茶褐色的福州"老酒"，酒味淡薄便知是便宜货。八闽来凤，有缘共处一室，群贤毕至，老少咸集。我们这些"准文人"行酒令，南腔北调。闽南人拳不离拇，比画有点滑稽；福州人斗拳起首高呼"扬——秋（手）啊！"像水浒好汉单打独斗"吐个门户"；福鼎人很自得，使枪弄棒，行的是全国通用的普通话拳令，不知猴年马月从北方哪里传承而来，用词典雅，好似满腹经纶。以至到毕业晚宴，历史系我的同乡仁兄，竟然跳上桌子，摆擂表演得意了一回。此次中文系"诗酒风流"的俗家弟子们，觥筹交错，但"酒"不修炼，不胜杯勺。几个回合后，羸弱不禁风，早已云里雾里了。席罢，东倒西歪，杯盘狼藉，相与枕藉，不知东方之既白。

其时，大陆第一部功夫电影《少林寺》映的红火，"酒肉穿肠过，佛祖心中留"已然被凡夫俗子曲意应用，当作的佛家至理名言，作为离经叛道的理由，结果心中有"佛"，自然不管对和错，忽略了世俗的是非判断，大快朵颐要紧，不论猪肉、羊肉、狗肉。我们有这种心理，对水浒人物如花和尚鲁智深大加赞赏，用脸盆这不洁之器作餐具，我们心理也安稳多了。后来曾见某媒体报道说，某个餐馆用锃亮干净的痰盂等溺器作为餐具，来满足"上帝"们猎奇心理，对无师自通的店家如此标新立异的这一盛况，不禁哑然失笑。想想，其实器皿无非是一个实用的形具，装盛什么东西都有一个人的心理认知和惯性，完全没有所谓的"不洁之器"。自从那次元旦聚餐之后，我居然将脸盆和菜香味儿无限联系起来了。

1981年元旦，我未满18岁。

最美的老依姆

"老依姆"是福州方言"伯母"的专称，她属于第一膳团的老员工，五十开外，形体壮硕，挂戴白色围裙，肤色黝黑，头发梳缩得油亮，慈眉善眼酷似米勒大佛。看她走路姿势仿佛南极的"帝企鹅"从容不迫而显富态。她在膳团的窗口专为学生打菜。打菜的动作轻柔熟练，慷慨大方毫不悭吝，不言不语却常含微笑。我到师大的第一餐饭是三分钱的青菜和三分钱的紫菜蛋汤，两个馒头，共花了二两饭票和一毛钱。我们一天的菜金不超过五角，但可以吃到地道的福州家常名菜。我的最爱是粉蒸肉、荔枝肉、炒肉片和排骨炖罐，我是肉食动物，但不可能餐餐满汉全席，只得割爱选择，鱼和熊掌不可得兼。粉蒸肉是用带皮的五花肉为主料，外裹碾碎的稻米粉糜拌其他调料，搁蒸笼干蒸成型的，软糯清香，酥嫩温和，滋味太丰美了。我因好奇专门去看食堂厨房里黑乎乎、摞摞层层的老蒸笼，怪不得这道菜肥而不腻，肉香浓馥；荔枝肉顾名思义，颗粒饱满，外观鲜艳，酥脆酸甜；炒肉片以精肉薄片，施以淀粉，猛火爆炒，嫩滑爽口；排骨炖罐，有海带相伴，虾露浓汤，甘香绵长。我对鱼不感兴趣，因为膳团少有海鱼，大多数是池塘养殖的淡水鱼，据说养鱼的大池塘都在茅房边上，可想而知。大多时候英雄气短，不敢仿效冯谖那般弹匣而歌"食无鱼"了。

有时迟到食堂用餐，熙熙攘攘人群已烟消云散，安安静静的偌大膳团显得空空荡荡，蓦然回首，可老依姆还在。她不急不躁，隔着打菜的窗口静待，颔首微笑，犹如一尊菩萨。她看着我们这些狼吞虎咽大食人间烟火的饮食男女，关切的目光像观音一般的淡定和欢喜。那时我们唯一的敬意表达就是用蹩脚不地道的福州方言喊一声"依姆——"。如果按当下的流行语，将最尊敬、最可爱、最叫人感动的人统称为"最美的"，我想这迟来的感念，可以称她为"最美的老依姆"。她是受之无愧的。

野食地图

野食不同于零食，寻觅的过程带有吊儿郎当的态度，图的是在平淡生活中增添趣味。零食大多是女孩子触手可及的食物伴随时间来消遣，缺少了广阔时空的意味，缺少了俏皮的味道。我们上课读书耗费了大量的脑力，年轻好动又要消耗剩余的精力。年轻冲动，大多时候铆足了劲儿，新陈代谢旺盛，食欲旺盛，所以常常感觉"口里淡出个鸟"，寻寻觅觅，于是我们熟悉野食地图。说是地图，其实也就是零零落落的几个去处，并不丰富。

膳团边上新建一座两层水泥餐厅，二楼在晚上开有小灶，煮面条或粉条，兼烧猪肝汤，消费二角钱现烧一碗，鲜美异常。校内邮局旁边有个小卖部，白天有面包和蛋糕出售。体育系南边大路侧门的门房，承包改建为现包现卖最具福州风味的扁肉店。我看那位门房大爷"老依伯"制作肉馅，将绞烂后的肉糜放在大铝锅中赤手奋力将肉糜搅和成稀巴烂。我很惊讶后来见到沙县的小吃扁肉的制作竟如出一辙。扁肉、清汤加醋，漂浮着几许葱花，来点胡椒粉最妙。台江大百货马路边上夜晚有羊杂碎的小担摊，在逛街的时候品尝过。我们住地的长安山宿舍楼晚上有福州鱼丸担仔吆喝买卖，挺诱人垂涎。

校园南侧大门外是另一片天地，有多家小吃店存在。一次跟一位"同年"同乡的仁兄去吃煮米粉，仁兄故作潇洒、多情呼唤那位上了年纪的老师傅为"老依爹（弟）"，半文不白，误用方言谐音，竟然敢把"老依爸（伯）"叫成"小老弟"。气得店家吹胡子瞪眼睛。尴尬之余我等恍然大悟，捧腹大笑不已。米粉汤有浓浓的虾露味，福州人爱加醋，果然风味独一。我等都竖起大拇指，连呼"呀霸！呀霸！"——味道好极啦！

常常囊中羞涩，一处公开的野食据点在上演一出喜来疯闹剧：时间——周末夜晚；地点——图书馆前面的花园里；背景——有月光朗照，树影婆娑，比较幽僻，少有人走动；人物——三个青年学生模样的人；道具——半盒破包装的香烟、一瓶62度二锅头酒瓶和一个剥了壳的皮蛋；故事——三人或躺或坐，眉飞色舞吞云吐雾，谈笑风生旁若无人（其实也真的无人），抓过酒瓶轮流灌上一口烈酒，你递我送轮流啃上一小口皮蛋。戏谑作怪，神情自得而满足。夜深，弹尽粮绝，欲罢不能，悻悻而归。终于落幕。

圣贤书《孟子·告子上》中说道：人对自身最大的养护的问题不能因小失大，要在于养心志。专讲吃喝的人，人人鄙视他，是因为他保养了小的部分而失去了大的部分。如果讲究吃喝的人没有丢失善心的培养，那么他的吃喝难道只是为了保养一尺一寸的肌肤吗？于是我们告慰自己，没有做坏事，也没有死皮赖脸抠门于吃喝而坏了学业、误了前程。所幸没有变成坏学生。万幸万幸！一时兴起，一时消遣，没有亚圣那么言重啊，只不过一介书生给酸溜清贫的生活找点乐子罢了。

军港之夜和白日梦

每天饥肠辘辘，上衣口袋里插着洋为中用的长柄汤匙，是掏饭舀菜的唯一工具。下课铃声一响争先恐后奔向餐厅，比鹿跑得还快。第一、第三膳团在一座木结构架设屋顶大厅的相对两头，大食堂就建在一个山头高地上。到我们1980级已经实行分餐制，吃者已成个体户，不再集体拼桌共享。引进良性竞争嘛，膳团饭菜票可以通用，后来甚至可以到体育系和艺术系的膳团用餐，女生去偎帅哥男生去找靓女。从教室到大食堂要抄捷径小道，中文系、数学系、物理系和政教系都在那里用餐。有气无力地要爬上一个陡峭的坡地，我们乐此不疲。我们如大海捞针般去寻找几十个大蒸屉中的自己的饭盒，用烫手的盒盖去盛菜，有时就直接"菜盖饭"。蒸饭拿四两饭票量了米装在刚吃过饭的饭盒中，在锈迹斑斑的水龙头下淘米兼洗碗，一举两得。这滋味只有自个儿受用。如此推己及人，所以一旦饭盒失踪，少敢"误拿"别人的饭盒，拒绝享用别人的盒饭。食堂经常被搞饭盒失踪，有意或无意，恶性循环，人声鼎沸，怨声载道。每每殃及，只好自认倒霉另买馒头或面条果腹充饥。

刚到学校，按照吃饭的"标准"操作规程，手忙脚乱，洗碗时不慎把汤匙掉到下水道的明沟里，面对油腻腻脏兮兮的黑水沟，我不知所措想一走了之。身旁同宿舍的老赵赶紧徒手将汤匙掏上来，冲洗擦拭烫净送还给我，让我感动不已。汤匙虽不值钱，但老赵兄长般的友爱让我铭感至今。老赵成了我下铺的好兄弟，虽然他大我十一岁。

大学食堂藏龙卧虎。永远的紫菜蛋汤，一大桶热气腾腾的，百喝不厌。技术的含金量在于漂浮的蛋花一丝一丝地非常均匀，是加了淀粉的一种稠汤，非厨艺高手是烹饪调制不了那种汤的。食堂早餐有麻球、甜凉米果、油条、蒸米糕、水豆腐。"空心菜"我们称之为"空心管"，很难找到叶子。

大陆流行歌曲刚刚起步，苏晓明的《军港之夜》风行一时。军旅歌曲刚性中带有柔软浪漫，校园高音喇叭成天在播放，特别在用餐的时刻，成了食堂开放的集结号。"军港之夜"像是安魂曲，又像是白日梦："海浪你轻轻地吹，海浪你轻轻地摇，远航的水兵多么辛劳，回到了祖国母亲的怀抱，让我们的水兵好好睡觉。"歌声扬起，酥软了筋骨，放飞了一种好心情，松弛着学习中拧紧的神经。于是放慢进食流程节奏，狼吞虎咽变成细嚼慢咽，从容不迫演化成一种爷儿们的范儿。时光流逝了那么多年，偶尔听到这首歌，立刻勾连起大学生活情景，像是影视画面回放，听觉与嗅觉沟通，耳朵和味蕾联络，似乎食堂饭菜的香气扑面而来。在修辞学叫"通感"——那是一道特别的有关青春梦幻的味道。

正是穿喇叭裤、留长发和蓄小胡子的年代。金贵的台货"三用机"在我宿舍就有两台，到处飞翔着台湾的校园歌曲。高凌风的《夏天的浪花》激情澎湃，摇滚高亢："可爱的女孩——孩——孩……我的热情像大海——海——海……每个水珠为你滴，每个浪花为你开，你可明白，可爱的女孩——孩——孩……让我到你梦里来——来——来……阵阵风儿是温馨，朵朵云儿是关怀，只有你心里明白，想起你来看看大海，想起你来多么开怀，什么时候你才表现你的情意，对我表现你的爱，好让我俩恋情永远同游大海。"念念不忘的歌声振荡心房，对情爱无限渴望之情就要迸发出来。此老歌星比后辈新秀所唱的"对面的女孩看过来"要潇洒来劲儿。这就是那时"斋男"（大学男生）的最佳表白。还有一首《童年》，歌谣式的说唱，把每个人不可磨灭的孩提经历，亦幻亦真地演绎一番，召唤一份无忌、一段童真和一腔乡愁。这不也是当时做得一场白日梦吗？

现代生活里，对生命质量的追求，越来越多的人进化为考究爱挑剔的食货，可什么动物都敢吃。《论语》说："君子远庖厨。"孔夫子是个仁者，有不忍之仁心，不愿耳闻目睹宰杀牲畜的血腥场景，不忍听要变成人类肉食享用的动物哀鸣。夫子又说："食不厌精，脍不厌细。"说是供奉的祭品制作要求原料上乘，制作技术考究精良。那纯粹是出于跟祭祀有关的对礼的要求。其实就是讲吃喝的时候不忘仁心和善心的培养。但人要凭本事、力气和良心挣口饭吃讲究些又何妨呢？

睡在我下铺的兄弟

老赵面容清瘦，鼻子挺直，下巴尖削，脸色苍白，背微驼，总好像营养不良。他头发凌乱微卷，有络腮胡的青色脸颊，高加索人种的外貌特征。眼睛很有神采，目光熠熠，少肉的脸上常驻笑意，感觉他精神很充溢。他生活异常严谨、勤俭。老赵在福州一中读到初一年，赶上"文革"开始，当"红卫兵"串联闹过一段革命，后又停课在家，响应号召到了闽北上山下乡，修了五年地球。回城到了福州仓山造纸厂又开了五年机器。一边工作养家，一边埋头读书，非常艰辛。高考落了三次榜却雄心犹在，终于成为我的"同年同窗"。入学不久，一次熄灯之后，躺在宿舍板床上他平静地讲起自己艰难曲折的生活经历，略有感伤。黑暗中我们这些小年轻为之感喟唏嘘不已，那晚大家都久久难于入眠。

老赵是我们大家的老大哥，对比他小得多少不更事的同学关怀备至，他学习最勤奋。相对于我们这等愣头青，老赵见多识广，似乎高瞻远瞩，有一套一套的理论开导我们。旧日记里曾录下一段对话。

"老赵，你胡子长这么长了为什么从不抽烟？"他经常用小剪子修短短的络腮胡，我朝他打趣。

"胡子长才不抽烟哪。"他斜着嘴角狡黠一笑。

"为什么？"我一乍一惊又费解。

"怕火灾。"他摸了摸脸颊，幽默了一把，然后一本正经地说，"年龄大了，又是学习委员，抽烟影响坏。"

老赵是党员，从系学生会主席当到师大学生会主席。是个唯一经过学校党委特批的在学结婚的本科学生。结婚那日我们宿舍成了暂时闹洞房的地方，围得水泄不通。婚礼在大教室举行，人山人海，热闹非常，同宿舍的都当男傧相。新娘子是老赵同工厂相恋多年的女工，年轻漂亮。他的老家在仓山盖山后的小村庄，在老机场边儿上，距离学校有十多里地。几日后的周末，他骑车载着我，带上一班兄弟，乘着月光我们兴高采烈地拥到他家喝喜酒，闹了很迟才回校。毕业时他算最优秀的学生之一，根正苗红，被挑选到省委组织部工作。凭他谨慎克制的性格，周全勤快的做事方式，在刻板如履薄冰的官场立命最合适不过，老赵青云直上。不错的厅级干部今年快退休了吧。

老狼唱过一首歌《睡在我上铺的兄弟》：

……

睡在我寂寞的回忆

你曾经问我的那些问题

如今再没人问起

分给我烟抽的兄弟

分给我快乐的往昔

你曾经问我的那些问题

如今再没人问起

……

纪录片《舌尖上的中国 》画外音说得真好：美食"……不仅仅是一种食物，而且是被保存在岁月之中的生活和记忆，永远也难以忘怀"。美食"山的味道，风的味道，阳光的味道，也是时间的味道，人情的味道。这些味道，已经在漫长的时光中和故土、乡亲、念旧、勤俭、坚忍等等情感和信念混合在一起，才下舌尖，又上心间，让我们几乎分不清哪一个是滋味，哪一种是情怀"。

沙　　钟

2004 年的年末，在广西南宁机场候机大厅的茶座，正等待着夜航的班机回家。妻发来了短信："出远门，最好给孩子带一个小礼物。"忽然想起明天刚好是"圣诞节"，人近中年，我辈的观念中，对西方的节日很淡然。也无赠送礼物的习惯。只是在平时从未给孩子买过一件礼物。一阵愧疚涌上心头。恋家的情感越发变得强烈。我立即放下手中的杯子，离开茶座，匆匆之中想从候机厅的礼品商柜里搜猎礼物。本无目标的不经意之间，我的眼球一下子被一个玻璃制作的沙漏所吸引。那是一个棱柱体的有机玻璃体，背景是海蓝色的底子，一对钟形的漏斗镶嵌其中，金光灿灿。把玩时漏斗中静悄悄地泄出洁白细腻如面的沙子。仿佛有一个精灵躲在里面。这个迷人精致的小器物立刻引发我莫名的兴奋。我就请售货的小妹按包装圣诞礼物的样式包裹好。心情一阵舒畅。

沙漏是我国古代的一种计量时间的仪器，它是根据沙从一个容器漏到另一个容器的数量来计算时间的。礼物沙漏的两个漏斗是相对互动的。一个给予，一个承受；一个消逝，一个积蓄。反复无绝，稍纵即逝，在同一个微小的时段中演化。这个微小的时段在浩渺永恒的天地间，犹如汪洋中一滴露珠。但它真真切切记录了生命的一小过程。时间的长短是相对的，"譬如朝露"的人生，只有懂得计量生命的意义才最精彩。

沙漏给人的启发，有人说得好——我们的时间像沙漏般流失，仿佛看到属于我们的最后一天。

人近中年不知不觉人生之路航行过半，计量生命的时间每天从我们生活阅历的书页中一翻而过；从排遣郁闷燃烟的手指缝中倏忽而过；从闲谈啜吸茶香中飘逸而过……朱自清先生的《匆匆》写道：燕子去了，有再来的时候；杨柳枯了，有再青的时候；桃花谢了，有再开的时候。但是，聪明的，你告诉我，我们的日子为什么一去不复返？

在夜航的飞机上，我的思绪在万米的夜空上漂浮，在相隔千万里的时空中往来穿梭。候机厅售货小妹向我推介沙漏的话不时缭绕在耳边："那可是北海大沙滩的沙子做的，它可以计时的。"虽然那位小妹甜甜的话带着商业化的味道，博得我莞尔一笑，但浅易的意思正合我心意，我觉得话里仿佛包容着丰富的意蕴。固定于晶莹容器之中的小小沙漏，正像一片泛海的双桅风帆，烙印和见证过无数逐浪的赤脚，是融化碧空与白浪的眼眸。大世界和小容器同样是一个曾经的世界，那可是有生命的呀！

特立独行的儿子有着新一代少年人的娇嫩和任性，那纤弱的双肩尚未承受生命之重。需要我们思想的反刍喂饲。临近高考的他，已经寄托了亲情的无限希冀。

不妨把沙漏称之为"沙钟"吧，给儿子一段对生命的体验和感悟的经历：让他警醒时间之珍贵以及生活之不可逆转的。

沙漏不是一种象征吗？抑或是一句无言的警语！

我想把沙漏置放在儿子明亮的书桌前，让他去玩赏和品读。

诗性的滋润

一

我上小学时，读过一篇管桦小说改编的课文《小英雄雨来》。雨来高超的游泳本领和智勇的无畏形象，成为我的第一个英雄崇拜。他在波涛中凫水出没的身影在我想象中沉浮着：在芦苇丛里，水面上露出个小脑袋，雨来还是像小鸭子一样抖着头上的水，用手抹一下眼睛和鼻子，扒着芦苇，向岸上人问道："鬼子走了？"这些情节在我逃学和淘气中模仿重现。我从四年级开始"擅自到江河游泳"。中午乘父母午睡溜出家后门，有时候下午逃学，就到溪江里逍遥，两条破旧红领巾像变魔术一样扎出一条男生的"比基尼"，更衣之快速旁人无从想象呀。母亲有时一路赶来寻找，在坝上焦急地呼唤，我在水中只露出一个脑瓜，并不搭理她，我想在远离溪岸的众多脑瓜中，她根本辨认不出谁是自己的孩子。但我最害怕她会辨认出我扔在岸边的背心和裤衩。傍晚回家，母亲有一个行之有效的检验方法，用指甲在我因日照过度而黝黑的小腿上搔一搔，若有一道明显的白痕，则显然说明我已在水里浸泡多时，证据昭昭，让你品尝一顿伤心加怒气"竹笋"如家常便饭。我的顽劣表现让她失望：不辩解、不求饶，也不忏悔。

遥远的炎夏是童年的那一把蒲扇，从我们荒漠的记忆中，轻轻地摇出来。没有空调和电风扇的夏天在我们的脑海中烙下烫人的记忆。汗水淋漓永远挥扇不干，潮黏的气息贴在脊背上。正午时刻，热浪和蝉噪熏得的人们恹恹欲睡。逼仄的居所没有阴凉的地方躲藏，随便搁置在有点微风的硬床板，也会水印出汗渍的人形。"永日不可暮，炎蒸毒我肠，安得万里风，飘飘吹我裳。"以后读到杜甫的诗句，似乎可以宣泄出心中的苦况和无奈地祝祷。

桐溪自然成为苦夏的避难所。绵长的堤坝、蜿蜒的河滩、翠绿的草地是我们被酷夏放逐的流放地。但童年的快乐常常会让我们期盼和等待夏天。

二

我记忆映像中的桐溪是那么完美。江流自北蜿蜒而南，婀娜多姿。全览流经城东的一段水面多么浩淼开朗。三架石构古桥，勾连东西，如丝弦绷张于琴上。近观江波，湍急处雪涛起伏，水流击石，哗哗作响。缓流处涟漪成轮，波澜不惊。浅滩如镜，水光潋滟，细数卵石，小鱼尾游，自由自在。桐江的石板桥枕着潺潺的溪流，或明月清辉，或星光璀璨，石桥和流水，像一张古琴，自然的乐音幽幽的从心头淌过，或许还是夏夜酣眠的鼻息。夏夜古桥上坐着、躺着许多消夏纳凉的人儿，我们悄悄走过的足音，像从那张古琴的丝弦上揉着一组轻细柔美的泛音。

桐溪是我童年的游乐园。即使在深秋，也要濯足清流，让一份清秋沁入肌骨。在堤边江岸，流连盘桓，观流水，听竹喧。霜朝则欣赏旭日寒石，燠暑则享受清风明月，四时生活中，"惬心自适，与世忘情"。

从少年到青年桐溪还是我的游乐园。暑假里，即使在上午也要跳进江里过把瘾。夏天傍晚时分，经常雷暴隆隆，大雨滂沱。骤雨初歇，溪流猛涨，水色泥黄，激流犹如脱缰野马，迅疾奔放，大水往往淹没了溪的中洲，也漫过古桥桥墩的中部。面对处处有湍流的险境也无丝毫畏惧而裹足不前。倘若无能为力逆流而上，便跑到溪的上游跳入水中，顺流漂荡，任意东西，击水中流，俯仰沉浮，冒险而刺激。

桐溪伴随我成长，身心慢慢地觉醒后，我能感觉到开始触摸自己的青春了。我们见证了桐溪浸润着桐城人们太多的爱情。他温情的臂弯倚靠过一茬又一茬心许恋人，脉脉的流水耐心地倾听呢喃不休的情话，低垂的夜幕刚好遮蔽情窦初开的羞赧。

吾爱吾溪，情有独钟。以后想起孔子感喟流水"逝者如斯"的话，观照我们在自然溪流面前所意识到自己生命和能力的有限，感觉到无限的谦卑和惆怅，但我们对溪流的热爱难道不正是一种比单纯的快乐更适当的审美情感吗？

三

夏天是骄阳、热浪、汗水、蒲扇、拖鞋、稀粥。我们曾经无助地站在生存的边沿。

夏天是空调、冰箱、电扇 逍遥、时装、啤酒，我们已然装饰着时尚梦想的全部。

在这个越来越功利的商业化的消费时代，谁能消除商业的异化力量呢？

高楼霓虹、华灯彩束属于都市的繁华。桐溪之畔，灯火璀璨，人头攒动，夜夜笙歌，不时骄傲地宣告我们现代社会迈出的矫步和时尚生活日益的需要。连远处山坡上寺庙周遭的景观灯，也颠覆了禅界宁谧，似乎浸染了俗世的酒绿了。今夏的桐溪是醉醺醺的，不单单在我的眼中。

但庆幸的是今夏的桐溪之夜，多一道灵动的风景，勤工俭学的学生推销燃放的"孔明灯"忽悠而起，给朦胧的夜空平添一道精彩。"好风凭借力，送我上青云"的孔明灯，让醉意迷离的眼眸在这一盏盏升浮夜空的点点闪亮中清醒。孔明灯象征丰收成功，祈福之中能够让桐城人从现代欲望都市的眼眸看到古老遥远的朴素吗？

闽东北独特的地貌表征将青山秀水景观融为一体。桐溪积淀着桐城人美学的文化内涵。人是唯一欣赏美追逐美的生灵，也是唯一能够能动地创造美的生灵。大自然的神工造就了桐溪的玲珑剔透，将自然之美恩赐给我们。如今创意地改造桐溪，开辟为颇具规模的公园，是我们正在将自己的本质力量物化为桐溪的文化韵律，正合乎中国传统文化"天人合一"的命题：自然界

陈载耀

和精神的统一。这便构建了桐溪的美学内蕴。

<h1 style="text-align:center">四</h1>

环境中许多美的要素是看不见的，只有在故土"天然去雕饰"的溪流之中才能感受得到真美！虽然记忆映像中那种童真和意趣渐去渐远，无限隐退，但作为桐城人才有真正的内心介入式地欣赏。因为有了对桐溪的爱恋情节，桐溪之畔早就嵌入了桐城人的心理惯性，不论过去还是现在，这里像一个大磁场吸引着我们，更多作用于夏日的消遣方式，正如桐溪之水浸润着我们的肌肤、肺腑和思维。

我们居住的城市需要我们开拓和润色。开拓是因为我们的城市还渴盼成长，润色是因为我们城市还需要文脉。桐城人是酒性文化的拥趸，还适宜诗性文化的滋润。闽东北这座边陲小城更应该被美学诗韵润色得大气和理智。

城市越扩越大，人口越来越稠密，桐城犹如一个成长的孩子，从少年到青年，他期盼更大的空间来容纳他，他梦想一张更大的书桌来摆放他日渐发达的四肢。二十年间，从青涩的稚弱少年，正出落成一个阳光高大的青年，恰好多一点粗犷和阳刚之气，桐城就这样成长起来啦。从未忘怀，桐溪哺育着这方水土，将他滋润得如此光华。

在我们现代城市的构建中，我可以感受到理性和浪漫在伴随桐溪诗韵而起舞。自然生态的溪流在我们的理性解释中无限退隐了，但在我们的审美经验中却兀自在场。

桐溪的美学诗韵在我心灵不停地吟唱。

写　字

前些天，偶在电视栏目中看到一拨老人，以地为纸，以枝当笔，坚持在沙滩上写字健身。我的思绪不禁为之触动，记忆深处有关写字的生活片断忽然被激活链接。

在师大求学时，中文系学生宿舍楼在美丽的长安山麓，山上树木蓊蓊郁郁，长有许多相思树。浓翳庇护，宿舍楼寝室外的走廊特别清静、清凉。走廊上的栏杆水泥面扶板宽阔平整，可以搁得下一整本书。同窗室友康君颇具书法造诣，善书颜体。老父为惠安石雕匠师，他假期回乡可以写字供老父为人刻碑。他在茶余饭后就在栏杆护板上写字，一支羊毫，一杯清水，无须纸墨，就写出好看的颜书。受之影响，室友有时夺过那支笔随意涂鸦，随心所欲，没有浪费，也没有污染，自得其乐。我受他的影响最深，大概从那时起喜欢上颜书。他虽有《勤礼碑》和《麻姑仙坛记》让我观摩，但我也常常模仿他的字体。经常在午饭之后，呷几口闽南酽茶，燃一支"友谊"牌香烟，端立静气，不苟笔意，水迹留痕，切磋摹练。反正我们有的是时间和精力，乐此不疲。那时实在年轻，也不懂得恋爱为何物，只沉迷于文艺，喜好把玩清风明月，自然心中了无挂碍。学书着实消磨了许多青春时光。学真书楷意，不仅打好了学习书法的基础，而且也冶炼了人的沉潜内敛的性格，也慢慢剔除了年轻气盛时的一些毛躁。

去年初冬，我到省教育学院学习，每天早晨六点就与室友去西湖公园跑步。校园就在西湖边上，临湖的马路也少了白日里车水马龙的喧嚣，大梦山的清晨特别安静，鸥鸪此起彼伏清幽的叫唤，悠远绵长，撩起人的幽邃情思。西湖里更是鸟语花香，空气清新，开放的公园晨练的人很多，除了几处慢板柔美的音乐声更增添了宁静气氛之外，处处是安逸美妙的。太极、体操、慢跑、溜达，清晨的健身活动是这里的唯一主题。我们环西湖三个小岛的步行道慢跑，第一天就发现，有一位老人在中岛的商铺前的空地上练书法健身。这引起我极大的好奇。古榕树下，商铺前有一块空地，用方形糙面的玄武岩石板铺设的。老人就在空地的方形一块一块的石板上写字。最奇特的是那把自制的"如椽大笔"：铝质管材做的笔管，安装着丝布包裹着海绵的笔锋，沾着清水，居然会写出笔画规范、气势贯通的斗方大字。立即让我充满崇敬之情。跑完步，我索性站在那儿看老人写字了。老人神情非常专注，右手抓握笔管末端，左手反别腰背，躬着腰身，在一块块石板上自右至左直书。写的都是柔中带刚方正如斗的楷书颜体。我孤陋寡闻，虽不知老人为何方神圣高人，但从他书法的功力和潇洒从容的气度来看，猜想此公定是书道巨擘。

此后，每天跑完步，都要到那里去看老人写字。围观的人们同我一样默默无语却无不充满敬佩的眼光。我默诵他所书的文字，多是自编的劝谕的内容，但都与时代所崇尚的道德文明规范有关，或诗或文，书道结合，文质兼美。让人赏心悦目。有时清晨一阵细雨过后，我跑到那儿老人已走了，但那儿榕树下的空地一半未被淋湿的石板上还留着他写的字。每天若未见到老人心里便有一丝失落和怅惘。我怀念他给我们平淡的生活带来了美的欣喜。

一个多月里，我每天去跑步，也为了去看他写字。

此后我常想，生活中创造美实在没有什么雅俗之分。如书法艺术自然是"大雅之乐"，若束之高阁，不能飨之大众，自然曲高和寡。所以艺术可以自娱自乐，可以叫人赏心悦目，那真是另有天籁了。

董俊画

作品

董俊画，1965年出生，现任中共福鼎市委巡察办主任。业余时间创作一些散文、诗歌，发表于《中国纪检监察报》《福建方圆》《闽东日报》等报刊。

春满西子湖

清泉一般娇柔灵动的江南美女，融于美酒一般醉人心田的江南春色里；一园江南春色，荡漾在浩淼的湖光水影里。"浓妆淡沫总相宜"西子湖胜景，就这样揉碎在游人的记忆和梦乡中。

踏一抹晨曦，沐一缕春风，伫立于西子湖畔。湖水缄默不语，目光却无比的贪婪。山峦被一层层剥开，青黛从远处传来，浓荫围成绿色镶边，星岛点缀湖的中央，树影在水里婆娑，鸥鸟从湖面掠过。火红的霞光自天际烧向湖边，弥漫的雾岚在水面奔跑，朦胧的美从眼帘映入心魂。

穿行于堤岸的红桃绿柳之间，接受春天使者的列队欢迎，顿感荣耀无比。眉目微举，桃树枝头正在一簇簇的绽放，绽放着绯红的脸庞；细柳嫩叶在微风中轻轻地摆动，摆动着婀娜的腰肢。

猛然从心中升腾一种欲望，想把自己变成一棵绿柳，在这堤岸上悄然生长，日夜守候四周的湖光山色，尽情消受着在身旁流淌的春，还有从天堂吹来的风。

西子是何其的多情浪漫。浪漫成诗，一花一木就是一平一仄，一方亭台就是一个韵脚；浪漫成画，一幅幅山水长卷，铺展于大地，收藏于心中。

断桥上，那位多情娘子，似乎依然撑一把花纸伞，在蒙蒙细雨中默默等待，等待回眸千年一刻的浪漫。

借一个朗朗月夜，泛一叶乌篷小舟，把湖畔的绚烂华灯一一忽略。轻轻地摆动桨橹，摇落的是满天的星辰，荡起的是心湖的涟漪。看月儿，一个在天上，一个在水里；思人儿，一个在天边，一个在心间。

"山外青山楼外楼，西湖歌舞几时休。"即便面对江山半壁残缺，靖康国耻未雪，有人依然夜夜升平歌舞，乐不思蜀。莫不是只爱美人不爱江山？抑或是纵然满怀豪情壮志、满腔国恨家仇也敌不过这人间天堂的浪漫？

有浪漫的性情，便有浪漫的雅名。最雅莫过于"欲把西湖比西子"。轻轻唤一声——西子，便有一位沐水初出、身姿轻盈的婉约佳人从诗行中姗姗走来。即便不提"西子"，亦有"苏堤春晓""平湖秋月""柳浪闻莺"……无不令人浮想联翩，思绪万千。

浪漫的西子不失深沉厚重。两颗文坛巨星，闪着唐诗宋词，载着清官廉吏，为你装扮粉饰，让你愈加秀外慧中，平添几分姿色和美誉。这是何等的荣幸，何等的骄傲！

苏堤、白堤宛如一对水袖在湖面轻轻地飘动。漫步双堤，步履迈得特别特别的轻盈，唯恐一不小心踩痛圣贤的臂膀，唯恐一不小心踏破历史的疤痕。

数不尽的文人骚客，把酒湖畔台阁，畅饮花前月下。不经意间，诗风词韵如春雨般洒落，溅起满湖的水花，滋润了无数渴望的心灵。

江南园林般的文澜阁，把楼阁亭榭、花草树木、池桥山石全都包容其中，一如江南才子般把《四库全书》和风流才智全都收入囊中。

灵隐寺的游人如钱塘潮般涌入，人们沉醉这儿灵秀的天然景致，更钟情于深厚独特的文化蕴涵。那悠扬的晨钟暮鼓，穿透的是千年的历史；那咧嘴的济公佛像，诉说的是不朽的传奇。透过袅袅的香烟，恍惚看到印度高僧正在剃度弟子、传授佛经，恍惚看到康熙大帝正在泼墨挥毫、亲笔御书……

厚重的西子却带几分凄婉幽怨。夕阳的斜照，为雷峰塔抹上柔和的金辉。高耸的宝塔，则把一段凄美的爱情压得如磐石一样的坚硬。

孤山美，美得让花儿含羞，鸟儿沉醉。在当年那一阙豪华离宫里，苟且偷欢之余，也未免滴落几声王朝的叹息。

抬望眼，栖霞岭口忠烈庙，长眠的将军，忠烈感天地，悲壮泣鬼神，怒气冲云霄。青山有幸，有幸与千秋忠魂长相伴；忠魂有幸，有幸饱览西子无尽风光。

西泠桥畔，绿树掩映中，似有一簇鲜艳的白花，悄悄地开放着朵儿。那位巾帼英烈，怀着"拼将十万头颅血，须把乾坤力挽回"的豪情，燃烧着热血青春，昂首上入天国。含恨的先驱终于可以在此躺下静静地安息。拜别烈士英灵，心中油然生起"秋风秋雨愁煞人"的哀痛。

董俊画

不远处，虽身世卑微却骨气不凡的江南才女苏小小，把一生的情仇爱恨、忧伤哀怨全都埋在了那一方花木扶疏的坟茔里。

"处处回头不堪恋，就中难别是湖边。"不堪别离的西子啊，待来年，可再将你细细品读？

栀 子 花

没有牡丹的娇贵，没有玫瑰的妩媚，却让人万般陶醉。不用喧嚣张扬，不用乔装打扮，你清淡的芬芳，却穿透我的梦乡。

初夏时节，逢闲暇之余，择晴好日子，邀三五好友，看栀子花开。驱车自贯岭出发，沿闽浙边界的蜿蜒山路，且行且观赏。

此去小镇二三里，停车驻足于一小山丘前，看万绿丛中，白絮点点。枝繁叶茂的栀子树，一株挨着一株，一行挨着一行，玲珑轻巧的栀子花一朵挨着一朵，一层挨着一层，把小山包团团围住，有如一个个硕大的花环，紧紧地簇拥叠嶂。新雨初晴后，叶子无比鲜嫩，花中含几滴水珠，愈发动人。目光随绵延起伏的山峦眺望远端，成片成片的栀子园，一块一块的镶嵌在山坡处，满天星斗般的小白花，一闪一闪的映入眼帘中。渐渐地，山变得柔和灵动；悄悄地，心开始飞扬激荡。人们跃入花丛中，接距离拍照，细瞧慢品，尽情享受，从一个山头到另一个山头，直至流连忘返。

栀子花之美，美在她独有的芳香。栀子花散发出的是一种恬恬的，淡淡的，且悠远绵长的香。一缕缕，一袭袭，泌溢着每一寸空间，裹挟着山野的气息和大自然的清新，从四周弥漫开来。置身其中，香味自然而然地透过鼻腔，向颅脑升腾，给人一种难以言表的愉悦，那清淡的香还可透过毛孔深入每一块肌肤，沁人心脾，舒人肺腑，令人久久回味。据测定，一株栀子花散发的芳香可以覆盖周围数百平方米。这种绵长的香，来自于花蕾的长期酝酿，汲取了天地之精华。

栀子花之美，美在她纯洁的品质。洁白如玉的花朵绽放在青翠欲滴的枝叶上，是那样的和谐自然，那样的一尘不染，清清白白，坦坦荡荡。"疑为霜裹叶，复类雪封枝。"正如古诗所描述，放眼群山，盛开的栀子花，仿佛一场下错季节的六月雪，飘落在树丛枝丫，一片片白皑皑的，看一眼就可清凉舒爽一个夏天。朋友介绍说，若等夜幕降临，月光清照，漫山遍野银装素裹，辉映闪烁，倍感宁静幽然，淡雅清新，另有一番韵味。

我赞美栀子花，赞美她的内敛。"人间四月芳菲尽，山寺桃花始盛开。"时值五六月，即便是山寺的桃花也早已落红无数，化作一抔抔春泥尘土。而栀子花就属于这个时节，虽然从冬天便开始孕育花苞，历经整个春季，却不与桃红柳绿争春，不与万紫千红争艳，任凭人家春暖花开，依然独自静心等待，等待生命发育的成熟丰满，等待良辰佳期的到来。花开时，先是一株两株探出羞涩的朵儿，而后一簇簇轻轻地蔓延开来。百花开后我独开，不引蜜蜂蝴蝶来。纵然花开遍野茫茫，也从不招摇。不像喇叭花那样吹吹打打，也不像映山红那样一路高歌。

我赞美栀子花，赞美她的朴实。栀子花的花语是"永恒的爱与约定"。传说栀子花原本也是天上的七仙女之一，她因为憧憬人间的美丽，于是下凡化作一棵小树。有一年轻农夫，只身一人，虽家境贫寒，但勤劳善良，在上山劳作时与这棵小树不期而遇，便移植回家中庭院，百般细心呵护。不久，小树便生机盎然，并开出了许多洁白的花朵。为了报答主人的恩情，白花仙子白天为主人洗衣做饭，夜晚把芳香飘荡在整个庭院。邻里们获知后，竞相移栽，从此家家户户养起了栀子花。

栀子花朴实无华而无私奉献。栀子花不仅供人观赏，还可作食用、药用，可提纯高级香料，身价不菲；栀子叶子长年经霜风雪雨，却四季常绿，尚可入药；栀子果实是一味常用中药，具有清热消炎、抗瘤防癌等功效，又是良好的天然染料，还可提取高纯度精油。经历数月之后，栀子花蒂下的果子，将如小红灯笼一般挂满意枝头，以庆贺丰收。

悄悄地来，悄悄地走，不带走一片云彩。栀子花正是如此，只把美和爱带给人间。

董俊画

美 岛 天 湖

山坐在水的怀中，水卧在山的身上。山下的水惊涛拍岸、烟波浩淼；山上的水晶莹剔透、灵秀婀娜。海与岛、山与水、豪放与婉约融为一体，这便是中国十大最好美岛屿之一——嵛山岛的神韵。

初夏时节，登临海岛，驱车向神往之处进发。公路蜿蜒着盘升，海天山色渐次地铺展。山高处，车停住，稍行数步，迎面而来的是一泓水，碧莹莹的，清粼粼的，啊！天湖？是的，湖天一色，彼此近在咫尺，怎不叫天湖！天湖之外，便是满眼满眼的绿，满地满地的草，原本伟岸挺拔的山峰变得舒缓柔和。登上山巅，眼望山的另一侧，又是一个湖泊，一样的碧蓝，一样的清澈。两汪清泉宛如美少女的明眸，那么的灵光四射，那么的楚楚动人！

山高气爽，凉风习习，而这里，无形的风儿也染上了翠绿的颜色。目光随风飘移，瞧，万亩草场，新叶摇翠，绿浪滚滚，自近及远而去，又从远至近而来，多米诺般传递着、舞动着。传递着的是大自然的优美的语言，舞动着的是大地曼妙的身姿。那一刻，似有浑厚而熟悉的歌声从遥远处飘来——"蓝蓝的天空，清清的湖水，绿绿的草原……"恍惚中，自己已置身于神圣的天堂之上。

这高山旷野之草，竟如此纯净整洁、鲜嫩丰美，齐刷刷的，毛茸茸的，惹人喜爱。挡不住的诱惑，不由躺下身子，零距离接触，仅此还不够，真想轻闭双眼，用双手抚遍每一个角落、每一片叶尖，无奈我肢微臂短，怎借得仙人之神手玉指？真想顺着山坡一直翻滚下去，直至把身体溶化到草丛之中，可又何以忍心伤害这些生灵和美景？

临高眺远，沧海茫茫，何谓无边无垠，何谓波澜壮阔，在这里得到一一诠释和体验。稍近处，有小岛错落，星星点点，薄雾轻纱中若隐若现；再近处，有三两船舶，一叶扁舟，不时出没风波里；更近处，则有层层波涛，拍打着山脚下嶙峋的礁石，卷起冲天白浪。

大海，蓝天，青山，绿水，尽皆自然天成；凡尘，浮躁，忧愁，哀伤，全都随风飘散。心无异念，却有疑惑：南国岛礁之上，这"风吹草低"的绵延牧场从何而来，莫不是从北疆大草原飘飞过来？海岛高山之巅，这终年不枯的清泉玉湖从何而来，莫不是从天上掉落下来？

记忆深处的往事

记忆似海，往事如舟。人海茫茫，岁月悠悠，搁浅的古船早已了无踪迹，唯有沉匿于海底的往事尚可打捞。昨夜的梦尽管余温犹存可还是依稀模糊，而潜藏深处的青涩记忆虽已片片泛黄却依然历历在目。

一

那场旷日持久、闹得天翻地覆的大运动还没有终了，上级还会时不时地把一些政治任务部署下达到基层，直至农村学校。时年我读小学四年级，大队革命委员会指示我们小学执行上路设卡检查过往行人，学校决定由四、五年级师生分组轮流执勤。一天清晨，寒风凛冽，天色沉沉，晨烟雾霭笼罩着静谧的小山村。村中有我的学校，学校设在古祠堂里，祠堂掩映于一片阔叶林间，边上树木葳蕤，枝叶沙沙作响，前面则小溪蜿蜒，清泉潺潺的流淌。老师带领我们五个"红小兵"，手持红缨枪，胸戴红领巾，高呼红色口号"千万不要忘记阶级斗争""提高警惕，保卫祖国"，摆一副"雄赳赳，气昂昂"的架势，从学校出发抵达村口安营扎寨，设岗立哨。如今回头想想，确实有点可怜而且可笑。可怜的是我们这群山里娃娃竟然也沾上了"政治挂帅"之流毒，连几个拼音字母都没学会，却乐呵呵的，屁颠屁颠地跑出课堂搞起政治运动；可笑的是无知少年还不晓得"阶级"到底是什么东东，却硬生生地在"阶级斗争"的洪流中投一粒沙子，这不是瞎掺和吗？

在哨卡，我们的任务是检查出入本辖区的人员是否持有加盖红印章的介绍信或证明书，并仔细盘问，一旦发现"反动阶级"或可疑分子，即交由当地民兵扭送大队部。然而，那年头，商贸不流通，人员无往来，穷乡僻壤处，万家萧瑟时，除了日出而作日落而息，肩荷锄耙头顶斗笠的父老乡亲、社员群众，还会有几个闲情逸致者或追名逐利客会在大路上行走？没有，确实没有。我们查了大半天也没有什么意外的发现，倒是一时泛滥成灾的小麻雀一群群的翻飞觅食，来来回回，密密麻麻，叽叽喳喳，印象特别的深刻。

晌午时分，带队的陈老师说回学校处理点事，嘱咐我们几个同学好生看守着。忽地，有一中年男子自村外方向匆匆而来，像是他乡异客。同学们开始警觉起来，"请问从何处来，往何处去，有何事干？""随带介绍信了吗？"你一言我一语争相盘查着。"我……我儿子病了，身体烧得很厉害，我要……要到隔壁村去抓药。"他边结结巴巴地"报告"着，边从兜里掏出一张药方子。那硬邦邦的手指头粗糙得如锯齿一般，身上打满补丁的衣裳几乎认不出原本的质地和颜色，脚下的布鞋已露出所有指丫丫。寒风中，他瑟瑟的站着，时而跺脚顿足，时而紧皱眉头，时而拱手作揖："给个方便，给个方便！"看上去十分急切而又有些无奈。我们接过他手中的药方轮流端详，可谁也没认出半个字眼儿来，不怪我们认的字不多，只怪医生的字太潦草。这可着实难为了我们几个孩子，于是有的同学提出要他回去开证明，有的同学说要把他带到学校去由老师处置，而我却认定面前的是贫农阶级，肯定不是反革命分子，再说我这人政治敏锐性也不强，因而执意让道放行。他走了，走得步伐越发的疾速，或许是怕我们将他追回重新扣留，或许是要把刚才耽误的时间抢回来。望着那略显弯曲的背影沿着弯曲的村道渐渐地消失，我懵懂的思绪一片迷惘。迷惘中想起刚刚发生的一幕：就在三天前，有一精神不甚正常的异地拾荒者来到村里，因逃避检查被执行任务的五年级师兄们追打，打得鼻青脸肿，提腿倒拖数十米，鲜血直淌，幸好众村民前来制止，不然后果难料。

陈老师回来了，有位同学向他告状，说我没有革命警惕性，擅自放行身份不明者。老师详细了解情况后，并没有批评，摸摸我的头，什么也不说。后来这位老师改了行，到了当地乡镇政府工作。15 年后，我成了他的同事，他还会不时地提起这段往事。

二

阿杵是我的同桌，学习成绩不咋地，但活泼外向，有胆有识，从一年级到五年级一直是我们的班长。暑假的一天，阿杵携一名小伙伴慌慌张张地跑来找我，"我爸被抓了，被那些土匪干部绑在电线杆下"。他上不着衣，下不穿鞋，全身仅一件短裤，皮肤晒得有如红烧肉一般的颜色，高挑的身子上长一副长脸，高高的鼻子，浓浓的眉毛，大大的眼睛似有一团怒火喷薄欲出。"走，我们快去看看！"我拉着他俩跑到村口的石拱桥头，那儿有一根电线杆，地面半截涂一层厚厚的黑黑的沥青，暴晒下发出令人眩晕的味道，阿杵的父亲被双手剪刀叉式反绑在这里，麻绳绑得很结实，身子动弹不得。时值正午，烈日当头，酷热炎炎，豆大豆大的汗珠子一粒接着一粒从他的脸上滚落，黑色的粗布上衣浸了汗水又被晒干，晒出了很多白白的小盐粒。这大概是由于那年头食物匮乏，而食盐相对充足，盐吃多了体液盐浓度高的缘故吧。他的嘴唇开始出现干裂而且有些泛白，但还是昂着头颅，竖起眉毛，怒目圆睁，一言不发，只是时而会有几声咳嗽。阿杵看了心里实在难受，于是不停地哭骂，我和另一小伙伴舀来一瓢水让阿杵喂上，他父亲一饮而尽。周围有一群围观的小孩，不远处站立一位身背长长步枪的民兵。

阿杵的父亲，我们都称他为咳嗽伯，是因为他总在三五分钟的间歇之后禁不住地咳嗽一二声。据说是他年轻时在一次劳动中用力过猛造成胸部受伤，没有治疗落下的病根，他干咳的声音深沉而洪亮，每每夜深人静时，咳一声足以让半个村子人听得清清楚楚。那天上午，他没去生产队劳动，私自到自家甘薯地里除草，因为他家人口多，如不开点小灶到时必会挨饿，但他犯了大忌，时值"双抢"农忙季节，男女劳力都得参加集体劳动，在自留地里干私活就是"单干主义"，要挨批斗的，公社和大队干部都在田间地头巡视检查。

说来咳嗽伯也是时运不济，在自家地里干活正准备收工，突然工作队巡查来了，他急忙收拾农具躲进旁边草丛中。藏在里面原本并未被发现，完全可以躲过一劫，但那害人的老毛病暴露了他的踪迹，寻山的工作队员循着咳嗽声，现场逮住了这"无政府无组织"的单干分子。农具被没收，人被捆绑，绑在电线杆上示众，是为了震慑和教育其他社员群众。

中午，阿杵一家气氛凝重，谁都没胃口吃饭，他还有好几个哥哥、姐姐，他们在沉闷中商量对策，但还是拿不出好的法子。阿杵始终保持沉默，或许

董俊画

心中已有打算。他母亲一把眼泪一把鼻涕地去找大队干部，得到的答复是不许放人，到时还要送到大队去开批斗会。阿杵终于忍不住，但这会儿他不哭也不骂，悄然提一把小斧头，寒光闪闪的，直奔桥头那电线杆下，二话没说，一斧下去，砍断绳子。刚好看护的民兵不在，阿杵催促父亲赶紧跑开。我们都惊叹阿杵的胆识，在那个时期，大人们谁都不敢有这样的举动，甚至不敢妄加评论，就他小子胆子够大，够牛。父亲躲过了批斗，但五天后学校迫于上级压力，不得不把阿杵给开除了。那天，阿杵到学校取回书包，他一副若无其事的样子，还竖起大拇指对我们说："我无怨无悔，我要当自己的英雄"！

三

"割资本主义尾巴"似乎是那个特殊时期的流行语。可是"资本主义"这尾巴很难割，有如青草一般割了还会长；而且这尾巴还很长，从城市延伸到乡村，甚至伸到我家。

小村口，两栋土坯房外墙上分别刷着两幅红色的标语："抓革命，促生产"；"以粮为纲，全面发展"。字写得不咋的，却倒也工工整整，一目了然。一串人马就打这村口匆匆而过，最前面的一人手持铁皮喇叭筒，其后八九个人却手握一根和身高差不多长的竹竿，走在前面和后面的是大队干部，面孔很熟悉，中间几个着整洁的中山装，有的上衣还插着钢笔，闪着金光，可以看出是公社干部。

这天我没上学，和几个小伙伴在路边的林子里嬉戏。平时看到一两个大队干部都有些心惊肉跳，今天来这么多，况且有"大干部"，未免有些发愣，我们都屏住呼吸，不敢言语。这些干部走向不远处的小山坡，山坡地上是各种农作物，有刚刚吐露花蕾的油菜，有点缀几朵小白花的豌豆，还有一些不知名的中药材等，一片郁郁葱葱。先是"喇叭筒"声嘶力竭地喊了一通："铲除资本主义，铲除杂草毒苗，保证粮食生产……"接着干部们挥动手中的竹竿把地面作物一棵棵、一垄垄的打个稀巴烂。每当高举的竿子扫向苗壮成长的作物，犹如击中我们这几颗幼小的心灵和稚嫩的神经。一阵痛打过后，满地翠绿已荡然无存。熟悉的喇叭声又从另一处农地响起，而这里只剩下一位瘸脚老大爷瘫坐在一片狼藉的地上，手捧一株残苗，哀声号哭"造孽呀，造孽呀"！

为何如此造孽，当时还不甚理解，后来慢慢有所"觉悟"。原来，这些作物都是农民们在"自留地"上种植的，并非生产队集体所有。其实保留一部分"自留地"也是政策所允许的，种一些粮食作物，自给自足，本无问题。可农民群众偏要在错误的时期进行错误的耕作——种植经济作物，由于经济作物收获之后可能在黑市上交易，那不就是资本主义的商品经济现象吗？既如此，干部们的行为并不是破坏生产，而是在践行"抓革命，促生产"的重要思想；换个角度说，基层干部的所作所为或许还是无奈之举呢！

然而，农民群众又何尝不是无奈的？"队里干得热火朝天，家里愁无柴米油盐"，"辛辛苦苦一整年，兜里空无一分钱"。许多农民"自给"而无法"自足"，艰辛而不能温饱。尽管痛并有些麻木，却也会偶尔发几声呻吟；即便再安分守己，也会为生存而挣脱束缚。于是总会有人敢冒天下之大不韪，偷偷摸摸地"走资本主义道路"，我父亲也是其中之一。

小时候，我最怕便是基层干部，可干部们偏要频频光顾我家，递上一张"学习班"通知书，要求父亲于某月某日务必随带生活用品到大队部接受"学习教育"。如此一次好多天，一年好多次，可父亲的思想一点儿也没"进步"。所谓"学习班"其实为关禁闭，对象都是一些存在资产阶级行为或思想的群众。父亲之所以经常"被资本主义"，确实也是自己不够安分，总要在农闲之际偷偷地干几宗小买卖，赚取几个钱。可这就足以扣一顶"投机倒把"之帽子，罪责不轻，风险不小。母亲常劝他不要干，宁愿日子艰苦点，可他偏偏一意孤行。

那年中秋夜，一轮明月高高地挂在我家后山那棵的树梢上。孩子们依旧欢欣，依旧赏月，依旧聆听老奶奶讲述天宫嫦娥的故事。唯我快快不乐，惴惴不安。只因适逢中秋佳节，父亲却离家而去，又一次秘密行动。父亲说这是不容错过的绝佳时机，其一是佳节团聚，干部一般不会到路上查哨，其二是乘着月光行路，不用打手电筒不易被发现。家乡正处在闽浙边界，当年这些"走私分子"都是在夜间沿着山路往返于两省交界之间，贩卖一些茶叶、烟草、中药材之类的农产品。为躲避关卡，光明大道是万万走不得的，只能涉行于荒山野岭间、尸洞鬼谷处。

皎洁的月光下，我在默默地祈祷，但愿父亲此番能平安归来。到第二天晚上，照例说父亲应该可以回家吃饭，可直至深夜依然没听到那熟悉的脚步声。这一夜，一家人在焦急中等待，在等待中焦急，油灯下，翘首盼望着。天蒙蒙亮，终于响起了敲门声，我们如迎天外来客般拥了上去。"万幸，万幸，不幸中的万幸！"父亲一踏进门便向我们叙述起这次的历险过程："这一趟虽遇上节日，但还是不敢大意，仍旧抄小路，另一同伴和我踏着十五的月光一前一后而行，不知绕过多少个山坡，也不晓得走了几个时辰之后，行进一片丛林，四周死一般的沉寂，背上一阵阵的发凉。忽听前面一声'哎呀'，我赶紧放下肩上的担子，上前一看，一条黑乎乎的家伙就从我的脚跟边滑过，定睛细瞧，是五步毒蛇。不妙，同伴的脚趾已被毒蛇咬伤，我即刻将其扶到山涧冲洗伤口，并用鞋带扎了小腿之后，背上他赶往村落处，片刻不敢停歇，大约一个多钟头，背上的声音渐渐微弱，预计生命危在旦夕。幸好找到一户人家，是好心人，把我们带到不远处的民间蛇医家里。蛇医说马上救治还有些希望，若再迟就完了。谢天谢地！生命总算救回来了，但脚趾已坏死发黑，估计要砍去部分指头。"

　　要上一碗茶水，父亲坐下来，继续讲述另一幕惨剧："一个月前，一个月黑风高的夜晚，邻村有两位兄弟一起贩卖中药材。在途中，被夜巡的干部发现，哥俩分头沿着山路跑，慌忙中弟弟躲进一处'棺材洞'（当地流行二次埋葬风俗，尸体腐烂后取出棺木安葬骨骸遗留下的洞穴），然而没想到的是，就在身子探进洞口的那一刻，黝黑的死人洞里有人伸手拉他一把，却悄无声息，这不是真见鬼了吗？弟弟当场吓晕过去。原来，慌不择路的哥哥已先行躲进里面，见弟弟也要躲进来便出手帮一把，但又不敢吱声。由于惊吓过度，弟弟回家后一病不起，一闭眼就喊'鬼，鬼，有鬼呀！'说是丢了'三魂七魄'，于是请了法师做道场叫魂魄，还是叫不回来。就在中秋节的前一天，一条活生生的汉子，真的就抬进了'棺材洞'。可怜呀，去年刚娶了亲，孩子还在媳妇肚里子哩！"

　　此时的父亲，微黑的眼圈内嵌着微红的眼睛，微红的眼睛里泛起微微的潮湿……

陈启西

———————— | 作品

　　陈启西，笔名寒山，1979年11月生，福鼎太姥山镇人。20世纪90年代末开始文学创作，热衷于乡土传统文化研究，寄情地方山水，先后发表论文、散文、小说、评论及新闻报道百余万字，作品多次获奖。有《繁华流水岚亭集》《明清贡选考略》《监察御史杨惇礼》《票选》等各题材作品在国家、省、市级媒体刊发，著有《故旧是佳湾》。

插　秧　客

　　每年农历小满前后，闽东山城柘荣一带的单季水稻开始插秧了，三三两两的插秧客就闻风而动。插秧客不是客，他们是柘荣山外的农民，利用种田的节气差，在山区单季水稻播种时节给人插秧挣钱的人，类似北方的麦客，称之插秧客。

　　过去插秧客大多都是结伴而行，两三人、三五人一伙，有的是父子，有的是邻居。一个斗笠，一件雨衣，一双拖鞋，一条用完化肥后洗净的编织袋塞几件换洗衣服，这就是他们全部的家当。

　　柘荣县地处闽东北内陆山区，地势东南高西北低。境内山岭众多，盆谷交错，地形复杂，大部分地区海拔在六百米左右，因太姥山脉隔阻了东南季风，境内气温较低。造成节气差，只能种植单季水稻，才有了插秧客。

　　插秧客一般都走不远，他们离不了家，总归还是惦记自己家里的田地，一年的收成就指望它了，走远了，万一赶不回来，误了家里的庄稼，那可就是大事了。沿海地区，夏季台风不期而遇，有时一个晚上工夫黄澄澄的稻穗就全泡在水里，阳光一照，成熟的稻穗发芽的发芽，烂的烂几近绝收了。

　　插秧客每到一个村庄，都是先看看田原上刚耙完田地，还没插秧的有多少，心里就大致有个数了。走进一家乡村小店，先与店主拉唠家常，家里有几口人，多少亩地，今年种什么品种水稻等等。缘于柘荣地处山区，土地多为丘陵梯田，村民自小见识过的田地，巴掌大的东一块西一块，哪像福鼎店下洋那样，一块水田单丘长度三四百米。山本地农人一天顶多插秧几分地，哪像沿海一带来的插秧客，手法娴熟，一人一天总得有一亩三四分的样子，同样工钱，用山外的插秧客既省钱又省时。插秧客心底都比较善良，也没那些个坑蒙拐骗的警惕，抽袋重口味的水烟地就开始拉话了。完了才问人家要不要插秧的，那自然是要了。

插秧客的脚下就是尺子，到了田间地头上，脚那么来回一踏这块地有几亩就出来了。柘荣等山区主顾家也是实在人，弄不得那些骗人的伎俩，无非就是想让插秧客让点钱，插秧客也给主顾家这个面子，商定了价钱插秧客就开始下地了。

说起来插秧客是辛苦，挣个钱不容易。小满时节，骄阳似火，但柘荣山区海拔高，气温不高。况且山里梯田里的水都是山泉水，依然冰冷透顶，冻得让你头脚发麻。插秧客除了忍受冰冷，整天弯腰在田里劳作，还要小心提防梯田里的沙石，倘若插秧不小心将沙石挤进指甲缝，伤了手指，就干不成活了，每年都有人伤到，根辛自不必说。

五月份日子渐长，六七点天就亮了，晚上七点太阳才下山。伴着早晨的阳光逐渐升温的田水，插秧客就下田里了，中午是必须要午休的，这是插秧客让紧绷大半天的腰好好休息一下。种田人靠的就是一副好身板，当然最重要的要有好腰，这是撑起生活的重负，家的重担。

山区插秧有个老成规，送点心。意思是说干活的人每天早饭与午饭、午饭与晚饭之间还要吃两次，叫吃点心。点心不像午饭和晚饭那样，荤荤素素的，大多数时候只不过是一碗米粉、面等，小半斤的自家酿米酒，后来图个方便上啤酒，也就是垫垫饥饱，再多干点活的意思。但对插秧客来说，这顿点心无疑是珍贵的，插秧看似简单，其实很耗体，能干就能吃，但又不能吃太饱，吃太饱了弯不下腰怎么能成。

插秧客和主顾家心里都有数，一天干多少活，但也有遇到切尾活，就是一片田，一天干不完又构不成半天活。这时东家会亲自下田帮忙插秧，争取当天收尾，这样插秧客可能要多干些活动，有的甚至干到天黑。遇到这种情形，都是有规矩，插秧客必须帮助完成收尾，以期博个好名声，来年更多人请。一般情况，太阳西斜，东家送来最后一担秧苗，随便客气地喊插秧客早点收工。有经验的插秧客知道这是东家客气，时间还早着呢。倘若新手真以为叫你收工，这一家秧插完了，估计也没活干了。一般要干到天色渐暗，东家不断催叫插秧客从田里上来，而且叫的口气越来越坚决，或许还有东家的小孩赶到田边叫的，估计家里的饭菜都备齐了，插秧客真的该收工了。插秧客上了田，冲洗脚丫，跻着拖鞋，放下一天挽起的裤管，顺便帮主顾家捎捎农具。前脚刚踏进家门，主顾家早就准备好了饭，笋片清炒、萝卜汤、花菜炒肉……都是干活做吃人家，也都知道挣个辛苦钱不容易，谁家没有过过穷苦日子，唯独这嘴食不能亏欠。吃完了饭，抽几口水烟，插秧客不闲着，又到村里转转联系下家，有的插秧客还在田里忙活着，下家早在主顾家等着呢？也有主顾帮着联系，当然有这种待遇的都是些老插秧客。出门一次不容易，插秧客都想多赚点，因此无论如何他们都会很卖力的，这就是淳朴的农民。

现如今，随着社会的发展，插秧客已经越来越被大型插秧机替代了，成片的稻田插秧客已无用武之地，但山区三棵水稻就是一块田的小块梯田，机械插秧机代替不了人，给插秧客留下最后的空间。但随着近年城市化进程的加快，山区的乡民都向城市聚集，农村十室九空，田原抛荒严重。十里稻浪，依依禾田的景象，早已离我们远去，插秧客也退出了历史的舞台。

繁华流水岚亭集

岚亭是福鼎海滨一隅的乡村。在我的印象中岚亭既不是交通要道，也没什么像样的街市。缘于那里有亲戚，小时候曾到过几次。岚亭与周边古村落唯一不同的是，古村迄今依然保存有整齐的老街风貌依然美观。时光回溯百年，岚亭集曾经繁华几度。

缘于母亲老家在岚亭邻村，小时候常听母亲教我唱童谣《墩》："墩墩墩，骑马去三墩。三墩田，骑马去海田。海田街，骑马去东溪。东溪门楼好大厝，三百鸬鹚飞不过。"岚亭集就处在三墩、海田、东溪三村的三角地带。自古以来，岚亭周边山乡享有很高的声誉，过去这里有着繁极一时的古集市，是周边山乡的商贸、交通、文化中心。旧志载：后岚亭古街为福鼎境十一大集市之一。缘于岚亭地处秦屿内海湾，海水退潮时，一般商船不能抵内港，沿海各埠渔家只好将海鲜挑到岚亭集，而形成独特的午后集。能让岚亭街市繁忙而热闹的另一个重要原因是茶市，过去每年茶叶开市，岚亭本地商人组织商会到福州、宁波等地贩卖茶叶，各地茶商也云集岚亭订购新上茶叶。不久本地商家源源不断地从福州等地将赚取的银圆一桶一桶地往回捎，待到茶市产销高峰过后，赚到钱的商家子弟及村民，在一年一度的中秋"托石猴"活动中尽情挥洒娱乐。听说岚亭中秋"托石猴"很热闹，也很好玩。虽然老家与岚亭近在咫尺，但我从未亲历，不知是何场景。曾看过乡人写过一篇美文《岚亭中秋"托石猴"》，想来应该是很好玩的群众性民间活动，可惜因世事变迁，再也无人组织这样的民间群众性活动，岚亭中秋"托石猴"也只能永远定规在周宗飞的美文记忆中。除茶叶外，岚亭生产的染布、桐油远消宁波等地，享誉江北。随着岁月流逝，洗尽铅华，人们能提起的就这些了，这已是弥足珍贵。

至民国时期，岚亭古街面依旧繁华的，有鱼货铺、茶馆、饭店等商铺几十家；周边村民来赶集时，在街面上来来往往的人不下几百人。过去繁华的主要在下街，下街又称旧街，街面路心由大青石铺就而，历尽岁月繁华，路心青石磨得剔透润滑。一百余米的街面，是过去的主街，是方圆几十个村庄的商贸、交通中心。而岚亭村作为文化中心村由来已久，相传明代岚亭就设学堂，最早学堂就设在武庙内。民国时期岚亭是周边就学的唯一去处，过去各村只设初等小学，上高小只能去岚亭。"文革"初，我的父辈也曾在岚亭高小上过学；20世纪初岚亭曾设有独立初期中学，后又改为小学附设初中，最后撤去初中。

"文革"时期秦屿湾围垦海堤后，岚亭周边村民可以沿海堤直达秦屿集，于是岚亭集日渐萧条，但仍维系往繁华记忆。我还是孩童时，经常送茉莉花到岚亭集收购，当时下街除了光滑青石街道，曾经繁华的街面已荡然无存；街市早已迁至上街，而上街面萧条但不冷清，记得岚亭教堂边上有一个饼铺，饼铺对面是打铁铺，每次取了茉莉花钱后，我都要拿出小零钱到饼铺里坐一坐，喝一口水，与饼铺的小学徒耍一会儿，还时常帮助他们为饼炉添添火什么的，老饼师也时常拿饼给我尝一尝鲜，这是我对岚亭集仅存的记忆。

随着时代变迁，岚亭集却越发地沉寂，但依旧设有一所小学，那里延续不断地传出琅琅的书声，那是涤尽繁华后的和谐之声。

陈启西

溪坪古街

几年前在山城柘荣度过，工作之余常穿梭于溪坪古街那幽深的曲径通巷，品尝那里的特色小吃。如今调离山城，山城的印象似乎日渐模糊。不知哪天起我莫名地思念起那里老街的古朴，那一天，独自挎上背包再次走进溪坪古街。

溪坪位于柘荣县双城镇东南部，中部和西南部为富饶的城关平原。一条弯弯的溪水，俗称龙溪，自西北方的东狮山谷中，蜿蜒向东南伸展。傍依着龙溪，有一条沿溪而建的老街。她蜿蜒曲折，隔街骑楼长廊近二里，商铺林立，展示着当年的辉煌气派。这就是闽东远近闻名的溪坪古街，宋元以来，古街市一直繁华。

三月暖阳，晨辉映两街。我踏着斑驳的旧街石，回眸两旁陈旧商铺，仿若走进明清时代的江南古街。溪坪古街全长四百多米，宽三四米，两侧古民居群多属清乾嘉年间建筑，为双层人字栋单溜或双溜以上按一字形排列，既无山墙，又无门楼，街道店面，依次相连，柱壁桁椽多以杉、栎木为主，栋瓦薄而细小，保留有明朝建筑风格，被称为明朝厝。古街内原各种商铺，现在仍保存较为完好。沿街而下的民居大宅，其门分别披有"衡门自适""天光云影""流水环门"等字题，书风雄浑、苍劲各有奇趣。我走进门披有"衡门自适"的一户陈姓大宅内有天井、回廊、厢房、院房等，古厝拱斗、柱梁，雕刻精细，瓦栋厚而粗大，保留有元朝屋建筑风格，被称作元朝厝。其中闽东名人宋探花侍郎陈桷旧居古民居保存完好，文物专家认为这在全省现存县城古民居中，可称得上首屈一指。陈氏可是本地的望族，陈家的民居群也很大，仅眼前的溪坪陈桷旧居占地就有十亩，上中下三宅，内有水井两口，座座相通相连，内有接官厅、捕头房、沿街有数十间仓楼宾客房。据说过去在陈桷探花府官邸门台前，还有宋皇帝恩赐"守介不移"的骑街陈桷坊，坊前是陈桷接官亭俱损毁。如今映入眼帘的是一排陈旧的沿街商铺，坊前往日的尊贵与严森，现已荡然无存。

华光易逝，这些包含文化气息的古建筑在渐渐褪色。在曲径间穿梭，在苔痕斑驳的灰墙石碑字里行间，我在苦苦追逐着历史的脚步。我满脑沉浸在历史瞬间的回眸，哪会留意时间的流淌。不知什么时候突然几位戴红领巾的小朋友从四合院的大门鱼贯而入，我才意识到半天时间过去了。顿感饥肠辘辘，就近走进一家小吃店。店主是上了年纪的本地人，在此经营好多年了。我顺便向他了解一些古街的信息；店主指着边上一位六十开外的老伯说，他是溪坪通，古街人文历史他最清楚。于是我与老伯聊起来，老伯姓陈，是本地的退休干部，历来喜好研究家乡的乡土文化，他如数家珍地与我道来。据其介绍，溪坪古街首创于溪坪陈氏，原名溪磻，后作为地名始于元至正年间，明朝功臣袁天禄筑石城时，将柘水龙溪改道，使溪流穿境而过，又因地势平坦而得名。溪坪古街自唐、宋、元、明、清是古长溪上西区一个重要的商贸、文化、交通中心。

溪坪古街既是集贸区又是文化区，这里钟灵毓秀，人才辈出。早在明清时期，溪坪古街夹牌兜和后门溪贡生陈瑞麟办有私塾。民国时期，有乡贤在溪坪柳溪店创办民众文化教育馆，筹金订阅多种书刊，供街民阅览。溪坪历来有文化娱乐街之誉，有舞龙灯、鲤鱼灯、踏跷、迎仙庙会及锣鼓板、鼓号等文化娱乐队。

夜宿鼋潭畔

几年前的一个国庆，应同学之邀，我带一家人到他家小聚。同学家居福鼎管阳鼋潭畔，房子面北朝南，面对潭面，右侧一齿碇步，房后是金黄的稻田，随风摇曳。近前三株柿子树上，硕果累累，一派丰收的景象。果树下三五只鸡儿在欢快的觅食，不时传来公鸡的鸣叫，野趣十足。

陈启西

门前一株百年迎客松，尤为喜人，有一虬横伸，颇有韵味。此次算是乡间度假了，时间充裕。我一放下行李，就往潭边走去，往近处看，发现此树，相当有年代了，树围当有两米多。临潭而立，一枝横伸作"迎客松"状，根部几乎全部裸露，盘根而出，仅靠几根虬根直入潭边的岩石之内。如一人紧抱其石状，其下部盘根扭绕，据传树龄当在两百年之上。矗立潭边，俱显潭幽山清水色。潭面当在几百亩见方。鼋潭处三溪交汇，古传有鼋出没，故称鼋潭。

　　鼋潭村为主村，人口在六七百人，近年来，村民多外出打工，现村中有居民在三百人，元潭处三溪交汇之潭边，四周为高合拢。据同学介绍，旧传鼋潭鲤鱼和鰊鱼最多，鲤鱼，多时一早在小山腰外，但见潭上一片红艳。鰊鱼味美，少刺，最为乡人喜欢。

　　过去人们捕鱼，一年仅捕一次，感谢上苍恩赐。每年中秋前后，捕鱼时，全村人出动，将各家的稻箪连在一起放在水面的竹筏上，这样潭面就形成一张大稻箪，每张稻箪之间留有缝隙，这样潭面就被分割成几十块大小均匀的方块，潭面中间留一块空，用几根竹子连成一线，横跨潭面，站在两潭边上的村民，大家齐力将竹子提起，拍打在潭面之上，发出连续的啪啪声，翻江倒海。一会儿，潭中的大鱼就受不了，从潭下一跃而起，摔在稻箪之上，很快大部分的稻箪上就搁置不少活蹦乱跳的大鱼。差不多时，人们就收工，从不贪多。据说通过此法，从来没有捕到一只的小鱼，至今人们也弄不明白为何如此。说来，这种捕鱼的方面，既神奇又环保，这样确保子孙万代，都能捕到鱼，潭也保持很好的生态环境。

　　但近二三十年，随着人们在使用农药使潭内的鱼大量减少。旧法已经根本捕不到鱼了。于是，鼋潭多了不少垂钓的身影。同学的父亲每日早上垂钓潭边，本日下杆明日收，明日下杆后天收，日复一日，周而复始，玩得就是一种心态，真乃难得的雅致。夏日更多的人羡慕这里一潭的清水，来此游泳，因此潭让鼋潭欢乐了许多。我想一起感受一下钓鱼的情致，同学说一般都是在每天的一大早收杆，我期待着明天的收杆。

　　这次国庆长假是历年最长的一个国庆节，今夜就住在同学，感受乡村夜色也是此行的目的之一。今天刚好是中秋的第三天，月是明的，刚上松梢头，眼前是一潭的朦胧。白天黛色的青山，此时此刻，都成了月光的底色。乡村的夜是寂静的，带着家人刚刚出来，披着夜幕，在近住几座村家的几道灯光下漫步；虽然农村的发展也大为加速，但有些习惯终究还没培养起来，或许农村的人少有晚上出来散步的，我们一行在小孩的欢笑声中，路过几家的房子前，显然我们的举动，引起他们的关注，一座亮着灯光的砖房前，正在说话的农人的视线投向了我们。

乡村都是聚族而居，这是中国农村的传统，在同学的陪同下，不时的遇到熟人，一路的招呼。乡村的寂静是我们常年在城关呆惯的人，很难想象的，晚上九点多时，全村几乎一片寂静，哪像我们城关晚上都到凌晨了，有些地方还是人声鼎沸。

今夜的月色隔外的美，回房后，我仍意犹未尽，在楼上隔着玻璃窗远眺。此时白天不怎么起眼的碇步下，溪水潺潺的流声，愈加的欢快，看着家人都入睡了，我也只得放弃这柔美的夜景，掩被和衣而眠，听那潺潺流水声，期待明天的收杆，想象鼋潭的过去和将来……

"哐哐……"楼下房前过路的拖拉机声将人催起，一睁眼，窗前一片亮光，一觉无梦天亮了。楼下同学的父亲早已就起来了，我错过了今天的收杆，只能等下次了，鼋潭又开始它新的一天。

陈启西

195

陈承宝

———————————| 作品

陈承宝，1941年生于福鼎，福鼎一中高级教师，退休前为语文组组长。现为中华诗词学会会员、中国楹联学会会员、福建省楹联学会理事、福鼎市诗词学会首届会长、福鼎市作协会员。作品散见于《中华诗词》《香港诗词》《中国楹联报》《当代文学选萃》等文艺刊物上。曾在"中国首届百诗百联大赛""全国第六届华夏诗词奖"等全国赛事中获奖，著有《听蛙楼诗词》。

圆　明　园

谁能说得清有多少巨型断柱裸露于苍天下哭泣?

谁能说得清有多少汉白玉般方形基石湮没于历史的荒荆蔓草间。

多少人到此脸上失去笑容,步履变得蹒跚,心情变得沉重!当我的灵魂艰难地走进这片荒凉,我不再有旅游的雅兴。远山如黛,近水似蓝,名山胜水间的这片焦土令我苦苦沉思。

是的,无数岁月如夏日的风从身边吹过,被我们遗忘,唯有这段屈辱的历史刻骨铭心。

一百三十多年过去了,我的耳畔仍回响雨果的话音:"当两个强盗闯入圆明园","动手抢劫","彼此分赃","把人类的一大奇迹"付之一炬的时候,历史只能证明这次胜利是"强盗的胜利"。一个外国人勇于如此猛烈抨击自己国家的侵略行径,这是怎样的一种震撼人心的正义感!

这里的每一块石头、砖瓦都浸透中华民族的耻辱,这里每一棵野草都刺痛了中华儿女的心,冥冥中传来的每一声呐喊都震撼来自各国旅游者的良知。

荆棘、乱石、残砖、瓦砾,让历史老人永远珍藏这片遗址。

无须心酸,无须流泪,让我们站起来,在西洋楼废墟前留影,让我们永远珍藏这浸血浸辱的如山铁证!

桐山的断桥

福鼎桐江的断桥原是座石板桥,叫肖家坝桥,建于清道光年间,桥长130.8 米,宽 1.87 米,高 2.5 米,37 孔,是闽浙重要通道。新中国成立前,福鼎城区桐江只有三座石板桥,另两座是建于清嘉庆六年(1806 年)的溪江桥和水北溪桥。溪江桥已毁多年，水北溪桥则像拄着拐杖的老人，现已用水泥桥墩与桥板对其加固。

也许是为留下历史的印记，人们舍不得拆去桥头残留的一小截，而成如今的断桥，让他静静地装点桐江入海处的风景。清晨，沿江畔绿化带散步，我喜欢在断桥上稍作憩息，坐在桥板上看看源于浙江泰顺县雅阳的桐江，潺湲而来，缓缓流入海湾。水汽氤氲，远处隐约可见的各式大桥瘦成一线，下游船影隐于海雾；东面佛教会上的小山及七层宝塔，晨曦中，有如一幅优美的剪影；桥下三五洗衣女子手中的棒槌起落又是一道风景。断桥上，除了观景，还可以聆听他的絮语，让你回味历史，关注今天，展望未来。

他会告诉你，肖家坝桥是坚毅的石桥。清咸丰三年（1853年）五月十八日，山洪决坝，街可行船，死者不计其数，他屹立着；民国八年、十四年、卅一年，洪水三决堤坝，他依然屹立着；新中国成立后，1956、1958、1960、1966年强台风暴雨袭击福鼎，山洪咆哮，堤坝有不同程度的损坏，但他还是坚强地屹立着。此后，桐江两岸堤坝多次加固，1991~1994年，更进行全线整治，加高加宽，确保桐城无虑。然而，历尽沧桑的肖家坝桥，终因年迈力衰，1993年在洪水中轰然倒下，只残留现在的一小截。

断桥是值得骄傲的。坐在断桥，手抚经洪水冲击、风雨洗刷、行人脚板摩擦过的石板，光滑而滋润，似乎还能触摸到他壮年时的黑发。是的，他为自己的坚毅而骄傲，更为自己的奉献而无愧。近两百年来，每天有多少行人经他来往于海边乡镇，或赴码头扬帆出海。他还为桐江桥家族的繁衍而骄傲。就在他身边，1955年解放军工程部队建起桐城第一条公路过水桥。后来，过水桥为公路大桥所代替，1993年下游建成流美大桥，这两座桥，是国道104线的重要桥梁。后公路大桥又被1981年建成悬链线双拱的桐山大桥所代替。断桥边，新近又建成一座连接城南50米大街与城东开发区的更宽更大的桥。眺望上游，还有普后大桥、彩虹桥与今年刚落成的步行桥，下游近几年又新建了高速公路桥和动车铁路桥。如今，八座桥各式各样，像是在桐江上开了场桥梁博览会，这是怎样的壮举啊！能不为之骄傲吗？

断桥同时又是幸运的。他有幸目睹桐江两岸改革开放以来翻天覆地的变化。这变化可用"坝宽、水清、景美"六个字来概括。乾隆九年初砌溪江

陈承宝

坝，用的是溪江石，面宽 3 米，高 3 米多，自七星墩至前店不足千米。这常毁常修的溪江坝现已变成了宽 22 米的江滨西路，兼防洪与交通两功能，从普后大桥到流美村，并继续南伸至海湾潮音岛开发区。而江滨东路，亦为路堤结合，长宽与江滨西路差不多，成为 104 国道靓丽的一段。两岸大道车水马龙，道旁高楼林立；江边绿化带路径蜿蜒绿草茵茵，是桐城人最爱的去处。如果说诸多桥梁是桐江熠熠生辉的项链，江滨大道与绿化带是色彩斑斓的披巾；那么，双桂公园、鼎文化公园与山前公园则是三颗嵌着的璀璨宝石。宽阔而清澈的江流微波荡漾，无数硕大的红鲤鱼悠闲嬉戏，游人观鱼的笑声倒影，绿化带晨练人有模有样的姿态，夜晚江滨广场的轻歌曼舞，这一切构成一幅幅桐江和谐欢乐图。桐江这么美，难怪福建与浙江许多县市的游泳健儿们，每年正月都喜欢在桐江举行冬泳比赛。至于未来，断桥会拍着胸脯告诉你，一定会更美更美。

春涨龙山溪

　　阳春三月，惠风和畅。我在华鑫锦绣苑中散步，坪草葳蕤，池柳荫翳，亭边蜂蝶翩跹，树上春鸟争喧。隔着围栏和龙山溪，看见对面堤上几树桃花争艳，千张醉脸醺醺。感叹春涨龙山溪，竟这么美！踱回鱼池，坐在池边石椅上，蓦地想起古书所载，桐山八景之一的"石湖春涨"的旖旎风景。

　　石湖桥在桐城街道石湖社区，旧为木桥，后易为石桥；旁翼扶栏，下系画船。始建何时已无可考，三番重修留到今。龙山溪，缓缓穿桥而过，与桐山溪汇于流美竹脚湾自然村，流入海湾。清乾隆朝福宁郡守李拔桐山八景诗《石湖春涨》云："雨过添春涨，晴波没石湖。惊湍穿柳浪，溅沫碎花须。"据说，从前石湖桥至春牛亭（原烈士陵园附近），有一条芳草长堤，春来水涨，视野开阔，山明水秀，游春之人流连忘返。60 年前，从白琳、点头乘船进城，还可在石湖桥畔上埠，大有三春迎客长堤路，烟雨闻莺系帆船之美。今天石桥虽在，港埠后退，已是另一番景象，石湖春景早已融入龙山溪的春色中。

龙山溪源于王家洋与浮柳洋，现在王家洋经小坑的溪水已从洋心，经三满、水北一条小溪汇入桐山溪。今之龙山溪水，主要来自呑里电站的一条大渠道与桐城电站的水，这两个电站的水，源于南溪水库，龙山溪水自然清澈见底。从梅湾南流的龙山溪，是精心整治过的小溪。说它是溪，却没有沙石、深潭浅滩；它底平坡斜、夏不撒野冬不枯，四季水清流缓。说它是渠，两边都是楼房，没有渠道的灌溉功能，它就是这么特别。

龙山溪两边斜坡种植花草，斜坡上镶着绿化带，再上一层是宽敞的大路，大路旁是鳞次栉比的楼房。龙山溪是很别致的绿色飘带，仿佛专为打扮这座美丽的海滨城市而飘来的。看，龙山桥边古色古香的双层休憩亭，绿化带中小巧玲珑的风景亭，双亭溪畔竞芳姿；清晨随乐曲翩翩起舞的青年男女，门球场上比赛正酣的退休老人，人憩树荫影映溪。散步在绿化带的曲径上，周遭宁静，花香弥漫，啼鸟唧啾，是最惬意不过的了。

桐山八景，龙山溪这条神奇的绿色飘带，竟连接三景：除"石湖春涨"外，便是"龙山霁雪"与"圆觉钟声"。"龙山霁雪"，因天气变暖，已极少见；但龙山却越来越美，龙山公园亭台楼阁、风清气爽，是居民登山锻炼、休闲散心的好去处。太阳阁（即慧日寺），瑰玮绝特，画栋雕梁，五彩缤纷，檐角高挑，凌空欲飞；凭栏骋目，积翠桐城云水间；夜晚望阁，灯光璀璨阁浮天。"圆觉钟声"是另一版本的八景之一。只是"圆觉钟声"早已变成学府书声，福鼎一中去年建成了十层综合楼和设施完善的体育馆，取得三位同学考入北大、清华和高考升学率名列宁德市前茅的成绩。

溪如修竹逢春绿，桥似竹节生路枝。有溪必有桥，有桥必有路。龙山溪这株修竹到底有几座桥，我想弄清楚。《福鼎市志》（清嘉庆版）载，桐山溪有桥梁五座：石湖桥、溪西桥、西园桥、镇边桥、宁泰桥（俗称寮赖桥）。从嘉庆到解放初，一百多年来，所增而仍在的是呑里桥（1905年建），而解放65年来，新增的桥就有17座，且大部分是近几年所建。除镇边桥、宁泰桥因修路而湮没，我从呑里的梅湾沿龙山溪往南数，直到入海口，现共有22座桥梁：呑里桥（重建中）、梅湾桥、职成路桥、西门桥、春晖桥、西园桥、一中桥、溪西桥、桐城明珠桥、中心市场桥、龙山桥、龙山一号楼桥、龙山七号楼桥、六中桥、农贸市场桥、石湖桥、莲心桥、春亭桥、秦川桥、人行桥、新汽车站桥、竹脚湾桥。这些桥有的还没有命名，如中心市场桥、龙山一号楼桥、新汽车站桥等，一看就知道都是无名桥，是我为了表述方便临时用的桥名。

这几年改建或新建的桥都是又宽又坚固，但不管是旧桥还是新桥，不管是改建的还是新建的，几乎每一座桥都有动人的故事。比如福鼎一中桥，曾发生三次变化：最早在现有桥上游40米处，有一条两头碇步中铺石板的漫水桥，一遇洪水人不能过。1958年县政府拨款3000元，建一座2米宽、2.5米高、有栏杆的木桥。不到3年松木开始腐烂。1963年一中要求改建钢筋混凝土桥，经四次工程预算需13.5万元。1969年，县政府决定动员全镇居民义务建一中桥。居民每人捐一立方石子，学生每人挑0.5立方沙，建筑社出技工，搬运社承担勤杂工作，县政府负责钢筋、水泥，县交通局负责技术指导、勘探设计。由于发动群众建桥，节约了大量资金，大桥建造耗资只有2.85万元。后，这座桥又经加宽。今天，人们或许会对当年建桥的艰辛感到吃惊，但谁又能不感佩福鼎人民热爱家乡、建设家乡的热忱！

车水马龙是龙山桥，摩肩接踵是市场桥，悠闲写意是人行桥。每一座桥都是一道亮丽的风景、一首优美的诗歌。桥连着路，竹枝一样的路网，大大方便了群众，促进了福鼎经济的快速发展、人民生活的显著提高。龙山溪串起华鑫锦绣苑、桐城明珠、龙山社区等许多大片区。上游，高架桥凌空飞架，动车呼啸而过；原苗圃和梅湾一二十层保障性楼群如雨后春笋，拔地而起；呑里工业区厂房如春花遍野绽放。下游，海滨路傍着沈海高速公路；市中心市场、石湖农贸市场、大排档美食一条街偎于东堤；天一大楼、福鼎邮电大楼等楼盘矗立在石湖社区内；辖有5个片区、18个居民小组，有2295户、8068人的石湖社区，有了自己的便民服务大楼，老人活动室、棋牌室、麻将室及其他服务项目一应俱全。真是春涨龙山溪、移步换景、美不胜收。

龙山遮不断，双水一川通。春涨龙溪画卷开，桐城万象竞奇来。纵横思绪如潮涌，为绘新图扫石苔。

王丽枫

————————————｜作品

王丽枫，70后诗人，福建省作协会员。曾在《诗刊》《星星》《诗歌月刊》《福建文学》《山东文学》《新大陆》《诗天空》《海外诗刊》《创世纪》等国内外报刊发表作品。出版个人诗文集《站离原地的舞蹈》、诗集《午后》。曾获"逢时杯"第七届《福建日报》最佳新人新作奖，获《诗探索》2015华文青年诗人入围奖。

黄昏的石兰

　　抬头的时候，看见一棵枫树，冠顶的叶片像撒开的点点黄水晶，浮动在红日西坠的余晖中，背阴处，便以块块墨绿呈现，在微风的吹拂下，淡蓝色的天空中遥远的黄与墨绿交替颤动着，像甜蜜的笑容细碎而温暖。这不太热烈的温暖一下子弥漫在从头到脚的所有神经中，带你来到无法拒绝的一种饱满里。这个深秋，安静的质朴与流畅的优雅，就这样在一个古城堡方形城门顶端的一方天空里流露无疑。

　　这，就是"石兰"，一个以花朵命名的村庄，用重重叠叠的青石块垒起一片片土墙，缝隙间长满棕褐色的苔藓，一半阳光一半风的柔软的手铺开一条条石子路，安静的茅草房站着憨笑。

　　我想，或许那悠长的石子路印记了一花一草前世的记忆，而我便是那里长出的一株草，否则，我不会如此留恋这石块垒起土墙根植花草的温情，不会如此喜欢这光滑的石子路铺开的简洁与悠然，不会如此熟悉这抹阳光安静而温暖的味道，甚至那只一身黑毛，眼珠泛着深蓝绿光，悠闲在土墙角的土狗，也成了我想与之亲近的对象。

　　短短一个月，两次踏访这个小小村庄，第一次是在黄昏抵达，第二次是在黄昏离开。这样的黄昏放慢了我到来与离开的脚步。或许它不是一座村庄，它只是我们生存的这块土壤记忆深处遗漏的一片思想。

　　小小的城门只有两米来高，跨过它，便踩着一地落英，阳光透过树叶的缝隙跳跃在你行走的步伐间隙，似乎在揣摩这不速之客到来的目的，它如何知道当现代节奏的漠然遭遇这样的简单明了，会是怎样而无法言说的愉悦。走出二十多米，便可以看到一个大大的水池，据传，在清朝的某个秋天，这个水池忽然燃起大火，火焰呈蓝色，燃烧时间长且无法扑灭，如若不是跑得快，就会被烧得焦头烂额的，从《易经》角度来说，水火是不相容的，所以这种迹象使石兰村智慧的先人从中得到启示：人要有忧患意识。另外，池中生火，也意味着变革之象，后人应励志图强。虽然当年的故事已然湮灭在太过久远的湖底，恰似平静的湖面却蕴涵了他们生活的智慧，彰显了曾经的文明。

池边有两棵大榕树，因其树叶一年四季更替呈现黄、绿两种颜色，而被称"夫妻榕"，他们相互张开翅膀，葱郁的树冠呈椭圆形覆盖着整个池堤坝，弯曲多节的巨大枝叶构筑了一个大半月形的拱门，像一座庄园的门，走进它，你便走进了一个古老的故事。这里的四季都是鸟儿们的天堂，湖中枝叶的倒影与枝上鸟儿翩然的舞姿动静交织，相映成趣。

再往前走，来到了蓝溪宫祠。这扇门又打开了一个动人的故事，这里有一个很温馨的传统习俗，从清光绪年延续至今，为答谢神明佑福村庄，每年的3月和9月，这里的族人都会选择吉日在宫祠内燃放烟花，烟花是专门请了外地技工特定加工制作而成，花色五彩纷呈。透过这扇门，我们看到了当年的繁荣与绚丽，感受到了这片土地生活着的人们善良与纯朴的民风，闻到了那绸缎、香料、水墨流淌岁月的浪漫与雅致。

为了防范倭寇，村庄的建筑呈"回"字形状，四个口由内相通与外对接，当年一场大火把整个村庄烧成了一堆灰烬，往日的繁华建筑只剩下依稀的一组轮廓。如今，唯有那沉默的石子路和两旁筑起一人高的土墙依然如故，每一堵墙都留下了自己的故事，你看这堵墙上，有一处宅门被封堵，里面已然杂草丛生，再不见当年香袖拂出的小姐或嬉戏而归的顽童。再看这堵，触手可探的窗口朝路旁开着，依稀可见屋子里几个年迈的老人坐在屋檐前的长条凳上，等待着夜色的降临。

喜欢黄昏，因为它美丽而忧伤。与石兰的不期而遇让这个秋有了一首歌。这首歌属于安静的石兰，属于所有记忆深处遗漏的一片思想。

王丽枫

攀越一座山

窗外是山。山上是翠绿的树和偶尔绯红的花，还有背负着遥远而模糊的天空。那一片浓郁的墨绿和空洞的素白，像一个两截色彩分明的巨人，满满地堵在窗外，几乎覆盖了我所有的眺望。所以，不止一次，我渴望自己的脚能攀越那座山峰，让视线穿过满眼的绿和仰望的那一片模糊，去寻找人生中的另一种风景，以及一切的未知。

我，欣然整装出发。怀着满是期待的心情，穿过弯曲的公路，扑向一路的风尘，不知疲累地，坐了 8 个小时的车到达了赫赫有名的黄山。像所有人一样，为一个遥远的壮丽而来。车窗前起伏过黄色油菜花、绿色稻田和耕作的牛，在碧油油的大地上，那明亮的小河蜿蜒流过，这一处处向后退去的场景像极了我家乡的景致——我笑了，原来大地的每一个角落都有同样的绿色。

第二天，上山了。上山的路总是最辛苦的。或许最辛苦的都是最有价值的吧。初次到黄山，无论如何，一定要攀爬最高的那座山峰，可是去的那天，雾太大，莲花峰没开放，我们就去三大主峰之一的天都峰，游光明顶至百步云梯。一路翠竹和青松，被雾气缠绕，置身于这样一座大山里，寻找着每一处的奇观异景，攀爬的每一段阶梯都要付出汗流浃背的努力，终于站上最高点，却发现，山外依然是山。俯瞰遥远的群山和半山腰正拾级而上的模糊身影，我不禁想：人生不就是这样的一座山吗？每一次的攀爬都是为了填补内心的一种空缺，为了抵达某个不能到达或还没到达的领域。一次又一次，赶赴新的地方。

上山时，不管路有多陡，人们往往有浓厚的兴致去攀爬；而下山，更多的人去乘坐缆车，所以路上行人甚少。沿着阶梯一路而下，只听到落叶的声音，那幽静的林子在远山安静的怀抱中躺着，抬头的时候，依然看见了素白的天空，还有透过树叶的缝隙射到脸上的点点阳光，满满的视野尽是绿色。

小路干净极了，连枯黄的叶子都很少见，或许因为行人少吧，所以几乎看不到什么垃圾。正想着，就看到前面有一个穿着黄色工作服、身背大竹篓的清洁工，手上拿着一个铁制的细柄夹子，低着头，把阶梯或道路两旁游客们扔掷的空饮料瓶或者随手抛下的零食袋子以及烂枝叶一个个地拾起，扔向胸前的篓子里。他东张西望，步子轻盈，动作娴熟。毫不马虎，也毫不懈怠。我再一次环顾四周，没有别人，只有静静的山林和我这个远方的游客，是什么，让他如此自觉而认真地对待这样一份在别人眼里看起来是那么微不足道的事业呢？这静静的山林并不言语。原来幸福可以自己给它下定义。置身于这样一座和我家乡有着一样绿色的树和偶尔绯红的花的山林中，我突然被感动得无法言说。

终于，我可以带着满足的心情回家了。人，总是看不见笼罩他的虚无，同样，也看不见吞没他的无穷。闭上眼睛，我看到大自然的花草、野兽、游云、风雨，还有笑着的自己。

王丽枫

蓝雨

——————| 作品

　　蓝雨，本名曾金珠，1976年出生，福鼎市人，教育硕士，福建省作协会员，《太姥山》杂志散文编辑。2012年夏始习诗文，在《星星》诗刊、《中国诗歌》《福建文学》等刊物刊发诗歌，有诗作入选《中国诗歌地理：女诗人诗选》、伊沙《新世纪诗典》、霍俊明编《2017天天诗历》等选集。

一座静谧的村庄

一

经过几重绿，才会抵达一座远离喧嚣的村庄。

车沿起伏的水岸公路，往大山深处开。

一个又一个山峦从身边掠过，一片片汪洋恣肆的林海，向我们一浪一浪扑来。对于自然的盛大，我们显得何其渺小，在不断前行中，无限的敬意油然而生。

在途经桑园水库时，一个大大的湖泊，宛若一颗蓝水晶，镶嵌在竹林怀中。

再往前行，一条溪涧，蜿蜒着延伸向竹林深处，岩浆地貌，流水无声滑过。

我们在一座石桥边，停车下来，感受着这大自然的神秘。

面对着的湖泊、竹林、溪涧，似有旺盛的生命在它们体内流动，我们饮着清风，沐着阳光，内心是无比的清透，安详。

桥高高架在溪涧上，倾泻的小水瀑，从石头上溅出的水花，落到下面就成潺潺的溪流。

二

抵达村庄时，已是午后三点。一开车门，一股带着溪水清凉的静谧迎面扑来。这是未被尘世沾染的清新，它静静地迎接远道而来的我们。

村庄背靠大山，在它的腹部一条溪流裸露着。

这大山多像母亲的子宫，子宫孕育着的孩子就是村庄，宽阔清澈的溪流是连着母体的脐带，它养育着村中的百岁老人。

小桥，流水，人家，田畴，白烟，如诗如画，我不忍去打扰它们，只静静地用心去感受。

阳光从山顶上斜射下来。落到村庄里，是一道紫色的霞光。

我承认，我有一份安静情结，村庄的安静，于我有着同一气息。我仿佛来到自己的身边，自然，亲切，我静静地走向它……

三

我们沿着溪往里走。

溪面上有石桥、汀步桥，大小三座横在溪流上，就这样，我们从一座桥走过来，再从另一座桥走过去。

走在溪水边宛若沾染了那一丝丝的清凉、碧透，身心都轻飘起来。

溪水带来的是徐徐凉风，水面微微褶皱的波纹，水底清晰的小石子，水面上田鸭、野鹅悠游的自在，溪中的红鲤，还有几只蝶螈，给这溪水点染上红的、白的、黑的色彩，这一切，无不令人感觉这一汪清水带来的安适惬意。

光线从山头斜射到溪水中，闪闪发亮。

溪岸两边，一边是小石子路，连着的是有些破旧墙垣的老屋；一边是宽阔平坦的水泥路，连着的是住着村民的老宅或新居。

古石墙，古宅，墙头长着杂草，它们似在谛听着我们这远方的足音。一株玫红色的花朵从另一个墙头探出头来，给破败的古宅带来鲜活的生命。

四

美好的事物多么寂静。

在庭院边穿梭，四处静悄悄的。

小石子路，路旁一块块小石子堆砌而成的围墙，它们都在静静地延伸着。围墙里，一幢幢的木房子，颓废、倾斜、有的甚至坍塌，却抒写着一段段往事，阳光落下，散发出的是木质的香息。

在一幢保存完整的四合院里，一个满头银发的阿婆站在院内的空地上，捋着从田间拨回的青草，看见我们微微一笑。

坐在屋前的百岁老人，在静候时光的流逝，生命对于她们来说已是一个完满。

还有几个村民坐在庭院前聊天，他们有的坐在竹制靠背椅上，有的坐在石子堆砌的门廊上，他们说话的声音平淡恬静，丝帛般沿溪水缠绕。

在溪水的尽头，就是斜斜的山脚下，一畦一畦的农田，田埂上冒着白烟。山边有一个小茶厂，厂门口晒着白茶，大门敞开，我们走进去，清雅的茶香萦绕。

五

暮色渐渐轻盈起来。

我们逗留的时间短，并没有走进一座座古宅，也没有时间去细细品味村庄古老而浓厚的文化历史。

但这个安静的村庄，这条安静的溪流已安然停歇在我的脑海中。

他们就似一块净地，一个灵魂的栖息地，静静地落座在大山深处。这就是偏远而安静的村庄，它的名字叫仙蒲。

童年的四合院

一

幽暗薄明，房间里，唯一的一扇窗挤进一丝微光。天，还没亮。

一扇窗，掀开的即将是光明，黑暗即将离去。这一刻，我在默默守候黎明的到来。

窗外，是个怎样诱人的天地：大片大片的农田，应和着蛙声虫鸣，青草花香。可它们此刻还在睡梦中，在等待被催醒。

终于，尖利的鸟儿一声一声地叫响，此起彼伏，渐渐地，鸡鸣狗吠……

随着隔壁舅舅的一声咳嗽，天终于亮了。

木质的窗户，用支架撑开，第一缕晨曦透进，照在外婆古老的雕花大床上。

这一丝微光从我的童年一直扑闪到现在……

二

一根长长的粗大的圆木棍被移开，厚重的木门"吱呀"一声打开。

整座四合院苏醒了。

外婆在灶间生火烧水做饭，院内的大人小孩也渐次起床。我搬了张小小的椅凳，坐在大门外的围墙边，阳光照在身上，暖暖的。

早起的农人，扛着锄头从面前走过，有多少风声在搬运流光，就有多少欢笑留在田间。

小我一岁的表弟，常常会在玩累时，跑到大院门前的一块菜瓜地上，用脏脏的手掰下一个瓜，再一掰两半，他一瓣我一瓣，脆甜，鲜香，孩子们的天真无忧就是这样的吧。

田埂边是我们不断奔跑玩耍的地方，高高的玉米地，甘蔗林，稻田等，总有无穷的乐趣。黄澄澄，金灿灿，绿油油，白花花，从田间流向心间的就是这些自然的色泽。

三

盛夏时节，整个四合院都弥漫着茉莉花香。

大院侧门外的一大片茉莉花园，阿姨们都会在午后戴上遮阳帽，披着白纱衣，去采摘茉莉花，浓郁的花香飘十里，仿佛徜徉在花海中。

一朵一朵洁白的花在绿叶当中点缀，饱满丰润。阿姨们采摘完之后，装在尼龙网袋里，等着有人来收购。每年此时，四合院是热闹的，好多村子里的人，从他们自家采完茉莉花后，都会等在院里，一起让来收购的人带走。

阿姨们，有时会把茉莉花戴在头上，或别在衣服上，或放一把在房间里，浓郁的香味久久不会散去。

蓝雨

调皮的小姨偶尔也会把刚采摘下来的茉莉花蕾塞在鼻孔里，太香了，这时外婆就会嗔怪道："不能这样闻，会破坏鼻子嗅觉的。"

在童年，这一大片的茉莉花，这一抹的浓香，是无法抹去的记忆。尽管现在基本很难看到茉莉花园了，而弥漫在四合院里的茉莉花香，不曾离去。

四

四合院的后门也是大片的农田，田埂边有一条小溪流，清澈甘洌，它滋养着院里及过往的人们。

清晨，女人们在这里洗涤衣物，傍晚，下地干活回家的男人们，会在清溪里洗去一天的疲累，而孩子们时不时地光着脚丫在清溪里淌水。

离清溪不远的地方有一条小河，河面上有座碇步桥，一个个小石墩整齐排列，我们最喜欢在上面蹦来蹦去。

小河边还有一大堆的小石子，对于小孩子来说，这不能不说是另一个乐园。

夏天的傍晚，我们在河里游泳或洗澡。

很多时候，一只全身灰褐色的水牛会和我们一起泡在河里，它离我们比较远的地方，它的大块头，总给人一种憨憨的感觉，我们这群调皮的孩子也全然不去理会它，似乎它也很喜欢静静远观这群水中嬉戏的孩子。

五

四合院的卧室和厨房都是设在一楼，我始终不知道二楼是怎样的。

通往二楼的楼梯分别在大堂左右两侧边门的旁边，楼道又窄又黑又长，以前没有灯，且在二楼正对着大门的位置摆着供品，对小孩子来说无形中又增添了一丝神秘与恐惧。

一次夏夜，月色撩人，大家都在院子里纳凉。突然，整个的漆黑一团，伸手不见五指。

"天狗吃月亮了。"

只见大人们随即跑回屋内，拿出锅碗瓢盆等，回到院墙外用竹棍敲打，连敲带喊的，响声震天。当时还真以为天上跑着一只狗，把月亮整个吞下。在大家的努力下，终于把天狗"打跑了"，月亮又慢慢钻出来了。

这段记忆，直到长大后才知道是月全食现象。而大院里的人们居然还守着这样古老的习俗。

六

青砖黑瓦的四合院，是大公和他的兄弟们用勤劳的双手——堆砌而成的。"文革"时，差点因为这四合院而被批斗，大公是富农，不算是地主，但外人总把他认为是地主。

随着外婆的离世，与外婆相伴大半辈子的四合院，在我脑中生根，发芽，开出繁茂的枝叶，覆盖着我的天空。我无法从它的羽翼下逃离，只能从日渐模糊而又偶尔清晰的记忆中，一遍一遍地淘洗。

现在，新兴的工业园区在这块平地落座，而四合院，清溪及四周千余亩的农田，就这样落幕，消失。幸好这座四合院被当成古宅保护起来，并没有完全逝去，而是搬迁到另一静谧处。

这座铺满阳光，点染绚烂童年的已"消失"的四合院，在我的脑海中被定格，挥之不去。值得信赖的美好时光，就是会在我们不断往前的人生中愈加光鲜亮丽。这是内心恒久的一种温情。

村庄守护者

很多老人守在村庄里，他们是真正的村庄守护者。原先还没觉得，直到我来到这个村庄，我相信，村庄就是一个个的老人，在他们垂垂老矣，依然坚守着祖辈父辈留下来的土地，他们的孤独与沉静，也许只有村庄才真正读懂他们。

一到村口，就见一位老人，耷拉着脑袋坐在门前靠背椅上，双手交叉着放在胸前，双眼紧闭。他穿着深蓝色外衣，军绿色裤子，脚上是土黄色塑料拖鞋，黑色袜子上破了个大洞，脚趾头裸露着。估计是在睡梦中，正午的阳光正好落在他身上。

往村里的小路走，一座破旧的敞开着门的木房子，高出路面。土灰的墙壁差不多掉了大半，露出里面的竹篾子。木门里插着木削，门上有裂缝，小小的木头门槛，有黑色的苔藓，有点腐朽，在门槛接近地面的小角落里还有一小撮鲜嫩的青草。我跨进门槛，一个老人坐在灶台前吃午饭。他看了我一眼，淡淡地问："你吃了吗?"我微笑说还没，仿佛我是他的邻人。房里的地是泥土的，光洁平整。灶台是水泥堆砌，上面有两个大铁锅，盖着锅盖。灶台上放着很多塑料的瓶瓶罐罐，整齐摆放着。灶台旁边有个木制碗橱，看上去已有些年份了。最吸引我的是房子中间有个木梯，木梯通向楼上的阁楼，阁楼顶上根根木头横着，也有些腐旧，高高垂挂着老人晾晒的衣服，还有一个簸箕也悬挂在上面。很想踏上去看看，终还是觉得会没礼貌，也就作罢。

从木屋里出来，一个精神矍铄的老人，微笑着立在小石子路边，看见我，友好地问候起我来，说他自己曾是这个村里的干部。我问他的房子在哪里，他指了指山上的一排房子说，住在上面。那是有五六间并排着的房子，外面看着也破烂不堪，土灰掉着，竹篾露着，老人的衣服用长竹竿撑开晾在墙壁上。中间是个大厅，二层一半门窗紧闭，一半黑洞洞的，看上去就像是闲置着没人居住的样子。老人说孩子们都在城里，有叫他去居住，可他不习惯，觉得还是待在这里好。一个人就一口饭，自在。种点茶，采摘，拿去卖，一年也就够自己一个人的口粮。在农村，并没有别的需要花钱的地方。

我们再往前走，也是经过一个破旧的院落，在一间木屋里，有两个老人围着四方的木桌子吃饭，显然是俩老伴。桌上摆放着好几个大粗碗，看见我经过，同时抬头看着，房里的格局和前面一家差不多。

最令我感到揪心的，是接下来到的一间更为破旧的木屋。一个满头银发，形容枯槁的一个老人，坐在灶台前吃饭。很大的碗，捧起来基本把脸都盖住，她的眼角挂着泪，脸很小，身体很小，脚也纤细，都不忍心多看一眼。原是村干部的那个老伯，跟过来说，她也差不多就是等死了，一阵心酸涌上心头。

她还有个老伴，眼睛已经瞎了，躺在旁边的一间房间里，那房门是敞开着的，老伯指给我看。我问谁管他们，他说他的儿子们住在前院，三顿饭会煮好送给他们吃，这还好。

老人，老屋，老村落。也许我们根本不必诧异，生命原本如此，孤单的村落，因着这群孤独的老人得以延续。他们在坚守中慢慢老去，其中的无奈与孤寂也许真的只有村庄与土地理解，真正眷顾他们的是日升月落，是缓慢行走的光阴。

我们来得匆匆，去得也匆匆。离开时，回荡在村里的广播，渐渐远去，渐渐消逝。

蓝 雨

林承雄

—————————|作品

林承雄，1969年生，福建师范大学教育硕士，福建省福鼎一中高中部语文教师，中学语文高级教师。曾在《散文选刊》《诗潮》《诗林》《福建文学》《宁德文艺》《闽东日报》等报刊上发表散文、诗歌、小说等作品。

行走八达岭

八达岭长城，我向往已久的一个去处。

这个艳阳炙烤的夏日，我终于得以圆梦。

我是从水关口登城的。旅游车到达景区入口处，扑入眼帘的是一段起伏绵延的城墙，静静地卧在银亮亮的阳光下，那满目葱茏的青山是他最舒适的眠床，此刻它似乎特别的慵懒。

由于是跟团游，导游给的登城时间仅两小时，终点是不远处山巅城墙上竖立的红旗处。导游说，依我的体力，一个半小时足够来回。

早就有伟人说过："不到长城非好汉。"登长城，究竟是怎样的滋味，我倒想尝尝。

我缓步拾级而上，那"v"形段陡升处砖砌的台阶居然有一尺多高，每一步近乎高抬腿。还没走多久，浑身就已大汗淋漓，而且觉得呼吸都有些急促起来。最陡处的一段，估摸有七八十度，一级一级台阶冷冷地横在你眼前，这是你才发觉那慵懒中的肃穆苍凉的气息，正一点一点从古旧砖石的细微裂隙里隐隐弹射出。往上看，是不知穷尽的城墙；往后看，也是不知终止的城墙。而此时登城的人，只能匍匐着，使出浑身劲力，迈开腿一级一级跨；伸出手抓牢旁边架设的扶手，一步一步向上攀。

走走，歇歇，不觉就爬了近半路程。到了最陡的一段，我先在城堞处略憩一会儿。回望下方，步道上是一个个蠕动着的身子，犹如负重的蝼蚁，于此百千年的城墙而言顿感人的渺小。仰视前方，是一双一双艰难移动的步履。尤其是身材臃肿者，此刻攀爬就更显狼狈。上行的，须得俯背贴胸地倾向步道台阶，双臂死死搂住扶手，向前抬步；下行的，只好弓腰提臀，小心翼翼地往下探，先是伸出一腿去点，待落稳了台阶上之后，再放下另一条腿，扭动身躯，颤颤巍巍，左瞻右顾，双脚都安妥了后，全身才缓缓降下、归位。抹一把额头的汗，"咕咚咚"灌一口茶水，又战战兢兢地拽着扶手，继续倒退着向下挪。

注视着如此费力攀爬的场景，我的思绪突然窜到千年时光前的那段烟尘滚滚的岁月。狼烟四起的日子里，也是在这样高陡峻峭的城墙上，那些戍卒们又是如何健步如飞、迎击来敌。如今，我们轻身一人爬行，就已是倍感疲累不已；那些铠甲装束、兵器随身的戍卒，又何以能剽悍迅捷地投入激战。散步者或许永远难以真正理会奔驰者的辛苦。谁能料想，沧桑数个世纪后的逶迤的城墙，只成了人们游赏凭吊的风景？治平时代中的人或许只能从书册或影视的硝烟弥漫的场面中去体验那动荡乱离的惨烈了。

或许是初来乍到的缘故，我登临终点处，还算顺畅。沿途上有好几处悬挂有"不到长城非好汉"的旗帜或标牌，供游人留影纪念，还有颁发"长城好汉"证书的玩意，挺幽默的。倚身垛口，远眺巍巍青山，青山幽谷处的俨然屋舍、缕缕炊烟，间有鸡鸣犬吠于风中隐约送入耳际，一种淡然的平和气象，让人心无端地沉静下来。内心深处的质疑，在那自关外驶来的火车的坎坎塔塔的滑过钢轨的声音中汩汩冒出。

筑城而安这一封建时代的长治策略，早已暴露了其脆弱、迂腐、自闭的一面。在今天这样一个日新月异、高速发展的信息社会，一座物理的城墙还能阻挡住什么，又能安守住多久？那在夏风中静寂的箭楼，它那青黑色屋脊之上的高远的空际，一架银白色的飞机正轻轻掠过云层，划开一道长长的白带子，似乎它在告诉人们，这座曾经辉煌的城墙如今的寂寞与失落，或者说是它以一种寂寥来抒写献给那未来世界的警诫！

九霄碧云洞幽思

什么叫"别有洞天"？

去了一趟九霄碧云洞，我终于有了答案。

九霄碧云洞在浙江富阳境内。

去的那一天，是深冬时节，山寒水瘦的，游人稀少。

从山脚坐轨道登山车，于灌耳风声满目翠绿中，倏忽之间就到了九霄碧云洞外。沿着逼仄山径到人工隧道口，行进百米左右，就到了另一神秘的洞天。导游说，这里是亚洲第一大天然岩洞，洞内净空最高处达 24 米，方圆 2.8 万平方米。底部大致平整，可容纳千余人。地面也是全然为石，有低洼处形成水池，是洞中流泉、石壁滴下水积成；有突起处状如笋如柱，是钟乳结晶。仰观洞顶，或平如砥，或垂如幔，或凹凸跌宕，或舒卷起伏，叫人不得不拜服于大自然的鬼斧神工。

洞内布有人工灯光装饰，给人以恍若置身琼瑶仙境一般。洞厅开阔，有三两钟乳石柱巍然而矗。在人造光线的装扮下，更见瑰丽多姿。站在那根号称"擎天玉柱"的洞内最大的钟乳石柱旁，面对那沧桑时光蚀刻的沟沟壑壑，此刻的我不由觉得自然之浩渺而生命之须臾。

试想，那些在漫漫时光中一点一滴地零落、堆叠、塑造的钟乳石，要倾流多少磨折销损的泪滴，才能换来这一副副各禀神韵的或曼妙或绰约或奇崛的风姿秀骨，才能赢得遥远未来的那一声声由衷的激赏与慨叹！

伸手摩挲那皱皱折折的石头，是隐隐微微地沁入你肌肤的冰凉，那是涵蓄了浩浩黄沙般无可穷尽的时光之后的静和冷，是未知始无知终的亘古的蛮荒，是一丝一缕契入人的灵魂深处的庄严与高峻。在这一触摸的瞬间，我蓦然读到了何为孤寂的力量何为永恒的强悍?!

耳畔依稀有或叮叮咚咚、哝哝哒哒的流泉滴水的声音。我忽发奇想，也许只有这寂寞的水声才是这些石头的知音。这些身边日日夜夜淤积的磨难，都执着地朝向一个茫远未来的具象。因了这样一种命定的归宿，它们已丝毫不忌惮这深陷洞窟的寂寞、孤独、黑暗、阴郁……它们内心深处埋藏的是无比坚毅的信念：总有那么一天，阴霾终被驱散，光明遍照我身；我会听到那些发自肺腑的啧啧惊叹——大圣迎客，法安降虎，西天取经，宝象觅食，金龟爬壁，神针定海……亿万斯年的造化修习，终于赋予这些无声的石头以神形兼具的意象和灵性。

当然，这样的神幻世界，全在于登临者的驰万仞骛八极的遐想；而这些静默的石头似乎并不在意，它们积攒的步履仍未停歇，此刻它呈现给游客的型塑，在接踵而来的下一刻，又有了悄然的变化。它们的生命词典里，你难以界定孩提、青春、暮年的确切义项。从何处来，我们已无法复原；向何处去，我们更难以企及。生命的分界早已模糊不清；它，每一分每一秒都在蓄积。而我，只是在与之偶然的相逢间，拨动了它生命的某根琴弦，它就给了我一种汪洋恣肆的回响：有多少孤独塑造了不朽的精灵，有多少黑暗酿造了珍贵的光明，有多少寂寞书写了伟岸的英姿……

此刻的我犹如悬挂于洞窟某处的蝙蝠，在幽思的天空里飞翔。要不是导游"回程集合"的提醒，我可能还漫游于与这些洞窟的"原住民"的对话中。

洞内倒不怎么觉得十分阴湿，而却浑然有春日的暖融。先前洞外的萧飒阴寒之气仿佛刹那就消遁了。导游说这里是冬暖夏凉，洞内常年温度在摄氏十五六度，怪不得有如坐春风之感。

出洞后，约莫午后三点多钟。冬日的阳光淡淡地洒在人身上，凉意泅泅袭人。

随手折一支叶笛，随意地吹响。边走边琢磨"九霄碧云洞"五个字，却有一种升天入地的梦幻，那些遥不可及的高处，我在这幽深的洞天里抵达了。

让天空多一些云彩，让心灵留一处虚空！

那些生命中的慢和静

在当下这个"提速""高效"充斥一切的时代，慢、舒缓、沉静，已然成了一种不合时宜的奢想。高铁肆无忌惮的奔驰，网络畅通无阻的抵达，把人们带到一个似乎无法驻足难以优游徜徉的变态的时空中去。愈是快，人心愈是难以安静下来；愈是快，人心就难免浮躁和乖戾。

真的非得如此奔命吗？其实，生命中更有诗意的还是那种淡定、从容，生活中更耐人细味的还是那些静谧、缓慢。

譬如，当我们在书桌前安静地坐下，拧开台灯，展开米黄色的竖格红线信笺，握一管羊毫小楷毛笔，蘸着砚台上刚刚磨开的芳香的墨汁，让浸润着似水柔情的文字，如同一朵朵绽开的花儿般，落上纸页，遥想远方接信那人的欣喜……这时，你可能发现手机、E-mail、微信之类那种迅捷与粗制滥造，岂能与这种古典的娴雅、静穆相比？

譬如，流连于山阴道上那些透过松荫落下的细碎的光斑，注目于黄泥小径上横亘路面抬着青虫的密密匝匝的蚁队，凝神于菜花金黄瓣团簇的红蕊间贪婪吮吸的蜂蝶，或者惬意于一阵呼啸的山风掠过，后脖颈一阵儿冰，脊梁上好似下了霜，透过心尖尖的清凉……在慢与静中，你才会发现世界原来的美，有太多都在你不经意中错失了。

犹记得，幼年时在外婆家的暑假。农闲了，外公就砍了自家后门山栽下的青竹，破开腔膛，割去尾梢，剖出篾青与篾黄，晒、烤、烘、压、刨、锯、斫……繁复的工序下来，料备停当了。择个吉日，于午后阴凉的院墙根下，拉条靠背竹椅，系上围裙，安坐下来编起竹器来。曾经握锄、使锤的满是厚茧的手，此刻可是如绣花一般轻盈柔婉，斜穿反插，横贯直搭，扭，卷，拉，结，抻，剪，刻……看得你眼花缭乱。片刻间，白生生，青晃晃，一只只提篮、背篓，或者箩筐、簸箕，就在院子空地上一字儿排开，仿佛校场上整装待命的战士。累了，他仰头灌一口黑褐色的粗茶，然后拧起水烟筒，狠狠地填上一斗自家切制的金黄色的烟丝，"哧啦"，刮了根火柴，那幽蓝的火苗儿一闪，烟丝在火光中打了个卷，又倏地散开、寂灭了。他深深吸上一口，"吧嗒吧嗒"声响，眯了眼醺醺然，仿佛入了蓬莱山；片刻，一圈圈儿烟圈自鼻孔下涌出、升腾。那畅快劲儿用他的话讲就是"做仙"，五官开窍，四体通泰。之后，他顺手掇过他的作品，把老花镜架上，细细端详起来，仿佛严格的检验员。切、刮、磨、调……又是一阵子流水般连贯地摆布，再眯眼看去（老花镜欲坠未坠的），这下"将军"的脸方才漾起笃定的笑窝；然后再填上一锅烟，"吧嗒吧嗒吧嗒嗒"抽起来，于烟圈缭绕中冥神默想，间或哼上三两句戏文，"俺秦叔宝……"手艺活的慢与静中，是外公如村头古井般沉潜的心。

年少时，我还真诧异，他能省下多日的酒钱，让我带他去小镇上的新华书店买一套《三国演义》消夏。以后的那些记忆中的夏日中午，午憩的外公就是从《三国演义》开始的，他看得很慢，几乎要把每个字吃进去。而他睡下了，那《三国演义》就是我的饕餮之物。我只记得梗概，他醒后一考问，我就七零八落了。"哎，小孩子家，心要细些，书才看得进……"外公怜爱地敲敲我的脑壳，唠叨道。

　　夜间村头纳凉时，外公的"说古"就成了村人的最爱。那个时候，村上还没电视，电也还没通上，但是"说古"居然也成了消磨时光、松解疲乏的好办法。慢节奏的章回，在悠远的历史中，他们似乎得到了暂时的补救……蛙声䗯鸣里，那些一遍遍被咂摸的历史演义中的世道人心，在星光与月辉下，愈加分明；松风柳影中，那些野草般朴素的梦，在静夜下缓慢地生长着。

林承雄

冯文喜
——| 作品

冯文喜，1973年8月生，福建省福鼎市人，字贯之，号草堂山人。现为福鼎市文化馆馆员、福建省作协会员、福建省书法家协会会员。出版《冯文喜书法作品集》，发表了《草堂书院》《山林絮语》《千年潋城》《漂流的航线》《姥山流传长溪茶》等30多篇代表性散文作品。《繁华流水石矶津》获天津市第二十四届"东丽杯"全国孙犁散文奖单篇散文类优秀奖。

道 中 传 奇

一

想必那时山还是如今的山，石也是如今的石，云也是如今的云。洞也一如古今。

许是一切了无痕迹，便进入自然的境界。古人说"发自天然""天人合一"，可能就指的是这种境界。

先看看这座山，位于东海之滨，从汪洋到陆地，因了这座山，便一切水乳交融。往东可以看，烟波浩淼；往西也可以看，群峦起伏。这样日出日落，又加云蒸霞蔚，便是人间神仙福地，今人以"海上仙都"喻之，是再也贴切不过的。

但人们还是有话要说，在那样遥远的古代，我们这座山是如何从纯自然踏入这方道教文化的旅程呢？如果没有什么明显的标志说明，这段过程好像沉寂太久了。

只有山下的涛声依旧，山上的石洞依旧，云雾也依旧。道人如何到山中来，本身已是一个相当艰难的传奇了，再说还要生存下去，还要修行下来，就更不容易了。

许是那时的人没有现在人这么多欲望，简简单单成了他们最理想的生活方式，也是他们对话自然的最好方式。如果有此志，那就往山中去吧，过物我两忘的日子，是最好不过的了。

但事先一定要考虑清楚，看花听鸟可以，还须耐住寂寞的功底也要好。也一定是功名利禄的追逐，让不少人在这座山面前彷徨留滞。于是这山也不再记取物欲熏心的逐利者，反过来，山也因人的修为不够而削弱了名气。

尽管山还是山，洞还是洞，云还是云。

幸好有一位叫容成子的人，是黄帝时代的道家人物，不以万里为远，志在名山，相传太姥山还留下他当年修行所用过的石井、石鼎、石臼等遗物。

然而这些物件也没有什么痕迹可寻，有关容成子的故事，已如唐长溪人薛令之（683～756年）在《太姥山》诗中所说："扬舟穷海岛，选胜访神仙。鬼斧巧开凿，仙踪常往还。东瓯溟漠外，南越渺茫间。为问容成子，刀圭乞驻颜。"

我们每一次抵临太姥山，想从这方山石中解读一个仙风道骨的印记，恐怕是不能的了。山的虚无缥缈，暗合了后面的传说。后来者并没有感受到容成子的到来，为太姥山生起了第一口炼炉有多大的意义。

但不管怎么说，容成子的到来，让寂寞的山中发出了修道的亮光。容成子的时代距离我们是那样的遥远，以致无法再领略到历史天空中划过他老人家的点点星光。

他在太姥山有关修行炼药之事，成了开启这座大山的前奏，也是记载于地方文献中的一个古老的传说。

我们力图在司马迁《史记》等相关史书中，寻找容成子在太姥山的更多足迹，也如同步入茫茫云雾，寻觅不得。

传承道风的是太姥娘娘，她接过容成子的拂尘，也接过一部史诗一般的传奇。至今人们仍弄不清她的身份，是神话的人物还是道上的人物，似是而非，无法确定。不过，这也挺好的，一个人物的扑朔迷离，往往是酿造传奇故事最需要的调料。

宋《三山志》上载，太姥原叫太母，是山下的才村人，山称才山，又叫太母山。汉武帝命东方朔授天下名山，册封太母山为"天下第一山"，并镌刻于石，并改"母"为"姥"。

我们姑且把太姥娘娘拉过来列入仙班，因她有最为光彩的一段历练。世传年轻的太姥就发善心，有道士曾在家门口求水解渴，她古道心肠，捧出当时最好的饮料"浆汁"给道士喝。她的慷慨深得道风，于是道长传授九转丹砂法给她，让她在岩洞梵修之后，于七月七日这一天，乘九色龙马羽化仙去。

太姥娘娘入道成仙的传奇经历，似乎在昭示世人，心存善良，加上修行，必成正果。如同精心守护一座果园，秋来终会硕果累累。

我们还是到太姥娘娘墓塔前看看，或许能有所领悟其中的真谛。作为道中现存历史最为久远的一处古迹，而今的太姥墓塔是民国三十二年（1944年）僧人进杭重建的石构建筑，龛门置阴刻行楷楹联"姥峰耸秀留仙迹，宝塔重新耀法身"，塔顶有石匾额四个字"法身常住"，显然这已是释、道二宗自然整合的结果了。

石塔铭文"尧封太姥娘娘舍利塔"，字样清晰可读，曾记为唐玄宗赐题。能得到帝王的御赐，这在古代是不得了的事情。可惜千百年来，世人没有太多在意这份荣耀。

唐时有修行的人物，还有陈蓬，号白水仙。据《福宁府志·人物志·方外》载，乾符年间，从海上驾一只小船而来，在后岐安家。曾在自家所居之处，题写房联"竹篱疏见浦，茅屋漏通星"，他与林嵩是同个时代人物，经常有诗文交流，后来不知所终。

相传，白水仙著有《地理志》一本，《阴阳书》七十卷，《星图》一卷，在世时曾授给同乡黄忠老人。后来，黄忠老人将白水仙这些著作传授给林嵩之裔孙林仲荀。

在福鼎境内，与太姥娘娘一样修得正果、英名于世的道中人物还有一位，就是马仙娘娘，她在民间流传的也很广，但一直处在乡下，知名度并没有提高。随着城市化进程的加快，民间传说的人物渐渐地被遗忘，不是忘却于记忆，就是相忘于文献资料。

世传温麻里马氏之女马真人，于乾符中，进入昆田马冠山炼丹，后来也仙去，山上留下庙观。马仙炼丹于此仙去之后，只遗下井臼。看来，修道炼丹也只有那几件石器罢了。

马冠山现隶属于点头镇大坪村，山势突兀高耸，好像凭空拔地而起，是地标性的自然景观。我们每一次进山，遥望马冠峰，都为它标杆式的景观而惊叹不已。

宋杨谆写有《马冠山》诗："陈家宅废桑畦暗，马道冠亡羽观空。惟有山南古程氏，雕檐一簇翠烟中。"后来马冠峰下的村庄因山而名马冠村，又可能是马真人得道学承于昆仑山全真，故又称后崑。

清末，白琳诸生吴念祖，作"马冠庄即景"组诗，其中之一为《冠峰凌云》："嵯峨拔地气何雄，云雾薰蒸望缈濛。谁得履跻登绝顶，翘闻鸡犬吠空中。"描写了此山气势不凡，及那云雾缥缈的胜界。在这里做一道人，虽说是传奇，但仍然可信。

于是，这座山秉持钟灵毓秀、云蒸霞蔚，博得古代隐士、道人的青睐，自然界的美好景色是如此的叫人留恋。

许是梵修才是眷恋人世的极好方式，道家做了，做了便成了传奇。

二

我们一直在做努力地寻找，渴望在这方山中能觅得如寺庙一样的道教古建筑，以印证山中曾有道风。

许是已经寻找不得，山中的宫观遗存保留得太少太少了。造成这种情况的原因，我们想，无非有两种：要么道家的宫观本身规模太小而无法立足于山中，要么就是佛教的规模大于道教，实施了兼容、兼并，致使道家杳无痕迹。

是这座山没有足够的条件供应道人来梵修吗？还是这一方水土中人没有足够的修为，无法光大道学的重任，致使道风衰微，无力打造上规模的建筑。

根据史书记载，真大道、太一教都发端于金朝，全真教形成规模也是处于宋、金之时，不过，它们都远离滨海。唯有正一教，世代主领江南，才最有可能进入并影响了这座山的宗教格局。从这个角度看，山中不大可能保留道教古建遗存。

民间氏族参与建设宫观，在当时反而成为一种可能。我们一次偶然翻阅到民国版《王氏宗谱》，记载一篇宫志和道事祭文，并在手绘图纸中，看到

冯文喜

邱九宫所处位置和四周景物。图纸有两张：一是邱九宫图，另一是宫中的一口巨大的洪钟图。

这个宫名为"邱九宫"，据其宫志载，是桐岗望族王氏始建于宋理宗宝祐年间（1253～1258 年），坐落于城内莲池境，前后两进各三溜。

宫前一条溪水东流，过小南门左孔洞泄于小南门溪。东岸一堵高大坚固的石坝横亘于前店村，几丛翠竹，几落屋舍，构成城外宁静的村落。

城郭环绕，小南门城楼雄伟壮观，古街、民居、老树、小桥、亭台组成城内的景色。

宫内塑绘道中人物太后元君、邱九公及王氏始祖善辉公。按例行春、秋两祭，春在正月初八，秋在九月十五。

祭文工整，择几句放在这里，如《祭邱九公文》："惟神正大，显赫威扬。驱魔逐疫，护善卫良。恩普苍赤，术精岐黄。迹显洞府，德被桐岗。"

如《祭太后元君文》："惟神德厚，化育资生。花桥显迹，临水垂名。法深沧海，恩被桐城。"

但邱九宫也不是纯粹的道家修行的宫观，它主要是氏族奉祖祭祀的民间宫庙，且也时过境迁，邱九宫只保存于一份氏族谱牒图纸中。

从志书的艺文中我们还发现了一处宫宇，叫三元宫，另外还有一处记载说，叫"三元院"，在县治南关外。不知这同样叫"三元"者的宫宇是否指同一处建筑。但无论怎么说，这块宫地当是道教之宇无疑。

我们还是看看明代张纶是如何描写三元宫的建筑特色和道人的生活景状：

宫前一木桥梁横跨如虹，东风徐徐送爽，如入上天胜界。风云、霜露、花叶、梵香，点缀了一个清静无为的境界。炼炉里的火焰还在燃烧，想必能出好的丹药吧。石室一尘不染，让人忘记了漫长的岁月。

这时，一位发须银白的道长飘然而至，说兄弟啊，请喝一口我宫中酿造的松花吧，润润你的肺腑，退退你的火气，补补你的精血，那才是神清气爽呵！想必松花堪比九朝古都中的那些陈年美酒吧！

清代吴名夏也对《三元宫》有所描绘："人稀知境远，野旷觉天宽。身与时俱进，心依道自安。竹疏宜对酒，花好且凭栏。何物酬清供，旃檀香一盘。"

从诗描写的内容来看，三元宫当为道教宫宇，且住有道人，当是真正意义上的一座道观了。但未知三元宫在什么地方，看来这座宫观也只存在明清两代的诗行中了。

除此之外，三元宫没有留下任何的遗迹。

寻找道教古建遗存的过程中，我们还是有一份惊喜的发现，在潋城《杨氏宗谱》中，收辑明成化十六年（1480年）杨氏二十二世孙杨塽撰写的《重建石湖东观志》。

石湖东观是一个叫公平道人的修行场所，也是地方文献中记载明代的一个道观，公平也是真正名义上的一个道人。

那时潋城自然生态环境极好，有蓝溪潋水东流，汇聚石湖潭，岸上有一大片的枫叶林，秋冬之时，霜叶红花，绚烂无比。

经风风雨雨近三百年后，石湖残破不堪，栋宇倾颓。

这时族人杨任出来牵头说，不行哪，这是祖上的基业呀，不可毁于我辈。大家都来石湖看看，咱们有钱出钱，没钱出力。这样鼎建石湖祠宇，前后共两进，内进立紫阳朱子神位，并置朱子学生杨楫香位。

族兄杨塽以进士出身，任福建右布政使。这一年，他出任浙江瑞安知州，回乡看到石湖面貌焕然一新，大为高兴。

但更令他欣喜的是有位在给自己祖上守祠的道人，他来自严州，云号叫公平，却是才华出众，不仅擅长楷书，精于墨竹，还能作诗。杨塽对他更为敬重，出面请求公平道人赠书法、绘画，并题诗于祠堂，为石湖添色。

当然，族人付了润笔费，并提供衣食住行，还精心建造了一个小阁楼，以作修行静室。虽是小楼，族人也花了三个月时间才建成，这就是著名的石湖东观。

建这家道观用意何在呢？用杨塽的话说："余冀子孙百姓履斯地、登斯楼，知尊师重道者在是，爱亲敬长者在是。有关乎治道大，有关于风俗也。

遂书以为记。"

不知公平道人随后是否培养过一批弟子，以发展壮大石湖，也没有再查找到文献记载这位道人后面的一些事了。

现在想来，如果他能立石湖教就好了，怎么说也像是开宗立派。只是他作为这方道中一位代表性人物，让我们有可触摸的感觉，尽管也还是随后的风风雨雨，包括这一小道观建筑，消失于尘埃之中。

关于太姥山的道教文化遗存，这里还要再提一下明代人物熊明遇（1580～1650年）。

熊明遇治兵福宁期间，曾于万历四十八年（1620年）三月、五月两度登临太姥山，有《登太姥山记》，及多首吟咏太姥风光之诗作。

其中有《鸿雪馆》诗："欲种玄都树，希求煮石丹。树开红雪落，丹熟白云寒。列笋关银牒，攒茅护玉坛。肉芝如可采，鸿羽愿高骞。"作者注脚文字有"太姥山新建之馆"。

恰逢太姥山新建馆舍落成，熊明遇初登太姥山，遂题名"鸿雪馆"。他在《太姥歌》中写到了"且为署题鸿雪馆，武陵春水学仙踪"。以上这两处，字里行间流露着道教迹象。

从石湖观、鸿雪馆之后，我们已难以找到真正意义上的道观、道人的足迹了。这座山有足够的魅力，兼收并蓄，从容自我。

这座山的宗教文化似乎不尽纯粹，佛教占主导后，道教渐淡，尤其是从事行道的人物稀少，加速了道教的衰落。但民间对道教的信仰并没有衰退，在村庄的边沿地带，一般都建立有宫庙，有的村庄还建有好几个宫庙，然不尽是道人修行的宫观罢了。

此后，境内的道事别开生面。宫中祀奉道中人物，平时由村上的首事或头人负责管理，点灯、上香也尽在其中。遇上福期，则延请道场，做上二三天，以保平安无事。村上循例要付报酬给做道场的法师，凭借民间信仰的力量，道场的科仪在传承，而做道事也成了一种行业。

似乎真正道家修行的方式已远去，道为治身的境界有了新的说法。

三

这座山一直以外雄内秀而著称，雄厚因于山石，秀丽也因于山石。

我们进山仍可以欣赏山石肖形，还可以品读山石上的摩崖。在这样的只言片语中，赋予了山石以灵气，也让我们获得了那遁入历史中的消息。

任何的文化在我们的早年记录档案，都力图在石头上留下一笔，这是传统的做法。深邃的道教文化，也往往镌刻于石。我们还是在云雾升腾的山之巅峰，拾得几方摩崖石刻，尽管如此珍贵的遗存，一直深藏于若隐若现的烟云之中。

过了山的七星洞，回头遥看洞口，在石壁上有"丹邱磴"三字。丹邱在道中即丹丘，是传说中神仙所居之地。

太姥山丹丘，相传为黄帝的老师容成子炼丹修道的地方。往洞口还得拾级而上，即磴阶，那是道人仙去的石阶，由此修成正果，进入仙界。

可惜不少游人只在山的下面走走看看，忽略了此间境地，难以从中领略神仙洞府的胜界。丹邱磴摩崖无署年号，只在明清不少文人的诗文中出现过，像是说明了它所作年代的最后年份。

从丹邱磴而上，过紫烟岭，前方一古刹即摩霄庵，有"福地洞天"等石刻，组成白云寺摩崖群。

洞天福地，是道教仙境的一部分，认为此中有神仙主治，乃众仙所居，道士居此修炼或登山请乞，则可得道成仙。山中还有"别有洞天"等摩崖，也意指于此。这组摩崖所作在晚清时期，体现了山中人文的活跃。

"玉湖摩崖石刻"为太姥山宋末元初石刻，位于平兴岗玉湖庵旧址一巨石壁上，摩崖正书，结体欹正，出自天然。

这段石刻是宋末元初一位杨姓道士的自传，写了他一生从道的历程。杨道士与族人杨理心隐居太姥，与杨国桂同穴姥冈，有感于人非草木，生平清苦，因作文而镇石。

摩崖叙述了道士求学，守先茔，祷雨，募施，迁岳祠，建道观，归隐，建璇玑阁，买田赡山僧，筑"成退"草堂，余生莳花种菊，凡此种种，尽叙一生主要所做的大事，期望与山 石并久。

国兴寺遗址东北处山顶中有摩崖石刻两方，被草木掩盖，共三十三字："陈凯、洪炳、王师、颜师、尹师道、林徽启、敦夫、师雄同登。刊者郑明，天下太平，庚戌重九日。"

由此观之，记文方式类于某某某到此一游。可见这两方摩崖石刻是记录道教的一个活动，即他们在庚戌重阳节，几位道中人物到太姥山登山览胜。

因两方摩崖均无年号，不能具体确定其年代。但从以上可以看出，至少在明清时期，福鼎仍然存在道教活动。

总之，我们像是最终了解了这座山的道教文化的基本脉络，其实也基本了解不到它曾有过的真实情况。

想必如今的山还是那时的山，石、云也是依旧。道上的文化，更多的还是属于传奇。

我 的 海 滩

一

海滩，是我少年时代一帧泥泞的图册。

我生长的地方，是个小村庄，三面环山，只要翻过一座山，下一道坡，就可以看到秦屿海。我们村里的人没有渔船、纱网，去从事捕捞、养殖等海事，村民不会驾船捕鱼，也不会游泳，总之渔民的事我们都不会。不过，村里人每年在春夏农忙之后都要去赶海。那是在潮水落下去、大海裸露出的海滩上。海水远远地退到港外，近前退潮后的海平线，还可以看到翻卷的浪花，而湾内就是大片的滩涂。

去海首先要看潮水，涨潮时是不能去的，海水已经把海滩吞没。大人们掌握了一种本事，就是看潮水，我们叫看"流水"，什么时候的流水就要算好几点去，再忙的活儿，事先安排好，或先搁着，也要去海。早去，水还没有退，只能待在岸上等待。迟去了，水已退到港外，滩上已经有人讨海。有经验的人，知道是几月几日，就可以算出当天的流水。我推算能力比较差，就是到现在，仍然弄不懂怎样算流水。当时，也总是跟在大人后面，或和伙伴才一起去海的。

大人们有的刚从田里回来，还来不及洗去腿上的泥巴，就要去海。去海时，人很多，互相呼唤了一下，我村上的人，男女老少几乎都去。大家提着塑料桶、竹篮子，从我家后门山一条小路进发。形成长长的队伍，有点"浩浩荡荡"的样子。

二

母亲是第一个带我去海的人，她给了我第一次对海滩的印象。

一起去海的还有我的姐姐，我们三个人是在一个上午去的。到了岸上，水已渐渐地往下退，海滩开始露出来。滩涂上首先显露出来的是一种叫"马尾"的草，一茬茬地生长着。它的叶片可能由于海水的浸泡，变得又黑又硬。它的根系很发达，也很硬，我们的手或脚碰上它们，就要小心，否则就会被刺破或划伤的可能。为什么海滩上会长这么成片的草儿呢？母亲告诉我，以前这个海澳驻扎着军队，草儿就是为了牧马才种起来的。后来牧马场荒废了，但马尾草却繁殖起来，一直生长到海滩上。

在这丛丛马尾草间，就有我们来拾捡的海货，尖尾螺是其中之一。它的样子有点像水泥钉，二三厘米长，尾部尖，因而得名。又由于它主要生长在马尾草丛间，我们又把它叫作"马螺"。它的颜色和马尾草差不多，黑中泛着褐色。水退了，尖尾螺就从滩涂中的洞里钻出，拖着它长而硬的壳，来透透气。它们会群体地聚息于一丛马尾草根部，我们一抓就是一整把。不一会，母亲和姐姐的篮子就满了。

冯文喜

其实，这种尖尾螺不一定好吃，它的尾部要用剪刀剪去，或者用小锤子敲掉，才能吮吸。尽管这样，它的肉还是有点苦的味道。不管母亲下锅怎样调料炒做，我对它一点也不感兴趣。在20个世纪80年代初，我母亲会经常去海捡尖尾螺，当天的餐桌上就用它来配饭。虽然尖尾螺苦涩难咽，怎么说也是一道菜。母亲的勤俭，事隔多年以后，我才有深切地体会。

比起尖尾螺来，米螺的样子要小得多，它基本成圆状，与米粒差不多，所以人们叫米螺，但它的味道要比尖尾螺鲜美得多了。夏天的晚上，母亲就清汤水煮一碗米螺，然后倒在盘子里，大家可以舀一勺子放在掌心，像吃豆子一样往嘴里送，吮吸一下，螺壳从唇边再吐出来。这种米螺现在市场上还有买卖，海边的农妇捡来提到市场上，一斤叫价七元。它的尾部也已剪除，往锅里一倒，放上水煮开就可以了。就是不能放太多的佐料，以免破坏它的纯然的美味。当时米螺却很少，我跟在母亲和姐姐身旁，总共捡不出一把。也许是我年纪小，那几回我只在近岸的海滩上走走动，弄得双手都是海土外，没有捡到多少海螺。

而最吸引我的是小蟹蟛。它有拇指大，有的只有小指一般大小。它们有一对变形的脚，比其他四对要大得多，状如钳子，红红的，螯尖会开合。在你的手伸向它的一刹那，就要当心它会突然张出钳子把你的手指卡住，怎么甩也甩不掉，即使把它的双螯折断，它也没有放松。它的攻击力的确很强，灵敏度也高，一有响动，马上就跑，钻到它的洞里去。起先看到满地都是小螃蟹，一下全没了影儿，只见洞里的水冒出细小的气泡。每个小螃蟹都有属于自己的洞。当时我不明白，在受惊动的一瞬间，它们怎么会一下子就找到自己的洞口，准确无误，绝不闯入别的洞穴，也不两个一起进入同一个洞口。尽管这样，小螃蟹也逃不过我们手掌心。我已经准备了一只铁捧，前端做成钩状，直捅到洞底，它就乖乖地成了囊中之物。

用海水洗干净，小螃蟹可以生吃，这是我的伙伴告诉我的。母亲把它洗干净后，装在瓷瓮中，用盐巴来腌制。一会儿后，小螃蟹们就动弹不得了。春天时节的小螃蟹还比较肥，人们喜欢吃。但到了夏天，它们就瘦了，没有肉，只剩下躯壳。它的寿命也很短，只活一至两个月，所以我们又叫它"挨月"，意思是说它活的时间是上下紧挨两个月左右吧。

三

每年暑假有将近两个月的假期，我和伙伴们几乎都有去海。

这个季节去海的人并不多，因为毕竟是夏收农忙"抢收抢播"的日子，大人没有时间再腾出来去海了。但我们小孩可以去的，回来或多或少都会有些收获。农忙季节，我们村里人都要互相帮忙，叫"帮工"。收工时，晚上就要叫帮工吃饭。如果饭桌上多了一样海鲜，这便是我们小孩去海的功劳了。

我在海滩上最喜欢捉的算是青鲟。六七月间，青鲟已长成火柴盒般大小，我们叫它"鲟子"。它们生活在马尾草丛边，有自己的洞，看起来比较隐蔽。它们的洞口略成扁形，刚好容它横行出入。如果没有草丛的掩护，它们的洞往往会选择土块比较硬实的海滩，不借助锄具还很难捉到它。有时它还会把自己的洞口留在人们挖过的海滩上，好像它们也懂得"最危险的地方往往是最安全的地方"这句话的哲理。只是它们的洞口仍蓄一汪清清的海水，把它所有的苦心经营全曝光。

在海滩上寻找鲟子的洞口也不是很简单的事，除了要有经验以外，还要有足够的体力。在烂泥滩中行走，前腿跨出去时，后腿已经陷没到膝盖上，由于海土黏性强，拔出后腿时，前腿又陷进了海土。这样跋涉不了几步，我们肚子开始饿了，往往鲟子还没有捉到，人就有筋疲力尽的感觉。为此，我都不敢走到海滩太外去捉鲟，生怕返回时没有了举腿的力气。何况，潮涨的海水马上会追上我们的脚步。

捉到鲟儿却是最高兴的事。鲟子躲入洞底，就要把洞口一层层地挖开，大概挖到一只手臂长，就可以用手去试探一下，看看底下到底有没有货。一摸，有了，碰到硬壳的东西，那是它的背鳞。于是就有了一点激动。如果摸不好，碰上了双螯，它就像钳子一样把手指紧紧卡住，这是捉鲟中最不好受的事。除了手指出血，剧痛外，它的大螯怎么弄也不放开。奇怪的是它的螯

冯文喜

腿却十分地脆，稍一用劲，就断了，但双螯还是把手指紧紧咬住。一个暑假下来，我的右手指已是"伤痕"累累。后来我回到课堂细细品味这段经历，原来生物也具有"宁为玉碎，不为瓦全"的气质。

一次去海能捉到七八只鲟子算不错了，这大概有一斤左右。我捉到最大一只鲟儿有碗口大，回家后，母亲称了它，说有四两。这只鲟儿是在河道土坡上捉到的，河港里的水还没有退干。它的洞口就有我的大腿粗，我把腿放进去，就碰到它的硬背。到我把它抓在手时，伙伴们都围将过来，投来羡慕的目光。随后，他们就在这条弯弯的河道上搜寻起来，希望也能获得这样的意外。

夏天也是出产海蛏的季节。这个时候的海蛏长成拇指大，身体肥胖，肉韧而鲜美。我们常常提着水桶进入人们废弃的蛏埕上去挖海蛏。与鲟的洞口不一样，海蛏只露出两个并排的极细小的洞眼。双指顺着洞眼插下，再往上一勾，就有水柱往上喷射，那是蛏子受到惊吓的自然反应。

那一年海滩上的蛏子特别多，每一次去海，我那只红塑料桶总能装满满地提回来。挖蛏时，我们三五个伙伴是四处散开的，大家知道不能同吃"一锅粥"，只在上岸时，才把水桶拿过来看看谁挖的蛏子多。海滩很大，养蛏的人也很多，我们不知不觉地就闯入了蛏场，大家迅速地采开了。不知谁喊了一句："人追来了！"我才抬头一看，远远地从堤边上有三个人驾着"溜板"朝我们方向飞快滑来。溜板是一种在滩涂上行驶的工具，两米左右长，首尾做成翘状，底板刨光，减少摩擦，便于在海滩上滑动。中间竖一半人高的扶把，脚站在滑板上，另一只脚踩动海土用力一送，溜板就可以速度推前。这次除了两个伙伴反应灵敏从不同方向逃脱，有三个人当了"俘虏"，当中自然包括我在内。我的海蛏和水桶被没收去外，还有一件带有花格子的上衣也被他们带走。

海土粘了一身，被太阳晒干，皮肤就裂开，红一块，青一块，并隐隐地发痛。我已经没有心思再去洗手脸上的泥巴了，仓促回到岸上。

四

海滩上最鲜奇的事是拔海蜈蚣，村上的大人们去海大都是为了这个海货。

海蜈蚣身长可达两米，至少也有一米多，长着无数细小的脚，在不停地动着。除了头部是灰褐的，全身泛红，像充着血。它的头部有两根比较长的触须，感觉很灵敏，听到响动，就会把头缩进洞内。大的海蜈蚣有我们的食指粗，但它的洞口一般不会太大。软体的身躯还会把洞口周围爬出又圆又润的样子，它的洞据说深不可测，有时相当身长的三五倍，想用双手把海土挖掉，然后再去捉海蜈蚣这是不可能的。况且它钻洞的本领极高，一下子就能打到更深的地方去。

听说过拔树、拔萝卜的，没听说过在海滩上拔蜈蚣的。但海蜈蚣确确实实是靠人拔上来。这就要靠"技术"了，谁掌握并熟练地应用技术，谁的桶里海蜈蚣就拔得多。

首先使用到的工具是叉子，它是用竹子做成的，要留竹节，一端削成梳子似的笓子，如牙签大小，尖尖的。另一端削成手柄，握手用的。制作叉子看起来很简单，大人们都会，但能够做适合自己拔蜈蚣顺手的就比较难，尤其梳齿间隔不能太疏，也不能太粗。梳齿的作用就是穿过海蜈蚣叉住它，不能让它跑下洞。

有了上好的竹叉外，就要学会挖洞。洞口也有水，可能海蜈蚣在做呼吸，水会高低起落。但水暂时不要管它，关键是洞口要左右各半分次瓣掉它，并且下手要十分地小心，不能太重，周围也不能有太大的响动，以免惊跑海蜈蚣。挖到十至二十厘米时，会出现一个面积较大的洞口，人们叫作"塔"。它的出现，说明海蜈蚣就在这里。这时要掌握时机，竹叉迅速从洞口下端插进控制住它的头部，并稍停一会儿，然后慢慢地双手配合，一节一节地把海蜈蚣拔上来。这时也不能用力，如果力太猛，它的身躯就叉断了，剩下的就又跑回洞中，不会再出来。但人们根本不用担心，海蜈蚣再生能力可能是世界上最强的了，过不了几天，它就能克隆出一个头部，重新生活。听父亲说，连滴在洞中的血，也会变成海蜈蚣。那时候，我觉得非常神奇。

不知为什么，我总是学不会拔海蜈蚣，竹叉插入洞口，海蜈蚣就跑了。父亲说我心太急，要待到它把头伸出来再下手。有时半天也不见它露脸，就用一只海蜈蚣头，把它放在洞口，洞里的蜈蚣发现"来客"就出来了。最终我还是没有把拔海蜈蚣这个本领学到手，几次去海，我都空篮上岸。

我几位哥哥都是拔海蜈蚣的能手。他们有时也有去海，天黑了才回来。我和姐姐拿出剪刀宰蜈蚣，清除肚内的海土等赃物。海蜈蚣杀完清洗后放在灶锅煮，水一开就熟。放些腌菜，灶膛就飘着海蜈蚣香味。它的肉酸甜酸甜的，如果晒干，就很韧，嚼起来更有味道。

我已经多年没有吃到家乡的海蜈蚣了，和我一起去海的儿时伙伴都去了外地为生活奔波着。听说那片海滩也将要围垦开发，如果那样，那片海滩和我去海的经历，将永远地保留于我的记忆。前几天，我挂电话给我的堂弟亚严，希望他回来去海拔海蜈蚣，不想在务工时右眼致伤了，躺在病床上。堂弟是我儿时去海的伙伴，我们拥有共同的海滩，共同的那段深深的脚印。

怀念我的海滩，还有我海滩上的少年伙伴。

黄建军

——| 作品

黄建军，1963年9月生，福鼎市作协理事，福鼎一中化学高级教师。热爱家乡风俗民情，痴心于探究福鼎地方文化。文章有较强的文史性，通过对历史事件和历史人物的挖掘，展示历史文化现象带给现代人的思考和启示。作品散见于《福建乡土》《散文选刊》《闽东日报》等。

谢肇淛与太姥山

明朝万历三十七年（1609年），四十二岁的谢肇淛因父亲去世在福州朱紫坊家中守孝，他的好友时任福宁州知州的湖州人胡尔改过恺来信，诚邀他到太姥山游览。谢肇淛为明万历二十年进士，曾任湖州推官、南京刑部主事、工部员外郎，后任广西右布政使，为官频有廉声，能恪尽职守。在福州期间组织诗社"莲社"，聚集一批名士如曹学佺、徐熥、郑邦祥、徐惟起等人树帜坛坫，主闽中诗盟，为闽派诗人代表人物。

谢肇淛好游历名山大川，所至之处深入了解当地风土人情，山川地貌，登临常人未至之境，寻踪探源，吟诗作文。胡尔恺言："司马才高八斗，癖嗜五岳，登高作赋，发幽兴于名山，选胜抽词，灵于绝代。"

是年农历正月底，谢肇淛携友人崔世召、周千秋抵达长溪县（县治在今霞浦）。崔世召宁德人，曾任湖广桂仁县令，后转任浙江盐运副使，周千秋莆田诗人。天公不作美，正月里阴雨绵绵，连续下了十几天的雨，三人只好宿于驿馆，得到知州胡尔恺热情接待，诗友之间品茗论诗对酒畅叙。到了二月中旬天始放晴，虽云雾茫茫，阴风飒飒，仍决定登山。过台州岭夜宿杨家溪，次日登钱王岭至三佛塔寺稍待休息，与后赶来的张宪周会合，一起登太姥山。"跨涧而登岭，路陡峻几不能步。"岭高而坡陡峭，山涧纵横，行路艰难，先抵达太姥山玉湖庵。《玉湖庵感怀》诗："松杉十里插天青，小寺残灯望窈冥。百道飞泉双树月，乱峰云护一函径。采茶人去猿初下，乞食僧归鹤未醒。沧海为田君莫恨，从来胜迹易凋零。"古树参天，林间飞泉，奇峰樵径，乞食归来的山僧和勤劳的采茶人，这是太姥山给他留下最初的印象。

谢肇淛与友人谈及此次游历太姥山总结出四奇，一奇有胡尔恺这位知州兼老朋友的热情款待，"杯酒壮行，添吾游兴十倍"。二奇虽苦阴雨连绵，但驱车一出城门，天气即转晴朗，至山中白云纷飞，缥缥缈缈，山中景色隐于云海中，有如太姥娘娘仙驾光临仙衣下垂，如烟似雾，环绕峰峦。至游览结束下山途中又开始下雨。三奇太姥山峰峦交错，山洞众多而且深邃，许多奇妙景观，由于道途艰险，游人罕至。山中僧人亦视为畏途，且多秘而不宣，此次游历得太姥山岩洞庵僧人如庆引路，历历指点，佳境妙景无不寄足。谢肇淛游后慨而言之："吾闽山川之奇，指不胜偻。太姥苞奇孕怪，冠于数者。"四奇同游四人志趣相投，配合默契，各司所长，使游历更俱情趣，引人入胜。他认为东边上太姥山要穿岩洞，登石阶，达摩霄顶，以山水奇石取胜，但苦于攀登之艰难。从西边下山，由摩霄庵下至叠石庵，一路竹木胜景，丛林樵径，但患一览之无余。最后他总结道："是行也，人皆同志，天假新晴，而复得如庆为之指南，足力所至，差为无遗憾。"

登太姥山路经湖坪时，"既过湖坪，值畲人纵火焚山，西风急甚，竹木迸爆如霹雳，舆者犯烈焰而驰下山，回望十里为灰矣"。这里留下闽东畲族人民生产生活场景的最早记录，尤为珍贵，且非常生动。据族谱记载，畲族百姓在明朝洪武年就迁至福鼎。在春天纵火烧山，有其科学依据，草木烧成草木灰是很好的钾肥，对植物生长有利。谢肇淛诗《游太姥道中作》："新晴山气转氤氲，野鸟钩辀处处闻，溪女卖花当午道，畲人烧草过春风。"钩辀是鸣叫声，午道即交通要道。清新晴朗天空，一会儿儿又变成烟雾弥漫，飘忽不定，山峦四周处处可闻听野鸟的鸣叫声，在山道两旁不时看到畲家少女在买山上采摘的鲜花，畲族百姓用焚山烧火来迎接春风节气到来，为全年农耕取得好收成打下基础。

谢肇淛游太姥山在主要景点都题诗吟咏，抒发情怀，旁征博引，发挥他见多识广，博学多才之长。诗具实而富情趣，诗风质朴清新，爽朗飘逸，意味深长。《国兴废寺作》："绀殿高标半有无，老僧犹自忆乾符，沙埋碧瓦金光散，雨打青灯宝篆枯。"青红色的大殿隐藏于高大树梢的后面，年老的僧人们犹自在闲谈唐朝乾符年国兴寺鼎盛时期的景色，青灯熏香相伴寂寞的佛门，述说着流失的岁月。《太姥山中作》诗："崎岖历尽扣山家，日午山峰已放衙，到处探云筇竹杖，入门迎客海棠花。野猿竟采初春果，稚子能收未雨茶。自分鹿麋踪迹久，老僧无用具袈裟。"山里人家，午后山峰，竹杖、海棠花、野猿、野果、稚子、茶树等组成一幅春日深山画卷，充满情致。也为我们保留了许多明朝时期真实的生活场景。

《摩霄绝顶》诗云："太姥去天不盈尺，三十六峰参差是，片片芙蓉王削成，千崖万壑徒向尔，五色龙车去不回，丹林药臼空莓苔。"太姥山高入云端，矗立于东海之滨，高峻挺拔，三十六座山峰高低不平，千姿百态，似玉芙蓉削成，肖人肖物。周边绵绵群山只是为了衬托这座神山而存在。太姥娘娘已乘五色龙车升天而去，当年容成子修炼丹药留下的药臼、丹井长满莓苔。

谢肇淛写太姥山的诗多达二十几首，包括《一线天》《金峰庵》《望仙桥》《山岩洞》《大龙井》《宿摩霄庵》《太姥墓》等，表达对太姥山的挚爱之情，也体现他作为闽派诗歌代表人物的创作水平。他写的太姥山游记，既是一篇优秀的游记散文，也是明朝时期太姥山及周边地区宝贵的文献资料。

得知谢肇淛、崔世召、周千秋三人启程游太姥，诗友们纷纷赠诗送别，有欧应昌、郑邦祥、张宗道、徐惟起、王毓德、陈惟秦等人，这些诗作除了表达友人之情，诗中还大量描绘太姥山的景色、传说、历史等，读来也精彩感人。

如庆，太姥山岩洞庵（今一片瓦寺）僧人，谢肇淛游太姥山，他做向导深得赞许。他向谢肇淛陈述由于寺庵无香灯田，僧人生活之艰辛，谢肇淛向福宁知州胡尔慥转述实况博得同情，于是福宁州派香灯田若干亩给予岩洞庵，以确保僧人生活供给，及香客游人的接待。此是如庆之力，亦是谢肇淛之功，胡尔慥之善举。谢肇淛特写《岩洞庵置香灯田碑记》一文记载这件事，并立碑于庵前，一时传为美谈。

谢肇淛对太姥山最大的贡献在于编撰《太姥山志》三卷。此前有明万历年福宁知州史起钦编撰《太姥山志》一卷，内容有列图、列记、序、题咏等，未对太姥山中的岩洞、山峰、寺院分门别类加以介绍，显得过于简单。谢肇淛有感于"胜迹之不常，惧文献之无征，乃为掇拾传乘，而益以所睹记，衰为志略"，也回复福宁知州胡尔慥邀他游太姥山并为太姥山写志之约。"比归，而成山志者三卷，叙述烂然。"

谢肇淛的《太姥山志》在史起钦志书的基础上，增设体例内容，唐乾符时僧人师待绘太姥山二十二山峰图示于林陶，林陶为之取名，至明朝史起钦写太姥山志时，绘图三十六奇峰，谢肇淛的太姥山志多绘九峰，为四十五奇峰，同时对太姥山岩洞、寺庵作逐一介绍。上卷包括全山名胜，中卷是征文，有记文六篇、启一篇，序一篇。下卷是诗，包括五古、七古、五言、七言、七律、五绝、七绝等共一百三十六首。书前有福宁知州胡尔慥之序，序言道："今太姥既擅神拜皋，而复得司马为之阐绎，足当不朽矣！"司马即谢肇淛。书后有崔世召为之写跋，跋称："兹志传千载而下，风华映人，当与太姥争奇矣。"

　　《太姥山志》三卷收集明万历及之前有关太姥山的诗、记、图、题刻、传说、野史等编撰而成，内容翔实而全面，体例清晰，得到后人一致好评。清康熙二十三年福宁府知府郭名远重刻出版《太姥山志》三卷，并为之作序。至乾隆年间秦屿举人王孙恭编《太姥山续志》五卷，但未及付梓，稿件已散佚，实为可惜。后有方镇著《太姥山志补遗》一卷，民国福鼎人卓剑舟广搜博访编《太姥山全志》十八卷，皆是功德无量之事。

　　谢肇淛博学多长博览众书，著有《鼓山志》七卷、《小草斋集》三十卷、《诗集》三十卷、《五杂俎》十六卷等，其《五杂俎》是明代有影响的博物学著作，书中记述："太姥，支提，俱产佳茗"，对太姥山的茶叶印象深刻。他一生勤于著述，写了大量的诗文、笔记、小品。也是明代著名古籍收藏家，因向袁宏道借抄《金瓶梅》被后世个别研究者认为是《金瓶梅》的作者，恐是误解。

桐 花 桐 树

　　福鼎古称桐山、桐城。元朝福宁州学正陈天锡有诗《别桐城诸老席上作》就称福鼎为桐山、桐城。"明日马蹄衰草路，桐乡回首又天涯。"相传桐山五月飘雪，就是因为古代福鼎山坡地头遍植桐树，到四五月份桐花盛开季

黄建军

节，四处都看到白茫茫花海，空气中充满清香。

今日的桐城到了五月桐花盛开季节，福鼎的三门里道路傍，浦后村到乌溪公路两侧，桐城岩前的山冈上，我们依然可以看到高大的桐树盛开朵朵洁白的桐花，灿烂夺目，美不胜收。走近树下，一朵朵的桐花落满小道，真正是铺满鲜花的道路。桐花是在它最灿烂耀眼时节掉落，朵朵艳丽动人，让人怜惜，不忍踩踏。置身于桐树林中四周弥漫香阵阵花香，沁人心脾，犹如身处花海仙都飘飘然也。远远看去像为青翠的山野披上一层白雪，俗称"五月飘雪"。

清嘉庆年编《福鼎县志》记载，"桐山，平坡宽旷，旧多产桐，故名"。福鼎桐山名称的由来就是当地山间田野多植桐树。南宋时期《三山志》称古时桐树有四种：青桐，皮叶俱表无子；白桐，皮白而无子；油桐有花有子；岗桐，似白桐，无子，可以为琴瑟。桐树是中国特有树种，很早就开始种植，品种有梧桐（即青桐）；泡桐（即白桐）；油桐；刺桐等。《诗经》里就有梧桐记载，"凤凰鸣矣，于彼高岗。梧桐生矣，于彼朝阳"。栽下梧桐树，引得凤凰来。古代许多诗人，吟咏梧桐树、梧桐花。按照现代生物学分类，这些桐树却属于不同的科目。

福鼎种植的桐树主要是油桐树，种植的历史可以追溯到近一千八百年前的三国魏晋时期。当年三国东吴孙权建有三大造船基地：温麻船屯、横屿船屯、番禺船屯，制造运输和战争所需的船舶。温麻船屯就在设置闽东一带，而横屿船屯位于福鼎邻近的瑞安平阳一带。福鼎地处沿海，有优良的沙埕巷和晴川湾，可供造船舶位及航道。古代福鼎森林茂密，古树巨木众多，也为造船提供优质木材。福鼎及周边地区种桐树，桐树果仁压榨出桐油，桐油是造船不可缺少的防水防漏材料。属优质的干性植物油，与石灰粉、竹屑混合调匀填抹在船板缝隙中可防漏水。船上使用的防水油布涂有桐油，船板涂桐油可防海水腐蚀。

油桐树树型高大，树枝粗壮，枝繁叶茂，树冠殿开犹如撑天大花伞，能在贫瘠的山坡地快速生长。喜温暖、忌严寒，生长在南方，树龄可达百年以上。《福鼎乡土志》载：桐，制造桐油，桐子制。桐树五月开花，八、九月结果实，果仁含油量高达 70%。油桐曾是经济类树木，是农民重要的经济收入来源。

温麻船屯无疑是当时东吴最大的造船基地之一，制造出的数千艘战船、运输船，航行在东海、长江上，浩浩荡荡，气势磅礴。温麻船屯制造的"青桐大船"，船长达 20 余丈，可载 600~700 人，挂帆七张。如此巨大的战船称之为："青桐大船"，让人联想到青桐树，是用了青桐树的木板？还是使用青桐果压榨的桐油？或者象征高大坚韧、威武不屈的青桐树？不得而知。不过，桐油的普遍使用，提高了造船的技术，提升所造船只的载重。东吴孙权被晋灭后，晋国缴获的东吴船只就多达五千余艘，其相当部分就是由温麻船屯制造的。

晋朝末年，东南沿海发生孙恩卢循农民大起义。起义军建立自己的舰队转战江河湖海，在福建、浙江、广东等地与东晋刘裕军队相持。福鼎流江、罗唇等沿海村落曾是卢循军队造船修船基地之一，他们造船技术进行重要革新，创造出"八槽舰"，把船隔为八个船舱，有个别船舱漏水，船只仍然能凭其余船舱使船不致沉没，保持浮力继续航行。这就是"水密舱"福船原理，这一技术在一千多年后，入选联合国教科文卫组织公布的非物质文化遗产名录。这项造船业上的技术创新与桐油的使用也是分不开的。可见三国魏晋时期，福鼎及周边地区已经普遍种植桐树，果子榨取桐油，并运用到造船业上，福鼎也因种植桐树而被称为"桐山"。

乾隆二十四年（1759 年）李拔任福宁知府，李拔十分重视发展当地经济，亲自撰写《种树说》，引导闽东百姓种桑养蚕，植桐种茶，增加收入。种植桐树提炼桐油成为福鼎百姓重要经济来源之一，福鼎桐油外销到福州、泉州、广州以及苏杭等地。被称为福州"三宝"之一的油纸伞就大量使用闽东地区生产的桐油。晚清民国时期，福鼎地方政府也大力提倡种植桐树，创办林业合作社，培育桐树苗，指导农民种植技术，收购桐子，经营桐油外销贸易。后来由于现代配方的化学油漆对桐油的冲击，以及公路汽车运输替代水运，使对桐油需求量直线下降，桐树被大量砍伐，美丽的桐花也渐渐在人们视野中消失。

黄建军

到了 21 世纪，桐树桐花的文化价值和旅游价值重新引起人们重视，被不断挖掘利用。在台湾，每年四、五月是台湾客家人最美丽的季节，桃园、新竹、苗栗的客家人居住的山区都会举办"桐花祭"活动，吸引无数的赏花人前来观赏。高大的油桐树，白色灼灼的桐花，在青山绿水间灿烂夺目，远看团团如雪，车辆行驶在山间香气扑面而来，芬芳袭人，落下的花朵把小道铺成白色的花毡，令人赏心悦目，流连忘返。台湾客家人成立"客家委员会"，在欣赏桐花的同时推广客家文化，打造客家品牌。用客家美食、摄影、舞蹈、音乐、灯光秀等现代因素吸引游客。最近几年的一项民意测评中，桐花已战胜樱花成为台湾人心目中的花魁。

广西天峨县三堡乡有八万亩的油桐树，2014 年 4 月举办第四届桐花节，推广当地生态旅游资源和民间民俗文化资源口号是："春赏桐花夏避暑，秋看红枫冬欢雪。"同时举行壮族蓝衣社文化和古寨落文化民俗表演。

桐山何时有自己的桐花节哪？重现美丽的五月飘雪。

福鼎生态环境优越，青山绿水，交通便利。有著名风景区太姥山，最美海岛嵛山岛，以及深厚的民间民俗文化底蕴。发展旅游的新思路突破点，可以考虑种植生长速度快易成活的桐树，举办桐花节。让福鼎桐山成为名副其实的种满桐树的地方，四处桐花盛开的城市。而且桐花的花季在杜鹃花之后，看完了鲜红的杜鹃，再来欣赏洁白的桐花，另有一番情趣。种植桐树举办桐花节也是挖掘和推广地方文化的需要。

在一个烟雨朦胧的四月清晨，你追逐花季，走在落满桐花的小道上，一朵朵桐花还如此娇艳鲜美，清香扑鼻，不尤让人产生怜惜爱意，瞬间又为之自豪而动容，它把生命中最绚丽娇容奉献给了人间，让大地花团锦簇，宛若天降瑞雪，叫人赞叹，让人动心，更能打进你的心扉，扬起你浪漫的风帆，引导你融入大自然的情怀。此刻你感到自己是如此的单纯而幸福，宁静而从容。让桐花点缀你的精神，让自己的灵魂去追寻高尚的情操，造就那人生美丽洁净花语，展示生命中的圣洁和纯真。

台湾作家席慕蓉《桐花》中写道："繁花落尽，我心中仍留有落花的声音，一朵，一朵，在无人的山间轻轻飘落。"

食 之 缘

清末民国初期，福鼎茶叶、烟叶等大宗农产品销往福州、上海、苏州和台湾的高雄、基隆等地，带回老百姓所需的日用百货，同时浙江苍南的明矾也通过福鼎沙埕港运往全国各地。商品贸易迅速发展集市繁荣港口发达，带动餐饮业的快速发展。商人带回苏杭、福州等地饮食时尚和烹饪技法，这些深刻影响福鼎美食文化。福鼎美食既吸收苏杭菜肴重冷盘，雕工精细，食材清鲜优质，又继承福州菜肴中重汤菜，强调清爽甜淡口味。形成讲究酸辣汤、淡而不薄、酸而不酷、甜而不腻富有地方特色的福鼎菜肴。

福鼎美食最具特色的是福鼎小吃，扁肉、鱼片、牛肉丸、鼎边湖最负盛名，其独特加工技艺和上乘的材质选料，形成别具特色的地方风味，让你吃的回味绵长，深得南北过客的一致美誉。麻晶饼、面茶糕、九重粿、鼠曲粿、红龟、御豆酥、蚯蚓包、馍馍饼等糕点类小吃，品种繁多，各具特色。孩子出生满月时要做红龟分送给亲友，用绿色柚叶子衬底，上面做成红色龟形，有柚子叶清香又有豆粉的醇香，喻意吉祥如意，美满幸福，长寿平安。鼠曲粿用清明节前后生长的一种鼠曲草经晒干与优质粳米一起杵成的粿，翠绿润滑有野草的清香，加红糖、芝麻素炒人人喜欢。麻晶饼是福鼎的中秋月饼，做法有别于苏式广式月饼，以酥、香、脆、油、甜为特色，特别是刚出炉的麻晶饼深受老年人的喜爱。蚯蚓包是将番薯蒸熟去皮与淀粉揉匀，用芝麻、白糖、花生、葱油做馅蒸熟，蚯蚓福鼎方言谐音"九稳"，寓意吃了蚯蚓包一年四季都平稳。许多具有乡村特色的小吃如：店下炒米粉、管阳泥鳅面、磻溪手打面、前岐三角饺、秦屿珍珠丸、点头米粉汤、西阳肉丸等，都是深受老百姓喜爱。大众化经济实惠，物美价廉又风味独特。那香气四溢的御豆饭、青豆饭、芋头饭，再淋上福鼎特色的葱头油，色香味皆佳，更是大家的至爱。

小吃担在许多人的记忆里，充满温煦和快意，一碗热气腾腾的肉片溜溜、

黄建军

鱼片粿汤、肉燕鱼丸深受大家的喜爱。福鼎小吃担大量出现在民国年间在贸易集市周边；在演大戏布袋戏的场地上；在大户人家的庭院中；在深夜的小巷里；在大街人流的交汇处都可看到小吃担身影。小吃担满足大众方便快捷的美食需求。在老一辈人的心目中小吃担美食，犹如现在年轻人心目中的肯德基快餐。但小吃担传统文化的韵味和天然绿色的制作方式，是值得现代人继承和发扬。民国时期福鼎一些名人雅士聚会，把小吃担请到家中，根据他们的创意和爱好，烹饪更富特色的小吃美食，这种美食烹饪方法很快流传到社会，成为当时人们流行的美食时尚，引得大家争先品尝，推动小吃美食向精、细、特方向发展。

家乡小吃担那熟悉而生动的叫卖声，在多少童年的心扉里刻下深深的印记，成为漂泊在外游子梦中时常浮现的故乡情景。

清末民国初年时期，福鼎桐山溪西桥一带逐渐形成福鼎美食餐饮中心，街道两旁有十几家菜馆酒楼生意十分兴隆，吸引邻近平阳、泰顺、柘荣、霞浦等县客人慕名而来。大众化、平民化的消费，使溪西桥美食餐饮远近闻名，即便是挑柴片卖的樵夫和菜农，他们也是溪西桥小吃店常客。邻县来的食客不懂或不了解当地食俗或语言不通，闹出一些笑话，至今仍在福鼎民间流传。

清道光年间到 20 世纪 30 年代约九十年间，在福鼎桐山溪岗坝每年夏天都要演一个月的大戏（俗称溪岗戏），从上海、温州等地请来戏班子、名角演出京剧和昆剧。在戏台前的两旁各搭盖一排凉棚，全部是福鼎风味小吃的摊点，有扁肉、鱼片、肉燕、鱼丸、杂荟汤、米粉汤、清汤面；各式糕点如光饼、肉包、粽子、薄饼、捞运糍、气糕、千层酥、御豆酥、猪肉酥、马蹄糕等，还有夏季冷饮酸梅汤、杏仁豆腐、豆腐脑等。戏场门口外两排民房开设多家菜馆、酒楼供应炒菜、冷盘卤品、汤菜等，生意十分红火，用现代的语言表述就是文化搭台经济唱戏，美食文化在这般氛围中得到发展传播。

福鼎是三面环山，一面海洋的地形。山珍海产为美食提供丰富的、独特的原材料，为烹饪各式美味佳肴、珍馐异味提供物质基础。福鼎沿海地区如秦屿等地俗称一天两潮鲜，渔民在每天潮涨、潮落两次讨小海归来，带回最新鲜的海产品，活蹦乱跳，鳞光闪闪的土虾、虾菇、青蟹、石鲟等，还有野生淡菜、笔架、岐乳、海蜈蚣、跳跳鱼、小虾、辣螺、香螺等等，这些天然的海产品会让你大饱口福，吃的心满意足乐不思返。近年来福鼎大力发展水产养殖海上鱼排，犹如海上田园，养殖有大黄鱼、鲈鱼、鲵鱼、海鲫等。在海上酒家，你可以在鱼排中钓鱼，钓上的鱼即刻让厨师烹制，即新鲜又充满乐趣。

福鼎山前出产的槟榔芋个大，营养丰富肉质松酥浓香美味可口，用炸、煮、蒸、炖等多种烹饪手法，制成的"太极芋泥""挂霜芋""香芋酥"等香味扑鼻老少皆宜是福鼎著名的特产，曾赴人民大会堂宴会厅进行烹饪展示，其天然、绿色属性，获普遍好评。福鼎御豆颗粒大，鲜香酥脆，传说梁朝昭明太子到过福鼎品尝此豆，啧啧称好，回梁都后下令每年上供，称之为御豆。福鼎人喜爱吃的"御豆饭"，是由御豆和粳米、糯米、香菇、瘦肉、虾米等原料烹饪而成，香酥可口，松软适宜。福鼎四季皆有笋，特别是农历二、三月春暖时节，竹林中刚冒出土壤的土中笋，色泽洁白，清爽脆嫩，味道鲜美，富含纤维素、钾、镁等元素。春笋煨筒骨，墨鱼春笋是福鼎家常菜，深受百姓喜爱，不油不腻，春笋清甜鲜嫩。这些物产的地域性特征，是形成菜肴富有地方特色重要物质基础，同时原材料选择上做到精细，讲究最佳产地和上市时令性，笋要取黄土壤生长笋，槟榔芋是山前村出产的最佳，蛏蜻、泥蚶、牡蛎产自桐城八尺门处为上品，青蟹要野生红膏为最佳，三月虾姑四月蟹仔时令最好，产自台山岛的野生贻贝（淡菜）由于产地的独特性被视为珍品。

民风民俗对美食文化有着很大影响，鼎邑民风淳朴，待客热情周到，如有宾客光临，亲朋好友轮流宴请，即便经济条件较差，也不甘落人后，"输人不输阵"，俗称："持家不可不俭，待客不可不丰。"鼎人好饮，尤善劝酒，宴请客人，必要让客人喝醉，才算有诚意。喝酒有一小组（三杯），一大组（六杯）对饮方式，好划拳，在觥筹交错中增加彼此的情感。孩子满月要办"满月酒"；盖房子要办"上梁酒"；乔迁新居要办"闹灶酒"；丧葬了也要办酒席，近年移风易俗后取消了。农村每年有办福酒习俗，清明扫墓要办"祭墓酒"，最隆重要算结婚酒和祝寿酒。福鼎旧时山村农家菜肴以蔬菜为主，配以咸鱼，如咸带鱼、咸带柳等，家家户户有腌制芥菜的习惯（俗称咸菜），食用时间长半年以上，可清炒，可凉拌，可制汤菜，风味独特，制作简单，易于保存，深受百姓青睐。沿海百姓喜将海产品晒干或用食盐腌制后晾干，便于长时间保存，也便于运输，制成目鱼干、鱿鱼干、虾皮、蛏干、黄鱼鲞、鳗鱼鲞等。

滩涂小海沿海百姓最喜食用，福鼎滩涂小海盛产蛏、蛤、蚶、蛎四大类产品，味道鲜美有较高的营养价值。泥蚶洗净后用开水烫几分钟，捞出剥开，内含鲜红的蚶血，俗称"血蚶"，拌上姜、糖、香菜、老酒等佐料，是福鼎筵席必备的佳肴。福鼎特有的一种"珠蚶"身上长有小翅膀，会飞一米多远，小巧玲珑，逗人喜爱，是下酒的佳品。文蛤有滋阴降火作用，而且味道鲜甜清美。福鼎另一有名的海产品是青蟹，俗称"蟳"，制作"八宝红蟳饭""清蒸蟳片"等菜肴营养丰富，色泽鲜艳，是高档宴菜。"跳跳鱼"生长在沿海滩涂中，肉质鲜美营养价值高，有滋阴补阳之功效。烹制的"跳鱼膨海羹""酸笋跳鱼汤""酸菜跳鱼""椒盐跳鱼"均受大众喜爱。福鼎沿海近年来大量人工养殖"跳跳鱼"，一年四季均有鲜鱼上市，随时可品尝。海蜈蚣、章鱼也是福鼎滩涂小海中的美味。鲜活的海蜈蚣用剪刀去除内脏中的淤泥和血水，洗净，加清水放在锅中煮，只加少许盐，吃起来味道鲜美极了，若加入农家自制的酸茶一起烹调，便是待客下酒的上佳菜肴。那无尽的海鲜，遍地花开的海鲜大排档，无鲜不上桌，那是福鼎美食的特色所在。

周玉美

————————|作品

周玉美，1974年生，祖籍寿宁县（现定居福鼎市）。现为福建省作协会员。2009年4月出版散文集《山溪集》（由作家出版社出版），2011年10月出版长篇小说《绿罗裙》（由海峡文艺出版社出版）。曾在《散文选刊》《福建日报》《福建省文化报》《福州晚报》《厦门日报》《闽东日报》等全国、省、地、市各种报刊发表散文、诗歌作品150多篇（首）。

万 年 青

我这次回家奔丧，正值风雪严寒。当我一脚踏进家门，只见我父亲生前栽的一盆万年青，却青翠可爱。她仿佛在抚慰我：莫悲伤吧，你父亲没离你而去，他的精神会万古长青。

我父亲原是山村小学教师，因家庭拖累，后来辞去教职，回家务农来养活母亲、我、两个姐姐及弟弟。他一把锄头难养一家六口，后来无法牺牲我二姐的婚姻自由。我二姐含悲忍泪，只一味埋头苦干来度过痛苦的时光。

我因一分之差，没有考入师范学校。我正痛苦之极时，却意外收到福鼎职专的录取通知书。当我把通知书拿给父亲看时，他却一脸愁容，因为那时我弟弟要到寿宁一中读书，他实在无法支持我了。我知道父亲的难处，背着他流泪，到亲戚、同学处借债来读书。第二学期，他见我人消瘦多了，只好千难万难地挤出一些钱来寄给我。

去年，他正病重时，我曾回到他病榻前服侍他。他听说我跟作家学习写散文，感到欣慰极了。我正筹备出本散文集。他听说我准备出书，惊喜地睁大眼睛说："那好，那好。我家原是书香之家，你大公笔墨很好，能吟诗作赋哩。"所以，这次惊悉他病危时，我忙买了一支毛笔、一张宣纸，及两包他爱抽的香烟。他病危时，频频问我母亲，说："美儿怎么还没回来呢?"

我办完工作之事急忙驱车回家，到家时父亲已不省人事。我摇着他的膀子，悲惨地呼喊，他没有应声，只在眼角挤出人世间爱子女的至情的泪。

在他送去火化时，我带着那支毛笔、那张宣纸及他生前爱抽的香烟，准备同他的尸体一起火化。愿他在天之灵，会疾笔写下几句留言，并愿他抽完那两包香烟。唉! 我的愿望仅此而已，悲哉! ……

这夜奇怪，我梦见我父亲回家，笑吟吟地浇着他那盆心爱的万年青……

梨　花　梦

昨夜，我梦见梨花，满地花如雪。

是窗前梨花树上的鸟音，唤醒我的梨花梦。推窗一望，果然树下落满洁白的花瓣。

然而，有谁知道，为了这一刻，她曾经饱受多少辛酸。

岁月不曾冲淡记忆，十几年前，我家门前巷口曾有一株高大的梨树。每当春天，满树花如雪。一簇簇花朵，在嫩黄的叶芽中开放着，显得多么和谐。这时，我仰首愣望，任雪白的花瓣飘落我的脸颊。那淡淡的清香，令我如痴如醉。

此后，我就在窗前栽了两株梨树。一株梨树的嫩枝一长出来，就被邻居小孩们摘光了。另一株也七灾八难的，所幸终究是存活下来了。从此，我爱护这株小梨树，倍加小心，恐怕再有闪失。爸爸见我这么喜爱，便从深山砍来荆棘，把她环护起来。我天天给她浇水、松土，并劝邻居小孩莫糟蹋她……

如水流年。我读完初中，要离别家乡，出山念书了。妈妈懂得我的心思，安慰地说："阿美，你安心去念书吧，这株梨树就由我来代你保管。"

去年春天，我回乡探亲，那株梨树已长到三层楼那么高了。我凭窗望着她，梨树见到久别的我，欢欣地飘落着花瓣。我摘了一朵含露的梨花，在记忆的珍匣里留存着。这时，我多么想尝一口甜蜜的大冬梨，可惜不是时候。妈妈见了，笑说："傻孩子，有你吃的时候呢。"

游子思乡，梦中的梨花，曾溅过我相思的泪。我多么想待她结果时，再回故乡，再回故乡，摸一摸、抱一抱窗前那株我亲手栽的梨树，并尝一尝她的甜汁。

正在思念之时，突然从故乡寄来包裹。我拆开一看，啊！原来是两个硕

周玉美

大的大冬梨。我久久地注视着。

夜里，我请了几位同窗好友来尝我亲手栽的果实，分享甜蜜的欢欣。果然，同窗们尝后，都赞不绝口。

那夜，我又梦见故乡窗前那株如雪的梨花树。

珍　珠　雪

雪白、晶莹的珍珠雪呵，欢欣地弹跳在阔别故乡游子的脑海里。

记得小时，我在窗前栽了一株梨树，除夕之夜，梨花绽放出雪白、晶莹的花蕾，如同珍珠雪一样。当雪白、晶莹的珍珠雪在窗前欢乐地弹跳着时，我分不清哪是梨花蕾，哪是珍珠雪哩。

今年，我在故乡与家人欢度除夕。当第一片春风降临时，恰好天上喜降珍珠雪。我欢喜地敞开窗扉，只见珍珠雪在屋瓦、梨树上弹奏着乐音。母亲欢喜地说："牛年春到，进财进宝。"她同我一样跑出屋外，用拦身裙筛存着珍珠雪戏耍，大家乐得笑呵呵地。

这时，我弟弟的孩子忙跑进屋去，拿来一个瓶子，天真地抖落梨树上的珍珠雪，以留着带回福州去，向邻居的小孩子们夸耀哩。我抖落梨树叶片上的珍珠，微笑地收藏在记忆的珍匣里，以便向客居异乡的文友们显示一下故乡的珍宝。

随着四野鞭炮的繁响，珍珠雪愈下愈大了。啊！她敲打在故乡新居玻璃窗上，叮叮当当的。一个老人喜燃了一串鞭炮，笑说："牛年真牛，丰收的好兆头啊！"一个大婶笑指田野，说："可不是嘛，珍珠雪一盖，田野病虫害消灭了，百姓更安居乐业了。"

珍珠雪愈下愈大了，到处听见珍珠雪的欢跳声。这时，谁家吹起喜迎珍珠雪的唢呐。

雪白、晶莹的珍珠雪，永远欢欣地弹跳在我的心头上……

山 水 如 画

　　故乡山水如画。这画怎样从自然美变成艺术美的呢？

　　记得昔年的春夜，村支书面对荒山，和往常一样沉默着，在吧嗒着烟斗。哦！他有什么心事呢？不久，只见他喃喃自语："叹气有啥用，能使荒山变绿，能使荒山变画吗？"从此，他挨家挨户，鼓励、发动村民开荒造林。

　　早春二月，在他的带领下，冒着漫天飞雪，大家扛着山锄出发了……

　　这方圆百里故乡的山水啊，你如今在新农村建设中变绿了，如画了。缘于此，花了多少时间，经历过多少风霜雨雪，抛洒多少汗水哟！

　　久别山村，我是多么思念你呀！如今，呈现在我眼前的，是一幅幅如画的山水。

　　此刻，月亮扯掉云絮，从云层后钻出来了。这是"屏峰山"吗？——哦！峰顶那株十多米高的老松树，仍然拂拭蓝天，仰临深涧，雄姿不减当年。啊！老松，你曾慷慨地赠给荒山绿色的希望的种子。村支书是怎样带头爬上树，用绳子把身子系在树干上，像荡秋千一样来回晃动，进行凌空采籽……

　　面对如画山水，怎不勾起人们的记忆？——我抚摸着这一棵棵足有十几米高的杉树、松树，望着果农们挑着一担担沉甸甸的丰收的喜悦，眼里噙着激动的泪水：是谁冒着零度以下的严寒，在木场山一锄一锄地朝石缝中开拓；是谁冒着滂沱大雨，在蟹墓林山奋战了几昼夜；又是谁顶着烈日，在青洋岭上挑干溪潭的水，一瓢一瓢，一棵一棵地浇着？……

　　我爬上白岩头，望着远处林带，唤起我遥远的回忆：在迎接飞机播种的日日夜夜，为了烧炼荒山，人们是怎样战斗的——面对悬崖峭壁，搭起人梯攀上；遇到山涧深谷，用燃烧着的草团抛下引火，迎击从烈火草丛中窜出来的毒蛇……

　　啊！为了这幅如画的山水，多少人头发烧焦了，衣衫着火了，手脚灼伤

周玉美

了……

　　我正沉浸在记忆里，突然被眼前新农村楼舍中的灯火吸引住了。哦！此刻，农技员正在灯下攻克艰巨的科学难关吗？他们在育苗、植树的实践中，总结出成功的经验——使育苗时间缩短了一半；又由于获得畦种树苗的经验，淘汰了穴种与沟种……

　　新农村楼舍的灯火愈来愈近了。我正朝灯火的方向走，村支书从丛林中钻了出来。原来，他正在值班巡逻。见了我，忙问："同志，这山美吗？"我点头笑说："美啊，美如画呐。"

　　啊！这是人们通过劳动，奏响的新农村建设的和谐乐章。

谢梅李

———————| 作品

谢梅李，1983年8月21日出生于福鼎前岐，网络写手。已完结作品：《绛珠传》（起点女生网2014年度最受欢迎作品）、《良妻》《养媳有毒》。

桐 江 之 舞

对于夏夜纳凉漫步来说，再没有比桐江更好的去处了。桐江应叫桐山溪，但人们固执地唤她"桐江"，因为对于这座种满梧桐的小城来说，她具备"一江春水向东流"的忧伤、恬淡、绮丽、梦幻、幽然的特质。

当黄昏来临，天空铺满晚霞织成的锦缎，桐江这位昼伏夜出的美人开始涂脂抹粉。男女老少从小城的八街九陌奔涌而来，争做为她捧妆奁的侍者，流淌在江水两岸的音乐是轻盈的舞者们为她奉上的一剂香水。两岸灯光次第亮起，五彩魅惑的霓虹宛若撒在她眼角眉梢的亮粉，令她的妆容更添妩媚。而天空那抹最后的红云抱着对美趋之若鹜的私心，只愿做一颗点缀她眉间的胭脂痣，来不及游说清风成全，就被善妒的夜的使者掳去了。墨蓝的夜幕张开铺天盖地的羽衣，桐江这位长袖善舞的美人如鱼得水。当天上升起皎皎的明月，几朵块状的白云宛若天空悄然打开了几扇方窗，三两颗星星趴在那窗台上眨巴着艳羡的目光，桐江已开始了她撩人的舞姿。

舞者桐江是一位善变的美人。你可以坐在她的上游欣赏她宛若紫薇花般温婉恬静的仪容。轻轻脱下鞋子置于一旁，将你的双脚缓缓探进那清浅的水中，感受潺潺的水波下圆润光滑的小石头顽皮地触摸。你不禁惊诧于自然造物的神奇，这挠得你痒痒的叫你又爱又恨的玉手是来自你心仪的女子吗？如若不是，为什么让你的心湖漾起这般甜蜜的涟漪？就像年少时一直暗恋着的那个少女，勾引了你无限的遐思……沿着上游往下，桐江的舞姿从西子捧心的幽怜渐次豁然，清瘦的溪水变得丰满，圆石沉落深邃的河床，因为桐江的舞姿令她们自惭，而锦鲤们却为美人的舞姿欢呼雀跃，摇旗呐喊。这些红的、白的、黑的、橙的鱼儿身载着月华和灯影，在波光粼粼的江面熠熠生辉，就像撒在美人华美袍上的碎钻，为美人轻舞飞扬的红袖添彩。而那幢幢霓虹的倒影投在水的波心，风过处，斑斓多姿，袅袅婷婷。这样妖娆的月夜桐江，怎不叫芸芸众生为之倾倒？何需秦淮八艳的陈旧风景，何需文人墨客的吟哦造势，小城儿女早已奉她为倾国倾城的神女，追随她的是笃定的脚步和专一纯粹的目光。

美人哟，用什么酬劳你夜夜盛装的舞会？请来"桐城八景"在你的东岸安家，把她们打造成五彩的叠水景观、亲水平台，众星拱月般夜夜为你曼妙的舞姿歌咏。不够，这还不够，且看一眼吧，这桐江两岸的人们，无论白发黄髫，无论红男绿女，齐齐陶醉在你的美艳绝伦里，他们忘记年龄，忘记身份，忘记俗世凡尘的一切烦扰，热情的广场舞、交谊舞跳起来，奔放的山歌拉起来，孩童们的画笔挥起来，风筝放起来，孔明灯哟，也一盏又一盏满载着小城儿女对生活的美好祝愿升起来，飘起来，飞起来……江里的鲤鱼早就按捺不住兴奋的心情，她们欢快地从江里跳起来，跃起来，蹦起来……来吧，都来吧，所有热爱生活的人们，都来加入桐江的狂欢舞会吧！让我们摘一缕清风做彩绸，撷一绺月光做丝带，与桐江共舞，舞出人生最美妙的音符。

周山的牡丹

"春来谁作韶华主，总领群芳是牡丹。"

牡丹，"国色朝酣酒，天香夜染衣"，历来是中国国花强劲有力且呼声最高的候选者。相比梅花的坚忍内敛，人们总以为牡丹太过雍容华贵、富丽娇气，与中国几千年来上下求索的拼搏精神不甚相符。殊不知人类有时也相当自以为是，谁又能想到在这周山——山野郊外的偏僻一隅，牡丹竟也能静静地安身立命，且十分自得其乐。

许多奔赴周山的游人都是冲着这牡丹来的。谁说熟悉的地方没有风景？哪一个福鼎人又能想到当年与武则天都交过手的牡丹竟会在这乡村野地悄悄地安家落户？看来这周山真是不同凡响。

在周氏祠堂正对面的场圃，或矩形或椭圆形地围种着各类品种的牡丹，有酷似荷花的"似荷莲"，有雪白的"白鹤卧雪"，有红得发紫的"乌龙集胜"……最富丽堂皇的当属"贵妃插翠"了，粉红色的花瓣宛若千层台阁重重叠叠，花朵顶端则生着翠绿色的花瓣，真是花如其名啊！一园子的牡丹争奇斗艳，热闹非凡，更有场圃边上一片黄澄澄的油菜花阵仗整齐，犹如身着金色铠甲的兵将在忠贞地守卫，把牡丹更衬托成不折不扣的"花中之王"，不禁令人暗叹春光的蓬勃盎然。

牡丹真不愧是富贵花，无怪乎唐代诗人孟郊在"登科后"急于分享自己愉悦心情的不是亲朋好友，而是这牡丹。当他驾着高头骏马在长安街头策鞭而过，嘴里吟诵着"春风得意马蹄疾，一日看遍长安花"时，想必也只有这牡丹能解得他的心事。每一个饱经风霜的人都渴望平步青云，渴望一亲富贵的芳泽，而牡丹无疑是最好的富贵的象征，便也成了许多苦难人存留心中的念想。这也是为什么在国花评选的活动中，不管是"一国一花"的构想，还是"一国多花"的构想，牡丹都成了首屈一指的不二之选。对于中华民族这样一个历经磨难的国家来说，立牡丹为国花也是大势所趋。只是运筹帷幄者还在迟疑，牡丹是富贵的，也是娇气的，一个国家的发展如果能像牡丹一样娇艳华丽固然好，但如果也像牡丹一样不禁风雨，娇弱贵气却又令人担忧。

谁说不是呢？你看面前的牡丹兴许昨日里还是花开堂皇，不知暗夜里何时来了一场雨，今早她就以这样一副病恹恹、软绵绵的姿态呈现于众人面前。那白的已接近透明，红的也失了颜色，更有紫色的竟纷纷扬扬落了一地的花瓣。或瘦长或丰腴的花瓣躺在潮湿的泥土里，报以游人的是奄奄一息的笑。人们除了望花兴叹与心疼之外，更要暗暗吃惊，这多像风雨飘摇的大中国。以牡丹为国花的大清朝历经康乾盛世之后竟膨胀自大，最后在八国联军的铁蹄下终于朝不保夕。牡丹也好，国人也罢，乃至整个国家都应明白"花无百日红"的道理，都应居安思危，时时自强以求生生不息。

不管赏花人如何评判，牡丹还是牡丹，它们安静地花开花败，安静地等待下一次花期如约而至，可是种植在周氏祠堂内院的那株神奇的牡丹却不知花开在几时。

传说"天下牡丹两株大，一株在洛阳，一株在周山"，或许这样的说法有些夸大其词，但是这株周山的牡丹确有些传奇经历。且不说它数度被盗数度救回，且不说它"春长一寸，冬矮八分"，单说它的三次开花就让每一个领略它风采的游人暗暗称奇。这株舒展着嫩绿色叶子的牡丹虽然身子单薄，岁数却已不小，在几十年的岁月中它竟只开过三次花，且这三次开花的时间都与中国的大事记相关。三年困难时期刚过，牡丹开了两朵红花；1976周总理和毛主席逝世，牡丹开了两朵白花；更有甚者，在2008奥运年，牡丹开了八朵小花。周山的山水赋予牡丹无穷的灵性，而牡丹也给周山披上了一层神秘的面纱。

如今，这株牡丹正在周山颐养天年，我们期待它的下一次开花，期待它开出更多神奇的红花。

大　陈　面

他微微启着的眼睛，眼角溢满浊泪的眼睛仿佛又看到了那阵仗：漫天遍地，白雪皑皑，朝阳初照，小镇静谧。在静谧的镇子一隅，一座座面架像一溜排开的武者，伸展着核桃色的胳膊腿脚，在雪地上扎出四平八稳的桩。面架上规律排列的圆孔宛若初生婴儿吸食的小嘴牢牢嗫住一根根圆实的竹条，竹条上一幅幅大陈面瀑布一样挂下来。放眼望去，浩瀚的面海，色白如霜，整齐雄壮，在朝阳的映照下与晶莹的雪地相映成趣。

他，年轻的他，矫健的他，就行走在那面仗里。躬身弯背，头颅轻垂，托着一幅大陈面的双手高高举过头顶，犹如臣子手执笏板朝见天子般庄重，踩着小心步履的身子轻巧地在面架间来回穿梭。他太熟悉那面架与面架间的距离了，他太知道肩与肩抬出什么样的姿势才不至触碰到那一幅幅绢帛一样垂挂下来的大陈面。那一幅幅大陈面若新制的卷帘，每一根都，散发着诱人的麦香。他陶醉在那甘醇而清冽的香气里不可自拔。对他来说，这每一根面条都是神圣的，他借助水、阳光、风这些自然赐予的力量制造了它们，依靠它们养家糊口，依靠它们成为称职的儿子、兄长、丈夫、父亲，他能回报它们的只有满满的真诚和热爱，像对待最热烈、最忠贞的恋人。踮起脚尖，将手中最后一幅大陈面挂上面架，他用沾满面粉的袖套揩了揩额头的汗珠，宽阔的前额立时变得粉扑扑的，笑容蘸染了金色的朝阳，和冬日的晨雪一起熠熠生辉。

"爸好像醒了！他在笑！"围着病床的是陈老汉的儿孙们，将整个病房挤得满满的。陈老汉有两男四女，最大的已过不惑之年，最小的也近而立。他们中最有成就的是留洋的博士，最平庸的也在镇子上的银行坐办公室。娶的妻、嫁的郎都是极登对的一等一的人才。整个镇子，谁人不夸陈老汉的福气是几世修来的？每个过年，陈老汉的儿孙们回镇上省亲，一行浩浩荡荡的队伍奔赴寺庙进香，男士们西装革履，女士们衣着华贵，小孩们洋气十足，陈老汉在街坊四邻艳羡的目光里赚足面子，却笑容落寞。他总在除夕夜下一锅大陈面，摆放在大大的团圆桌中央，然后开始讲："面条是神圣的，面条是我们的恩人……"孩子们静默的表情只是出于对父亲的尊敬，并不代表他们应承父亲的请求。他们明白父亲的心结，做大陈面是陈家祖祖辈辈的手艺，不想在他这一辈就失传了，可是让他们拿笔的手再去握那手摇的打面机，去和那黏糊糊的面粉未免像天方夜谭。那些和父亲一起将团团面粉甩成条条大陈面的年少时光只能静静地安放在记忆里，偶尔出现于笔端的文字，方显美好，可要真的让谁去继承大陈面的手艺，他们谁也不愿意，就算抽签也不允许。

陈老汉几乎是一夜之间就病倒了。年夜饭时，那一盘大陈面没有一个人动筷，对于他的讲述："面条是神圣的，面条是我们的恩人……"孩子们也没有一个人附和，这打击了他。可是孩子们认为陈老汉病倒了，是因为他一把年纪还在做着大陈面，起早贪黑，搬运面粉，贩卖面条，一个老人，怎么能有足够强壮的体力呢？

陈老汉再没有醒来，但是他的嘴角始终挂着微笑，溢满浊泪的眼睛始终没有合上，那微微启着的眼睛仿佛又看见了那阵仗：漫天遍地，白雪皑皑，面海浩瀚，色白如霜，在茫茫的白色之间，一根根横陈的核桃色的面架梁木宛若铮铮铁骨，裸露在冰天雪地里，像极了他的脊梁。

黄宝雄

作品

黄宝雄，1952年7月生，1977年7月毕业于福建师范大学中文系，毕业后从事中学语文教学，在CN刊物上发表专业论文40余篇，并多次在全国中学语文教学论文竞赛中获奖。爱好文学创作，在各级报刊上发表散文、杂文、诗歌多篇（首）。

父亲的不幸与荣幸

> 幸福的家庭都是一样的，不幸的家庭各有各的不幸。
>
> ——列夫·托尔斯泰

一

首先，大概应该痛斥封建的父母包办婚姻，因为它把父亲和母亲凑合到一块，造成了父亲的终身不幸。

我母亲是少有的不顾家的女人，我父亲长期在异地乡村小学教书，所以，我八岁前跟奶奶一起生活，奶奶去世后，我便跟随我父亲辗转于乡村小学读书。从我懂事起，我感到温暖的人不是"慈母"，而是"慈父"。

1960 年夏天，我妹妹降生了。这个新生命并没有给我们家庭带来活力和欢乐，带来的只是忧郁和烦躁。

父母经常为妹妹的抚养费而吵架。妹妹满月后便雇保姆抚养，全托在保姆的家里。母亲爱妹妹，但从来不愿意做"保姆的事情"，也不愿意出抚养费。我多次跟随母亲到保姆家去看妹妹，似乎每次都有人注视我们，窃窃私语。有一次，我分明听到两个中年妇女的对话——

甲妇女说："英枫（我母亲的化名）把她的女儿当成宝，却不爱她的儿子。"

乙妇女说："奇怪呀！两个孩子都是从她身上掉下来的，怎么就那么偏心？"

甲妇女说："是呀！世界上的事情真奇怪！"

乙妇女说："登钊（我父亲的名字）就不会偏心。登钊这人真好。是老实人哟！"

甲妇女说："是呀。阿雄（我的小名）很乖，像他爸爸。"

跟我母亲较熟悉、又敢讲话的人常以半玩笑半正经的口吻冲着母亲说："英枫，听说你疼爱女儿，不疼爱儿子，偏心呀？"

"哪里，哪里，怎么会有这样的事情。都是我亲生的，哪有两样对待的。"母亲总是这么说。

这时，对方似乎已经事先预料到母亲的回答，每每就像迎面打个招呼那样随便走开，去做他们想要做的事情。

农历 1960 年十一月（三年困难时期），父亲作为乡村小学（库口小学）的校长参加了所在学区（桐山学区）的会议。每天下午四时左右，我便站在桐山学区门口，任凭寒风的吹拂，等待着会议的结束。每天下午四时半会议结束时，父亲便递给我一个糠饼，有时是一个半（后来我才知道父亲每天只分得两个）。肚子叽里咕噜地叫的我，每次接过糠饼，幼小的心灵总是油然而生敬意，心底里总是激动地呼唤："啊！可爱的爸爸！伟大的爸爸！"（那时我念小学三册，已经会用"伟大"这个形容词造句。）

翌年九月，父母因妹妹的抚养费大吵了一通。当时母亲手里抱着妹妹大声嚷嚷："什么叫男人，男人娶老婆就是为了传宗接代。孩子不管，娶老婆干啥——娶老婆害人？这样做男人，龙山溪（福鼎市区的一条溪）又没有盖着，你为啥不跳下去（死）哟！！"

母亲一直骂着这类的话，父亲终于忍耐不住，大声说："你也有工作呀！你的工资也跟我一样是 39 元呀！"

这下激怒了母亲。她暴跳如雷、歇斯底里地嚷道："哇哈！亏你讲得出来！如果我现在没有工作怎么办？你不是照样得抚养孩子，还得养我哩。可我现在很少吃你的饭，病了不要你花钱，你还不满足啊？！"

"没有工作再说！"父亲又大声说了一句。

"好吧！你就当作我没有工作，经济上全靠你，女儿的抚养费，包括穿衣，每月 15 元钱，你难道能赖掉吗？"

父亲没有再说什么，大概他也讲不出更多的道理来批驳母亲的观点。

见父亲不吱声，母亲又说："孩子要生，却不想养。堂堂的男子汉大丈夫想依赖女人家，真是不要脸皮！"

黄宝雄

……

父母两边的至亲都来调解，但调解无效。父亲提出离婚，母亲不肯，又骂了一气，结果是这个月15元钱还是一分不少由父亲付了。

记不清是几天后，父亲把我独个儿叫到跟前，感情深沉地说："宝雄，你妈要是叫你到溪边，你可千万别去呀！"

也许正如《红灯记》里的李玉和说的"穷人的孩子早当家"吧，我当时已能理解父亲这话的意思，泪水禁不住唰唰地滚下来。

我清楚地看到，父亲的眼眶也湿润了。

二

光阴荏苒。

1966年，"文化大革命"爆发了。1966年12月底，我向父亲要30元钱去徒步大串联。在房间里，父子沉默了好长的时间，我知道他是在绞尽脑汁地想办法。多年后我才比较深刻地理解，当时父亲挨了批斗（父亲时任福鼎沙埕学区党支部书记，属于"当权派"，一些问题想不通，思想苦闷）。没钱，就意味着不能去串联，可我的思想怎能抵挡得住叱咤风云的红卫兵运动的冲击？我淌着眼泪走出房间。

不一会儿，父亲叫回我，对我说："这个月要给保姆付18元（'文革'开始，好多东西涨价，我妹妹的抚养费也提高了），表姑大孩子结婚，人情送去10元，学校储金会里已经欠下100多元。当权派不能再借了。"

我心里一阵悲伤，怨恨母亲狠心，也怨恨那些批斗父亲的"造反派"无情。我眼泪簌簌而下，不敢正视父亲。只听到父亲说："15元伙食费（指父亲的伙食费）你先拿去，以后在路途上写信给我，我再寄15元给你。"

我怜悯父亲，但"文化大革命"的洪流还是把我冲上了徒步串联的征途。我和三个同学1967年1月2日出发。到了福州，我便给父亲写信，让他把钱寄到江西兴国县串联接待站。预算得很准，我一到兴国，就顺利收到父亲的汇款，出乎意料的是父亲寄了25元。凝视五张面值5元的人民币，我心潮澎湃，激动不已。我在心里呼喊："啊！亲爱的父亲！伟大的父亲！"

在"祖国山河一片红"的大好形势下，我作为知青到本县偏僻的山区磻溪湖林插队务农，攀登着曲折坎坷的人生道路。开头，我无法自食其力，父亲每个月寄给我5元钱。他三次到我插队的村庄看望我，鼓励我不要怕苦，好好劳动。1974年秋，我被推荐上福建师范大学读书，三年后毕业，分配到福鼎一中任教。我谈恋爱时，父亲对我说："希望你找一个好的。如果像你妈妈那样的就一辈子苦了。"在父亲的极力筹备下，我1979年底举行了婚礼。福鼎的地方风俗之一是婚礼上新郎新娘要分别给长辈下跪，尤其是父母。母亲大大方方地接受了我们小两口的跪拜，父亲却躲开。因为这，几十年来，我一想起它，心里就难受——父亲给我的太多了，我给他的又是什么呢？

三

组织上考虑到我们家庭的情况，在我婚后即把我父亲调到城关工作，担任桐南小学校长，后兼任桐山学区副校长，主持学区的工作。妹妹1979年高中毕业后，顶替母亲的岗位，在县农资公司工作。父亲很高兴，他一定是想借我成婚这个机会，把家庭搞好。然而，枉费了父亲的一片苦心，我们的家庭不仅没有趋好，反而越来越糟。母亲不仅自己不付伙食费，还唆使妹妹不付伙食费，理由是：老婆长期以来基本上没吃丈夫的，吃一两年没有什么不应该；女儿刚参加工作，需要购置些像样的生活用品，跟得上别人（即跟上当代青年生活的潮流）。我结婚欠了一笔债，小两口也只能付点伙食费给父亲。这样一来，父亲实际上得用自己的80多元的月工资来维持包括自己在内的三个人的生活，加上"人情"的开销，经济颇为困难。不过，这个情况是他早已预料到的，他并无怨言，他只求一家人能和睦相处，不让外人瞧不起。

然而，时间上的事情往往是不以那些心地善良的人的意志为转移的，现实是严酷无情的。

我家除了厨房和天井外，只有两个房间，我们小两口住楼上的一个房间，母亲和妹妹住楼下的一个房间，父亲只能在桐南小学睡（桐南小学就在我家的对面）。尽管我们知道母亲的脾气，在房间里做事小心翼翼，走路如履薄冰，但总不免有些声响。于是，出自母亲嘴巴的"娶了媳妇忘了娘"之类的话便成了我们耳朵经常接收到的信息。我们极力忍受着。家里的活，母亲一点儿也不沾手，也不愿意让妹妹沾手。有一回，父亲工作忙，想叫妹妹给他洗几件衣服。母亲发现后大骂："如今多少男人都埋头料理家务。你登钊一没断了手，二没当大官，有什么做不了的，有什么架子好摆的，竟连自己的衣服也不想洗！"她硬是不让妹妹洗，把妹妹弄得左也不是，右也不是，最终哭了。那回，我抱不平得差点暴跳起来。

有一次，我终于暴跳起来了！

事情是这样的：

这天中午，我在家里洗衣服，其中有我妻子的裤子。在我快洗完时，母亲拿来几件她的衣服给我洗。我说："妈，我很快就要上班了。再洗几件怕是来不及了。晚上给你洗吧。"

母亲怔了一下，马上说："会来得及的。要是真的来不及，就迟到一会儿也没关系，为大人做事情嘛！"

母亲的话出乎我的意料之外。做母亲的视儿子的工作、视儿子的前途为儿戏，这么不讲理，使我再也忍受不住，心里燃起一股从未有过的无名火，只觉得脑盖一阵阵麻木，接连着多年怨气的炸药包的导火索终于点燃了。

"我就是不洗，怎么样？"我以其人之道还治其人之身，声音挺大的。

她又是怔了一下，随即把衣服甩过来，嚷道："让我说对了。你是娶了媳妇忘了娘。老婆的裤子你都洗了，恐怕还给她擦身子哩！老娘的几件衣服叫你洗一下你却做不到?！"

"我就是做不到，我就是要洗老婆的，不洗老娘的。偏偏就要这样！看你能把我怎么样！！"

我的声音盖过母亲的声音。互相吵了一阵嘴，最后让邻居给劝了。母亲的衣服虽没洗，但这天下午，我还是迟到了。

事后，父亲让我到他桐南小学的房间，批评了我。我感到委屈，说："妈待您这样差，您却护着她。我真不明白！"

"不明白也得明白！"父亲有些生气地说。

我不服气，又说："您不是对我说过，如果妈叫我到溪边，叫我千万别去吗？现在却又这样。真没志气！"

"我没志气也轮不到你来管！！"父亲的声音像炸雷，他从来没有这样动气过。

我迷惑地望着父亲的脸，一时不明白父亲为什么突然变得这样严厉。

父亲点燃了一支香烟，狠狠地抽了一口，说："无论怎么说，她还是长辈，是你的亲妈妈。"

……

父亲跟我谈了好久。我仿佛第一次认识父亲，第一次发现他有这样强的摆事实讲道理的能力，第一次感到自己还没有真正了解父亲。

从此，母亲好像把对我的气也撒到父亲的身上，常常是鸡蛋里挑骨头。父亲默默忍受着，偶尔也跟母亲顶两句，气得实在不行就走开，因此有好几次饭只吃了一半。有一次，邻居阿婆告诉我："今天你爸跟你妈吵嘴后，在墙边悄悄地淌泪呢！你爸真可怜！"

是呀，可怜的父亲一切都忍耐着——为了子女，为了家庭。

但是，有一回父亲终于忍耐不住了。母亲要当"夫人校长"，学校和学区的事情她总是要插手，要为自己的亲戚朋友"开后门"，父亲不照她的意志行事，她就跟父亲吵架。忍无可忍，父亲甩了母亲一个耳光。

这下可好了。母亲告到县教育局，把父亲骂了个里外不是人。

"无论如何，打人是不对的。"因为这，父亲受到教育局长的批评。这也许是父亲有生以来第一次受到领导的批评。

打这以后，父亲对母亲更加无能为力了。

一大家终于分成两小家，先是伙食分开，接着便是我们小两口搬到我工作的学校住。在搬迁的那一天（1980 年 12 月 21 日），父亲的眼眶红红的。当我向他讲起房屋继承权问题时，他大声说："我还没死哩！你担心什么！"

是呵，父亲是 1929 年出生的，才五十一岁哩。

四

可是，天有不测风云，谁能料到呢？

1983年5月8日，父亲右肋骨肝区疼痛。他不肯请假治疗，坚持每天徒步往返五里地，到桐山学区上班。只是由于疼痛日益加剧，才不得不于5月22日到福鼎县医院住院治疗。

入院后，父亲接受了心电图、肝功等检查，没有找出病因。尽管我和妹妹轮流日夜守候在他的身边，他却总是尽力料理自己，特别是夜间，从不轻易叫醒我，疼得直冒汗也是这样。为此，我真有点气父亲，可他为自己"辩护"的理由竟是："青年人贪睡呀。"

5月29日晚8时45分，父亲大小便失控，肛门大量出血，身子弄得很脏。他执意不让我和妹妹及妹妹的未婚夫为他擦洗。我们怎能忍心，一次次地为他擦洗。父亲流了眼泪，但他看到我们也伤心地流泪时，便抑制住泪水，吃力地安慰我们说："我这病问题不大，血止住了就很快可以出院了。"并催我们吃点东西，别饿坏了肚子。

此时此刻，望着输着血液和氧气的父亲，我的心哪，如同塞着一团棉花，又如横着万把钢刀；像捅破的马蜂窝，又像滚烫的油锅；似麻木，又似敏感；似混乱，又似清晰……父亲呵，福鼎有巍峨的太姥山，有久负盛名的沙埕深水港，可哪有您的忘我风格高，哪有您的怜子情深呢？

5月30日下午3时37分，父亲口腔大量喷血，脸色立时转苍白，嘴唇发紫，昏迷过去。当经医生抢救苏醒过来，看到他的身边聚集了教育局长、同事、亲戚、朋友，看到子女忠实守候在他的身边，看到他的结发妻子第一次流泪时，他的脸上便浮现出一丝微笑，流下了泪水。他嘴唇微微抖动了几下，似乎想说什么，但没能说出来。我知道，父亲是想交代学校和学区的下一步工作；父亲是想对领导和同事们说："实在遗憾哪！我不能继续工作了。"父亲是想对我们兄妹说："孩子，爸爸再也不能跟你们一起生活了。你们往后就多听你们妈妈的话，尽量顺着她吧。"父亲是想对母亲说："看在三十多年夫妻的面上，你就改了吧！"

父亲吃力地举起手，先后搭到我和妹妹的肩上，然后慢慢地抚摸下来，停留在我们的手上。

此时无声胜有声哪！正是这手，拉扯着我们兄妹长大成人；正是这手，指引着并将继续指引着我们在工作和生活的道路上奋然向前迈进……我控制不住心中的悲伤，眼泪汪汪而下。我知道，父亲您不愿意死啊！您还想继续生活下去，还想继续工作下去，还想继续教育培养子女，还想搞好我们这个不幸的家庭啊！！

晚 8 时 36 分，父亲——亲爱的父亲，伟大的父亲，崇高的父亲，那颗为党的事业，也为子女与家庭跳动的心脏，终因失血过多而停止了跳动。

五

父亲是不幸的，但因祸得福，父亲的不幸却带来了父亲的荣幸。

父亲逝世后，福鼎县教育局和桐山区政府为他举行了隆重的追悼会。区长的悼词充分肯定了父亲是"毕生热爱党的教育事业，勤勤恳恳，兢兢业业，积极向上，为人诚实，作风正派。"父亲的所作所为得到了公正的实事求是的评价。

不光如此，县政府还破格批准我们家属在烈士陵园选择一块父亲的墓地。一个普通的教师，普通的干部，得到这样的待遇不容易哇。

父亲的死是值得的。官方是如此厚待父亲，民间更胜一筹。主动来参加追悼会的人很多。在我代表死者亲属发言时，多少人哀叹，多少人抽泣。出殡的队伍有 100 多米长，花圈就有 70 多个。父亲生前的同事、学生、友好自发组织了两个锣鼓队和一个乐队，开来了一辆崭新的大卡车，为父亲运送灵柩。棺木的四周是各种各样的鲜花和松枝、柏枝。两个硕大的氢气球上垂着一副醒目的挽联："为人师表，永垂千古"。

是啊！这副短短的挽联道出了送葬人的共同心声。人们第一次公开地评论着我们的家庭。父亲并没有因为在家庭中所遭受的不幸而被人们看不起，恰恰相反，家庭的不幸使得父亲越发赢得人们的同情和尊敬。

不知内情的人以为是某个县（处）级干部出殡，其实，县（处）级干部的出殡何尝有这般隆重感人的场面呢？据我了解，我县新中国成立以来，从未有过如此隆重感人的出殡场面。这是对我们亲属，也是对父亲的最大慰藉啊！

黄宝雄

父亲可以长眠了！

父亲是不幸的，这不幸延续了几十年。

父亲又是荣幸的，这荣幸只是表现在弹指之间。

生活中的不幸与荣幸这对矛盾啊，就是这样巧妙而又顽强地结合在一道，任何力量也无法阻挡！

2015 年清明

鲁迅与炊事员①

萍水相逢

1926 年 9 月的一天上午。厦门大学西厨房。

主办炊事的陈传宗和几个炊事员正在淘米、切菜，一个四十岁开外的中年人走了进来。他个儿中等，脸孔消瘦，眉毛浓黑，身穿已经褪色的灰布长衫，脚着胶底布鞋。

"我姓周，名树人，是来这里教书的。"

几个炊事员都怔住了。早些天，他们就听说学校聘请北京的周树人教授来国学院教书。周教授很有才华，很有名气，写的书很多，可眼前这个中年人却穿着普通，没有一点儿架子，没有一点儿派头，说话也不装腔作势呀！

---

① 1982 年春，纪念鲁迅 100 周年诞辰活动进入尾声。我知晓福鼎前岐有一个名字叫陈传宗的老人，他 1925 年至 1930 年在厦门大学主办炊事，1926 年至 1927 年间跟鲁迅有过交往。当时跟鲁迅有过交往但尚健在的人寥若晨星。我异常激动，骑上自行车，冒着细雨，从福鼎城关赶到前岐（15 公里），和福鼎二中的林开文、王海鹰老师一起采访了这位老人。陈传宗当年 89 岁，已经是卧病在床。之后，我们写成《我为鲁迅办伙食》一文，发表在《福建日报》副刊上，《我所认识的周树人先生》一文，发表在《厦门日报》上。后来，我又写了今天的这篇，曾登载在福鼎市委机关报上。

本文内容是真实的。

这也难怪，厦大的教员中，不少是留学外国的博士、学者，他们不是西装革履，派头十足，便是长袍马褂，衣冠楚楚，工友们看惯了他们俨然的模样，对眼前这个教授怎么不感到奇怪呢？

"你是从北京来的？"

"是的。"

"是到我们学校当国学院的什么研究教授？"

"没错。"中年人微笑地点了点头。

眼前就是大名鼎鼎的周树人教授被证实了。

"这里的伙食办得好不好？"鲁迅问。

"这——"几个工友不知如何回答是好。

鲁迅笑了笑，说："如果办得好，我就在这里吃饭"。

"你先试试看再说吧。"

于是，当天晚餐，陈传宗把饭菜送到生物馆三楼的鲁迅宿舍。

宿舍里已经聚集了十几个来访的青年学生，他们中间，有教育系学生、共产党员罗扬才。他是在厦门工会兼任工运工作（厦门工会委员长），得知鲁迅到达厦大而特定赶来的。

鲁迅南来厦大，在进步青年中引起了强烈的反响，各地不少青年学生闻风转学到厦大来，厦大学生更是欢欣鼓舞，奔走相告，络绎不绝地来看望鲁迅。

陈传宗仔细地打量着房间，摆设十分简单：窗下放着一只茶几，两张木椅，窗前是一张写字台，上面堆满了书籍和稿纸。床铺的一边是箱子和衣架，另一边是一张放着不少报纸的藤圆桌、两张藤椅和一张躺椅。

"这就是著名教授的房间？"一种崇敬的感情油然在陈传宗的心中升腾。

从这天开始，鲁迅的三餐都是由陈传宗把饭菜送到宿舍。

这天夜里约莫 11 时，陈传宗捧着一碗面条，轻手轻脚地走进鲁迅的房间。看到鲁迅正躺在躺椅上打盹，不免而生怜悯之心。他不止一次看到这种情景了。鲁迅每天不到 11 点半是绝不睡觉的，常常是夜深人静，整座楼其他房间的电灯都熄灭了，只有鲁迅的房间透出灯光。可是，鲁迅清晨又很早起

黄宝雄

床。他除了教书和接待客人，整天就是看书呀，写书呀，实在太累了，就在躺椅上打一会儿盹。陈传宗担心鲁迅身体累垮了，破例有时晚上11点左右给他煮碗点心送去。

尽管传宗动作很轻，鲁迅还是醒过来了。

"周教授，您整天没日没夜的，我怕您身子骨撑不住了。劝您多少次了，您还是这样子。"

鲁迅略带抱歉地笑笑，站起来，伸了伸腰，挺了挺腰，说："瞧！我还是挺硬朗的！"

陈传宗无可奈何地笑了笑。他从点心又想到了开水，动情地说："周教授，我再给您烧些开水。"

"不！这回可不能再破例了"，鲁迅悄悄地提高了声调说，"生活太安逸了，工作就被生活拖累了。"

几天后，鲁迅自置一个铝锅、一个酒精炉和一口小水缸，自己烧水。他常常是一边给客人烧水沏茶，一边跟客人交谈。

可是，对学生，鲁迅却是非常关心。他经常来厨房，要求工友们把学生的伙食办得好一些。

鲁迅生活俭朴。为了有一个坚挺的身体，他不时吃些鱼肝油。

转眼，整整四个月过去了。陈传宗除了三餐给鲁迅送饭，还多次伴随鲁迅外出。他和鲁迅一起到南普陀，到鼓浪屿看民族英雄郑成功的水操台，还越过山坡，翻过荒冢累累的坟地，到远离厦大的集通银行领薪水……因为陈传宗会些拳脚，鲁迅很喜欢他伴随外出，他也挺乐意保护鲁迅。陈传宗觉得，跟鲁迅在一起，可以懂得不少做人的道理，还会增长不少的知识。

然而，生活的激流是变幻莫测的，它把一个普通的炊事员和中国文化革命的伟大旗手聚合在一起，又很快把他们冲散。

依依惜别

1927年1月5日，陈传宗有了异样的感觉。

这几天，来鲁迅宿舍的师生特别多，有邀请他赴会的，有邀请他演说的。

昨天，罗扬才等几十个学生还跟鲁迅一起照了相。

陈传宗纳闷了：周教授不是说要在厦大工作两年吗？难道他就要走了？

"周教授，您要走了？"

陈传宗终于开口问鲁迅。

"对。我正想告诉你呢。"

"您不是说要在这里工作两年吗？"

鲁迅思索了片刻，提高了声调说："这里死气沉沉，我要到广州去，到革命的策源地去！"讲到这里，鲁迅似乎发觉对一个初识文字的工友讲"策源地"会深奥了些，于是马上补充道，"也就是说到热闹的地方去"。

鲁迅接着又说："厦门是个秘密世界，外面谁也不知道这里边的情况。在校长林文庆看来，教职工是他用钱雇来的，等于卖了身，应当百依百顺地随他摆布，好像用好草喂牛，就要挤牛奶一样。偏偏学校里有相当多的学者、教授没有骨气。他们奴才相十足，看校长的脸色行事，随风使舵，整天你枪我剑，碗碟叮当，就像一部《三国演义》，好看煞人，各式各样的都有。"

鲁迅接着愤懑地说："学校也有人在排挤我。总之，我跟这里的一切水火不相容。不过，我已经不再犹豫，拳来拳对，刀来刀挡，所以生活也很舒服了。"

陈传宗并不理解鲁迅话的深刻含义。不过，一个普通的人，一个处于社会最底层的人有生以来第一次遇上了这样平易近人的大人物，第一次同大教授这样推心置腹地交谈，不能不激动。现在，这位教授就要离开自己了。对于这，他要说些什么呢？当然，从个人的角度出发，他是多么希望能够和周教授在一起，但是，周教授应该离开这个不适合他工作的地方！自己能这样自私吗？想到这里，陈传宗哽咽着说："周教授，我是个粗人，不懂礼节，几个月来对您照顾不周到，请您原谅。您什么时候动身，一定要告诉我，我们工友一定要送送您！"

多么真挚的话语，发自内心的话语。

鲁迅紧紧地握住陈传宗的手。

1927年1月15日上午，鲁迅让陈传宗马上到他宿舍去，说是情况较急，要陈传宗护送。

"你可以对付多少人？"鲁迅问。

"对付六七个没问题！"陈传宗激动地说，"有我陈传宗在，就有您周教授在！"

鲁迅点了点头，表示谢意，然后走过来抓住陈传宗的手，说："你这不是手！"

陈传宗懵了，心想：明明是手，周教授怎么说不是手呢？

鲁迅另一只手捋捋胡子，高兴地说："你这不是手，是铁。有你护送，我就不担心了。"

一句话说得陈传宗禁不住大笑起来。在这节骨眼上，周教授还有心思开玩笑哪！

得知鲁迅要启程的学生，纷纷前来送行。鲁迅担心人多会惹出麻烦，除了罗扬才和谢扬生，其他的都谢绝了。

这天，天空晴朗，没有一丝云彩，陈传宗的心里却聚集着乌云。中午12点刚过，他便急匆匆来的鲁迅房间，催促鲁迅："周教授，赶快动手吧！这会林文庆正在午睡，可以少了许多麻烦。"

陈传宗和四个身强力壮的炊事员，以及学生罗扬才、谢扬生，共七人护送鲁迅。走了半个钟头，到了平台小学码头（也叫沙步尾码头）。到码头后，两个学生先回去了，五个工友陪鲁迅搭小船登上"苏州轮"。

鲁迅和工友一个个握手，眼眶湿润了。他从本子上撕下一页纸，靠着船舱写了"浙江绍兴府"五个字，递给陈传宗，深情地说："有机会到浙江绍兴府，讲我的名字大家都知道。"

陈传宗抑制不住情感，哭了，哭得好伤心哪！

是的，陈传宗怎么不动情呢？鲁迅在厦大只有一百三十多天。这对一个人的一生来说是十分短暂的，然而，鲁迅却已以他善良、正直而刚强的人格和渊博的学识在陈传宗的心坎铭刻下永生难忘的记忆。

"苏州轮"起航了，船头激起了层层波浪……

刘建清

作品

刘建清，出生于1955年，福建省福鼎市人。中学退休教师。福鼎市作协会员，福鼎市诗词学会会长，福建省诗词学会会员，福建省楹联学会会员。

方 形 竹 笋

昨日，华兄来到寒舍，带来了一大包四方竹的鲜竹笋，有棱有角，俗名"节节黑"。据说这种竹子很少见，好像在电视节目上有过报道，说是在什么地方发现了方形的竹子。四方竹出笋的时间和其他竹笋大不同，不发于春，而茂于秋。它是在万木萧疏的日子里抽出嫩芽，蓬蓬勃勃地成长。因而，在集市上是很难买到，它的美名也只是了解它的人才能知晓。如果你问城里人，大多数的还是不知道我们福鼎市磻溪镇有这种"山珍"的。

方形竹笋前两年刚吃过，它香甜而又脆嫩，吃到口里仿佛闻到山野中的清风，听到那叮咚的山泉，看到婆娑起舞的疏疏密密绿油油的三五米高的方形竹子，回忆起儿时在山中割草、捡拾柴火的情形。同时，也想起在长满方竹的弄坑村里，我们这群曾经嘻嘻哈哈不知劳累的学生娃。

记得那年，正是农忙"双抢"季节。学校一声号令，我们就背起了背包去了弄坑村支农，后转战到上盘村。哦，那时还叫生产队。虽然当时我们的年龄也只在十五六岁，但一到生产队，放下背包也没怎么休息就下田劳作了。

说起"双抢"，现在的孩子可能都不知道。实际上就是抢收抢种，把田里的稻子收割起来，又将秧苗插下去，这些工作要在短短的半个月内完成，否则，第二季稻就有可能收成不好。这主要是我们这里的气候问题，适应双季稻生长的季节不是很长。当然，现在的孩子也会不理解为什么要在不太适应双季稻的地方去种双季稻，他们不懂的当时全国农业学大寨的道理。而现在我们这里山区就很少种双季稻了。

言归正传，当时我们并不像现在的孩子那样怕脏怕累。下到田里，大伙一字儿的摆开，挽起袖子，挥动着镰刀就齐头并进地收割开来。同学们谁也不甘落后，担心的是落在后头不好看。大家不顾汗水淋漓、蚊虫叮咬和如锯齿般的稻子叶片的割划，拼命地收割着。幸好山区的水田都不大，长不过十几米，宽也只五六米，忙一阵，便可喘口气。可当歇下来的时候，大家就有点受不了了。手臂上、腿上、脸上被蚊虫和稻虱子叮咬的小包，痒得不得了，再感受那一道道被稻子叶片割破的伤痕，在汗渍的浸淫下的疼痛，是很难言说的。

说来奇怪，"精神"这个东西，在有些时候，所起的作用是不可忽视的。那时，我们的工作时间还挺长，说"披星戴月"一点也不为过。早晨五点就要起床，六点就要下田，中午也没怎么休息，下午还要干到太阳完全下山。很多时候都是在依稀的月光下，踩着窄窄的田埂，歪歪斜斜地回到住宿地。草草地吃完饭、冲完澡、躺倒在黑洞洞的地铺上时，大概是晚上十来点了。

可大家一点睡意也没有，嘤嘤不绝的夏蚊配合着孩子们兴奋的情绪，一直折腾到午夜，不管老师如何的训斥，大家还是议论不休。但到次日早上，可就是另外一番景象了：一个个东倒西歪都起不来了，老师叫起这个，躺下那个，拉起那个，这个又呼呼大睡。就这样一直坚持到"双抢"劳动结束。因此，当时孩子们根本就没有注意到方形竹笋这个植物，当然，也就忽略了那竹笋的鲜美味道了。

现在，面对着一大包的方形竹笋，我深深地体会到三十多年的老友，老同学的情谊。上次"五一"节我与畴兄、华兄磻溪相聚时，曾议论过方形竹笋好吃的事，他竟然铭记在心，并刻意送到城关来。这正应着"真朋友无须多，人生得一知己足矣"这句话了。

其实，对于我们，即在"文革"期间磻溪小学唯一的一届附设初中、高中班的十位同学来说，我们之间的相处是与别人不太一样。虽然职业、性格不尽相同，但秉性却有点相似。有如磻溪的四方竹，处世有棱，秉性耿直，质朴清幽而无媚骨；虽默默无闻，却遇雨不浊，坚韧不拔，经霜历雪而不凋零。我们相聚无须烟酒、歌舞做伴，一杯清茶在手，便有这长长的话题。

我们常常相聚一天半日或一个晚上后，便匆匆分别，之后几个月、一年毫无音讯，不相往来。但我们的心是相通的。有人说，时间会冲淡了友情，许久不相往来了，朋友也就成了别人。我想，这或许有其道理，但一些真正相知的朋友，一年半载中未能见面，是不会疏远的，因为他们有如兄弟，有如姐妹，就好像他们之间维系着是共同的血缘。

因此，昨中午，华兄、畴兄在我这里，就着新鲜的方形竹笋，吃了便饭，每人喝了一瓶啤酒，聊了一阵子后便各奔东西了。

怀念我的父亲及他的战友们

这是发生在 1982 年 3 月 9 日的一件令人心碎的故事……

那年那天，山区初春的早晨，飘着若有若无的小雨，显得格外的寒冷。

当我推开宿舍的窗户，望着窗外匆忙去上课的学生时，心想，新的一天又开始了。我深吸了口一气，一股清新沁入心底，但不知为什么，却有一种莫名的忧郁涌上心头。

"老师早！"一群从窗前楼下经过的学生，昂着头向我问好。

"同学早！"我也微笑着向那些致意的学生点了点头。

下楼洗漱之后，在学校食堂进了早餐，可心里老觉得有点儿不踏实。于是，就向学校操场的方向走去。这所乡下中学新建不久，学校还没有围墙，教室的前面是操场，操场的前面是水田，水田再出去则是柘荣通往福鼎县城的 104 国道。我站在操场边刚刚萌芽的柳树下，望着在雾气弥漫的国道上奔跑的汽车，心里有着一种想回家的冲动，可这天还是星期二。

就在我正在凝思的时候，柘荣方向的山坳里突然传来了凄厉的警笛声。我向鸣笛的方向望去，不一会儿，从拐弯处窜出了一辆红色的消防车，飞快地穿过我面前的道路，朝福鼎县城疾驶而去。我心里不禁咯噔了一下，一种不祥的预感涌上心头……

那时，我父亲是福鼎制药厂的党支部书记。在家时，我看到他和来访的同事聊起厂里的事情时，就经常会提起安全的问题。记得有一次，他刚刚下班，正要吃饭的时候，远远听到一阵消防车的鸣笛声，便放下筷子要回到厂里去。母亲说，这车子好像是开往城外的……但他吃完饭还是急匆匆地去了工厂。我的一位同学也在福鼎制药厂上班，他的岗位是冰片水解车间的酯化工段。据他说，酯化炉的温度控制技术性很强，温度低了产品得率就低，高了则容易发生爆炸，引起火灾事故。因此，我的心里也有一根制药厂安全的弦——不会是制药厂发生什么事吧！

我忐忑不安地朝着管阳乡邮电所跑去……

但不愿意发生的事情还是发生了。福鼎制药厂发生了"三九"重大火灾事故。

就是这天早晨，与往日一样，父亲告别了家人，提早来到工厂，组织召开工作会议。他本来是准备开完这个会议后，去北京出差的。

作为这家国有企业的党支部书记，他和所有的干部职工们一样，都有一个共同的心愿，就是要为实现企业"质量创双优，冰片夺金牌"这一目标而贡献自己的力量。正如他在笔记中写的最后一段话那样：中央决定每年三月份作为全民文明礼貌月活动，在贯彻中央指示精神中……要争取物质文明和精神文明的双丰收，做一个坚定的、清醒的、有作为的马克思主义者，不做无能之辈，更不能做昏庸之徒。

会议刚刚开始，楼下就突然传来一声呼叫——"结晶槽着火了！"这一声呼叫，犹如晴空的霹雳，立即打破了厂区的秩序……

听到呼喊声，洪雅治厂长和我的父亲随之冲出三楼会议室，三步并作两步地跨下楼梯，直奔冰片车间粗结工段。与此同时，陈克繁副厂长，火速地拨通消防队电话报警，之后也下楼冲向正在起火的冰片车间。

"呜——"锅炉房的警报拉响了。异常的汽笛声，在西门溪两岸的上空盘旋。这样的汽笛声，在以往的防火防爆演习中大家都知道，这是危险的信号，也是号召人们临危赴难的动员令！

在当年的一篇火灾纪实报道中，记者写道：

听到汽笛声后——

当班的工人立即停下手头的工作，关闭了机器，顺手提起铁桶、盛器，冲出各自的车间、工段……

科室的干部抱起值班用的棉被、脸盆，冲出办公楼……

刘建清

休息在家的职工和家属，端起脸盆，冲出厂区宿舍楼……

正在厂外危险品仓库装货的驾驶员陈开朝，急忙把汽车开到安全地点，同四个仓管员一起赶来……

住在邻近的因病请假在家治疗的白露边防所所长李俊钗，脱下手腕上的手表交给妻子，冲出家门……

在河对岸帮助制药厂制造设备的浙江瑞安县城关镇机械冷锻厂工人金银华、王水姆、董新荣、杨学瑞，冲出简易工棚，越过西门桥……

附近的县皮革厂工人许启海，建筑工人潘德良、柯华成等，冲进制药厂……

县食品厂工人丁建荣送新婚妻子上班，刚走到半路，立即把自行车推给爱人，大步飞跑……

目标：制药厂冰片车间失火点……

短短的几分钟内，四方奔跑而来的上百名救火英雄，赶赴到了火灾现场。这些人或多或少都知道，制药厂的生产原料大多是易燃易爆物品。而这次因静电起火的冰片生产媒介——120号汽油，就属于一级易燃液体。但参加救火的人们，此时想到的只是怎样以最快的速度扑灭大火，减少国家财产损失。而他们这种公而忘私的精神，正是时代所呈现出的精神，呈现出来的劳动者最淳朴的高贵品质。

冰片车间粗结工段的工房，面积有两百多平方米。其间有六十个冰片结晶槽，分成几组摆放着。为防火需要，工房坐西朝东，背向车辆、人员来往密集的厂区大路。车间的西面窗户和东面车间大门，与厂区的三米高围墙隔着一条九十度角三米多的通道。

当厂里三位主要领导赶到车间时，看到的是西南角落里一号结晶槽里正突突地往外冒出火焰，情势十分紧急。最先到达冰片粗结工段的几位工人，正端来防火沙箱往上倒撒。由于落沙过猛，溢出的汽油带着火苗溅在地上流动。"快，把盖压住槽！"洪雅治厂长大声地喊道。但盖住盖子后，槽里的火苗仍然从盖子四周的隙缝中冒出。

而几乎同时，赶来救火的人员，已经自觉地组成了几条人龙，把打湿的棉被和沙子传给了最前面的几位领导，盖在火焰上。一部分救火人员则在质检科副科长苏孝义带领下，从墙上取下小型泡沫灭火器，向地面喷洒泡沫。但地上蔓延的火舌并未被扑灭，且到处流窜。副厂长陈克繁急忙指挥当过十年兵的复退军人、机修车间工人梁世国，食品厂工人丁建荣，刚从上海出差回厂的电工张挺等一些年轻力壮的人员，几进几出，把一部分结晶槽抬出车间，移到外面空地去。

此时车间里火势虽然看起来不大，但原来那个起火的结晶槽盖子很快地被烧穿了，盖在上面的湿棉被也燃烧了起来。四处溅溢的汽油在车间里迅速挥发，几乎让人窒息；气温也不断地上升，空气灼热烘人。参加灭火的人们虽置身于缺乏氧气且热气腾腾的环境之中，但谁也没有后退，他们已经把自己的安危抛到脑后了。

不一会儿，一连串"让开"的声音传了进来，有人从工房外推进了大型的泡沫灭火器。白露边防所李俊钗所长疾步向前，去拧动开关的阀门，可由于力量不够，一时打不开。"快拿扳手来！"他一边呼喊着，一边抢过近旁的一把铁镐，对准灭火器阀门猛地敲击……

此时，距接警时间不过十分钟，县消防中队的消防车已到达制药厂起火车间的墙外。消防中队副队长郑先弟一声令下，十四位消防战士动作敏捷，各就各位。一号消防员陈翰手提泡沫枪，奋不顾身地爬上墙头，站定位置，对准起火点，打开龙头……可谁也没有想到，就在这时，"轰"的一声巨响，一股强烈的气流，带着炽热的火光，顺着喷入的泡沫，像一条火龙一样逆向迎面扑来。消防战士陈翰当即被热浪抛出墙外，浑身着火，献身于自己的战斗岗位上。

霎时，整个车间也陷入于熊熊燃烧的烈焰之中。站在救火最前哨的厂里主要几位领导人、曾多次抢救过火灾的边防所所长李俊钗和其他陷身火海来不及后撤的抢救人员，旋即为国捐躯。而一些靠近车间门口、窗口的抢救人员，也为了抢救他人生命，受了重伤，甚至献出了生命。

据一些被救人员回顾说，机修工人卓乃星往外跑时，看到前面有人跌倒，他不顾自己身上的火焰，立即蹲下身来，把跌倒在地的人一把拉起往外冲。

刘建清

浙江瑞安工人董新荣支持不住，倒在地上，别人来救他，他却喊道："不要管我，里面还有人！"生产科副科长林发顺正要冲出火海，听到旁边一位女工在呼救，停下步来用肩膀把她猛力顶出窗外，自己却延误了时机无法脱险。

特别是建筑工人潘德良，他身材魁梧，体格强壮，当时被烈火封锁在车间与围墙之间的通道里，只要他就近登上存放在墙边的六母油和松节油油桶，完全可以越过三米高的围墙。但当他看到两个已攀上墙沿，又无法翻越过去的女工时，自己忍着烈火的炙烤，就用那双有力的大手，把她们托过墙去。接着又毅然蹲下身体，硬是用自己的肩膀将另外一个无法攀墙的女工顶高，让她越过围墙。以至于最后自己无力攀越，只好带着一团烈火，从通道的火海中滚了出来。在医院里，医生看到他只有胸前一小片地方没有烧到，后经抢救无效，壮烈牺牲。

这场大火夺去我们六十五位英雄的宝贵生命。当年那篇纪实报道写道："……事后人们在清理灾场的尸体中……还有其他牺牲的躯干还完整的同志，可以看出，有的还端着沙箱，有的还提着灭火器，有的抱住同志的躯体，有的拉着同志的手，而练过武术的职工肖鼎山双手叉腰靠墙做出人梯之势。想起这悲壮的情景，至今还是让人忍不住热泪盈眶！"

当我乘车回城，在十一点三十分赶到事故现场的时候，那些惨烈的情景基本上不在了，我所看到的只是冒着缕缕青烟的废墟，空气中弥漫着一种说不出的焦煳的味道。人们一边流着眼泪，一边用简陋的担架搬运着残骸，还不时地听到凄厉的哭叫声。

我的心一下子揪紧了，一种不祥的念头，在我的脑海里盘旋着。

我的父亲，我新婚的妻子，还有那些亲朋好友幸存着吗？

我分开拥挤的人群，发疯似的在事故现场和临时摆放尸体的地方来回奔走着，极力想寻找那些熟悉的身影，可一直没有。我问一位熟悉的工人，看到我的父亲和妻子没有。当他告诉我没看见时，我的泪水就不顾一切地涌上了眼眶。我转身奔向办公大楼，尽管知道，这个时候父亲绝不可能在办公室里，但还是抱着一种希望。而此时，我看到了妻子从办公楼那边向我跑来。她满脸泪痕，用哭丧的声音对我说："我到处找遍了，没有看到爸……""会不会被抬到医院去了?""不知道!"于是,我转身准备去医院看看……

然而,这个希望很快就破灭了。我的同学正从医院回来,看到我说:"找不到你爸!去那边看看吧!"接着,我和他又一起去了临时停放尸体的地方。

可谁能够认得出那些仅剩下残骸的尸体啊!

尸体中,除了几个被烤成蜡像般的人可看出大致样子外,其余的都被烧成了焦炭,有的甚至是一土箕灰烬和几块骨头!人们乱哄哄地围着那些不成样子的残骸,抽泣着,辨认着上面残留的金属物件……

那天下午,我神情恍惚,不知有多少次游荡在那些残骸旁边。在经过父亲的躯体旁边时,尽管心里有所感觉,却总是不想承认!因为,那只是一个一只手的躯干!

然而,现实是残酷的。一直到了残阳如血时分,我的岳父和我不得不去翻转那具不时落入眼帘的躯干。我们在那比较完整的胸前口袋中,找到了父亲残存的党费证,上面还清晰地写着——"刘正岻"三个字。同时,我们也看到压在身体下面的那块停在八点二十三分的手表。

那天傍晚,我们兄弟几个,将父亲抬到厂里仓库靠门边的地方。当时仓库里已经摆满了尸体,大家默默地坐在逝去的亲人旁边,轻轻地抽泣着。

不一会儿,工业局的领导送来了白色的裹尸布和一些牛皮纸。正当我兄弟几人面对这些布匹和纸张正不知所措时,我的岳父来到我们的身边,指点着我们怎样去包扎父亲那具残存的躯体。他说:"你母亲身体不好,为了抬回去不要让你母亲看了心痛,最好用牛皮纸折成头的样子,安放在脖子的上方,再用纸张卷成圆筒,当作手脚的模样,然后用白布裹成整个人的模样。"小弟尚在读初中,经不起这样的折腾,忍不住大哭了起来。这一哭,不知为什么,父亲的胸口汩汩的渗出鲜血来,我和其他的弟弟也禁不住痛哭了起来。我不知道,父亲面对我们,是不是也由于悲恸而心在滴血。

由于当时我们国家电视并不普及,新闻的传播也不如现在这样顺畅,很多人不知道有这场灾难;但一些知道这场事故的人们,还是向我们伸出援助的手。我永远记住:一位在江西省化肥农药研究所,名叫"贾应挺"的人,

刘建清

给我家寄来了一封充满关爱的信，信里还夹着四十元钱和十九斤全国粮票，这相当于现在中等人家的一个月收入。虽然那时我把信和东西交给了厂里，同时也给他本人回了一封感谢信，但滴水之恩至今未敢忘怀。

现在，事情已经过去三十多年了，那些牺牲的人都被评为烈士，但留在我们心头的痛，难以泯灭。

朱立萍

作品

朱立萍，曾用笔名宇纸鸢，福建福鼎人，宁德市作协会员。20世纪80年代末开始发表作品，作品散见于《文化周报》《女子天地》《闽东日报》等报刊，著有散文集《萍水尘缘》并获第八届"太姥百花奖"优秀奖。

一　碗　面

我站起身，无意看到她端起椅子上的一碗面，环顾了一下四周，这个候车厅的角落除了正捧着 I-pad 玩得入神的爱人，和起身正要离开的我和女儿，没有旁人。她似乎放心地坐了下来，用袖头抹了抹脸上的汗珠，埋头吃起那碗已经泡开好一会的碗面。

看着她叉起细长的面条，我的心咯噔了一下，那碗面里有几颗杨梅核，几颗我和女儿吃完果肉吐出的梅核。那天奔波了一天，在候车室上坐下后，脚似乎就难以抬起，看到后排椅子上有碗主人只吃了两口就搁在那不要的桶面，以为一会会有清洁工来清理，遂以之当垃圾桶将吐出的梅核随手扔下，没想到她竟会端起这碗面来吃。吃别人废弃的剩食，我曾经多次见过，并不为奇，而此刻的一幕，却让我很不是滋味，虽然她看上去有点猥琐，但是她并不是我曾经见过的捡废食的疯子，也不是行乞者，更不是南宁街头衣着整齐的吃"剩饭族"。

她低着头，叉起面条快速塞入嘴，大口大口地吞食着，那样子犹如先前她在候车厅里来回不停地埋头打扫卫生一样利索。我忽然想起中午在馆子吃得大骨面，那一碗大骨面可以换成数碗她手中的桶面，但我却不觉得有她吃的满足，我相信还有许多品着美味佳肴的人们一样也没有她的满足。她的满足竟无端地让我更加忐忑不安，我不知道：如果她知道碗面里还有几颗残留别人唾液的梅核，她还会那么满足吗？我不敢再去看她，我更怕她因我的注视而尴尬，也许我的担心是多余的，也许于她这梅核的酸味，远不如她人生的酸苦，那些和面条一样悠长纠缠的岁月曾经遭受了多少冷眼和辛酸，都已品到心里。

她很快吃完面条，麻利地拎起身边先前放下的扫帚，站起身，将面碗扔到前面的垃圾桶里，又继续弯着腰、埋头专注挥动着扫帚，默默地打扫一批又一批候车的乘客有意无意留下的肮脏与污秽。在来来去去的人群中，她尽管显得卑微，却很精神；尽管怯懦，却很坚强。似乎那泡面给了她极大的能量，她的动作也比先前更轻快，手中的扫帚分明就是一支毛笔，落在地上的一撇一捺，都是那样的铿锵有力。

而我的心却在她叉起面条的那一刻被扰乱了。我的心中似乎充满了同情，回神看看自己，也不过和她一样汗水写满人生，我的同情又从何言起？可我的心里却分明有种无可奈何的心酸……

乡愁，痛并幸福着

一日，在异乡的超市忽见家乡产的"烧海苔"，便毫不犹豫拿起一包放到自己的购物车里。

这是漂泊异乡多年，第一次在他乡遇上家乡品牌，欣喜之情无以言表，回家掏出手机对着"烧海苔"拍了又拍，生怕包装袋上喷有家乡字眼的文字拍模糊了，或是不显眼。而后，选了一张自认为特别清晰的图片发到朋友圈并附上文字："他乡初遇家乡品牌，甚欢。"次日，见家乡亲友留言"我给你寄一箱去"，面对亲友的关爱，我感动之余更多的是酸楚。

我喜得"烧海苔"非喜此物也，乃包装袋上那两个梦萦魂牵的"福鼎"二字，没有离开家乡怎能体会家的含义。曾几何时，我总是取笑我的一位大兵哥朋友，为他在部队服兵役时每每看到挂有家乡牌照的汽车，就拼命跟在车后跑，直至那辆车消逝在他的视野。殊不知，对于离乡的游子，有关家乡的一切都成了家的代名词，成为游子思乡的寄托。

多年来，我曾经入乡随俗地生活在别人的故乡里，却总是因口音一语被识。当"乡音无改鬓毛衰"写在自己的身上，才明白：心在哪，牵挂在哪；爱在哪，家便在哪。我再怎么小心翼翼地藏起外乡人的痕迹，也无法改变我对故乡的眷恋。年少时朗朗上口的余光中《乡愁》，而今每一次重读都字字

朱立萍

如锤，深深敲击我的心魂。漂泊异乡多年，远方的故乡似乎已遥远成一个记忆，却总会时不时地在某个不经意的瞬间唤起我无尽的思念和落寞。

不记得多少次走在异乡的大街上，对着一个似曾相识的背影情不自禁地盯了许久许久，甚至远远的追赶。其实，一看到那背影，我就知道他绝不是故乡那个人，只不过相似而已，但是，我还是没来由地去追他；明知道那张脸绝不是我所熟悉的样子，却还是对着那张陌生的脸，惆怅了老半天。其实，就算那是我熟悉的面孔，我能追上他，又能如何？他只不过是故乡里一个普通的熟人而已，于我又能如何呢？但我却因那相识的背影就自作多情地沉浸在异常亲切的喜悦中，而那陌生的面孔就生生牵动了我心底囤积的乡愁。

忘不了的是老家院前院后的花草和果树；是母亲围裙里热气腾腾的菜肴；是邻里乡亲的豌豆饭和他们那可亲的面容；是潺潺的桐江溪水伴着我和伙伴们欢快的嬉戏声；是夕阳夕照的内海的长堤上，蹬着自行车看两边滩涂大脚螃蟹从容爬行，听着忙碌的下海人唱着欢快的渔歌；更不能忘怀的是街转角的那家小书店和慈祥的店主。记得去买菜的母亲携着年少的我上街，都要经过那家小书店，我总是要在那看一本小人书，等母亲买完菜带我回家。说是我等母亲，但结果往往是让母亲等我，直至我看完书方可回家，对此，母亲从不生气。那时看书是要付费的，有时我看完了一本，左等右等母亲还没来，便想走出店门去找母亲。这时，店主总是亲切地叫住我，免费让我继续看书。我从小人书看到《故事会》《小小说》，小书店几易变迁，我也在母亲的慈爱的目光中走向成长，而店老板亲切的笑容却从未曾消失。

尽管我知道，而今的故乡已不是我记忆中的模样。记忆中，那一个生我养我的地方，湛蓝的天空，纤尘不染。鸟语花香的田野，亲人们抖落肩头金黄的油菜籽，大把大把地采摘洁白的茉莉花儿；古街两旁，枝繁叶茂的法桐曾经庇护着我走过难忘的中小学时光。而今，街两旁的法桐已为闪烁的霓虹灯和五颜六色的广告牌所代替，栉比鳞次的高楼大厦从田野上拔地而起，再也找不到儿时嬉戏的足迹。

故乡在变迁，在前行，也许多年后，我在异乡遇到的有"福鼎"二字的已不只是"烧海苔"。又也许，多年之后，我再重返故里，已不识回家之路，故乡已成异乡。但是，哪怕故乡再也不是梦里的那个故乡，却改变不了游子思乡的决然，只因那里是我生命系列的源头，那是亲情的归宿。无论何时，拾捡故乡的那些记忆，依然可以幸福和慰藉着我的内心，故乡永远也是故乡。

又飘来那份绿

手捧您邮赠来的肖像画，不禁欣慰万分，您不知：相处的那些日子，您就画出了一个真我。

想您的时候总爱一头扎入大自然的怀抱。

我沿着这条熟悉的林间小岭，披一地细碎残阳，听山岭在清冷的秋风中絮语，偶有几片枯叶飘我眼前，惹我万般怜爱，欲伸手去抓，它自飘落地面。弯腰去拾，似与我嬉戏，竟拽我一缕缠绵，重被轻风卷走。我曾因之有过"夕阳吻不去枯叶飘零的泪滴／只随风泊入我的闺房／打温我的日记本"之咏叹。您说："夕阳的落泪／飘洒在枯叶／随风泊入闺房／打湿记忆。"您此吟之深沉，我不由黯然。

山中，找一块干净的地方，坐下。望夕阳渐隐之处，飘满暖色云朵：褐色、橘红、绛紫、腾黄、牛黄……远处一撇山峦，背着夕辉，似泼墨的大写真。如此神韵，倘若有摄影家的饰缀，恐真会误为旭日辉煌呢。

人是需要摒弃颓唐之心态的。难怪您会因夕辉而唤对黎明之畅想，也理解您要拂去我眼中流露的"天凉好个秋"的吁叹。

我追寻着夕阳，在摇曳的山林间，采撷馨香的野花野果，不觉登到山巅，顿时一种远离闹市的空灵、宁馨的情韵，溢满心田。随手摘下一枚野果子，在涩轻甜重中品味您说的"山中自有好去处"。

曾经好几回，我看您怀揽野花野果，满舌黑紫的，从山中归来，邻里有人嘲讽您：都三十大几的姑娘了，还尽野啊？您却自顾得意地摆头晃脑装饰您窗前的艺盆。

您是我亦师亦友的姑姑，您把这种豁达潜移默化种植进我成长的岁月里。姑姑，您知道吗？如今我已不再是往昔那尽想吟赏烟霞受不得半点委屈的梦幻女孩了，大自然已成为我闲暇时养精蓄锐，寄托心灵的最佳处所。

如此刻，头枕青山，面对蓝天，迎着山风自由自在地呼吸着浓郁的泥土和山林的气息，耳畔隐隐传来跌宕的山泉吟诵着平平仄仄的旋律，俯仰止息间，身心舒缓完全与山林融为了一体，落入眼中的每一根树枝，每一片叶子，每一朵野花一如充满生灵的音符，年年岁岁，岁岁年年，枯了又长，花谢了又开，在寂寞中演绎着自己的美丽。

我在山上，山上山下是不同的世界。回首俯望山下茫茫人海，忽记起您说过：人是海，每个人都有他自己的海，别以为唯有你的海深，谁知道谁的海有多深呢。也曾从大海中走来的我，此刻再重新面对自己那段阴晦的日子，才深觉对别人无限地抱怨自己的不幸，有多傻多愧……我遂敬佩，您的生活固然不容易，可是您宁可让内心去发酵，也总是用终生的精力追寻生命的坐标。一如您执着地在空余时间，握着属于您的那只小画笔。

姑姑，我一直追逐着您笔下那群憨厚可掬的小动物，"不幸"误入艺术小道。在您的"你有才华，但还在萌芽阶段，不可半途夭折"的谆谆教诲声中，开始了我艰难充实又刻骨铭心的一页页生活。

独自遐想，独自消受。秋风送来几声鸟雀唧啾寻觅归巢声，顿觉有点冷，才发觉自己还沉醉在山上。夕阳已是无觅处，该下山了。

暮后之绿蓦然尽染眼底，真的是醉人之绿啊。我不禁疑惑：时已秋日，却为何周围这般只在花青上晕染腾黄和曙红调和才有的深沉之绿？莫非……

姑姑，莫非是您已经把绿写在我的心底。

走 进 拉 萨

飞机抵达拉萨贡嘎机场，眼前立即豁然开朗。

这是一个离蓝天很近的地方，坐在驶往拉萨城的汽车上，一眼可望见远处群峰巍峨耸立，直入云霄，与天相连，给人一种空旷的感觉。尽管时值阳春三月，草地上依然可见一小堆一小堆未融尽的积雪。山脊背上亘古的白雪，在湛蓝的苍穹下闪耀着雪峰的光芒，阳光朗朗地洒了下来，车窗外一片澄碧。

汽车沿着壮阔的雅鲁藏布江，跨过雅鲁藏布江大桥，从曲水河边驶向拉萨城。

沿途可见用土石筑成的低矮的白色藏民民居，平整的楼顶上飘着像小旗似的五色经幡，那是藏民们祈佛的象征。他们把经文写在经幡上，让风吹动，替他们一遍又一遍地念诵佛经。在水边、山顶上随处可见一簇簇的五色经幡，在寂静的大地上随风发出"呼啦啦"的神秘声响。田地上不时可望到背着箩筐或是拿着铲子辛勤劳作的藏民们。

汽车驶到拉萨桥上，遥望高原之都，唯见布达拉宫高高崛起，布达拉宫——一座古代建筑艺术之杰作，一座以其极高的历史价值和旷世之宝闻名于世的宫殿，和城中心的大昭寺是高原之都骄傲的象征。

高原之都拉萨是一座具有1300多年历史的文化名城，是传说中的神佛之地，在八瑞相山的簇拥下，更显得古朴而端庄。布达拉宫又以其高贵威严的雄姿屹立在拉萨城内的红山之上。

站在布达拉宫广场翘首仰望，只见殿宇雄伟，金顶入云，曲径回廊，重重叠叠，那拔地凌空的气势，那金碧辉煌的色调宛如天上宫阙。对着这个曾经是我遥远梦境的宫殿，我激动得几乎不能呼吸，而此刻导游却对我们说：现在不能上布达拉宫，怕大家适应不了高原缺氧的气候，必须先休息好。我们将信将疑，果然，没过多久，大家都有了一些反应，有人说头晕鼻塞；有人说手脚麻痹，有一个支持不住被送去吸氧，于是我们像大病初愈的病人，小心翼翼地在宾馆行动。然而奇怪的是：当我们登上布达拉宫，个个却精神饱满，也许是佛陀的佑护，在宫殿中穿行了三四个小时，没有丝毫的不适。同行的都深深地为金碧辉煌、珠光闪耀的灵塔殿、佛像和唐卡、经卷、古瓷所吸引，在博大精深的藏传佛教中完全忘却了自身的存在。

布达拉宫始建于公元7世纪，楼高117.9米，拥有殿宇楼阁1000多间，

朱立萍

分红宫和白宫，红宫主体建筑为历代达赖的灵塔殿和各类佛堂，白宫为达赖起居和处理政务的地方。高原亮晃晃的阳光，在宫内被高高的宫墙与厚厚的布帘挡着，过走廊，爬木梯，穿门洞，入大堂，一间间的走，偶有劲风拂帘，那日光如闪电划过；一间间香灯摇曳的圣殿愈加显得神秘，眼前经过的僧人似乎也在闪闪烁烁的酥油灯中飘忽，迎面而来敬奉酥油烧香的藏胞，他们黝黑的脸在氤氲缭绕的香灯中显得平和而祥静，似乎在那叠满经文的楼宇里浸淫佛意气息，彻悟了人世玄机。那些未能登上布达拉宫的，便在城堡外，右手摇着转经筒，左手握着佛珠，口中念着"哦嘛呢叭咪哞"六字真经，缓缓地围着城墙转经，或是正对着城堡两手合掌高举过头，自顶、额、胸，拱揖三次，而后匍匐在地，双手直伸，平放地面，磕起长头。

这种虔诚的膜拜在西藏无处不有，无处不见。当我们来到了西藏最辉煌的吐蕃建筑——大昭寺，不禁感慨万千。

传说，1000多年前这里是沼泽地中心的——卧塘湖，博学多才的唐文成公主观天相，认为此乃罗刹女之心脏，不利于藏王立国，建议白山羊背土填之建寺庙以镇之，藏王采纳了此建议，大昭寺修成后，各地善男信女纷纷前来朝拜，并渐渐地在庙宇的四周修建了住房，闻名中外的高原古城便逐步形成。

这座凝聚藏汉情谊的寺院虽已历经1000多年的历史，却香火不减当年。寺内终日香火缭绕，万盏酥油灯长明，门前的青石板上留下了众多信徒朝拜的印痕，他们一路用胸膛行走，用身体丈量大地，经历几多艰辛，来到他们梦中朝圣之地，尽管他们沿着墙边的转经道转经时，步履艰难，但眉宇间却洋溢着幸福的光彩。他们拨动经筒的手，非常有力，似乎每拨动一次就获得一次解脱力量和自立的信心。虽然我不是一名宗教徒，但他们对信仰的执着，却让我由衷地充满了敬意。

透过他们那幸福的眼神，我仿佛看到他们的心境，它宛如雪白的哈达那般圣洁，扮靓了我脚下的这片净土。

生命中的两场雪

我生在南国，对于属于北方的雪有着深深的情结。

记得少女时期，通过文学社团认识了一个北方的大哥，询问他雪是什么样的？浪漫的大哥用洁白的纸张包了十朵雪花，寄给不谙世事的我。

我接到的是白纸，雪在邮寄的路途融化了。

南国虽然少雪，偶尔也可看到雪。初次见到雪花飘扬，精灵般从天而降，正是年少轻狂的时候，几个伙伴兴致勃勃地骑单车到乡下一朋友处。五六个少男少女，满怀青春的热情，在雪地中虽然一个跟着一个摔倒在冰冻的地面，清脆快乐的笑声却响成一片。

我清晰地记得那情景，清晰地记得也在结冰的路面上摔倒的自己，看着空中纷飞的雪花，干脆摔开单车，不顾冻红的脸和冻僵又摔疼的手，兴奋地张开双臂、仰着脸张嘴品尝空中的飞雪；清晰地记得同伴刘君看着前面的伙伴滑倒在冰地中乐开了花，却不料自己也沿着伙伴单车滑下的痕迹跌倒在路上；清晰地记得同去的任君有一张帅气的脸，一副桀骜不驯的样子，让多少情窦初开的女孩为之心动，也曾在自己单纯透明的心里激起了涟漪，尤其是他对于自己那超乎寻常的热情和关注，于自己似乎那次寒冷的雪中之旅，因为有了他而变得温暖、甜蜜。生命中的第一场雪似乎就定格在那次雪中之旅。

再次遇到下雪，已是二十多年后的如今。

今天，身在南方的自己有幸迎来生命中的第二场雪，却如何也追忆不起当年一路上如何与任君做伴，记忆中的雪中之旅竟淡化了关于他的鲜活的面画。

纷纷扬扬的雪，和平生遇的第一场雪一样洁白无瑕，鹅毛般的舒展，晶莹剔透的纯粹，轻轻地落在已有绿意朦胧的柳枝上、草地上、湖面上。远处连绵起伏的山峦披上了层层雪浪，如云似雾；近处白的雪、隐隐约约的绿的

朱立萍

草、烟雾迷离的湖面，组成一幅淡淡的水墨丹青，让人犹如置身于冰清玉洁、粉妆玉砌的童话王国里。雪中的世界是宁静的，静得可以听见雪花飘落的细语，静得可以听到记忆深处的脚步声。

同样是一场雪，而当年的欢呼雀跃，如今已延续到女儿身上，在女儿的眼里，洁白的雪是跳动的，正如我当年的感觉。我想当年的雪中之旅决不能轻易用年少无知的狂野来形容，那是意气风发的美好时光，那时的我们就是雪中的精灵。我相信每个年龄段都有其精彩的一页，哪怕时光流转，青春已逝，韶华不再。

我怀念二十年前那雪中之旅，亦喜爱如此刻独自感受雪中的宁静，静静地回望曾经的得与失。当年的雪中之旅没有了任君的记忆，让我明白了记忆有时像金子永远闪耀，有时像沙土经不起岁月的冲洗，在某个不经意的瞬间，你会发觉那些曾经以为永远也忘不了的事，早已被岁月之河冲洗得不着一丝痕迹。所幸的是岁月冲走的仅仅是我青春萌动的心，留给我的是一个平和的心境。我很庆幸在青春懵懂爱的时光里，只是悄悄地将朦胧的向往和喜悦藏在心底。

轻轻地伸手接一朵飘摇袅娜的雪花，看着它在手中慢慢融化，忽然想到生活中的有些人，有些事一如这雪花，它的美丽只允许你静静地观赏，而当你伸手接住，就很快融化了，什么也没有。静静地伫立于这银装素裹的大地上，把整个身心浸漫于雪幕之中，心绪随着雪花飞舞，世界变成了单一的白色——一种让人心灵纯净的颜色，远离了物欲和喧嚣，心中多了一份淡定和从容。

这是生命的延伸，是生命的新的颤抖，我想，我的一部分生命是属于雪的，洁白的雪，所以，对于雪，就有了自悟一般的感动。

刘景鹏

作品

　　刘景鹏，70年代生人，福建福鼎市人，毕业于复旦大学行政管理专业，南怀瑾大师私淑弟子，资深易学研究者。曾在《天涯》《中国海事》《福建日报》《采贝》等各大刊物发表散文、小说、诗歌近百万字。出版有小说《周易的咒语》、散文集《观心》等。

灯桩与岛屿

从我出生以来，那灯桩就存在。应该说它的年纪比我还大。当还是少年的我站在外婆老家的庭院上，可以看到它在黑暗中明灭闪烁，所以那时我以为海面上的船是它引进来的。

这条港像植物般长在我记忆的土壤里。沿着灯桩向前，海水已经奔腾了，它直接沿着出海口奔向东海。当地人便形象地给这灯桩起了个"龙目岩"的名称，与距离它西向几海里的那个称为"莲花屿"的小岛，构成这条港的两只眼睛。在漆黑的夜晚，它们呈前后犄角，拱卫着这条港的安宁。

"龙目岩"灯桩很有些年头，但从我记事以来，它就一直向港内四海里的范围放射着灯光，几十年不变。黑黝黝的桩身底下是退潮时才能看见的面目狰狞的礁石。对于依附着这条港生存的镇子来说，它就是一个象征。

而相比灯桩而言，那座小岛却有些沧桑。它像一朵水莲花平铺在海面上，岛屿内却有一个奇怪的现象，就是能从海底下涌上来天然淡水。在岛屿佛堂的深处，岛内通向底下的海，蜿蜒着一条长长的甬道。顺着这条甬道爬进去，可以从岩壁的水出口处接到一细瓷碗的淡水。据说这是佛水，虔诚的人喝了会交好运。水源一年四季都不会枯竭。

在镇子的十年，我目睹了无数的船舶从"龙目岩"灯桩安全绕过，在航标灯的引导下，围着"莲花屿"小岛次第锚泊。夏天的夜晚，天上繁星点点，海面上渔火闪烁，坐在岸边码头茶座，品茶磕牙的镇人耳听从"莲花屿"上传来的隐约佛音禅乐，话题便可从小镇明时俞大猷抗倭说起，一直讲到这条港被近代孙中山先生《建国方略》列为天然良港的历史。

跑船的人都说看到"龙目岩"的灯光便如到了家，旅程的劳累与紧张到这时，便烟消云散。这句话并不为过，至少对我们这些靠海吃饭的人来说，它们便是我们的生命支点，如同心灵孤岛深处发出的光芒，在茫茫的人生大海上温暖着我们的眼睛，以奔向一个又一个航程。

当年我曾经亲眼看见一对进行海上仪式的渔船在海螺号声的伴奏下，沿着"莲花屿"绕岛三圈，虽然不知道他们这样做的原因，但可以揣测祖祖辈辈讨海的渔民对大海保持的那份神圣的敬畏心，我相信那一刻渔民的心灵比大海还要纯净。

所以每次我回到小镇，总要在海边静静地看着那灯桩与岛屿，它们呈现出大海最真挚的表情。

老巷子，老时光

沿着小城南大路建设银行旁边的巷子进去，迎面就是一家经营牛肉粉扣的小吃摊子，兼卖猪肉丸粉条和茶叶蛋。摊主是个胖胖的中年女人，她的牛肉粉扣做工精到，粉扣是藕粉，嚼起来滑韧脆溜，牛肉韧劲十足，加上熬制的老汤，因此味道极好。

由于摊子地处交通要道，生意一直很红火。记得过去斜对面汽车北站未拆迁时，南来北往的旅客都会在等车的间隙跑这来吃上一碗，调点酸辣，个个吃得满面红光，细汗直流。

小城的巷子，尤其是一些幽深、古旧的巷子似乎巷口前总会有一家招徕客人的小吃摊子，根深蒂固的，似乎成了它的一道地理特色。

我所说的这家牛肉粉扣摊子经营很有些年头了，记得20世纪90年代初我家刚从乡镇搬到城关，它就存在了。经过这么多年，它还是牢牢占据了那条巷子的巷口，仿佛时光未曾走远。

它的摊子，也没有像小城其他小吃如江记鱼片、点头米粉汤、店下炒米粉等那样，由于生意做大，舍弃了原来简陋的场所，租用宽敞明亮的门面来经营。

它就这么几十年来在一个固定的地点经营着一个固定的理念，摊子主人的思想真够固执的。然而每次到那里吃一碗粉扣，想问老板原因时，心里头却在想，嘿，还是这个老地点好。它就是我少年以来要找的地方，在同样的地点，一些记忆温馨而缭绕。

想念一个地方，即使再破再旧，也是思兹念兹的地方，这个铺子老板的固执似乎验证了这个道理；或者他的经营头脑已经精明得接近于"道"了。

在小城繁华的街面，这样的巷子很多。它们巷口的摊子，大多简陋，就一个锅，几张桌子，老板娘在挥汗如雨地干活。比如市医院附近就有一家卖地瓜粉扣和米面的摊子，调料很简单，朴素得近乎白描，而我不知道为什么总会鬼使神差地转上几路车，专门到那里吃上一碗。

魂牵梦绕的东西，终究是可贵的，譬如我们对于少年时居住的老屋，岭旁的老井，傍晚老屋顶上袅袅的炊烟，总有一种近乎固执的思念。人啊，真是一个固执且怀旧的动物，对于消逝的一切，总有无法泯灭的记忆。

小城的巷子腹部没有街面那般大气，它往往还遗留着碎石路或黄土路的模式，凹凸不平的。走进去，后背会吹来幽幽的弄堂风，这时如果太阳西去，便会觉得浑身冷飕飕的。

但是它在巷口表面人间烟火的背后，实际上隐藏着一些令你惊奇的发现。或者有一家理发店，店主是个跛脚的中年男人，摆设的理发椅与布置都停留于 20 世纪 80 年代；或者有一家私人诊所，留着长须的老中医，用小拇指指甲熏得黄黄的手捏着一本《黄帝内经》，从他的百宝箱里为你取出一小盒专治痔疮和皮肤溃破的中药膏，呵，总是有那么一股药到病除的神秘劲儿。

滞留在小城巷子里的光阴总是走得特别慢，仿佛一个人在周末起床，慢条斯理地洗漱，慢条斯理地吃早餐，慢条斯理地把时间留给自己、留给生活。

卓文彬

作品

卓文彬，福鼎市人，业余喜好甲骨文书法、绘画、乒乓球运动等，偶尔写点散文。早年从事中学化学教育工作，后调任对台、党委办等岗位，现任福鼎市纪委驻市财政局纪检组长。

又见红树林

　　我从小在海边长大，一直喜欢海。我的家乡前岐小镇的海不是大海，是涨潮就被淹没，退潮就露脸的滩涂，严格地说，那是一片湿地。湿地的沿岸处，分区域生长着红树林，或密或疏，断断续续，使陆地与海有了完美过渡。红树林是一种灌木，树高约2米。红树其实外表并不红，其叶油光透绿，因材质呈红色而得名。由于红树林的存在，造就了独特的海洋生物觅食栖息、生活繁衍的生态环境。树上鸟类飞舞，树下游鱼穿梭，蟹类横行，好一个悠闲自得而又充满危机的生物世界。我喜欢的海，其实是喜欢生机无限的红树林湿地，那里演绎着一幕幕生物传奇。

　　小时候我的爱好十分广泛，捉蟋蟀、掏鸟窝、放风筝、钓鱼、捉蟹等等，野得很，钓鱼捉蟹是我的最爱。现在的钓鱼装备十分先进，而我那时的就简单得多，一根细竹竿、一段钓线、一枚鱼钩、一粒浮子组装起来就成。涨潮了，我沿着岸边一路走钓，有红树林的地方鱼儿咬钩总比其他地方多。鱼儿咬钩时只有轻微的触动感，那一定是一条小鱼。咬钩震动感强的，无疑是条大鱼。大与小是相对的，有一次我花了很大力气才把一条约三两重的"虎"（一种能分泌滑腻液的黑色无鳞鱼）拖上来，对力气弱小的我来说，那是一条大鱼。挥竿出水，一条挣扎的鱼转眼间就塞入鱼篓里。有时为了玩挥竿，不小心把鱼钩钩住自己的皮肉，疼痛至极。潮退了，海又成了滩涂，招潮蟹从封住的洞里重新钻出来觅食，红色的、青色的，各种颜色的移动斑点远近一片。雄蟹举起单只红色大蟹脚，耀武扬威，逼走入侵者，赢得雌蟹欢心，娶得妻妾成群。岸边的小石洞是随潮而来的青蟹理想的家。它们在里面完成脱壳、隐藏、硬化过程，脱一次壳就长大一次，待下次脱壳时再寻找新的合适的躲避场所，否则刚一脱壳就成为其他同类的餐点。我经常在岸边挖小坑，坑里堆大石块做成空心礁，每次涨潮都有小鱼、小虾、小蟹被迷惑误入其间，退潮后再也跑不了，成为我家餐桌上的佳肴。

滩涂上生活着各种各类的泥螺，以微生物为食，大都叫不出名，味道甚为鲜美。尤其以红树林下的蟹守螺味鲜而清，熬汤下饭最为清爽。因其状如牛屎，本地也叫"牛屎螺"。名虽不雅，实是上品。要捡到"牛屎螺"也是不易，红树林下沼泽的软泥里有许多树木的腐枝，一不小心就扎进脚板。这种螺也喜欢躲在岸边岩石底下，有心寻找也能捡到。这些年，我们当年的玩伴或同学常相聚一起，经常点"牛屎螺"这道美味，它让我们回味成长的味道。

红树林数量多少与周边人类活动有着直接的关系，近小镇处红树林并不多，稀稀疏疏。离小镇越远，越往外海口走，红树林越密集。离集镇约三里地的梅州湾红树林就多了起来，那里有个汽艇码头，每天有一条汽艇往返于前岐与福鼎城关之间。当时前岐陆路乘客车去城关约半个小时，水路乘汽艇约一个小时，步行则需三个小时。客车的汽油味重，车在山间穿行颠簸，尘土飞扬，会晕车的，被折磨得吐个半死。所以，有的人干脆步行。乘汽艇与乘客车的感觉是完全不同的，一路欣赏沿岸的青山碧水，那叫享受。船行至鲨屿一带，岸边的红树林远近绿光连成一片，蔚为壮观。凉风拂面，碧水扬波，伴随着噗噗噗的汽艇声音，一座座山峰向后闪过，城关不知不觉就到了。运气好的时候，还能看到一只只"海猪母"跃出水面，翻着肚白，此时船上的乘客都会兴奋地欢叫起来。"海猪母"跟猪八戒的长相有很大差异，后来我才知道，"海猪母"其实是一种鲸类，体型不大，长一二米。偶尔有"海猪母"误入内港浅滩被抓，据说肉不怎么好吃。

20世纪70年代，全国各地开展轰轰烈烈的农业学大寨运动，到处开荒造田、平整土地，前岐镇的围海项目也拉开了序幕。上小学五年级的一天，我坐在一间靠海的教室，发现远处半山腰有人对着海面勘测地形。一年后，声势浩大的围海工程就开始了。那时，学校半工半读，组织学生学工、学农，以学农为主。我们有一半的时间开辟茶园、果园、平整土地等等，也参与了围海劳动。1976年前岐万亩海堤终于合龙，海滩湿地的盎然生机顿时消失，岸边的红树林远离了我的视线，成了种水稻的良田。

卓文彬

其后的岁月里，随着围海造地、围海养殖等活动的增多，大片红树林继续消失，能看到的只是零星群落，不成规模。美丽的红树林带属于记忆了，那是存在于心中的最后一片红树林吗？

今年初春，与几个同学游玩附近沿海，惊奇地又发现了一片茁壮的红树林。林子尚小，也不密集，从其株间距和整齐程度看，显然是人工种植的。不久之后，这里将再现绿光扑面、百鸟纷飞、游鱼穿梭的景象，继续演绎着生物的传奇。

父 爱 如 山

父亲从小就没有得到母爱，很小的时候，奶奶就因病去世了。也许是自己没有享受到羡慕的母爱，才更能感到来自家庭爱的珍贵。父亲极爱自己的儿女，几十年一贯如此。

我在家里排行老三。一般来说，长子要帮助父母承担起带弟妹的责任，将来是家族的掌门人，其担负的责任重大，要重点敲打。最小的儿子因为小，集合了全家所有人的关爱。我这个居中的老三受父母关注相对少些，因此就享受到了更多快乐自由的时光，就爬墙、上树到处冒险。一次是模仿跳伞撑着雨伞从树上跳下来，摔得不轻；另一次是和几个伙伴一起游泳，我实施从海底走到对岸计划溺水了，被同伴救起。父亲意识到单纯禁止没有用，就采取了危险教育的办法。只会游几米远，基本不会水的他当起了游泳教练，带着我和哥哥在海水上涨的福东溪里学游泳，他在外围海水齐胸处警戒，防止我们哥俩不慎滑入深水区。父亲当然当不好教练，按照他教的办法，我们哥俩怎么也没学到游泳本领，后来我还是靠自学成了才。那时前岐还未围海造田，小镇很小，沿溪而建，小桥流水，在几棵大榕树巨大树冠覆盖下，小镇显得异常美丽。

父亲重视对我们的培养教育。在上小学的时候，恰值"文革"开始。轰轰烈烈的"文化大革命"运动席卷全国各地，前岐小镇也难于幸免，教师被勒令参加学习班接受思想改造。父亲是右派，当然是改造的主要对象。那时小学课堂上天天学的是毛主席语录，对毛主席语录我们倒背如流，甚至我们拿红缨枪放哨抓到从海边上来偷做小海鲜生意的小商贩，也要斗志激昂地教育他们读上一段，革资本主义尾巴。碰到中学生上街游行，也激情满怀地跟在队伍后面喊口号。父亲见我们这么无知，有一段时间沉默不语。在那个年代，书是没法读了。为了防止我们在外面胡闹，也为了提高素质，父亲规定我们兄弟姐妹每天都要坚持练习钢笔书法，他说写一手好字，就是一个好门面，对将来走上社会有好处。从此我们兄弟姐妹每天都要苦熬两个小时，练习父亲指定的魏书，但是我们对工整的魏书失去耐心，各自选择自己喜欢的书法。父亲的这一做法，让我们几个儿女收了心，书法打下了基本功底，虽然没有练成气候，但也还算端正。

因为学不到知识，父亲十分担心我们的将来。本着技多不压身的态度，对我和哥哥爱好绘画积极鼓励。小镇没有专业的绘画老师辅导，父亲就找了几本美术入门的书。有了理论指导，我们哥俩就有了精神食粮，关起门来涂鸦。年幼的我爱卖弄，感觉自己是个了不起的画家，把屋子当展厅，墙壁上充斥着我的"杰作"。因为没有得到正规辅导，我的绘画爱好没有成为我的职业。但这个爱好一直陪伴着我，丰富我的精神食粮，在上中学和大学的时候，宣传校刊的刊头基本上都是我的作品。后来的标识设计成为我人生的一大艺术体验，这一爱好派上了用场。

小时候我的身体瘦弱，抵抗疾病的能力差，咳嗽没治好，转成气管炎，吃药没效果，父母亲很是为我担心。刚好那时国球普遍开展，前岐小学砍了几段巨大的榕树枝干，除了制作课桌椅，还自制了乒乓球桌，供学生打球锻炼。父亲找来两个球拍，有空就带着我们兄弟姐妹打球。因是近水楼台，球桌经常被我们占领，我们的球技自然也就比其他同学好一些，在各自的年段都是乒乓球活跃分子。经常打球增强了我的体质，气管炎不治而愈。上小学四年级的时候，学校成立了乒乓球队，我有幸入选。参加了校队，感觉就像明星，在同学面前趾高气扬，走路雄壮，说话大声，有人观看的时候打起球

卓文彬

来夸张表演，赢球时痛快淋漓。但好景不长，在县一小来访比赛中，被打得晕头转向，灰头土脸。原来天外有天啊。快乐的球队生活到我升入初中时结束了，但那时培养的打乒乓球爱好转为了一种习惯，以一种运动健身的方式融入我的生活，成为我悦乐身心和保持健康的生活方式。

印象中父亲很少打过我们，我们做错了事，善于沟通的父亲一般以说服为主，但实在生气的时候偶尔以打的方式教育我们也是有的。由于家庭成员多，我们兄弟姐妹均在读书，学费和吃穿都不能省，父母的收入难于维持家庭开支。要生存就要想办法增加生活资料。在父母的带动下，小小的我们就开始承担起种菜等体力劳动，减轻父母负担。我们住在前岐小学的教师宿舍里，小学三面临水，东面是溪，西面和南面是海，涨大潮时就成了孤岛，只有一条小石桥与外界相连。俗话说靠山吃山、靠海吃海。滩涂湿地里丰富的鱼虾蟹螺等成为我们下饭的佳肴和摄取营养的来源。家里没有了下饭的菜，我们兄弟姐妹中就会有人要接到父母的下海命令。讨了几次小海后，我居然喜欢上神奇的滩涂，虽然滩涂里黑蚊子咬得我手腿都是泡，但好玩的虾兵蟹将提供了无穷乐趣，以后我就经常主动下海，成为兄妹里讨小海的主力。上小学二年级的一天，夏日炎炎。家里又没有下饭的菜了，父亲又叫我下海弄点小螺回来。下到海里，我发现滩涂被烈日晒得干裂了，空旷的海滩上都是裂痕，除了发呆的我，什么生灵都没有。头上顶着个烈日，背被灼得生疼。我实在没了折，只好拿空荡荡的篮子回来。父亲以为我偷懒又说慌，不听我申辩，以打小腿的方式处罚我，我十分委屈，哭得特别伤心。

我们长大以后，兄妹们在一起经常会回忆小时候的趣事，我的这一段伤心事成了大家的笑谈。当母亲笑着说"海裂了，腿也裂了"的时候，父亲则在一旁收起笑容不说话，我知道他老人家心里感到有点内疚。这是父亲第一次打我，因为要求我要诚实做人。父亲第二次打我是在我上小学四年级的时候。当时父亲当我的班主任兼语文老师。有一天上午课间操结束，我站在学校前面的小石桥上，看到小溪里一大群鸭子觅食过后，居然留下一枚鸭蛋。我兴奋得冲下去拾起来，像是发了大财。这件事情被一位同学告到父亲那里，父亲大怒，骂我拿了别人的东西，不争气，打了我一耳光。我的父亲就打过我两次，均是对我的诚实教育，父亲希望他的儿女们都要有诚实、善良的品质。

父亲从发现病情、治疗到离开我们的一年多时间里，受尽了疾病折磨。我们依然张罗着给他做八十大寿，在过完大寿的第三天，父亲永远走了，走得平静安详。尽管我们早有心理准备，但亲人离开的伤悲仍令我们无法克制，撕心裂肺的痛化为泪涌。

父亲是极普通的人，虽然没有给我们子女们留下多少财产，但他一直是我们的精神支柱，一直是我们心中的参天大树。他走了，我们失去了这棵大树的荫凉。但是我们的一代又一代，每一个人都将会是他们儿女心目中的一棵参天大树，这是爱的传递。

卓文彬

王雪平

———————————| 作品

　　王雪平，20世纪70年代出生于福鼎，现任教于福鼎市湖林学校。在《法制文萃报》《渤海早报》《闽东日报》《宁德晚报》《太姥山》《福鼎周刊》等报刊发表散文、诗歌上百篇。曾获"太姥清风"征文比赛优秀奖。

俺的傻老妈

老妈从菜市场一回来就直奔老爸的衣柜，一边找衣服一边自言自语："唉，真可怜，七老八十的人在这滴水成冰的日子里还穿着这么单薄。"我接过话茬："您整天可怜这个可怜那个，那谁来可怜您呢？"她瞪了我一眼便抱起老爸去年刚买的那件羽绒服匆匆地出门去了。望着老妈急匆匆的背影我不禁摇了摇头，知道她的恻隐之心又来了。她的这种恻隐之心常常让我云里雾里。

就说去年冬天的一件事吧，那是个特别冷的晚上，我放假回来，老爸便建议我们吃火锅。火锅料都是我亲自买的——我最爱吃的海鲜，有活蹦乱跳的大青虾，横行霸道的大闸蟹，懒洋洋的虾姑……可老妈一看到这些活生生的东西，居然把它们都端走。望着老妈的举动我感到莫名其妙，爸爸看着我讶异的表情，笑着说："你妈的菩萨心肠又来了，她宁愿自己上刀山也不忍心让这些小生命下火海的。"没有了这些海鲜，晚上的火锅不就黯然失色吗？我想据理力争："妈，您是老糊涂的吧，这些海鲜生来就应该给人类吃的呀！再说活的海鲜吃起来味道才鲜美，一旦它们死了就不好吃了，不然的话，人家干吗花上几倍的价钱去买那些鲜活的东西呢？"老妈装作没听见我的话，转身去切大白菜。"妈——"任凭我妈长妈短，老妈继续把自己当聋哑人。看着这样固执的傻老妈，我和爸爸无可奈何地叹了一口气，知道今晚的火锅没有活海鲜相伴了。接着，爸爸给我讲起了一件更绝的事：那时我三岁，晚上总是睡不好，每到夜里都要哭好几次，吵得家里人都睡不着。有位老中医告诉爸爸一个秘方：把整只活田鸡放在杯子里炖，为了防止它跑掉还要在盖子上贴上透明胶，这样田鸡就只能在杯子里跳呀跳，直跳到它死为止。然后把田鸡汤取来喝就可以治我吵夜的毛病。想不到这事遭到老妈的强烈反对，她说："不行！这绝对不行！这太残忍了，我们可以另外给孩子找药。"最后，她先下手为强，趁着朦胧的月色一个人跑到小溪边把爸爸花了几十元买来的田鸡给放了。说也奇怪，从那以后我的吵夜毛病竟然不治而愈，我想这也许是老妈的傻举动在冥冥中感动上苍了吧。

但老妈的这种恻隐之心也被一些见有利可图就不管不顾的小人所利用。有一次竟被一名装孝子在街上号啕大哭无钱给母亲看病的赌鬼骗了两百元。邻居们知道后都笑她傻，她只是淡然一笑，背后却对我说："我记得谁说过'上帝把你造为好人就是最大的奖赏'，你看我已经得到了这奖赏，还有什么比这更好的？如果人人都有一颗恻隐之心，世界将变成美好的人间。"

确实，恻隐之心是沙漠中的绿洲，是黑暗中的灯塔，是江河上的桥梁，是迷路时的指南针。如果人人都有一颗恻隐之心的话，哪怕是寒冷的冬天也会让人如沐春风。

老妈虽然只是一名普普通通的乡村妇女，但是拥有这么善良的母亲是我今生的骄傲。

远去的蓑衣

前些日子，我在资国寺的茶室看到一件小巧玲珑的棕色蓑衣，它被挂在装修得古典清雅的仿木墙上，落满灰尘。不知怎的，忽然心生暖意，禁不住伸手轻轻地抚摸，一下子就感受到它的温度。智慧的先辈们正是用这样的蓑衣来为自己遮风挡雨啊。

蒙蒙细雨润绿了江南，粉红的桃花烂漫了山野，耕田的农人牵着牛，戴着竹笠，披着蓑衣行走在田埂上，烟雨中飘满了泥土清香的气息，勤劳的老牛和披蓑的农人默默地配合着，耕耘起一年的希望，或者，在稻田里插秧，蓑衣紧紧贴着农人的脊梁，为他们遮挡着还带点寒意的风雨。一天工夫，一行行嫩绿的秧苗便从山脚延伸到山顶，仿佛一匹从天际抖落的绿绸缎，和梯田旁边开满映山红的山峦相映成趣，构成一幅绝美的江南乡村山水画。烟雨迷蒙的暮色中，劳动了一天的农人带着一身泥水，从田里山间归来，潇洒地走过小桥流水。此时，水牛、蓑衣、竹笠和小桥流水还有袅袅的炊烟一起书写着农村平和而安详的诗句。

穿蓑衣的人，不仅仅是农人，还有渔人，甚至还有满腹经纶的诗人才子。"青箬笠，绿蓑衣，斜风细雨不须归。"在唐朝的斜风中细雨里，这位头戴箬笠，身披蓑衣的隐士是多么潇洒逍遥啊。如黛的西塞山，烟雾中轻盈飞翔的白鹭，随着水波轻轻荡漾的渔舟，两岸灿若红霞的桃花，竹竿一动，鱼儿咬钩了，迅速一提，一条肥美的鳜鱼就飞入渔船中，多么浪漫惬意的生活！一袭蓑衣把人生的禅机融入江南悠悠的山水中。

如今，各种轻便的雨具，一步一步，把蓑衣逼进历史的暗角。在江南的斜风细雨中，再也难觅蓑衣的身影。在孩子们吟诵"青箬笠，绿蓑衣，斜风细雨不须归"或"孤舟蓑笠翁，独钓寒江雪"时只能借助幻灯片让他们知道蓑衣的样子了。

打稻草的那段岁月

每次看到洗米槽里学生倒掉的白米饭时，总会想起和奶奶一起打稻草的那段艰苦的岁月。

20世纪70年代，是我记事起我家生活最艰难的日子。每到青黄不接时，奶奶常常去挖野菜来充饥或是打稻草来赚一点粮食。

所谓的打稻草，顾名思义就是把被脱谷机脱过的稻草把一个一个重新捡起来，用一根扁扁的一尺来长、一寸来宽的竹篾敲打稻草，以打下每把稻草中还没被脱谷机脱干净的几粒稻谷。

奶奶非常珍惜这收割稻谷里的分分秒秒。鸡叫第三更时，她就起床煮饭，煮完饭后，将我们叫起来。吃过饭，我和奶奶便踏着清晨的第一缕阳光来到了生产队割稻谷的地方。奶奶先在脱谷机旁边选了一块空地，再铺上一层白色塑料纸，放上簸箕。做完这些准备工作后，她就坐在自备的凳子上准备打稻草，我帮忙把稻草把一个一个地捡回来，堆到她的旁边，快堆成一座小山时，我的手也酸了。留下她打稻草，我跑到田间去抓鱼。看到一个泥窟窿，手指往里面一戳，就扒出一条泥鳅，不一会儿就收获了许多泥鳅。最高兴的还是抓到一种叫"乒乓"的鱼，这鱼浑身长着黄蓝色的条纹，有点像热带鱼，可爱极了。抓到这鱼之后，我小小的童心盛满了幸福。把装鱼的玻璃瓶放到一边，然后去拾稻穗，拾了一把后就得意地带着鱼儿回到奶奶的身边。这时奶奶布满皱纹的脸上挂满了汗水，在秋天阳光的照耀下金亮金亮的。簸箕里已经装有一大把她打下了的谷粒。这时奶奶也顺手把我拾来的稻穗上的谷粒打下来。嘿，稻穗上打下的谷粒比她簸箕里的还多。她的脸上也笑成了秋天里的菊花。

一个秋季下来，我们打了将近十斤左右的稻谷。奶奶拿出一些稻谷去换米粉来让我们姐弟解解馋。当锅里米粉的香味飘逸在空气中，我们姐弟仨就迫不及待地拿着碗等在灶边，米粉的香味直扑鼻孔，馋得我们直咽口水。

剩下的稻谷全被奶奶换成地瓜米。当时年少不懂事，眼看着稻谷就要被换成地瓜米时，我们都哭着求奶奶："奶奶，不要换，我们不吃地瓜米，我们要吃白米饭。"奶奶听了潸然泪下，但最后还是换了地瓜米回来（当时一斤的稻谷可以换四斤的地瓜米）。换来的地瓜米，够我们小孩吃半个多月。年迈的奶奶就是用这样的劳动方式赚粮食来贴补我们家食粮的不足。

她用劳动换来的不仅仅是粮食，还有她那一天比一天憔悴的身体。终于挨到了福鼎实行生产责任制的那一年，在我们一家人的齐心协力下，再加上风调雨顺，秋收时足足收了二十四担稻谷，全家终于可以吃上白米饭了。可就在那年中秋节的前一天，从没吃过一口白米饭的瘦弱的奶奶因为过度劳累而永远地离开了我们。

今天，当我看到洗米槽里到处是学生倒掉的白米饭时，心里总会生疼生疼的。

家乡的圩日

每年的农历二月二，是家乡一年一度的规模较大的传统赶圩日。圩市上下仅可以买到生产农具、农家特产，而且还可以欣赏到布袋戏及民间迎春踩街活动。

这天一大早，男男女女、老老少少都从四面八方赶来。把昔日有点冷清的街道挤得水泄不通。街道的两旁已分门别类地摆满了生产农具，五花八门，应有尽有。菜市场旁那片广阔的空地上早已搭起了戏台子，农家特产在戏台旁的空地上叫卖着。

瞧，今年的竹编斗笠和往年的不一样，它的上方多了一层五彩的油布，这油布一直从顶上垂到肩膀，两旁还装有粘扣，可以扣起来，戴上它采茶姑娘就不用担心采茶时被太阳晒黑了脸蛋。爱美之心人皆有之，所以这种斗笠得到姑娘们的特别青睐，不一会儿，整车的斗笠被一购而空。还有那拣茶用的簸箕，收获用的竹篮、畚箕、箩筐堆了一车又一车。扫把的种类也很多，有用芦苇绑的、竹枝做的、棕毛制的……街面墙边上一字摆开了锄头、铁锹、柴刀、镰刀和犁耙。农家所要用的一切农具都可以买到。

街市上一位中年男子左手上拎着一把没柄的锄头，右手提着几只崭新的畚箕，畚箕里装着鼠曲粿和乌米饭，正兴冲冲地朝前走着。

"不去看戏啦？"一个手臂上挎着一个新竹篮的大妈问道。

"怎么能不去呢？我自小就爱看布袋戏了。"中年男子笑眯眯地看了一眼手中提着的东西，"这东西带着看戏不上心，正准备寄街上的亲戚家呢。"

"哎呀！你瞧我这记性，怎么忘了买孩子他爹爱吃的鼠曲果呢？"大妈看到中年男子畚箕里的鼠曲果突然大喊了一声，然后急忙转身朝菜市场走去。

大妈走到菜市场时，那临时搭起的戏台子下早已坐满了男女老少。他们正津津有味、引颈翘首地看着演师拿着手掌般大小的布袋戏偶在表演，一些小孩趁这个机会在戏台下跑来跑去，闹得过分的还不时引来大人们的斥责。

接近中午时，圩市的商品也已卖得差不多了。布袋戏也结束了。这时突然从远处传来"噼噼啪啪"的鞭炮声，一支身穿黄衣的青壮年舞龙队伍由远而近。在我们这里有"二月二，龙抬头"的说法，这天龙穿街而过，人们就会吉祥如意，没病没灾。

在龙头前面是一个手持彩绸扎的"宝珠"的壮汉，他用"宝珠"引龙戏舞，他们一会儿舞出了双龙戏珠，一会儿舞出了大龙卷小龙，一会儿舞出了双龙盘旋，真像活了一样。各家店面也燃起迎龙的鞭炮，炮声此起彼伏，热闹非凡。小孩们看着这灵活多变的舞姿，高兴得手舞足蹈。

接在舞龙灯后面的是铁技、踩高跷的队伍。这支队伍一律由八岁上下的儿童组成。特制的铁架上有卧于树枝的"吕洞宾"，有悬于半空的"铁拐李"，有驾雾腾云的"何仙姑"。踩高跷的则打扮成小丑模样，他们在乐队的伴奏下边踩边歌，行动自如，别具一番特色，特别引人注目。线狮队也不甘示弱，他们表演的线狮百态千姿，惟妙惟肖。鼓号队、儿童腰鼓队也踩着春天的鼓点走来，他们把踩街活动推向了高潮。

锣鼓声、鞭炮声、欢笑声相互交织，久久地回荡在圩市的上空。

家乡的竹笋

我的家乡在磻溪，是福鼎市的一个古老小镇，素有"茶乡""笋乡"的美称。放眼望去，满坡满岗不是翠绿的竹子就是碧绿的茶园。一年四季都飘溢着茶叶和竹笋的香气。当第一声春雷惊醒了沉睡中的雷笋后，不同名字的竹笋就接踵而来。春天的白芽笋、苦笋、水笋、花笋、红壳笋、青笋；夏天的马蹄笋、案笋；秋天的方笋；冬天的泥土底下的冬笋。

春分将近时，蒙蒙的细雨总是最喜欢顾及翠绿的竹林，瞬间就可以湿润一片天地，地上便会不知不觉的松软起来，第二天一走进竹林就会发现多处龟裂的泥土，轻轻地拔开，就看到一个个嫩黄嫩黄的"小脑袋"露出来，尖尖的有些稚气，清新可人，这就是人见人爱的"白芽笋"，就如此时在竹林

王雪平

中寻寻觅觅的小顽童。一旦发现了"白芽笋",他们就高兴得在竹林中手舞足蹈,然后飞快地跑回家,让父亲扛着锄头来挖。中午的饭桌上便多了一道菜,或者咸菜煮竹笋,或者竹笋炒肉丝,或者清水煮竹笋,味道鲜美,清爽宜人。随着生活水平的提高,人们对竹笋的吃法也越来越讲究。每当枸杞发芽,春笋上市的时候,一些风味菜馆便亮出时令名菜"枸杞竹笋"。此菜碧绿、鲜嫩、清香、味美,深受食客欢迎。有人食后赋诗赞之:"家园竹笋白如玉,山野枸杞翠胜绿;姐妹虽非同根生,相伴相依赛天娇。"

接着苦笋、水笋、花笋、红壳笋、青笋你不让我,我不让你,争先恐后地登场了。大人们最爱吃苦笋,因为苦笋有清热解毒、消炎通便的功效。小孩呢,不喜欢这种带有苦味的笋,他们盼望着马蹄笋早点破土而出,那清甜的味道可以与"白芽笋"平分秋色。把剥去壳后的马蹄笋切成一片一片放进锅里,倒进清水,等水一开就可以捞起,放入盘中无需加任何佐料都是一道上好的佳肴。或是把它擦成丝,做成饺子馅,饺子煮熟后皮薄馅大,肚子鼓鼓的,一口咬下去,那种香甜从嘴一直透到脚底。一眨眼的工夫,盘子里便一个饺子也不剩了。

当稻田翻滚起金色的稻浪,喧闹的田野引得方笋在竹林中探头探脑。它有着与众不同的外表,其他的笋的身体都是滚圆滚圆的,而它却是方方正正的。记得一次我们全校老师去人称"人间天堂"的杭州玩,旅游车快开到杭州公园时,导游的麦克风响起:"同志们,杭州公园马上就到了,本导游将带大家去观赏一种全世界都稀有的竹子,这种竹子的身体是方形的,竹节上还长着刺。而且这种竹长出的笋可以做成世上最美的菜肴。"有人问:"它的名字叫方竹吗?"导游一愣:"你怎么知道?""我们那儿到处都有这种竹,我家的后门就有一片郁郁葱葱的方竹林。"听得导游一惊一乍的。确实,方笋的外表是独特的,它的味道更是笋中一绝。每到方笋上市的时候,阿辉酒家门庭若市,坐满了从各个乡镇慕名而来的客人。

最神奇的算是冬笋了,在万物萧条的季节里,它们像跟人们捉迷藏似的躲在地里等着人们去寻找,但也不是谁都可以轻易地找到它们。有的人在竹林中寻寻觅觅了一整天,结果一无所获。而一些有经验的人通过观察竹枝的长势就知道这个"小顽皮"藏在哪里了，一锄头下去，穿着暗黄色衣服的竹笋乖乖地束手就擒。半天的工夫他们就可以挖到很多笋，但挖到笋的人是舍不得吃的，物以稀为贵，他们把这笋送人或拿到市场上卖，这时笋的价格往往是一年中最好的。

"长江绕郭知鱼美，好竹连山觉笋香"！可见人间美味以鱼和笋为止。"无肉令人瘦，无竹令人俗。若要不瘦又不俗，最好餐餐笋烧肉。"家乡的竹笋是如此的普通，却又是最叫人喜欢的！正如吴昌所赞的："客中虽有八珍尝，哪及山家野笋香。"

啊，家乡的野笋香竟是如此的让人难以忘怀！

爷爷的菜园

每次走过那绿得青翠欲滴的菜园，便有一个画面浮现在我的眼前：碧绿的菜畦和菜畦中爷爷忙碌的身影。

爷爷是个农民，因为体质羸弱，不能参加繁重的体力劳动，只能经营着自己那一亩三分的菜园。于是，菜园便成了爷爷倾注汗水和希望的地方。每次种下菜种，爷爷总会留意早晚的气温，殷勤浇水，精心施肥，杀虫除草，百般用心。功夫不负有心人，菜园在爷爷的精心打理下变得有声有色的，园里有嫩绿的茎叶、肥硕的块根、多浆的果实，呈现出季节特有的色彩。

春雨中那些又绿又嫩又苗壮的瓜菜新芽探头探脑的，带着笑，发着光，充满了无限生机。一棵棵新芽简直就是一个个顽皮的孩子。夏天来了，爷爷的菜园成了我童年的乐园：摘下一片碧绿硕大的芋叶，再在上面倒上一些水，说也奇怪，那水一到芋叶上就成了一颗晶莹透亮的露珠，这时把芋叶两边一提，再上下左右慢慢地筛来筛去，珍珠般圆润的水珠就在芋叶上滚来滚去，在阳光的照耀下成了一颗七彩的明珠，煞是好看。炎炎的夏日下和小伙伴们玩累玩渴了，便跑到葫芦架下乘凉，一边数着架上的葫芦瓜，一边顺手摘下

王雪平

旁边一条脆生生的嫩黄瓜，用小手捋几下，就放进嘴里大嚼特嚼，顿时一股清凉透入全身，连小小的毛孔也都浸满了清爽。或是掰下一个个长着胡须的玉米棒，抱到家里让奶奶煮，不一会儿，清甜的滋味就飘逸在空气中，诱惑了许多嘴馋的小伙伴，他们都赶到我家来玩，这时，善良的奶奶就会从锅里捞起煮熟的玉米棒分给他们尝尝鲜。嘴里啃着玉米棒的伙伴总会讨好我：以后我们都与你玩，玩什么游戏都听你的指挥。此时的我俨然成了一名凯旋的大将军。秋天到了，蚕豆也就成熟了，这时奶奶便摘下蚕豆，剥开绿色的外壳后，就露出里面嫩白的果实来，奶奶先是挑那些果实饱满的，然后用一根根细细的篾丝把这些蚕豆串起来，放在锅里一煮就成了我的零食。在那物资匮乏的年代，这香甜的玉米棒和串串的蚕豆简直就是天上掉下的馅饼。冬天的菜园也总是不甘寂寞：园里有散发出脉脉香气的芫荽，还有水灵灵、绿油油的芥菜。

"人勤地不懒，出一分劳力就一定能有一分收成。"因为爷爷的精心管理，菜园总是生机勃勃，所以我们家一年四季也就不缺新鲜蔬菜。每天做饭前，奶奶都会到菜园里采摘一些新鲜蔬菜。除了供应给自家外，爷爷总不忘叫奶奶把当季的鲜菜分成很多份，送给东家一份，西家一份，再捎些给亲戚们，让他们都尝尝鲜。

爷爷知道家住镇上的二姑姑喜欢吃芫荽，每到芫荽飘香时，爷爷总会在菜园里精挑细选，挑出最好的芫荽寄给姑姑。记得有一次爷爷挑了一大把鲜嫩的芫荽让在镇上读书的我带给姑姑，我担心同学见了自种的芫荽会笑话我"土老帽"，走到一片松树林时，我就顺手把它扔进林子里。虽然觉得有点对不起爷爷，但我认为这貌似芹菜的芫荽会散发出刺激性气味，没什么好吃的，扔了就扔了吧。为人父母后我才发现我扔掉的不仅仅是芫荽，而是一颗父亲的心。

或许，光阴的脚步就是从菜园里一茬又一茬青了又黄，黄了又青的瓜菜中飞逝的吧。如今，奶奶和爷爷早已离我远去了，那一片菜园已被父亲改种上了白茶。我再也吃不上那种没有用催长剂以及农药、化肥的原生态蔬菜了。但每次走过别人家青青的菜地，总会飘过玉米棒和蚕豆的香味，唇边似乎还留着那种香甜的味道。

李晨

———————————| 作品

李晨，1983年出生，毕业于泉州师范学院，现供职于太姥山管委会，系福建省民间文艺家协会会员。喜静，爱自由，有时闭门读书，有时出门云游，热衷于家乡风俗民情探究。散文、随笔散见于《中国旅游报》《中国微型文艺》《福建日报》《太姥山》等报刊。

打拾锦：穿越时空的妙音

世界上有一种东西，不必用语言，便能表达世事万物，那就是音乐。《论语·述而》中曾经记载了这样一则典故："子在齐闻《韶》，三月不知肉味，曰：'不图为乐之至于斯也！'"说的是孔子出使齐国时聆听了三天韶乐演奏，如痴如醉，以至于一连三个月连红烧肉的味道也品尝不出来，由此可见音乐的独特魅力。起源于公元14世纪的纳西古乐，以高深古雅、曲高和众而享誉世界，有"天籁之音"的美称。在福鼎也有这样一种土生土长、原汁原味的古乐，它的音乐风格、演奏方式、曲谱乐器等方面都与纳西古乐有很多相似之处。历经二百多年，既是"阳春白雪"之音，也为"下里巴人"所好，它就是桐山打拾锦。由于年代久远，资料匮乏，它的身世一直悬而未决扑朔迷离，让人着迷。

施厝巷，一条静默在福鼎城南的古老街巷。幽深的庭院，古旧的窗棂，刻龙雕花的飞檐，布满青苔的墙脚，弥漫着平淡与安宁。同样有着浓厚古朴气息的民间音乐——桐山打拾锦，就从这里发端，源远流长，传承了三个世纪。走进古巷，一阵沁人心脾的丝竹之声从深宅大院中袅袅传来。那乐声时而高亢激昂，时而婉转低回，节奏越来越快，渐渐融为一体……

循着动人的旋律行走，出现在眼前的，是一群年过花甲的老艺人，他们围坐一堂，指间流出的音符，清纯若空谷来风，萦绕在院落的窗棂橡梁之间，乐声初停，余音未尽之时，钹、铃、锣的金属声交替着悠然而起，更增添了空灵的静谧感，使人体味到一种玄妙悠远而又超然的意境。穿越时空的旋律、柔美和谐的流韵、静谧安详的氛围，驱走了尘世的嘈杂，抚平了红尘的烦忧，扣动着听者尘封的心门，让人从心底感到震撼，深发思古之幽情。

老艺人们演绎的这段音乐正是桐山打拾锦，是以击打器乐和丝竹器乐有机配合，轮番演奏若干曲牌的一种音乐演奏形式。这种古老的音乐有着儒家雅集型细乐的气韵特色，至今还保留着罕见的工尺谱。因演奏曲目与昆曲有着很深的历史渊源，又是桐山施氏家传古曲艺，也被称为"施厝昆腔"。

任何一种艺术形式都是继承与发展而来的，桐山打拾锦当然也拥有自己的前世今生。清康乾盛世，天下安定，人民安居乐业，社会经济繁荣发展。京剧、昆曲、越剧、提线木偶、嘭嘭鼓、布袋戏等曲艺演出在福鼎城乡得到了蓬勃发展的土壤。桐山施氏为名门望族，文化渊深，岁时节令常邀请江浙一带的梨园戏班演出，并蓄养家班，延师教习，以示风雅。在这样浓厚的艺术氛围熏陶下孕育出了一位民间音乐家，他就是桐山打拾锦的创始人施大惠。施大惠（1736～1808 年），字乃吉，号迪峰。自小聪颖博学，精通经史，尤其酷好音律，一生不慕功名，潜心古乐研制。《施氏宗谱》中曾这样叙述这位民间音乐家："迪峰公善作器具，屋中箫笛无数皆公手制。每风清月白，酒阑烛炽时吹奏娓娓动听。"由于从小耳濡目染，施大惠对优雅婉转的昆曲情有独钟，他常以曲会友，与众多擅音律、会乐器的文人贤士切磋交流，日日笙歌，夜夜萧鼓，自娱自乐。

一门艺术的兴起需要始创者，更需要集体创作的浓郁氛围。而当时的氛围恰恰使集体创作成为可能。施大惠在众曲友的帮助下，借鉴、吸收了当时流行的各种戏剧音乐以及江南民歌小调的特点，对昆曲曲目中的伴奏音乐进行了深入研究、整理加工。他将鼓板、笛、管、箫、笙、锣、弦子等乐器集于一堂，以集锦的方式把多种戏剧音乐有选择地吸收融合起来，不断地丰富、发展、完善而逐步形成具有一定意韵的曲式和旋律，即一定的音乐形成进行演奏，并取其名曰："拾锦"。据称当年所创曲目有十首，由于年代久远，有的已经随着岁月的侵蚀而消失在历史长河。至今仍可找到的工尺谱和 20 世纪50 年代搜集流传下来的，只有七首分别是：分别为昆曲中的《想当初》《五阵东向》（又称"赶渡"）、《莫不是》《思凡》，黄梅戏中的王老虎游春调《游春拍打》，再加上新改编的江南小调《梅花三弄》和聂耳编写的《金蛇狂舞》。

道光年间"施氏宗祠"建成后，打拾锦就成为祭祀中必不可少的仪式，施氏族人们用它与各方神灵沟通，与逝去另一世界的故人的灵魂对话，相互

李 晨

慰藉。此时，打拾锦还以祭祀专属音乐而一直高居庙堂，没有机会飞入寻常百姓家。直至民国，拾锦才卸下了昔日礼仪大乐的光环，作为台阁、高跷采街的前导乐队，走向社会，深受民间青睐而流传。不论是在轩厅深院、舞榭歌台，还是儒林雅会、庙堂盛典都可以见到它的身影。经过两百多年几代民间艺人的发扬光大，桐山打拾锦成为福鼎民间艺术中一朵风格独特的奇葩。

桐山打拾锦之所以兴盛不衰，全靠其独特的音乐魅力，它的演奏不靠一人一器所为，而靠乐队全体成员的默契配合。演奏所用乐器种类繁多，以曲笛、竹胡为主，辅以板胡、二胡、中胡、高胡、三弦、月琴、琵琶、撞铃、木鱼、夹板、鼓、大锣、汤锣、大钹、小钹等，可增可减，几乎可以说是一支民乐"交响乐"。演奏这么多不同材质、不同音色的乐器，高低轻重，强弱缓急，都要调度得当。演奏时张弛有致，高低错落，节奏分明，粗犷与幽雅相间，高亢与婉转并存。激越时，紧锣密鼓如金戈铁马，令人热血沸腾。舒缓时，琴悠笛鸣如行云流水，给人一种超乎寻常的心灵享受。

现代音乐有五线谱和简谱记录旋律调性，桐山打拾锦也有自己独特的记谱方式——工尺谱。工尺谱就是乐谱，是以汉字作为音乐符号，标注在曲子旁边的记谱方式，宫谱的符号"上尺工凡六五乙"，就相当于哆到西的一个完整音阶。今天，我们依照这样的曲谱，就能演奏出两百年前那段幽远深沉的旋律。

20世纪60年代，桐山打拾锦乐队曾多次参加省、市群众文艺会演，作为一种庄重、高雅的文化艺术，深受观众好评。"文革"期间，拾锦曾经一度沉寂，被埋入历史的深海，音讯杳然。直至20世纪90年代，在一批志同道合的拾锦爱好者共同努力下，才重新组建乐队，挖掘整理古曲谱，坚持每周排练，终于在施厝巷内又悠然奏响乐章。近年来，拾锦乐队不仅频频亮相文艺演出舞台，还走出了福鼎到各地交流演出。2008年，桐山打拾锦被列入福鼎市非物质文化遗产名录。2010年，被列入宁德市第三批市级非物质文化遗产名录。作为中华民族音乐文化的支流，桐山打拾锦仍将继续在福鼎这片沃土上演绎着中华传统文化含蓄、温和的特有气质，鸣奏着团结拼搏、鼎力争先的福鼎人民不断开拓奋进的最强音。

施厝古韵

这是一条以家族姓氏命名的古巷，这条古巷曾经因一个家族的繁荣而声名远播。这条具有传奇色彩的古巷就是位于福鼎市区的施厝巷，因施氏族人聚居而此巷得名。

古巷在钢筋水泥丛的包围中显得有些另类，斑驳的砖墙，静谧的砖瓦，飞扬的屋檐翘角，无不向人们展示着它的沧桑，仿佛在诉说着那段久远的历史。那么，施厝巷始于何时？怎样形成现在的规模？这就要从施氏家族的北迁说起。

翻开那份泛黄的施氏家谱，一部源远流长的施氏家族史渐渐映入眼帘。施姓为鲁惠公后羿，唐朝中期入闽，定居于泉州浔江。明朝万历年间，朝政腐败，海防松弛，倭寇常登陆骚扰。百姓避乱四迁，施家后裔的一支举家北迁，来到了宁德繁衍发展。到了明朝天启年间，宁德县城被倭寇攻入，城内焚掠一空。他们又被迫避难罗源。荒年歉收，物价飞涨，居不得所，无奈之下，施氏先人又随大批移民从罗源辗转来到福鼎落户。傍借福鼎肥沃的土壤和良好的气候条件，得到了壮大发展。可惜好景不长，清顺治十八年（1662年），清政府采取"迁界禁海"政策，施家先人又踏上了背井离乡的征途，来到了山区泰顺。当时泰顺交通闭塞，山贼横行，再加上语言不通和后代婚嫁问题。到了康熙年间，迁桐三世祖施永佑决定结束家族几代在外漂泊不定、颠沛流离的生活，回归故土安居乐业，并分文、行、忠、信四房繁衍生息。

施氏族人谨循祖训，节俭持家，经营茶庄，开设当铺，广置田产，逐渐富甲一方。同时，施氏族人也开始在这片土地上择址建造自己的家园。他们相中了地处城南的桑园境。认为此地地势平坦开阔，两溪环抱如玉带，远眺群峰瑞气生，纵观其形胜，山水相融，天人合一，可谓聚气聚财的风水宝地。于是大兴土木在此营宅，先后兴建了18座大厝，施厝巷渐渐就形成了现在的

李 晨

规模。

康乾盛世是家族发展的鼎盛时期，此时的施氏家族已成为福鼎的名门望族，子孙后代崇文重教，人才济济，科甲蝉联。深宅云集的施厝巷内一时文风蔚然，书声盈巷，成了文士名流的聚居地。

乾隆年间，一位踌躇满志的年轻人从这里走出去，走向了遥远的京城。他自己也没想到，这一走，自己的人生竟走出了一个传奇，他就是与施厝巷内"官厅"的主人施如宪。

施如宪（1737－1807年）字自典，号叙斋。父母早亡，由祖母抚养。少年时曾就读私塾，天资聪明，好诗书工画。乾隆三十三年（1768年）中武举，乾隆三十四年（1769年）被兵部派往福建水师学习，从此开始了他为国效力的人生历程。乾隆三十五年（1770年）起先后任福州西河盐务、金门左营千总、镇海参将、瑞安协镇。他平日治军严厉，作战时身先士卒。凭着丰富的航海经验和一身武功，海上作战屡立战功，成了清军水师中的一员勇将。乾隆皇帝曾三次召见他，并在乾隆四十九年（1784年）晋封为武义大夫。乾隆五十一年（1786年）为平息东南匪犯，他率领舰队，终日在海上游弋。抓获侵扰沿海多年的巨盗林明灼、陈礼礼团伙，从此声名远播、威镇东南沿海。然而在乾隆五十六年（1791年），他却被奸臣诬陷，原职回乡。次年又官复原职，此时的施如宪已对仕场心灰意冷，托病不出，归隐田园。

"官厅"又名"大夫第"，建于乾隆五十年（1785年）。由于施如宪为官清正，体恤下士，经常接济他人，所以并无多少积蓄。据说是在叔父出资帮忙下才建起了这座宅院。宅院坐北朝南，三开间、三进深构筑，分为前厅、中厅、下厅及前后花园，厅与厅之间隔以天井，左右两廊上下相接，院子前方左右两侧立有石质旗杆，在当时蔚为壮观。大院记取了卸下重任后的施如宪，在这里广植花木、挥毫泼墨，流连于院落的场景。可是历经岁月风雨、沧桑变化，曾经气宇轩昂的大夫第已破旧残缺。一直到新中国成立初期还保存完好的"大夫第"牌匾也不知所踪。遥想昔日武义大夫荣耀，丝丝缕缕的思古幽情不禁油然而生。

施如宪之后，另一位施家后人的身影也为这片灰墙黛瓦增添了几分书卷气息。他的人生宛如这条绵长的古巷，充满了诗意。他就是施厝巷内"旗杆里"的主人施如全。

施如全，字自扬，号苑川。自幼勤奋好学，博览群书，擅长写作。乾隆五十九年（1794年）高中举人经魁。他曾被吏部录为知县，因淡泊名利故托病推辞。嘉庆十一年（1806年）应知县谭伦邀请，协撰《福鼎县志》任分修，广征博采，勤积资料，并捐献千金为撰志之资。他济贫救困，医术高超，替人诊治从不收费，被人们称为"大善人"，在地方颇有声望。

为彰显施如全高中经魁的荣耀，也为了激励后世子孙。他的宅院门前竖立起了一对旗杆，"旗杆里"也由此而得名。这座宅院建于清嘉庆年间，占地二亩，坐北朝南，砖石墙体，抬梁木构架，硬山布瓦顶，三进落结构。大宅院整体的建筑结构设计既结合了北方四合院布局，又融入了南方文化而别具特色。

古旧的大门在无声地诉说着曾经的辉煌。门额上雕刻的四个大字：姥峰挺秀。虽年代久远，依然清晰可辨。门额底下是门联，青石门联镶嵌于石条上，上联：桑园今聚族，下联：渠阁旧传家。回忆着家族那段悠远的历史。

整座宅院由前埕、下堂、天井、中厅、后厅、两侧厢房及前后花厅组成。宅院内的前后门、偏门、巷廊门均互通对称，寓意了"四通八达"的内涵。穿过院子，踏上三级台阶就来到二进正厅。正厅内置一双开大门，平时关闭，每逢红白大事则行开放。两旁各置边门，为日常行走之用，这样就构成了一个小后厅。大厅两侧有八间正房，为长辈居所。左右两列有六间厢房为晚辈居所，二楼设置一条内走廊，有四间女眷寝室。平常家族的女性可以在走廊唠家常，做女红。深居阁楼之中，避免与外人照面。而三进则为厨房、仓库和佣仆居处。长期对儒家文化的耳濡目染，也让主人把"先后有序、主次有别"的传统观念渗透到了宅院的房间分布中，宅院内每人都各得其位，不能逾矩。

木雕装饰是整个宅院建筑中的精华所在，倾注了主人与工匠的大量心血，整个窗格扇都是浮雕或镂雕图案，刀工细腻。厅堂前方的吊柱、轩顶、斗拱、雀替的雕刻无论是人物、瑞兽、花鸟都栩栩如生。尽管经过二百多年的沧桑，

李 晨

原色已褪，但看上去还是那么精致生动，尽显当年家族的兴旺发达。

古巷内还保存着建于道光五年的施氏宗祠。这座宗祠坐北朝南，二进式，硬山顶，砖木结构，总占地面积 1200 平方米，历时四年才建成，雕梁画栋，尽显庄重雍容气派。祠堂大门彩绘两尊相貌威武的门神，门顶悬挂蓝底金字匾额，上书"施氏宗祠"四个大字。门楹书对联："吴兴绵世泽承洙泗；桑园振家声绍石渠。"追溯施氏显赫的历史。大门两侧，踞立着一对雕工精细、形神兼备的青石狮子，更显得气势威严。"修旧如旧"后的宗祠内部依然古色古香，精湛的建筑装饰随处可见。各类雕塑装饰图案造型雅致、内容丰富，表现出深邃的文化内涵与精湛的艺术品位。看了令人遐思万千、感叹不已。当年每逢春秋祭日，宗祠内便张灯结彩，排列衔牌执事、青铜祭器，供奉香案，演奏昆曲古乐举行祭祀典礼。如今那些祭祀场面早已随着时光的推移而渐行渐远，只有那段音韵古雅，曲调悦耳的昆曲古乐还飘扬在施厝巷上空。

岁月悠悠，当年施氏先人在这片土地上开创基业、默默耕耘的身影早已铭刻在百年古巷的每一块砖石里。新的故事还在延续，并且延续到了海峡对岸。从 20 世纪 80 年代起，一批又一批的旅台宗亲带着对故土的深深眷恋，来到这里寻根谒祖。2009 年，全球施氏宗亲恳亲大会在这里召开。炎黄子孙欢聚一堂，共叙亲情。吴伯雄还为大会题写了"世泽长流"。百年古巷见证了一段源远流长、血浓于水的亲情，焕发出新的光彩。

蔡丽军

作品

蔡丽军，1969年出生，供职于福鼎市广播电视事业局。1990年开始在报刊上发表散文，其作品收入《当代新人优秀作品选》，新闻作品获国家政府奖。认为散文大多偶感而随意，记事和抒情，暂存为生活的痕迹一种。一个写作者应该有一份善意的情怀，无论人事还是景物，过滤于一个写者的心灵，散文不仅有表面的文字的美感，更应该有一份很浓烈的诗意在。

人 间 巽 城

去往巽城村，只为着这个诗意的名字。不知为何，巽城这两个字很让我想入非非，为它取名的人一定长着泥土的模样，绣口一吐，一个名字从此温暖了一座山峦。

当我的双眼踏上这片清瘦质朴的土地，我听见了自己心底颤抖的声音。我的脖子里挂着购自香港的高端相机，手里拎着从城市工厂生产出来的没有生命力的包装零食，站在它的面前，我仿佛一个丑角般愚蠢可笑。

为了不与这一片赤诚隔得太过生分，我换上了布鞋，将行李全都扔进了汽车后备厢。相机我想姑且留下吧，哪怕因此会亵渎了巽城的庄重。也请它原谅一回。因为来自城市边缘的我们，总是需要依靠外物不断地证明自己活过的痕迹。相机便是其中一种，如若不然，我们无法证明自己。怕一觉醒来，这世事只是大梦一场。

正是四月之时，天地清明。天空蓝的通透明澈，空气像新鲜的冰镇柠檬水沁入肺里，心底最深处如有清泉流过，直想歌啸。小而精致的巽城村置于其中，宛若水墨一幅。房屋青黛，是为背景；零落桃红点缀其间，再加一味油桐花紫，氤氲薄雾迷离，见过无数江南写意，不过这般。

村庄的古村小路是秀气的，轻薄的。即便轻轻踏进，也怕惊扰了卵石路上细碎的清梦。这样的路是禁不住隆隆的马达声的，只适合哒哒的马蹄声，从青草的末端漫过，驻进每一个清长的梦中。

漫步于村中，领略山间村民古朴纯情的生活生产，尝一尝农家特产，你会知道许多民俗风情。深幽的古巷里，黛瓦粉墙的老房子，剥落的墙灰折射着长溪村那遥远的历史。

走在其中，便似走在一阕欲诉还休的婉约词中。

我在一株油桐树下站住。幻想自己零落其中，青丝着紫，肩薄如诗。石阶上打盹的猫儿，人至不惊，我就这样安然地站在他们面前，想象山风也把我吹成他们的模样，恬静极了。

这恬静很快发酵成一种说不出来的醉人的滋味，就那么轻易地锁住了我的心和脚步——不想移动、不能移动，就任它渗透入我的呼吸、我的肌肤、我的灵魂……

巽城村的花也好，人也罢，怕都是受了命运的眷顾，今生得安此处，而世间大多凡人，都如我一般，在所谓城市里，我们维以遮羞的衣物都失了感知冷暖的能力，叶落的时候，我们看不见秋，月升的时候，我们照不见天涯和彼此。

巽城的桐花，本无关惆怅，却被看花的人生生撕扯出了疼痛。佛说：不可说。云水无涯，浮世清欢，这珍贵的时间，你来，在这里，你去，还是在这里。那便简单的存在，万物化尘，端静安素。

"天时人事日相催，冬至阳生春又来。"在未来的时间隧道，在那方天地与人文极佳交合的土地上，巽城的历史将会怎样的延续？

时光苍凉，然后感觉眼泪依然清澈。

立夏豌豆饭

来不及回眸春天的背影，转眼夏天就来到。刚刚还惊讶于空气中的甜甜的花香味，水中的睡莲已经拔节绽放。新买的春装来不及上身，满大街都是裙裾飘飘。

曾经看过的油菜花，现在已经都抽芽了，也许不久就可榨油了，还没去欣赏的樱花早已经飘零为花泥，来年还会开出美丽的花。

磻溪的王德卓老师在立夏前一天给我送来了乌糯米饭和咸笋，让我感觉岁月有时真像一把杀猪刀，忒无情的，刚过春节，这日子还弥漫在鞭炮声中，转眼小半年就过了。

蔡丽军

333

立夏的习俗很多，虽然各地不一样，大同小异。

福鼎的立夏要称重和吃立夏饭。

称重是给家里的小孩称下重量，记下来。寓意小孩这个夏天不疰夏，体重不会下降。那时候没有人体秤，称重是把孩子放在一个篮子里，吊着篮子秤的，然后再称下衣服的重量，减下就是标准的体重。在篮子里的孩子真是形态各异，有得害怕的哇哇哭，怎么也哄不好，有得却玩得不亦乐乎，还不肯下来。

崽崽稍长大后便不肯称体重，女孩家臭美，生怕重了半斤三两的，我也由她去了，而今在外求学，只知清瘦不少，知其安好，便也心安，倒是"贪吃逼"一称又重了。

立夏饭的主料是糯米，分甜和咸两种，甜的比较简单，就是用乌叶烧的乌糯米饭，把新鲜乌叶揉出汁，用乌叶汁浸泡糯米，这样烧出的糯米饭，甜，糯还有清香，一般在磻溪几个乡镇还有保留。咸的立夏饭，是在糯米里放上碎肉，豌豆，香菇、虾仁等配料，再加些少许葱花、味精、鸡精等，浇上熬好的葱油，这配料是很考验主妇，直接关系到这饭的味道。

立夏这天，市场的豌豆一斤卖到了15元。

家里的狗狗"贪吃逼"每每闻到豌豆饭的香气便异常高兴，守在厨房，立夏少不了有它吃的。

立夏还有一个习俗，现在不大有了，可能很多人都不知道，那就是给小孩吃一条蛇，最好是毒蛇，这样小孩整个夏天都不会长痱子，这玩意我最怕，崽崽也忌讳。

过了立夏，就到了夏天。古人说，苦夏难熬，今人说，浪漫的夏天还有浪漫的一个你。夏天接踵而至，你喜欢也罢，不喜欢也罢，夏天就这样不约而至。

春和秋，一对苦恋的情人，春天播下种子，秋天来收获，虽从未相见，却至死不渝，而连接他们的是火热的夏，立夏快乐。

吴家宝

——————————|作品

吴家宝，福鼎籍，1966年8月生，就职于福鼎市医院。平时因工作需要有几篇拙作刊于内部报刊，算是对得住份内事；偶尔情感叩击小抒情怀，算是岁月的印记。踏实人生，喜与善行，信人有爱，信己无私。

母亲节的愿

在一场又一场的春雨滋润过大地之后，母亲节也悄悄临近了。

在今年的这个季节里，我不由自主地想我的母亲。我并不期盼她能再过几个母亲节，只祈祷她在有生之年能平静、安详，最好还能多些快乐。

二十年前，在父亲逝后不到一百天的日子里，母亲的生活发生了意想不到的变化，母亲的世界由原来的健壮、劳作、承担变成了病痛、孤独、依靠。由于当时医疗条件落后，脑溢血的后遗症导致母亲右半身偏瘫，至今病痛整整折磨了她二十一年。

母亲大病的那一年，正是我为人妻为人母人生旅程的开始。二十年的光景，我把一个腹中的胚胎培育成了一名生机勃勃的青年大学生，母亲的健康却随着时日的流失和病痛的折磨而每况愈下，家人陪伴着她从早些年尚能挂着拐杖艰难行走，到现在完全卧倒在床。我常常以"久病床前无孝子"自慰，也常和朋友倾诉说家里有一位这样的老人，真累。

在母亲病后的早期，我因为守着父亲临终前交代的"要好好照顾母亲"的遗言，把母亲接到家里同住，一边养育幼女，一边照护母亲，我们仨就像一块三明治，我是中间夹层的馅。常言道"养儿知母苦"，在养育女儿的时候我体会到了母亲把我们兄妹四人拉扯长大的苦，何况在那个多灾多难的年代，家里的生活是那样的艰辛而窘困。但我很清楚，在母亲和女儿之间，我爱女儿要多得多。每当看到别人的母亲帮着照看孩子帮着做家务时，就会对母亲有一些不耐烦和抱怨。母亲对我的小脾气总是视而不见，只要能和我一起住就很知足，从不要求什么，尽管在邻居家租房寄住，尽管病痛缠身，却总是快乐地享受着我们母女的平安健康。当我把十几个月大的女儿放在她的膝头时，她便很使劲地用能活动的左手紧紧搂着，脸上挂着满满的笑容，和天下的外婆一样灿烂。那时我想，大概老人都这样吧。

此后的年月，母亲在我家和我哥哥家间往返着，兄妹彼此分担着照顾。

去年五月，我再次把母亲接到家里。七十六岁高龄的她，连侧身都做不到，每天只能静静地躺着，从早到晚看日出日落，所有生理活动都在床上靠左手完成。我不能完全感受她的苦，但从她时常扭曲的表情里，知道了什么是病痛，什么是身不由己，但她很少吱声，坚强的个性始终是她生存的支柱。她发音严重不清，就连做女儿的我也只能从她的表情和比画中猜到一二。她问得最多是在外地工作的孙儿病好些了没，其实那只是幻觉，她牵挂的那孙儿小时候她带过，但从未病过。

这就是母亲，她可以没有整个世界，却不能没有儿孙。每当我女儿假期回家牵她的手喊"外婆"的时候，每当胖乎乎的小侄儿跌跌撞撞地在她床前叫"奶奶"的时候，那是她笑得能发出"哈哈"声的时候。

和母亲对亲人的那份厚重的牵挂相比，我对母亲的爱显得很单薄。母亲给了我健康的身体，给了我她曾经拥有的聪明和才智，含辛茹苦把我养育成人，而我能给她的仅是暮年的生活照护，甚至连陪伴的时间都那么少，有时因为心情不好或是太忙甚至都没能多倾听她咿呀不清的话语。然而，母亲却以她的包容和生命的延续给了我们一再改过的机会。而我这做女儿的也是在中年以后才悟出对母亲的孝顺最根本的是要怀有一颗感恩的心，而不是单纯的义务。那样，在她百年之后，就会少一些遗憾和忏悔。也许，这是母亲对我们的爱的特别的方式，她把我年轻时对父亲照顾得少的遗憾也一块让我补上。

证严法师静思语："世上有两件事不能等：孝顺和行善。"是日已过，命亦随减，我渐渐明白是母亲用她的毅力征服着病痛在等待我的成长，是母亲成就了我。一年来，我怀着感恩和行孝的心以尽量多的时间陪伴在母亲身边，为她打理生活的点点滴滴。每当为她洗浴或清理排泄物的时候，我会想到小时候母亲也是这样为我做的，或许小时候的我比现在的她要顽皮得多；每当我要赶上班的时候，总是在心里默默地说：妈妈，你要乖，等我下班回来；每当夜间为她做完临睡前的料理后，我也会默默祈祷：睡吧，妈妈，明天的太阳会从你的梦中升起。有一次听一位长辈说："我现在很幸福，六十多岁

吴家宝

了，每天还有爸妈叫。"我听了，顿悟，原来我也很幸福，因为现在我也有妈叫。

忘记从哪一年开始，我知道有个母亲节。每年的那一天，我都会去看望母亲，给她买新的棉布内衣裤，或者带去香蕉、线面等她喜欢吃的东西。老人不知道这一天以及它的意义，但她看见我就开心。去年的母亲节，我参加浴佛节典礼活动，因承担摄影工作，在典礼现场没能和会众一起行浴佛礼，礼毕，我匆匆往哥哥家赶，因为家里有一尊活佛，要我为她沐浴。母亲爱干净，洗澡是她开心的事。我是家里唯一的女儿，为她洗澡几乎成了我独揽的活，而且我学过为病人洗澡更衣的技巧，在母亲不住我家的日子里，每次去看她，为她洗澡是必修课。但那一天，我心里洋溢着更多的虔诚，把母亲当作佛菩萨来沐浴，从上到下直到每一个指缝轻轻揉过擦过，沐浴完毕再修剪了手趾甲。母亲笑着说"真好过"，我长长地舒了一口气，今天我也浴佛了，我浴的是堂上活佛。

现在，母亲在我的身边很平静地生活着，表情舒展了，记起时，口中还念念"观世音菩萨"，她说念不清，我说没关系，心里有佛都一样。我对她笑时，她也笑，有时伸手摸摸她的脸，就像对女儿一样，我的心柔软了，她的世界温暖了。

在母亲节临近的日子里，一定有许许多多的儿女正思量着为母亲做点什么，以表达对母亲的敬爱。对于健康的母亲而言，快乐很简单，一束康乃馨，一件新衣裳，一桌可口的饭菜，母亲都会幸福得合不拢嘴。然而，对于一个常年卧病在床失智失聪的老人而言，母亲节和平常的一天没有两样，只要是能让她开心的事，都是最好的礼物，儿女的孝心需要以特殊的方式来表达。发自内心的孝敬和虔诚的供养则是天长地久的爱，愿这份爱能像春雨滋润大地一般滋养着每个儿女的心田，愿普天下所有的母亲每天都过节！

刘芙蓉

作品

刘芙蓉，中学语文教师。多数时光是在讲台上与毛头小孩交流，希望引领他们感受文字的魅力。闲暇之余偶尔写些小散文，述说心灵流浪的一己情怀。有《问茶》《似水流年》《廊桥寻梦》等文章散见于《宁德文艺》《闽东日报》等报刊。

蝴蝶飞进课堂

课已过半，一只大蝴蝶翩然而至，扑扇着双翼在教室里盘旋飞舞，而后停在玻璃窗上。看一双双眼眸兴味盎然地随之而动，索性搁下书本，开始了一只蝴蝶的随想……

"这只蝴蝶太傻了，往下移一点就可以飞出去了，它却不懂地改变方向。"

——是不知变通的哪一位？一味往前，殊不知前方已无出路。

"那是因为它太执着，不轻易改变自己的方向。"

——有多少人还在执着？在这个喧嚣的尘世，执着与放弃对对错错有谁能判断？

"它的眼前一片光明，但要飞出去路程却不是简单的直线。"

——每个人前方都有光明，而行走的也许皆非坦途。

"它很无聊……"

——无聊人做无聊事，芸芸众生忙忙碌碌在别人眼中皆如此吧。

"也许它太累了，想找个可以落脚的地方。"

——这一路经历了多少风雨我们不得而知，此刻，总算有可以栖息的安宁。

"也许看我们的衣服色彩斑斓，它以为进了百花盛开的园囿。"

——好一幕"蝶恋花"，花样青春，金色年华，正是自恋好韶光。

"也许以为这里窗明几净是它的乐园，进来后才知道是误落尘网中了。"

——是陶渊明误入官场的前尘过往还是方鸿渐在《围城》中的迷失？

"也许是和另一半失散了，正在寻找它的伴侣。"

——难道演绎的是悲情的化蝶？那眼前的孤单是俊逸的梁山伯还是多情的祝英台？

"也许是梦中的那一只吧，是我化作了蝴蝶还是蝴蝶化作了我……"

——庄周晓梦迷蝴蝶，好迷离的美丽梦幻。此时的我们，梦耶？非耶？

"它趴在玻璃上看窗外的风景，我们一群人在看它的风景。"

——是另一曲卞之琳的《断章》，蝴蝶装饰了我们的窗，我们装饰了学校的风景。

"把它做成标本吧，可以挂在墙上天天欣赏了。"

"还是让它自由飞翔好了，外面的天空多广阔，外面的世界多精彩。"

——一群被束缚久了的大孩子，天天两点一线，是触景生情有感而发吧。

有人轻拢双手，将蝴蝶送出窗口。

看蝴蝶羽翼轻扬，轻盈地融入窗外那片苍翠，一片掌声响起。

廊桥寻梦

正月，一场雨后，和着几个朋友自驾车去泰顺看廊桥。

车从福安出发，沿着一条新铺就的水泥路往寿宁方向走。沿途是典型的丘陵风貌。梯田、竹林、小溪、山泉，历经一冬的洗礼，开始有了隐隐约约的春意，而雨后的空气挟着一丝寒冷，也有清新的气息沁人心脾。

一路山色苍翠，水声潺潺。我们走走停停，不时停下来欣赏路边的风景。看清澈的山泉汩汩涌出，忍不住要伸手掬上一捧，尽管手冻得有些微红。在齐整的并步桥上走走，用脚步丈量山野中的水乡比江南的雅致逊色几分。有些野花刚刚绽放，虽不知名，却也开得鲜艳无比，在雨后的晴光里闪着动人的光彩。不禁让我想起清代袁枚的两句诗："苔花如米小，也学牡丹开。"

在罗阳至三魁的路上，少有人家，常常是一边山崖一边山壁的单调景观。车沿山路盘旋而上，偶尔能看到几处灌木依稀顶着残留的白雪，仿佛老舍《济南的冬天》里描绘的日本的看护妇。

天气越发地冷了，我们在一个岔路口下车步行。积雪刚消融，地面很是

刘芙蓉

泥泞。艰难前行了近半个小时，拐过一个山崖，视野顿然开阔。两座青山对峙，中间一深谷，有溪流从遥远的地方流淌到这里，又舒缓地向远方而去。溪流上方，一座古朴的廊桥正静静地倚在两山之间。朋友说，这就是泰顺廊桥中有名的"三条桥"了。

"不是说三条桥吗，怎么只有一座桥呢？"我疑惑了。朋友笑笑，指着桥上游十几米的岩壁上的三个窟窿说，那就是答案了。原来，当初两山相对，一水阻隔。为了便于交通往来，人们就在溪面上架起了三根巨木作为简易的桥梁，因此称为"三条桥"。后来山洪暴发，三根巨木被冲走，聪明的人们又建起了一座稳固的木桥。山中气候多变，为了让来来往往的人有个安稳的栖息处，可以躲避风雨，桥上还搭建了像屋檐一样的顶棚，因此又有"风雨桥"的美称。

我们走下山坡，来到桥上。桥已历经沧桑，看起来颇有些老旧了，但走在桥上，依然可以感觉得到架桥者的独具匠心。整座桥是由木头架构而成，以榫卯互相嵌合，根根直木互相支撑，桥顶还有八个小巧玲珑的翼角伸向天空，深沉、古朴，虽历经数百年风霜而岿然不动。

都说廊桥注定是一个有关爱情的梦境，在一个乃至无数个爱情的传说中，被人咀嚼又咀嚼。

《廊桥遗梦》里麦迪逊郡的罗斯曼廊桥，在八月白炽的阳光下静静地伫立，一如弗朗西斯卡与罗伯特·金凯炽热的爱情，热烈而执着。

而眼前这雪后晴光里的廊桥，精致典雅，静静地守在两山之间，不也是一曲婉约唯美的古典爱情？风雨不移，流水不动，静静地守候千年的约定，这一曲缠绵恬美的爱情，应是中国人骨子里渗透的心灵期许吧。只是时代变了，世道喧嚣了，人心浮躁了，于是人们被那些五彩斑斓的泡沫所吸引，四处追逐，渐渐淡忘了心灵之隅我们真实的渴求。或许唯有在这静谧的山谷里，唯有这廊桥，才能坚守这份亘古不变的爱情约定，才能实践"执子之手，与子偕老"的爱情誓言了。

"常忆五月，与君依依解笑趣。山清水碧，人面何处去？

人自多情，吟吟水边立。千万缕，溪水难寄，任是东流去。"

镌刻在廊桥风板上的这一首《点绛唇》大概是最好的注脚了！只是溪水依旧，人面何处？依水而盼的是翩翩君子？是纤纤女儿？或许，只能问那桥下的溪水了。

三月，出走

三月，出走。

当无意识地在纸上划拉下两个字：出走，突然精神一振，心里充满莫名的快感。

出走？离校出走？可以不用备课，不用上课，不用开会，不用面对所有的烦烦琐琐、是是非非。多好。

三月，可是出走的好天气。

背上背包，带上那本《自助游手册》，出发……

一

鉴湖水清丽撩人，让人忍不住有跳进去的冲动。柯岩的云骨一柱擎天，湖边的垂柳媚若无骨。旧毡帽，古戏台，山阴道，春水碧于天，画船听鸟啼。

独坐乌篷船上，看艄公一脚踩着船桨，一手拿着小碗，怡然自得地品着黄酒。随意流连，偶尔望天，喝上一碗"女儿红"，饮尽一生的孤独，然后醉倒在这美丽的梦里江南。也许不饮亦醉，鉴湖水是酒之血，风骨尽在澄澈中。

此时，应该已经是我的第三节课了。学生也许正疑惑着今天老师怎么没来。也许有人找班主任了，也许班主任正打电话找我。抱歉，他听到的只有一句话："你拨打的电话已关机。"也许他们以为我生病了躺在宿舍也未可知呢。有同事赶到我宿舍，可惜，敲门都不应。门口只有一双拖鞋。

然后有人打电话联系那几个死党，"四人帮""八婆"，一一问过，没有

刘芙蓉

人知道我的消息。

而我，在鉴湖，流连山水中。

<h1 style="text-align:center">二</h1>

孔乙己在门口候着，掌心护着他那一碟所剩无几的茴香豆。

世纪老店，百年咸亨。

粉墙黛瓦，条桌长凳。

从大清朝飘来的一缕酒香，窖藏了百多年，因了鲁迅那杆如椽大笔的搅动而醉人无数。

择一临窗的桌子坐下，排出几文大钱，以一种斯文的腔调对着柜台说："温一碗酒，要一碟茴香豆。"一屋人心照不宣地笑了。

一碗老酒，一碟茴香豆，一碟臭豆腐。客人进进出出，声音起起落落。一个人浅斟慢饮，沉浸独醉的幽想，每一口都有悠长的文化韵味。

恰正午时分。平日此时，应该正匆匆赶回宿舍准备午餐。煮饭，炒菜，煮汤，手忙脚乱。七点钟喝的一碗花生汤在历经早读、第一、第二、第四节的课程后早消耗殆尽。脚疼腿酸，喉咙冒烟，可还得劳神伤体为午饭而忙碌，否则不出三天，绝对会比"骨干"还"骨干"。

两天的课没人上了，学生自习。我的那些兄弟姐妹也许正疑惑着我的去处。

一切暂且抛之脑后。

悠然惬意的午餐，与穿着长衫的孔乙己共享。

<h1 style="text-align:center">三</h1>

西塘夜，好风似水。

空气中飘着细细的雨丝，氤氲的水乡气息，让人沉迷。

荷叶粉蒸肉的嫩滑爽口，那淡淡荷香还在齿颊间回旋。

寻梦一回。在近水长廊上独自坐上一晚。

苍老的廊棚逶迤近千米，橘红的灯笼映照夜迷离。斑驳的木墙壁，古朴的旧瓦当，幽深的石皮弄，无不诠释淡泊的天人合一的西塘风情。

今晚可以不必备课，不用捧着厚厚的古汉语词典对着冗长晦涩的文言文了。实词、虚词、通假字、古今异义，各种注释看得眼花，旁批加注密密麻麻。课堂设计、思路引导、练习解析，要从新闻联播忙到晚间剧场，一切才会结束。

有多久没这么悠闲地欣赏优美的夜色了，有多久没如此轻松地享受静谧的氛围了。

轻轻杨柳风，悠悠桃花水。

今夜，在西塘，在长廊，在这活着的千年古镇，我且享用一个春风沉醉的晚上吧。

四

天下三分明月夜，二分无赖是扬州。

有多少文人墨客慕名而来，只为了一睹"中国月亮城"的幽雅风情。

二十四桥若在，或许可以领略水水的江南美女月下吹箫的好景致了。瘦西湖实至名归，确乎比杭州西湖来得纤巧，只是再纤瘦也比不过我，柳随东风舞，我比黄花瘦。

水雾般的空气，柔情似水的女子，"早上皮包水，晚上水包皮"，扬州人的日子如水般滋润。烟花柳巷歌舞升平早已淡隐于历史的烟尘中，此地余下的寻常巷陌，是扬州人安静含蓄的精致情怀。

独步到茶社，临窗而坐，看湖光翠柳掩映，品干丝虾仁小点，岂不快哉！

出走的日子在延续。一切应该都恢复了平静，该上的课还得有人上。同事一个个走马灯似的轮番上阵，替我上课，代我批改作业。大作文、小作文，一摞接一摞摆在眼前。学生的字蚯蚓一般弯弯曲曲，让人看得头疼。真对不住了，我的兄弟姐妹们。

而今夜，扬州无月，让人颇有些遗憾。

五

想到凤凰，看看湘西的吊脚楼；想去西安，感受几分盛唐气象；也想把自己放逐到大草原，天苍苍野茫茫，据说羊肉会让人吃得三月不敢闻肉味……

有太多的理由继续出走，有太多的地方向往流连。

竹杖芒鞋轻胜马，谁怕？一蓑烟雨任平生。

千百年前，苏轼在贬谪黄州时，感慨于仕途坎坷世事艰难，大醉之后写下："小舟从此逝，江海寄余生。"让监管他的官员大惊失色，以为他将逃之夭夭，于是派人四处搜寻。

我自是无苏大文豪的沧桑无限，也无他的豪放不羁，且历来予人以"顺民"之印象，想来写下这《三月出走记》也不会给人以逃跑的错觉。吃惊或许有一刹那，搜寻自是不会有的，通报、惩处更是无稽之谈了。只难得几位同仁叮嘱注意安全，让他们虚惊一场，在此谢过。

而最终，出走，仅仅只是一次美妙的幻想之旅罢了……

听　雨

喜欢听雨。

春光明媚的日子，听雨似乎有点煞风景。"随风潜入夜，润物细无声。"那不妨在夜里感受一回。雨是夜的精灵。白天的雨太拘谨、太刻板，只有在夜里，雨才洒洒脱脱地飞扬自己。无边的黑暗中，有细雨窸窸窣窣地响在耳边，轻轻柔柔的，如紫燕的呢喃，是春天的无限遐思。想着住在江南近水的小楼，听上一夜的春雨滴答，在淡淡的杏花香中恬然入梦。梦中觅一条悠长悠长的小巷，撑一伞细雨悠然独行，或许还能逢上一个丁香般结着愁怨的姑娘。江南的清秀灵韵在听雨声中品尝到十足。

夏日的雨总是来去匆匆，仿若一个风尘仆仆的赶路人。"山雨欲来风满楼"，还未现身，雨就奏响了序曲。"惊风乱飐芙蓉水，密雨斜侵薜荔墙。"走过斜仄的小径，濯足水湄，听一塘的疾风骤雨鼓点般奏响，看雨中，一池的飞花碎玉，却有一朵傲然独放的红莲挺立其间，一个多么完美自足的世界。晚来，枕着一窗的夜雨入眠，些许寂寥中，独自面对自我的真实。窗外青石板路绵延，有滴水的清音此起彼伏，宛若美妙的乐音萦绕。

"女娲炼石补天处，石破天惊逗秋雨。"夜阑人静之时，拥衾而坐，有一盏灯，一杯茶，一曲轻歌，细细品读余光中的《听听那冷雨》，窗外有嘈嘈切切错杂的雨声应和。"青灯照壁人初睡，冷雨敲窗被未温"，在这样的夜里，潇湘馆外雨潇潇，林黛玉又该独对四壁、黯然伤神了。而我却幻想着窗外有半亩方塘，有几许将残未残的荷叶，玩一把"留得枯荷听雨声"的浪漫，那一叶孤独的惬意又有几人能领会。

萧萧瑟瑟中，寒冬的雨不期而至。听雨寒更彻，开门落叶深。在南方，寒冬的雨带着一种落寞，似乎总不大受欢迎。或许该背起行囊，奔向北方的苍茫大地。"大漠孤烟直，长河落日圆"也许是无法欣赏了。在雨中，沿着古人的足迹，穿越千年的历史，孤城，断壁，古战场，回乐烽，玉门关外，"亘古男儿一放翁"，征战声犹然在耳，英雄去何处寻觅？不想品味李后主"帘外雨潺潺"的意兴阑珊，不再欣赏辛弃疾"风流总被雨打风吹去"的英雄落泪，让自己的心灵驰骋，在大漠的无边风雨中感受"夜阑卧听风吹雨，铁马冰河入梦来"的悲壮豪迈，这样的夜里，应该别有一番滋味。

听雨，听雨潇潇，听自己如诗的心绪。在听雨中，有一种笑看花开花落、云长云消的淡然。

刘芙蓉

刘秋闽

作品

刘秋闽，1963年出生于福鼎市，现供职于福鼎市疾病预防控制中心。酷爱文学，也写过不少文字，但都养在深闺人未识；而今，只读书，写作仅限于我手写我心。

怀念绿色

自从北京下了 2009 年的第一场雪后，中国的北方陆续下起了一场又一场的大雪，而且越下越大，这铺天盖地的纷飞的雪花，竟然已经覆盖了大半个中国，更有越过了长江，连谓之火炉的南京和中国的南大门广东也飘起了鹅毛大雪，大半个中国一下子"银装素裹，分外妖娆"起来。都说"瑞雪兆丰年"，但，看起来，今年的冬天是一个难熬的冬天！又是一个雪灾之年！！

所幸，我的家乡没下雪，——虽然温度很低，但还是能抵御得了！

在这寒风瑟瑟的日子中，很怀念春天，很怀念绿色！又是幸运！我家周围有着一片又一片的绿色，让我尽情地欣赏。那三棵历经沧桑的广玉兰，只一秋光景，原本癞痢头一般的残像，而今越来越朝气蓬勃越来越枝繁叶茂郁郁葱葱了，如果仔细查看，还能发现几颗含苞的花蕾，真是奇了怪了，而且，每天去观察它，都会发现又长了许多新叶芽，间或，有了几只鸟儿来栖息了；我，由衷地为这三棵广玉兰的生命力之而赞叹、钦佩！只这一抹绿色，足以盖过苍白的冬天！

北方的雪依然在下，南方的天也在蓄谋着！但，怀念绿色的心情却久久在我心头挥之不去！我要在这"白色恐怖"中继续寻找绿色——在一座廖无生气废弃的房屋的后园，贴着墙根竟然长着一株硕大的龟背竹，每张叶子居然有一米长半米宽，那颜色浓得要滴下来一般，尤其是在雨后，滚动在叶片上的水珠，像珍珠般闪烁着五彩的光芒，整个龟背竹有了一种仙气，让我肃然起敬！

尽管这个冬天很无奈很漫长，但留在我生活中的绿色越来越浓郁，也越来越灿烂——绿色依然可以灿烂和辉煌的！

突然想起《后天》这一部美国灾难片，纽约在几天的时间里经历了从洪涝到冰封的炼狱般的轮回，想起了世界的环境在一天天恶劣下去，想起了人类的文明与现代化竟然要把破坏生态平衡为代价，心里一阵黯然……

又想起那一场刻骨铭心的大地震，那一场雪灾……

人类一直与自然同生死共存亡！只是人类有着急功近利的劣根性，到头来只能惩罚人类自己！但，人类永远有着一种对绿色的向往与追求！就像人类早就知道潘多拉魔盒的最底层有希望那样，人类就对那一抹绿色孜孜不倦地追求着奋斗着！这就足够了！

据气象台预告，未来一段日子里，中国的大半江山，白色会退去，青山绿水会显露出来！

我所怀念的绿色会覆盖整个神州大地的！

绿色，绿色，浓郁欲滴的绿色！

养　　心

很久以前，家在南京的朋友，送给我几颗十分正宗漂亮的雨花台的石头，我曾把它放进鱼缸，作为金鱼家庭的摆设，但久而久之，觉得那么漂亮的雨花石给了金鱼，太可惜了！朋友建议我，还是单独把它放在一个白瓷容器里，注入清水，就当植物一样养着，那样更合乎赏石的标准；于是，我就找来一个养水仙花的陶瓷盆，浅浅的、椭圆形的，把那几颗石头摆在了脂玉般的盆内，然后，舀一勺清水，慢慢地注入花盆内，到离盆口处一毫米处，停止加水，再小心翼翼捧到书桌的一角。

躺在盆底的雨花石，顿时活了，石头上的花纹在素洁的世界里，显得活灵活现，显得生机盎然，显得愈加迷人！我每隔几日，就给它换上新的清水，绝不让水面上漂浮着尘埃，从而使雨花石黯然失色，渐渐地，我感觉到了那石头越来越有灵性了，越来越通灵了，只要我凝视着它们，它们就会告诉我一切它们那个世界的秘密，从中我的心也得到了慰藉和安宁，心也随之变得温润柔软起来！

刘秋闽

可是，在一次搬家的时候，我把它们给弄丢了……

现在，听到很多人说的一句话——累！心累！！

现在的世界现在的社会，容易把人的心变得或脆弱或变得冷酷或变得麻木，几乎所有的人都得了心病；很多人都显得心力交瘁，苦不堪言！如果把所有的心来个体检，就会发现所有的心都不是人类原始的那颗心了！

有那么一段时间，修身养性挂在了每个人的口头，于是，各种名目繁多的手段都围着修身养性这个目标上来，然而，所有的手段似乎都没能让心修正，让性情高雅起来，不知道有没有让心性更堕落下去，只是贪婪的照样贪婪，脆弱的照样脆弱，麻木的也一样麻木……

也许修身养性只是一种急功近利的治标剂，而不是根本！

窗外的几棵广玉兰树，有着二十多年的生命了，虽然遭遇了好几次的台风袭击，但经过适当的修剪，现在看过去依然那么苍劲葱茏，而且花开满枝，香飘四野。

如何侍弄盆景，记忆中好像也是养甚于修，更多的时候，只要保持它的湿润，就能让它如大自然般四季常青，且生命旺盛！

人的弊病——待人处事都过于功利性了！哪怕有一点点的随遇而安的率性，也会让心不至于那么焦灼，那么容易受伤！从生活的反面去看生活去知生活去处理生活，也许会有另一番天地另一种意境的！

待人接物太刻意了或太随性了，都会让心受伤，只是每每回忆的时候，就会有心痛的滋味！

有一句话叫"大隐隐于市"，让心浸泡在一湾清水中，那些市井的喧嚣将会自然地退到遥远的地方，一定会的！

哦——什么时候真该去找一找那几颗雨花石了，然后再把它养在洁白的花盆中，注入一汪清水……

只 爱 素 雅

　　走廊的阳台上有一盆水仙花，虽然春节已过去很长一段日子了，但依然郁郁葱葱且挂满花蕾。近几天，恰逢雨水季节，从叶片到花蕾沾渗着水珠，偶有一点阳光射向它，好像镶嵌了无数的宝石，烁烁闪着迷人的光泽，让人好不怜爱！

　　还是爸爸在世的时候，每年，家里都要买几个水仙花头，然后叫爸爸雕刻成心仪的造型，或定时开花的时间；对于水仙花的雕刻技巧，爸爸已然娴熟，百分之百地满足了我们所期盼的造型和开花时间，不说巧夺天工，那也是叹为观止。但，两年来，我们都没有买水仙花了。因为爸爸永远地离开了我们……

　　去年底，妻子上街忍不住买了一个水仙花头回来，本想托人给雕刻一下，最主要的是想赶在春节的时候，让它开放，但，一直没人给弄，后又忙着搞卫生和采购年货，就随手把它放在了一旁，竟然给忘了。

　　前一段时日，看到水仙花头孤零零地躺在窗台上，上面竟也长出了寸头长的"蒜叶"，于是，临时拿了一个大搪瓷汤盆，盛满清水，就把水仙花头放了进去，就放在走廊的阳台上。日子一天天过去了，那"蒜叶"像雨后春笋般节节高起来，而且越长越茂盛，终于有一天，妻子惊呼"看，它结花蕾啦！"果然，那"蒜叶"中间夹杂着蚕豆瓣样的花蕾，而且一天一个样，今天，竟然都从瓣壳中脱颖而出，露出白色略带黄色的小脑袋，煞是惹人怜爱！

　　我想，再过一两天，它就会绽开粉嫩的小脸的，还会散发出幽幽的似有若无的清香的……

　　我们说梅花香自苦寒来，那是因为梅花的品格是刚强的；我们说荷花出淤泥而不染，那是因为荷花的品格是洁身自好；我们说菊花"此花开后更无花"，那是说菊花有着孤傲的品格……

刘秋闽

那么，我们怎么说水仙花呢？我们形容它是凌波仙子，好清逸好脱俗啊！只一汪清水就是它的世界，它的灵魂；显得那么干净素洁淡雅，真应了"质本洁来还洁去"的偈语！如此说来，水仙的品格就是素雅了！

素雅，像一块毫无杂色的纯色布，或者像平静湖水偶尔略过的一丝微风，还像江南手工印染的花布。

素雅，那是一种洗净纤尘的繁华，让人不敢惊扰，只想保持着与它神交的心思……

素雅，也许会拒人于千里之外，但所有的人为之都心驰神往！

但愿等到花开的那一天，它那若有似无的香气能沁入我的心海里，永远在那里荡漾……

哦，那一汪的素雅！我爱……

郑晖红

———————— | 作品

郑晖红，1974年生，爱好文学，偶有文字发表于《海峡税务》《雕刻时光》《海西茶话》《太姥山》《宁德文艺》等杂志。现供职于福鼎市国家税务局。

花开的声音

一

外出游玩，碰上花花草草，总喜欢凑得近近地，细意地看，再拿起手中的相机，微距拍。仿佛这样可以看到它们的表情，听到它们的声音。

曾为自己取过个网名："花开的声音"。

于是有无数人问：花开是什么声音？

很美妙啊，绚烂的，寂寞的……

二

周末，在家看了一部片子，《睡莲》。日本著名演员及作家利理刚导演的作品。

简约的内景空间，离奇诡异的情节。影片主人公一对青年男女小太郎（永懒正敏饰）和柯嫘（友坂惠饰），在一次画展中相识相恋而后结婚，本以为可以将幸福坚持到天荒地老，却不料柯嫘肺中长出了一朵睡莲，不断生长并威胁着她的生命，使原本幸福无比的生活变得愁云惨淡。失业的小太郎倾尽家产在家中种满奇花异草，企图阻止那朵睡莲的生长。但是徒劳。相爱的人无法相守，柯嫘终于不得不带着对爱人的依恋离开人世。影片的最后在小太郎的大声号哭中结束。

偌大的场地，一个男人大声地哭，透着孤寂，像是要撕裂心中迸发的沉重，让屏幕前的人亦是心酸得支离破碎。

很喜欢片中的女主人公柯嫘，恬静纯真，即使是直面自己的灾难，仍是那么温柔淡定，透射出一份对生活释然的坦荡。她把对生活的不舍、对死亡的恐慌变成一种不得不接受的安然。尤其心疼她的笑容，如昙花般集聚了生命中所有的幸福微笑。片中有很多个阳光笼罩在她身上的镜头，光束打在她脸上，自然衍生出一种温暖柔美来。

看片子的当时，我的思维老是不可抑制地滑向几米的《我的心中每天开出一朵花》。在几米的手绘本里，花儿象征着梦想与期望，是一种生命力的展现。而在《睡莲》中，本是清纯美丽的花儿变得冷漠残酷，不近人情地生长，成了忧伤和毁灭的象征。

我想当柯嫘身体不适时，一定也听到了寄生在她体内的那朵睡莲同时在挣扎的声音。二者都带着痛，那种一瓣一瓣开花的痛。

一朵花与一个人的生命竟是如此息息相关！

三

事实上，一朵花的盛开与人的一生是何其相似：一路上会历经狂风暴雨、处处藩篱、花开花谢……就像脚踏急急流年而所遇变动永远不知的人生，无常而艰辛，难舍与伤别始终免不了。

有选择的余地吗？如果说花事繁华我们跟着热闹喜庆，可是凋敝的冷清却让人难免怅惘，倒不如不开不谢。但是，无花的世界将会变得平淡而单调，正如无悲无喜的人生一样不生动。

于是，在一日一日又一日的无常人生中，我们依然平静地把日子一个一个地过下去，心中依然每天会有纷然杂陈不知来龙去脉的感觉，甚至感情，不期然地开出这样那样的花儿。认真倾听它们的声音，你会感到：或者快乐，或者忧伤。

幸福号列车

我知道，或许，不能完全掌控未来的方向

郑晖红

但，我可以珍惜目前的一切，

创造更好的机会，时时保持愉悦心情。

这不断载着我奔向前方的人生列车啊！

我决定替它命名：

"幸福号"。

很喜欢，张曼娟的这些话。

仿佛看到：一个坚强自信的女子，在岁月的催促下一心一意地往前走着，嘴角始终保持着最优雅的弧度。

很美。

可是，现实中又能有多少女子可以矜持着如此的执着与从容？

较之以小说，生活相对寡淡些。

但每个女子在嫁人之前，总还是心存憧憬翘首企盼在现实中果真能遭遇王子，一如花儿满心欢喜期待着春天的到来。恋爱中的公主一瓣一瓣地尽情舒展着盛开的欲望，日子变得空前诗意，月圆是画，月缺是诗，硬是把一碗泡面吃成了鱼翅。而一旦入驻婚姻状态，被每日的锅碗瓢盆柴米油盐薰呛了感觉的味蕾，由童话般的憧憬回到清醒的生活中来，就会发现，对方并不是罗密欧，自己也不是朱丽叶，彼此仅仅是日复一日生活中的某先生和某太太。平庸的日子像是哗哗的流水，直淌得胸口发闷发窒。

于是感慨顿生，声色里都溢着一种氤氲的泪：原来生活仅是一组平凡而又连续成长的故事，总透出这么如水的平淡，涓涓缠绵的爱情已成为眼中的奢侈品，幸福圆满的婚姻也都是导演们的出色想象。总之，大凡纯洁的、美妙的、让人心动的似乎都不真实了。雄风易逝，红颜易老，原来一切都沧海桑田了啊。

心底有东西似慢慢燃尽的烟灰，"噗"的一声，塌落。那是生活瑰想。

有句禅语：其实一切景象都是由心所造，不仅面相如此，连一切一切的事物也是如此；一样的月亮，从古至今高高地悬挂在天上，却有着千百种心看着它，所以也呈现出千百种不同的感触。

我有个网友，网名叫"按任意键"。

微软刚开始推出 WINDOWS 时并没有"开始"键，说明书上提示用户只要按任意键便可以打开主菜单，可是，微软却接到无数电话，很多人询问任意键是键盘的什么方位。这个网名所代表的意思是：其实我一直在你的身边，而你却从未发现。

是的，精彩其实一直存在，只是我们从未发现。

平凡的生活虽然无趣，但请相信，琐碎生活才能堆积得出细长情感，只要用心，索然的生活也会变得可爱和可亲。就像把词放在恰当的地方，就能造出漂亮的句子；就像在花中注满了深情，沉淀下来，便都是馨香一片。

因此，背弃了童话情节，我们接受属于生活的粗粝本质与深沉背景，却不放弃在人生旅途的跋山涉水中对良辰美景的欣赏。

在人生这长长的旅程中，用了心的我们一路上可以看到美丽灿烂的花朵，潇洒不凡的树木，活泼可爱的动物，智慧伟大的人类……如果没有无往而不利的幸运，我们仍可以得到五色缤纷的经验啊。

作为自身，我无能成为林徽因那样的女子，婉柔独立、才华横溢又拥有至美的灵魂，她是人间的四月天，笑音点亮了四面风。也无法像张曼娟那样，全身洋溢着第五大道香水的芬芳，自信时尚优雅，总是把词放得恰到好处，得到她的幸福造句。但我珍惜作为女人身上的贵重素质；爱惜自己的感受，避免让自己觉得不堪；对温暖特别敏锐，充满感念，即使逝去了青春飞扬、灼灼其华的最好时节，我也不要独自坐在暖气间华衣重裘孤芳自赏，寂寞地暖着；我牢记，No pain，no gain，有付出才有收获。

我还希望，当我满脸的皱纹深得像晚清的岁月时，在橘红色灯光下，对面的他即使已没有了"记得绿罗裙，处处怜芳草"的深情，但仍能温柔地替我折好被角，然后轻轻地说声"晚安！"岁月静好。

载着这样的美丽执着，沿着很多未知的未来之旅，我愿意在平平实实的吃饭穿衣中，感受爱的绵长与伟大；我愿意在长长短短的相濡以沫中，记取

郑晖红

爱的温馨与甜美；我愿意，一生坚持，悲喜共度，情怀未变，初衷不负，让我的幸福号列车平平淡淡如花色、深深绵绵似花香，以从容优雅的姿态延续着传奇。

董玛娜

———————|作品

　　董玛娜，小学高级教师，宁德地区骨干教师，福鼎市名师，供职于福鼎市实验小学。日常喜好阅读、写作、旅游。先后有《怀念》等散文获全国奖，《清明杂思》《全家福》等在《福建论坛》上发表，《自己选择的生日》《金戒和银戒》《记忆中的那片竹林》等随笔在《宁德晚报》发表，《必读自读相结合，一讲一读集文采》被"中国人民大学资料中心"收录转载，《耳听为虚，眼见为实》《都是相片惹的祸》《他是谁？》收入《习作教学招招鲜》，四十几篇论文在全国、省、地获奖。

摩崖石刻

凡山，皆好摩崖石刻！黄山、泰山，更不例外！但我觉泰山石刻，叹为观止，而黄山石刻，却有点白璧微瑕！

何故？

依我见，泰山，五岳之首，雄踞东海之滨，不仅以一千七百多米海拔，在平原一带巍然挺立，傲视四方。孔子云"登泰山而小天下"，杜甫诗"会当凌绝顶，一览众山小"，泰山，历代为文人墨客膜拜之地。不仅如此，自古以来泰山就是帝王设坛祭祀、封禅朝拜之神山，自秦始皇，先后就有十二个皇帝登过此山，汉武帝八次登泰山封禅，乾隆六次登泰山峰顶，留有咏颂泰山的诗篇 170 余首，御笔碑碣 130 多块，写尽了一代帝王对泰山的崇敬。这些自然景观和人文景观，铸就了泰山今天的霸气、大气！是他山不可企及的。自山脚至崖顶，处处留下的帝王名人墨迹石刻，不仅可以增厚它的文化底蕴，更能增添它的霸气。这块块石刻，宛如帝王皇冠上的宝石，玉蟒带上的珠佩，耀眼夺目，神气十足！

因此每次站在泰山玉皇顶，仰望巨石上的石刻，我就有一种震慑、敬畏感，仿佛你是站在威严的帝王面前，不敢随性，不敢放肆！

而黄山，以云海、奇松、温泉、怪石闻名于世，虽海拔一千八百多米不逊色于泰山，但云雾缥缈中，山峰忽隐忽现，瞬息万变，山涧清溪缠绵，青松苍翠，目之所及，都是一副极美的水墨画，温润典雅清秀，自有一种古典之美，自然之美！

"清水出芙蓉，天然去雕饰"——黄山，得天独厚的天然美，得到著名旅行家徐霞客高度赞誉："五岳归来不看山，黄山归来不看岳。"在徐霞客看来，黄山之美，远胜泰山！我也曾独自一人登过泰山，领略过泰山的雄伟山势，也曾路过华山，欣赏过华山的惊险，今日登黄山，却自觉徐霞客之说，一点儿也不为过!

因此,自带仙气秀气的黄山,自有他的韵味,自有他的风姿,自有他的文化,何苦要步人后尘,学人家摩崖石刻?查阅黄山石刻资料,摩崖石刻最有名的相传是李白在鸣弦泉旁留下的"洗牙泉""鸣弦泉",可惜已经消逝,如今留下的是后人补上的,真实与否,令人生疑!至于其他石刻,大多为清末或近代如刘海粟、赵朴初等书法家画家笔迹!或一些举人进士的题词,再远古些,好像就没有了……这次在莲花峰附近一条小道旁,匆匆忙忙中,似乎瞥见唐玄宗的题字:"奇石",一米见方,心生疑窦。因前段时间去过中国最大最齐全的碑林馆——西安碑林博物馆,见过唐玄宗的真迹,印象中"奇"不是写成这样的,回来咨询了学校对书法颇有研究的吴老师,果然,唐朝写的是唐楷,"奇"不应该这样写!难不成我看错了?可是查遍黄山历史资料,只提起唐玄宗登过黄山后,改"黟州"为"黄山",题词一事只字不提,难不成历史遗漏,不可能吧?就这点改名,据说,当今徽州人还不买账呢,跑到北京,要求归还原名"徽州"!

既然黄山没有人家泰山的厚重历史,也没有人家的帝王霸气,大不必留什么石刻给自己涂脂抹粉,反而削弱它的天然秀气,温文典雅,不妥不妥!

可能黄山人也自觉自己底气不足,你看,泰山石刻大多巍巍然、明晃晃刻在玉皇顶的巨石上,与天齐高;而黄山石刻大部分胆怯怯、羞答答刻在慈光阁山脚下的矮墙上,与草木为伴!

何苦呢?说真的,黄山,我们爱的是你的自然美啊!

十二年后的礼物
——赠予母亲

因小弟要结婚,母亲便要我陪她去买金项链等首饰,经一番讨价还价后,买了下来。临了,母亲却补充说,还要给我买个金戒指。虽前几天母亲就已告诉我，我当时颇觉得有些奇怪，但也没放在心上，以为母亲年老了，随口胡说罢了。在我记忆中，母亲从没有买过贵重物品给我，哪怕是我结婚时。因为母亲没钱，一生也没管过钱，好不容易到了中年才补了姥爷的工去上了几年的班，也不过是一种很累的"炒肉松"工作，每天要在火热的炉灶旁翻炒硕大的猪肉，常常汗流满面，腰酸背疼，工资却不高，大部分贴补家用，她没有积蓄。

在我记忆中，我的母亲生平不很爱说话，不善于说话，我们也很少与母亲有过交流，很少去了解母亲内心的欢乐和失落，而母亲也极少直接表达她对我们的爱。虽然她一直打理我们姐弟四人的饮食起居，给我们煮饭、洗衣，直至我们上大学、结婚。尽管我们姐弟有四人，我老大，也只能帮忙干些扫地、洗自己衣服的活儿，大部分家务活还是母亲一人承担。那时，父亲忙于一家人的生计，只注重我们的学习，对母亲顾暇不多，所以我们小时候母亲是很辛苦的，而我们总不知晓和体谅，却老是抱怨我们生活得马虎：衣橱里的衣物永远是凌乱的；饭菜经常是重复的；我们小时候穿着永远没有别家孩子的鲜亮，因为母亲不会打毛衣……我老大，还经常有新衣服穿，而妹弟他们可怜，就只能捡我的衣物穿了。那时，真羡慕别家孩子那一身漂亮的毛衣，对母亲很有些怨言，母亲也只是很无奈地笑笑，嫌多了，母亲便会有些"恨恨"地说："我照顾你们姐弟四个还不够啊！……"然后低头默默走了。

说来也难怪！因为母亲在没出嫁之前，姥爷家比较殷实，姥爷近五十才得母亲和舅舅两个儿子，母亲在娘家很得姥姥疼爱，从不用干活，过着无忧无虑、随性的生活。嫁给父亲后，才开始学煮饭、洗衣之类的家务活，当然干得不好，更别说打毛衣之类缝缝补补的活儿。再加上我们儿时顽劣，不是大妹磨破了膝盖，就是小弟磕伤了额头，或有时我与邻家小女孩吵嘴而扯裂了针脚，母亲虽很生气，也只好拿出针线忙手忙脚给我们补上，虽然针脚很蹩脚，但真够难为她了。

母亲婚后很节俭，从不吃零食，也极少自己购买衣物，从我有了工作后，母亲一年四季的衣裳都是我帮她添置，直至她退休有了些退休金，母亲才再也不肯我为她买东西。我知道母亲没什么积蓄，逢年过节给她一些红包，母亲也是推三阻四，怕给我们增添负担。她一生从不穿金戴银，在我记忆中，母亲连戒指都没带过，原以为母亲没有，工作后买了一颗戒指给她，她也不戴，说一辈子都没戴过，不习惯，何况自己是个虔诚的基督教徒，也不能戴。就这样，母亲朴朴素素了近一生。

可今天，一向不穿金戴银的母亲，一向忙碌节俭的母亲，一向比较沉默的母亲，却要给我买戒指，我很不习惯。看母亲一脸认真的样子，我有些诧异，为了不扫母亲的兴，我就胡乱看了一下，挑了比较便宜的色金戴上，没想到母亲却说："再挑挑！黄金比较好！"我心疼地说："黄金太贵了！"母亲轻声说道："我口袋里有一千五百元！"言外之意，叫我大胆挑选，不要担心钱。我不知这钱母亲是怎样辛苦、悄悄积攒下来的，也不知道这些钱母亲要积攒多久才凑够，心里万般不忍，可又不好拂了她的心愿，只好挑了一枚四克左右的镶珠宝的戒指戴在手上，很闪亮。母亲看了，嘀咕道："我觉得不怎么好看？可这是你自己喜欢……"一会儿，还不甚满意地说："我原本想买大一点的给你！你……咳！只好以后再说了！"末了，母亲幽幽地说："这是我送你五十岁生日的礼物！我还不知道自己能不能活到哪个时候……"我一听，心里一惊，马上明白了母亲今晚的目的，原来母亲想在有生之年买个东西给我留个纪念，不由悲从心来，因为母亲很早就得了糖尿病，是家族遗传，姥姥就是得这个病去世，去年，舅舅也是因这病离去，尽管母亲平时在饮食上很注意，但这个无法医治的病如一道阴影总是笼罩着母亲的内心，母亲早在心里做好了最坏的打算，虽然她从不说出口，虽然她很少在我们面前提到她的病痛，因此，今晚，从母亲嘴里第一次听到这么伤感的话，着实让我难过悲伤。我转过头，忙强抑住眼角的眼泪，装出轻松的笑脸，说："别胡说，妈！你会长寿的！"母亲只是笑笑，并没说什么。也许她心里比谁都清楚，只是不忍增添我丝毫的伤心。

我把这个十二年后才能拥有的礼物慎重地戴在手上，在灯光的照耀下，它明亮地刺痛我的心，刺痛着我溢满泪水的眼，我感觉到它的分量是多么沉重，沉重得让我无法承受！我细细看着、摩挲着、伤感着：母亲啊！十二年后的生日礼物，今天您就提早给我准备好了，十二年后，母亲您真的会不在吗？我不敢想，也不去想，之前，我一直努力在骗自己，说母亲身体很棒，说母亲活得还是很精神，可今天手上的戒指，残酷地打破了我的美梦，我的心仿佛一下掉进黑暗，很沉重，很沉重。我知道在今后的岁月中，我手上所戴的不再是一枚戒指了，它是母亲一份沉甸甸的无言的爱啊！我还知道，一生不言爱的母亲，其实比谁都爱我！我一直是在她心灵深处最牵挂、最放不下的人啊！

回家后，丈夫看着我手上的戒指，若有所思，默默地说："有时间，多陪妈说说话！平常多买些东西给她，免得母亲离去时，给自己留下永远也弥补不了的遗憾和心痛！"我流泪了！

母亲啊！这份沉甸甸的礼物，这份默默的爱，叫我如何承受得了?!

那场永不消融的雪

这是一个真实的故事。

那　　村

从小长在南方的我，第一次看到雪，真正的一场大雪，是二十岁那年，在一个茶香飘荡的遥远的山村——湖林。

偏远乡壤的湖林村地处半山腰上，终年山雾缭绕，难得见晴天，偶尔有阳光的日子，家家户户就会忙着将被褥铺满窗棂，进行翻晒，仿佛过节。就是这样的日子，一年也难遇几天，因此这地方天气特别阴冷，尤其是冬天，城里的人们还穿羊毛衫的时候，这儿的山民们早就披上厚厚的棉袄了。霜是天天有的，屋檐下的薄冰早已不是什么稀罕物。可冷归冷，许是南方的缘故，这地方从没下过雪。

那　　生

十八岁那年，我就分配到这儿任教，由于穿着和语言上的差异（冬天我是穿裙子的，平日我用普通话与当地人交流），引来了当地山民对我的诧异和怀疑。

就是在这样的诧异和怀疑中，凭着青春时的无惧和热情，第二年，我接受了一个仅仅只有九个学生的初中毕业班——全村今年刚开办的（在此前，这儿从没考进一个师范生，今年村委下决心从周边挑选几个有希望的学生来，再从其他乡聘请好教师来，一定要培养出第一批师范生，于是把重担托付给了我这个班主任）。

那是怎样的九个学生啊！

阿春小时候帮父亲割稻子，被脱粒机夺去了右手掌。他很自卑，但自幼聪颖，爱好文学。

阿容自幼父亲去世，母亲再嫁，远走他乡，只留一个七岁的弟弟和年迈的奶奶与她相依为命，靠村委的资助和自家的田地出产的一些农物勉强维持生活。

阿华成绩最好，但自幼体弱多病。

……

九个学生中最"阔绰"的是阿忠，也不过是父亲在当地开了一间小小的草药店。

当我出现在他们面前时，迎接我的是挑战和渴望的眼睛，但很快地，也许是年龄相仿的缘故，也许是自己的知识和热情，我便与学生打成了一片：一起采野草莓，一起捡粽子叶，一起掰野山笋，第一次吃到山里的野菜饺，第一次尝到正宗的地瓜粉丝，第一次知道白果也叫糍粑……而孩子们在我的书房里，也第一次读到了冰心的《繁星·春水》；第一次看了鲁迅的《朝花夕拾》；第一次接触了四大名著，懂得课文之外，原来还有这么多他们不知道的东西，懂得外面的世界很精彩。

我用我的知识和爱心征服了我的学生，激起了他们对未来的希望，同时，也赢得村民们对我的信赖。从此，我的板书成了他们模仿的对象，我的课堂成了他们的渴望。多少回，我们沉浸在文学的海洋里，为"孔乙己的怒而不争"而愤慨；为"父亲的背影"而感动；为"祥林嫂的悲剧"而流泪……记

董玛娜

得有一回，我正教他们吟诵毛泽东的《沁园春·雪》"千里冰封，万里雪飘，望长城内外，惟余莽莽……"时，阿华忽然茫茫然地憧憬道："老师，我们这儿这么冷，要是能下场雪就好了。""雪?"——长这么大，我也从没见过，可面对他们渴望的眼神，我又怎忍拂去他们的梦？于是，我很肯定地对他们说："会的，一定会下雪的!"，也许是冥冥之中真的有上帝庇佑，说也奇怪，那年的冬天，忽然下起了一场好大好大的雪，是这个乡村第一次下大雪。

那　雪

那场雪来得突然，来得悄悄，仿佛怕惊坏了我们。昨夜只觉被衾冰冷，一夜无法入眠，第二天清早，推窗一望，满眼白光，一时间竟恍恍惚惚，不知为何物？再定睛一看，猛然惊醒，天哪！下雪了！下雪啦！好大的雪啊！山路、树木、房屋，全都是一层厚厚的雪，天地间仿佛一下子开阔起来，明朗起来！惊喜的我顾不得什么，披衣往外就跑，乡村的清早，静谧无人，天地间就我一人，深一脚浅一脚狂奔，"咔叽咔叽"……仿佛自己就是天地间一只独舞的精灵，尽情地享受着这人间难遇的纯净。

好一会儿，雪地上凌乱地烙下了或深或浅的脚印。我喘着气儿，望着朝阳升起，猛然想起了我那九个学生，这么冷的天气，他们会来学校吗？能与我共享此时的快乐吗？

我的心变得凝重起来，我停住了独舞的脚步，在教室门口徘徊着，盼望着……忽然，校门口出现了阿华的身影，脸蛋红扑扑的，两眼放光，接着，阿容、阿春……也陆续来了，他们迎着风雪读书来了！

……那天，我与我的学生们一起疯狂地在雪地上尝雪味，打雪仗，堆雪人，一起高声吟诵："千里冰封，万里雪飘，望长城内外，惟余莽莽……"无法尽兴。

尽管这场大雪使这个地方与外界隔绝了整整三天，但这三天，却给我和学生留下了难以抹去的快乐和记忆，我们从这场大雪中看到了希望：因为，连雪都破例怜爱这儿，还有什么是不可能实现的呢？

感　恩

冬天早已过去，一晃我已是一个有二十二年教龄的教师了，当年的那九个学生，如今有三个和我一样走上了三尺讲台，当了一名与生同乐的老师。我听说，他们都对学生讲述过当年的那场雪，讲到我。还有，那个失去手掌的春如今在宁德地委工作，今春来见我，已是一个仪表堂堂的小伙子。更令我感动的是忠，至今还保留着当年我批改的日记，他说要永远珍藏着。

我很满足，充满了感恩，想起那段青春走过的足迹，我很感谢上苍给了我这么美好的回忆。其实，那时的日子是贫苦、艰辛的。没有自来水，用水要到山脚下去挑，往往挑来一桶水，要用一周；鱼肉是从没有新鲜的；更难熬的是夜晚，很寂静，山民们大都睡得早，没有任何娱乐。而学校那台 17 寸彩电，也收不到几个频道，又老爱跳雪花。幸好艰辛的日子里，有了学生的崇拜，有了村领导的重用，有了山民们对我的信任和疼爱，我的日子也变得有滋有味，而且收获还不小呢：既培养出了第一批师范生，自己也电大毕业，获得大专文凭。

那场永不消融的大雪，就这么一直亮在我的心里，让我懂得：无论在何时，无论在何地，只要心中拥有爱和希望，你的生命就一定会充满灵动，你的生活就一定会快乐满足！

董玛娜

陈丽群

| 作品

陈丽群，70后，文学爱好者，护士出身，现在福鼎市医院《院讯》从事编辑工作。

我 的 绿 儿

　　前年冬天，她住在那边窗台的那个盆子里。所有到办公室来的人看见盆子里奄奄一息的她都说，"活不了了，活不了……"声音里充满无限的爱怜和惋惜。她的名字叫绿萝。

　　严格来说，她其实只是那盆即将死去的绿萝中的一个小茎，把她移过来之前，她连着根部的那一截已经坏死，茎上唯剩下一枚叶子，蔫蔫的，孤独地撑起一小抹绿。

　　我不忍心看着她在我的眼皮底下孤独地死去。

　　那样寒冷的冬天，一把有些生锈的老剪刀，小心翼翼地把她从枝条上剪下，就像把一个垂死婴儿的脐带从一个同样垂死的母亲身上剪断一般。那一刻，我想到所有非正常情况下出生的婴儿，以及他们随时可能出现的危险：感染、破伤风、缺氧、窒息……

　　一个盛满清水的矿泉水瓶子，成了她暂时的摇篮了。

　　没有药物，没有食品，她在她的摇篮里静静地睡着，没有人知道她能否活过来，尽管我的内心充满渴望。

　　依然是那年冬天的一个午后，当微黄的阳光落在她身上的时候，我仿佛听见她微弱的呼唤："妈妈，妈妈……"猛一抬眼，发现她被剪下浸泡在水里的那端长出了一小截嫩白的根，心中狂喜。她终于耐住饥寒了！终于萌发出生的欲望了！

　　那一天，我悄悄在心里给她取了个名字：绿儿，我的小绿儿。

　　到了春天，她的根一天一个模样，长了些，又长了些。有一天，似乎一下子长了好多出来，白白的，仿佛老爷爷的胡须，可爱极了。身子骨也渐渐硬朗起来，茎尖上，还偷偷冒出了片小小的嫩芽。

　　兴冲冲地买了一个盆子，装满土，松了又松。小心翼翼地把她移到土壤里。每天检查盆子里的土，及时剔除可能滋生的杂草。一个星期浇两次水。认真得像对待自己的孩子。

后来，医院要迎接等级评审了，忙起来，常常把就她忘了。有时候半个月才想起来给浇一次水。最长的一次，将近一个月。那些日子，偶然抬头看见她憔悴的样子，仿佛看见家中常常被我忽略的儿子，便心生愧疚：对不起，可怜的孩子。我不是个合格的母亲。

可是她似乎不计较这些，依然静静地生长着。直到叶子越来越多，直到茎子越来越长，直到满盆的绿意盎然。

每当疲惫，每当颓废，每当临近崩溃，我便静静地看着她。"别放弃希望，妈妈！""还有我呢！妈妈！"她常常会和我说这样的话。这是我们之间的秘密，如同母亲和孩子之间的秘密。

不知不觉地，冬天就来了。下了一场雪。野外那些平常看起来极顽强的野草也终究敌不过严寒，一株一株地枯黄，一株一株地倒在湿冷的雪地里，奄奄一息。我开始担心我的绿儿，看她有些娇弱的模样，暗暗担心她是否能够熬过那个冬天。某个清晨，在我忧心忡忡地对着绿儿发呆的时候，办公室的一位姐妹和我说："若爱她，就剪了她！让她把养分都集中在现有的枝条上是护她的最好办法！"

剪了她？好！剪了她！

一剪刀下去，开始忐忑不安，开始诚惶诚恐。好不容易熬到春天，当看到一夜之间在剪过的伤痕上又新长出来比原先更粗壮的枝条时，突然有种恍然大悟的感觉。原来，爱是需要智慧的，太多的呵护未必会有令人满意的结果，你以为对的，未必全对，你认为不好的，未必真的就不好。冥冥之中，事物自有它不能言说的发展规律和秘密，有如绿儿，她有她的生长轨迹，我爱，或者不爱，她都在长，我的担心其实对她于事无补，她的成长又岂能被我人为的意志所动摇？绿儿尚且如此，人呢，这世上的林林总总呢？不也是一样的道理吗？

我又何必强求！

欠君一首诗

好几次按捺不住对自己说：我欠她一首诗。

现在，闭上眼睛，就能看见她如娇媚的妙龄女子，披着薄薄的白纱，风情万种地向我走来。

一、那一片春天里落叶缤纷的小树林

石湖桥的春天是一年里最美的。

春意初萌时，最美的是石湖桥畔的那片小树林。

经过一冬的沉睡，那些树儿开始苏醒过来。

我每天经过那里，总能听见她们慵懒的哈欠，细微的喘息。她们伸懒腰的时候，身上的灰尘开始一朵一朵地往下掉。麻雀把手探进她们的胳肢窝里，她们毫不造作地扭扭身子，轻轻一抖，穿了一年的旧衣裳便纷纷滑落下来，砸在一两只奔跑的蚂蚁头上，砸得蚂蚁一头踉跄。路过的风忍不住就笑了。

春风一笑，不得了了。

同一棵树上，那一头落叶缤纷，这一头春意勃发，猛一抬眼，春与秋并行的奇异景象被阳光折射成炫目的光芒，直直地向我逼来，恍惚间，整个人被罩在光环里。这时候，便会有一丝灵犀悄然涌动，许是一行美妙的诗句吧，闪了又闪，却怎么也握不到手里。

静静地漫步在小树林里，时有麻雀冷不丁地擦肩而过，惹得人一惊一乍的。它们是这个林子的大半个主人，一年四季都住在这里。许是天生调皮，抑或是对我对它们家园的贸然入侵表示公然抗议，它们常常趁人不注意，悄悄地在离头不到一米的上方，慌慌地扔下一片叶子或一枚"炸弹"，让人百般无奈却又万般怜爱地对它们轻呼一声："哎呀，又让我中奖了。"还有时候，我会和儿子带些米粒，均匀地撒在它们必经的路上，先是一只，又一只，后来就来了一整群……不一会儿，米粒就没了，它们又不约而同地一哄而散。

静静地站在一旁，看着它们争先恐后的样子，怎么都觉得像某些超市放出"跳楼价""放血价"的口风时那些堵在门口抢购的人们。也许，人和麻雀本来就有些共性，比如同样爱占点小便宜，同样为一日三餐奔波不停，但是，更多时候，它们比我们率真，比我们活得快乐。

二、紫燕归来

古老的石湖桥跨着河的两岸，现在，除了少量如我这般刻意把自己变成风景的一部分的人经常痴痴地立在那里，已经很少有人为之停留了。依然是小桥流水人家，只是过去那些古老的民房已被拔地而起的水泥房所代替。

但这并不影响一生眷恋它的生灵们诗意的心情。

比如燕子。

一直以为，春天里，燕子是最富有情趣的，她们是天生的作曲家和舞蹈家，特别是石湖桥畔的燕子。

她们成群归来。

晴天，她们高高地站在电线上，把电线站成一串串跳跃的五线谱，无言的诗句便合着音符缓缓流下来，落在每一个偶然驻足倾听的行人的睫毛上，耳朵里，心尖上，行人的脚步就欢快了起来。

"没有雨天的石湖春景称不上完整的美景！没有落雨的人生算不得完整的人生。"多年来往返于北方与石湖桥附近的燕子们一致这么认为。她们走过太多的地方，唯独这里，她们称之为远在他乡的游子一听就能热泪盈眶的——"故乡"。

终于落雨了。

无声的雨。

烟雾开始弥漫开来，漫过近的桥、远的树，不远不近若即若离的屋顶。

翠绿的河面轻轻地蒙上一层薄薄的白纱，袅袅地撩动岸边娇羞的垂柳，柔软了石头，潮湿了电线杆间燕子的心。

她们纷纷从电线杆上跳下来，把温热的心投向水面。

现在，燕子们最精彩的人生开始了。

陈丽群

她们把身子贴向水面，极力舒展着，跳跃着，翻腾着，时而围绕着桥梁和同伴来一支华尔兹，时而迅速地伸出双脚朝水面轻轻地一点，又迅速离开。

雨滴开始欢快起来。伴着流水的和弦，奏出一曲又一曲动人心弦的音符。

燕子们舞得更轻快了。

路上的行人往河面投去匆匆的一瞥，惊呆了！

这分明是天池的盛会！如果流水和雨是天上的宫廷演奏师，那么那些披着白纱翩翩起舞的精灵便是唐时的杨玉环、汉时的赵飞燕、天上的仙娥啊！

三、鲤鱼的劫难

第一场春雨过后，水涨了起来，一天比一天高，直到即将漫至岸边的堤坝，突然就不涨了。河边的树投下斜斜的影子，随波轻轻摇荡着，把整个河面荡得青翠欲滴。

金黄的、大红的、浅白的鲤鱼簇拥着水草，东一摇，西一摆地织来织去，把偌大的河面织得五彩缤纷，她们是天生的织女，天生的画师。常常想，能够这般优雅地生活着，她们是幸福的。

但是，就在前几天的一个早晨，上班的路上，看见一条河岸连接到水面的石阶上站满了人。本以为看一眼就过去了，却见其中一个男人的手里躺着一条金灿灿的鲤鱼。本能一惊，随即从车上跳下来。

"这头呆鱼！不过回去后就有一盘鲜美的红烧鲤鱼了！"那男人摆弄着那鲤鱼圆滚滚的肚子，颇为得意地说。

"这头呆鱼，在水草边的石头上已经磨蹭了一个多小时了，站在旁边看它动它一点反应也没有，还是一个劲地在石头上蹭来蹭去。今天落到我的手里，有你好看的！"

不由得好奇。

走近一看，天哪，这哪是一头呆鱼，那圆鼓鼓的肚子分明是她即将出生的孩子啊！

正想大声喝令他把鲤鱼放回水里，身边传来一个孩子哀声的乞求："爸爸，放了她吧，求你放了她，她就快生孩子了！"

这时候，那伟大的母亲依然在那男人的手里痛苦地蹭来蹭去，有几粒鱼子悬在肚皮上，却怎么也掉不下来。

那孩子哭出声来："爸爸，求你了，求你了!"

男人一时愣在那里，乘这当儿，那孩子接过他手中的鱼，轻轻地把她放进水里。

一颗心终于落了下来。

"去吧! 一定要幸福!"在心里，我轻轻地对她说，"一定!"

事情过去好多天了，直到现在，我还在想着这条鱼，想着去年秋天河水一度即将干涸的时候，那些漂浮着的垃圾，那些被下游的人一桶一桶地打捞回去下锅的鲤鱼们，想着2008年的汶川，今年的玉树，以及所有那些无力抵抗命运的生灵，突然悲从中来：人类啊，这都是怎么啦?

四、欠君一首诗

依然每天经过那里，偶尔驻足，远远地望着：青翠的树林、翻飞的燕子、律动的流水、簇锦的鲤鱼和朦胧的烟雨交织在一起，构成一幅精美的水彩画。常常在画中行走着，总是按捺不住对自己和身边的友人说：我欠她一首诗。

友人曰：太过美丽的风景和情感没有诗是对的，因为所有的文字都是对她的一种亵渎。

因为有美丽，无诗又何妨?!

我想，那首诗还是欠着吧! 这些无聊的字还是不要让她看了才好。

周晓

————————| 作品

周晓，福建福鼎人，现任福鼎市医院副主任医师。

人间四月天

又是人间四月，正是春暖花开，是美好的日子。但这个月，有清明节，有每年一度的抗癌宣传周……在这万物欣欣向荣、生机勃勃的时节，却逃无可逃、迎面遭遇和死亡有关的伤感的话题。当生命遭遇死亡，所有的豪言壮语都黯然失色，常常让人纠结、无语。

无语在这明媚的春天里，心中思绪却蠕蠕万千，总想说点什么，关于生命，关于死亡，关于日日夜夜行走在这两极间的医护同仁和来来去去逐年增多的病人。这个年代，我们身边幸运地没有战争，但面对病魔，或明或暗之间，我们的身边又何尝不是一个又一个没有硝烟的战场，正在日夜上演着喜剧或者悲剧，有胜利的凯旋，也有不时的失利，路漫漫而任重道远。

一路走来，作为一位肿瘤内科医生，从开头对肿瘤治疗的一知半解一路学习，摸索着到现在略通门道，也已经走过十来个年头。幸运的是，这十来年也是科学、医学快速发展的十来年，水涨船高，肿瘤内科的治疗疗效也在逐步提高。当看到十年前治疗过的病人已经回归社会回归正常的生活，当亲眼所见一粒小药片能让一个巨大的肿瘤不用开刀就能缩小的神奇，当亲手诊治被当时的医学水平判为只有三个月生命的晚期病人，后来却成功治愈重获新生，我们和病人一同见证着医学的进步和生命的奇迹！记得进修时我跟过的一位不苟言笑的大牌教授，居然有一天在我们进修生面前一反常态、手舞足蹈地宣告某个科研结果揭示有效率又提升了几个百分点！那高兴得失声惊呼的样子，像一个捡到宝贝的孩子！而每当一个临床研究阳性结果公布，所有的专家大会小会竞相奔告，会场上下一片欢欣鼓舞。当有新观点新方法新药物问世，我们守在网络上或牺牲周末的休息时间赶赴外地听课学习，不断更新知识生怕落伍。

当千军万马治肿瘤，医疗队伍难免良莠不齐，而当有的患者病急乱投医，被不法医托"谋财害命"时，我们深感痛心。当面对各种文化层次、不同身份背景的病人及家属，我们总是以自己所学所知，苦口婆心一遍又一遍告知着未病先防、早诊断早治疗、规范诊疗的重要性，只为尽一份职责，无愧于心。当面对终末期回天无术的患者，在他们和家人殷切的期望中，我们仍日夜守护、尽心尽力，想方设法为其减轻痛苦、捍卫尊严、告慰生命，纵然难免有泪，不至过于悲凉。不记得有多少次，当最后送走患者时，家属还对我们道谢，那种场景下的一声"谢谢"总是让人心头一热，医患之间的互相理解和尊重来之不易，简单的只言片语，却能久久安慰、感动医护人员的凡人凡心。

记忆中的感动不胜枚举，从医多年，总有一些医治过的病人或病人家属难以忘怀，有貌美如花让人怜惜的妙龄少女，有年逾古稀仍不信天命的垂垂老者，有正当盛年、病后仍坚守职责的社会精英，在和病魔抗争的日子里，他们的顽强、乐观、坚持、失败以及胜利，都让人嘘欷不已。有为了照顾母亲整晚整晚蜷缩在母亲的病床边睡觉的人高马大的儿子，有不离不弃为癌肿破溃流脓散发着恶臭的妻子清洗和换药的丈夫，有四处举债还当众脱下做"老本"的金戒指支付儿子的治疗费的满头白发的老母亲，有强忍剧痛却挤出笑容安慰父母的稚龄幼女，有已是恶液质、插着胃肠减压管，还一脸镇定、有条不紊地在病床上指挥着朋友和家人安排各种工作和事务的年轻小伙子……在距离"天堂"最近的楼层里，这些各种各样的"天使"时时出现在我身边。他们的病情在医疗技术和爱心、信心的共同作用下，都曾一度缓解，有的还已经得到治愈！其实，病人是医生最好的老师，从他们身上，我们医者学到的不仅有医学上的经验，更有许多心灵上的震撼和激励，一次又一次看到对生命对希望的坚持、不轻言放弃，信念也可以造就传奇！

静心徜徉在这四月的春天里，世界卫生组织权威、明确的宣告耳熟能详：三分之一的肿瘤可以预防；三分之一的肿瘤经过早期检查、诊断和规范治疗，可以治愈；余下的三分之一的肿瘤病人，经过积极有效的医疗护理，可以改善生存质量，减轻痛苦，延长生命！祈愿仁心仁术和全社会的关爱共同呵护这希望的种子茁壮成长，让我们共同期待开花结果的不远的未来……

周　晓

期待一场雨

好久没有下雨。

午后，天阴着，有风不断地撩动窗帘，继而窗外淅淅沥沥，期待许久的一场雨，就这样娓娓地来了。疏疏密密间，雨点缤纷、漫天飞舞，天地间的景物变得扑朔迷离，隐隐约约只剩下灰蒙蒙的颜色。世界安静了，时光仿佛停驻，定格在经典永恒的黑白画面。

看雨中伤感的颜色蔓延，空荡的街道，无人的拐角，万物失魂落魄，好像失恋。在许久的干旱天气之后，呼吸里终于有了久违的一脉湿润和清凉。爱情是湿润的，乡愁是湿润的，记忆也是。而记忆并没走远，那些似水流年、一路落满尘埃的往事，合着如泣如诉的雨声，明明灭灭间，渐渐鲜活水亮地涌现。

想起孩提少小无忧无虑的时候，喜欢雨中散步，只是为了感受一种浪漫，一种莫名的快乐和忧愁，而长大成人后，冒雨出门，则为了生活、为了责任，多是身不由己。好多年了，碌碌无为身心疲惫，已经对大自然的阴晴冷暖视而不见，虽也天天关心着天气变化，却只是为了自己和家人增减衣物、防寒保暖，并没有什么特别的感觉。好多年了，穿梭于城市钢筋水泥的丛林间，却真的不曾抬头看过天空五彩斑斓的风云变幻，不曾东张西望地惊奇过一年四季的轮回转换。好多年了，天只是天，雨只是雨，我只是我。

好多年了，不曾细细用心体味思索生命中所发生过的一切，年轻时的雄心壮志在随波逐流中渐行渐远，不记得为什么开始，不记得为什么继续，人云亦云，连思想也懒散。好多年了，感觉麻木，心田干涸，没有感动惊喜，没有真情肆意，纵使在独自面对自己的时候，也面目全非，不认识自己。曾经的多愁善感零落成泥，诗心成蛹，却未曾化蝶。而今，懵懂少年已渐迈入不惑之年，美人迟暮，英雄白头，只有儿时的青葱雨巷，在雨中依然悠长寂寥，记忆中丁香花的芬芳和哀怨，依然开放在那个曾经徘徊过的角落。

一直期待一场雨，在人生的中途，从初见到相知，从恋爱到回忆。当敏感脆弱遭遇世俗人生，当年少轻狂终被雨打风吹，当羽毛淋湿，生命一次次遭受不可承受之重，也曾跌倒、也曾沉沦，也曾迷失，也曾踯躅，一路跌跌撞撞走来，哭笑悲歌，酸甜苦辣，生命中的成长历历在目，蓦然回首，才发觉总是曲折动人。

期待那一场雨，在经过了冷与热的交锋、爱与恨的纠结、起与落的跌宕、闷与烦的煎熬之后，结局是悲伤还是惊喜终于落定，真情流露，痛快淋漓。

期待一场雨，风雨过后，阳光依旧；孤独尽头，仍有彩虹，温暖依旧。

老　　街

日日走过那条老街，都是在去上班的大清早，因为快迟到而一路步履匆匆。

老街是市中心的交通要道之一，附近有学校、机关、医院、超市以及无数商铺，上班的、上学的、看病的、买菜的以及其他各种原因出门的各路人马总是在这同一时段狭路相逢，小小的街道总是川流不息，拥挤不堪。在私家汽车越来越多的现今，每当两部汽车在这高峰期会车，老街拥堵得更是水泄不通，有时简直寸步难行。还好经过了长年累月的锻炼，我总是能在车流中敏捷穿梭，几乎无暇顾及旁人的目光。路上总会遇到和我一样赶上班的同事，只来得及匆匆对视一眼或半眼，顾不上礼貌客气的寒暄问候，各自奔向各自的楼层科室，开始一天的工作。每一天的生活大幕就是这样在早晨上班路上的匆忙中拉开……

下班的脚步速度自然可以放慢许多，不过大多是因为拖着饥饿疲惫的身子。但我的眼睛，总是恋恋不舍老街边上古朴的土墙、低矮的两层木板和青瓦组合的小屋，有的屋顶还有形迹模糊的图腾雕绘，还有几行青石铺地的小

周　晓

小庭院，或藤萝满架，或野草及膝，犹如童年时外婆家的场景在这里一点一点重现，温暖而亲切。在周遭高楼渐渐林立的小城中，难得有这样一个角落里，还遗留着旧时光的模糊痕迹。

懒得回家做饭时，我经常徘徊在这老街巷口举目四顾，最后随便走进看得顺眼的一家小店或大店，找一张面向老街的桌子入座。在等上菜的时间里，看街上各色人等来来往往，看街边老树的枯叶不时随风飘落，混杂着少许垃圾在街道上行人脚边或车子的轮下凌乱。我总是会发呆上好一阵，对身边万象视而不见，听而不闻，满街的车水马龙熙熙攘攘仿佛静默成无声电影，看着冬去春来的平凡岁月，就这样悄悄无声息地慢慢流逝，岁岁年年……

紫藤

————————｜作品

　　紫藤，本名陈锦云，福鼎人。福鼎作协会员，福鼎一片瓦诗社会员，福鼎音乐家协会会员等。主要从事小学音乐教学，热愛文学，工作之余以清新笔法进行创作。作品见于《太姥山》《太姥诗词》《采贝》《闽东日报》《碗窑堡》《散文选刊》和网络。

石 湖 桥

　　杨柳岸晓风吹处，白色似雪的柳絮杨花弥漫在龙山溪两畔。绿野间，小花争放，紫云英铺满了稻田，恰是游人踏春好时节。石湖桥就在那美丽与浪漫交织的地方静静地徜徉了一千多年。

　　回到宋代的某个时段，我们一定能看到崇师重道的王仙源慷慨好施，捐造石桥三十六所，在《福宁府志·建置志·津梁》中有史如是："三十六桥明月夜，几多诗句在人间，余桥不载，而载于世惟有此桥。"《福鼎县志·水利》中也有一段记载："石湖桥，在治南一里上庵山麓。旧为木梁，后人易以石，旁翼扶栏。长八丈，阔一丈，高二丈。"那时，石湖桥处福鼎龙山溪下游，临近海口，溪水湍急无比，雨季尤甚，与涨涌的海潮相接，桥下波涛卷起，壮观极了。那连连几日的雨水过后，阳光从云层里照射下来，投射到春水中，远处几只白鹭穿飞于急流的浪尖上，绿柳与水中的鱼儿互相嬉戏。清乾隆二十四年，福宁知府李拔（1729～？年）此时到福鼎视察工作，途经石湖桥，见此情景流连忘返，一时间就有了《石湖春涨》的绝妙佳句："雨过添春涨，晴波没石湖。惊湍穿柳浪，溅沫碎花须。鹭浴看无影，鱼游意自娱。裙腰堤上路，未合让髯苏。"

　　在清乾隆年间，这一带还出了一个对福鼎乃至闽浙文学有着深远影响的人，他就是林滋秀。林滋秀字兰友，号迟园，乾隆四十三年（1778年）出生于福鼎桐山流美村，九岁便能吟诗作对，十岁参加童试，十八岁中举。一日雨后，私塾的先生领着他和同学们到石湖桥郊游，先生看到石湖桥的竹林，就给学生们出了一个上联"雨打竹林林滋秀"，立于桥栏边九岁的林滋秀看到池塘荷叶就脱口对出"风吹荷叶叶向高"。小小年纪的林滋秀令人刮目相看，从此他更是努力学习，才识名满朝野。多年之后，林滋秀回乡于石湖桥小憩时，伫阶而立，见竹影在地，花阴满庭，仰观流云，初吐华月，不禁有吹二十四桥之箫喧天齐响、到四十二树之屋接地寒之感叹，于是回到家的时候，便有了一篇《石湖桥玩月记》，让我们有幸也能品味到当时月下石湖桥的美景。

沾了名人名诗的光，石湖桥成了桐城八景之一，人们争相去感受石湖桥的浓郁文化气息。虽然，李拔诗中与林滋秀的文字中所描绘的风景已不复存在，但当我们品读着他们的诗句时，眼前定会呈现鹭鸟飞翔于浪尖，鱼儿自娱于荷下的美景。夜晚，圆月中天，绿竹间，享受清风徐徐。钓艇沉浮在浅滩上，渔船的灯火明灭在其中，萤火虫飞在稻田上，人们享受着蛙鸣的乐趣，那是何等悠哉、自然的一种幸福啊！

石湖桥桥身呈东北－西南走向，两孔一墩，花岗岩青石于阳光下闪着微微的光。走在桥上，可见桥分为三节，每节都是由六至七条的青石铺成，桥墩由许多方形石块垒成，看起来像只乌龟，这龟的身上缠着一些藤状植物，一年四季常青，我猜想，乾隆十六年重修石湖桥的夏勋定是希望神龟载着福鼎人从此一帆风顺。桥头水泥填补之处有一羊形石兽的头裸露出来，略显黑青的羊头与水泥形成了鲜明的对比。看样子，这羊形石兽头应该雕刻于唐宋年间，与皈心寺门口的羊形石兽头几乎一样，让人看了舍不得离开，心里不停问：这是哪个巧匠雕刻的呢？

桥的护栏不高，齐膝。护栏由大青石雕琢而成，每根栏柱上都有各种形状的吉祥物，有寿桃、元宝、莲花等等。立于桥面，但见碧水缓缓，两岸绿树成荫，飞鸟成群，都市人烦躁的毛病会顿时消散，而心情也随之开朗起来。春雨过后，水面便会升腾起白色的雾气，绵绵长长十几里远，与雾幻交融的石桥在水上隐约可见，站于其中，宛入仙境。雾幻常常会隔断远处的高楼，但熟悉风景的人能透过这种朦胧感受到郁郁葱葱的现代城市繁华的气息。

桥的西侧有一座风雨亭，又称接官亭，这亭不知接送了多少往来的官员，听说，旧时皇帝的圣旨到福鼎时，官员们就要到这来隆重跪接。而现在，风雨亭残破不堪，亭内墙体脱落，墙角杂草丛生，亭边堆满了杂乱的木头，偶尔有一些老人坐在门口石梁上抽着水烟，看着过往行人。亭后的桥头宫依旧古香古色，只是稍显陈旧，正厅供奉着观音、仙娘、关羽，四周的墙上挂着"有求必应"等锦旗，这里香火一直都很旺盛。

夏夜，一些老人会叼着烟斗，聚在桥头闲聊，有的则敲打着嘭嘭鼓，哼唱着山歌。孩子们瞪大眼睛坐在护栏上，侧耳倾听古老的传奇故事。记得小时候，我最爱听桥头卖姜糖的刘爷爷说发生在福鼎的清兵围剿"金钱会"起

紫藤

义军的故事：那是公元 1858 年夏秋交接的时候，在太平天国运动的影响下，浙江南部和福建东北部也发生了一场声势浩大的农民起义——金钱会起义。起义军人数有十多万，在两三年里，先后占领了平阳、福鼎两个县和温州府城。在那年的十月十五日，金钱会的一股起义军从平阳灵溪而来，攻扑福鼎分水关，当时的福建巡抚瑞璸派了曾宪德去迎战，没想到起义军攻入福鼎，当时守关的清军外委张振标因为兵力不足，打不过起义军，激烈对战以后，有一百多名清兵阵亡。但是，金钱会的起义军听说福鼎的清兵守军厉害，就又退回了桥墩门。到了十八日，他们卷土重来，分四路，护福宁府总兵陈绍舞管带兵丁八百名与都司许忠标、知县等人共领兵对抗。而起义军三路包抄，愈战越多，从小路进入了福鼎县城。在十一月二十三日，都司许忠标和当时的官员带了许多士兵到石湖桥，逼近县城。起义军听到风声，开始陆续撤趣。清兵的士气大振，从石湖桥处入城，剿杀起义军，到了南门，枪炮并发，击毙了一百多名起义的人……

孩子们听得十分入神，享受着古事新说带来的乐趣。时光就这样停滞，此时的石湖桥成了连接古今的纽带，千百年来，有多少人走过这人生的风雨桥却依旧坚强刚毅、不畏困苦艰难呢？有多少人知道这里发生的点点滴滴呢？

桥的东岸，现在是福鼎最热闹的一条街——海鲜排档街，这里有福鼎最有名气的排档，如"醉鲜馆""老福鼎""谊荣美食""沙埕吞腰大排档""逗你玩"等近百家等。东海之滨的福鼎历来盛产海鲜，这些大排档齐聚福鼎最新鲜的海货与福鼎特色小菜。每当节假日，这里人山人海，车辆拥挤，热闹不已。海鲜街的忙碌、繁华、喧闹、浮躁与石湖桥的悠闲、静谧、沉稳、坚毅形成了鲜明的对比，但这一切都不矛盾。我想，热情好客的福鼎人是幸福的，旅游的宾客也是幸福的，在享受过超级美味的海鲜以后，可以踏着现代的脚步，诗情画意地走上古朴的石湖桥。

无论什么季节，无论什么天气，石湖桥的风景都是那么的迷人，它正等着您去接近，去挖掘，去发现，去探索，去享受，去延续。今晚，月圆如斯，立于桥的青石护栏边，我在感叹，今晚之月与千年前林滋秀看到的月亮是一样的，明媚有余。看着河面微澜轻泛，月影飘摇，我也有如《石湖玩月记》所述的感触："当不知何年题石柱，醉琼筵，泛波中流，以永今夕也。"

林典铇

作品

林典铇，中国作协会员，作品散见于《人民文学》《诗刊》等报刊，出版诗集《慢行》《在人间的春天排队》，参加《诗刊》第二十九届青春诗会，鲁迅文学院第三十一届中青年作家高级研修班学员，获福建省委、省政府第七届百花文艺奖，获2013年、2016年宁德市优秀文艺作品一等奖等。

老枫树随忆

一

1989 年，我十四岁，第一次站在老枫树下。

抬起头，第一次发现秋天的颜色红里透着黄，满树的红黄红黄，一下子烙进一个少年的心灵深处。初中的生涯就这样开始，充满诗一样的憧憬。

从教学楼的长廊慢慢走过，感到身后的一阵风，清凉，吹得我脚步轻盈。时序轮转中的秋天，使人神清气爽，我的心里全是一片一片色调温暖的枫叶，长者的手掌一样。初见老枫树，我那少年的情怀，被一阵秋风打扫得瓦蓝瓦蓝的。

新书发下来了，好闻的墨香。

整个教室都是哗啦啦的翻书声，57 双眼睛带着欣喜，每翻开一页都有惊奇的发现。可爱的新学期，可爱的新老师，可爱的新教室。

57 颗种子，挨在半亩肥田里，一起发芽、抽穗，把梦放飞到辽远的空中。

记得下课时，我和三个同学手拉手围着老枫树粗大的枝干，在我们的眼里，这是一棵最长寿最智慧的树。年少的我，曾经在树下默想，有多少个学子从它身边走过，它见证了多少成长的心事。

我捡了一片枫叶，夹在书本里。那是一张非常漂亮的叶子，一条条叶脉线条流畅，互相通达。凝视良久，我忽然觉得那是一个浓缩版的国度，有着自己的河流、山川，蚂蚁肯定欣赏过那里的美景，相信哪只才华横溢的蚂蚁秀才也写过李白式的诗歌，咏叹它眼中的大好河山。

二

到了初三，和老枫树已经建立了深厚的感情，每天都要从它的身边走过许多回，心里完全认可了它是学校的标志。记得一回爬到一座山上，远远望见老枫树，油然生起亲切之情，这种情感在瞬间涌现，电闪一样，完全是长时间的浸染产生的条件反射。

其实这时候已经有很多同学辍学了。

H、m 也是其中一个。她是初一下学期还没读完就离开了学校。大约两三年之后，得到消息说是游泳淹死了，那年她才十七岁。关于她的面容我已经记不起来了，模糊的印象里好像扎着两个小辫子，比较多愁善感。我非常震惊，好长一段时间，只要看到河流，就仿佛一个粉红色的忧郁的夏天在水面上漂着，漂着。

有一天，突然特别惆怅。趴在教学楼三层的栏杆上，对着似乎尤其深沉的老枫树，默默的，我似乎看见了树皮下的年轮里，珍藏着一个女孩天真无邪的笑容。

从此，对老枫树的感情愈加浓烈，它应该也收藏了我那些一去不复返的美好光阴。初中毕业时，我和同桌也是好友丑合了一张影，并约定十年后的今天一起回母校，重温这温馨而又感伤时刻。这张照片如今我还保存着，两个少年微笑着，站在老枫树旁边的一棵小树前。摄影科学最大的成就是可以剪下时光的某个片段，若干年后，通过这平面具体的景象，让记忆潮湿，让逝去的水墨画般渐渐清晰，有那么一点点惆怅，像够不着的痒。

三

对于文字我有一种与生俱来的热爱，到了高中，近乎疯狂地玩起了所谓的写作，其他的学科荒废的一塌糊涂，还带头成立文学社，似乎再踮起脚尖，就够着作家的桂冠了。

一天晚自修结束后，同学们都走了，我独自在老枫树下，一轮月亮正好挂在树梢，枝叶的剪影和月亮的光明，互相衬托，风过，树影摇曳。对此良辰美景，我搜肠刮肚，竟然找不到合适的词语来抒发心中的感慨。当时，我急得流下了眼泪。

如今，仍然着迷文字的魅力，仍然经常写不出所想所见的，只是不再流

林典铇

泪。已经学会了自我安慰：这世界有太多不可言说的秘密。每每遭遇语言和内心的矛盾时刻，我仍然会着急、慌乱，不过我会装作平静的样子，来掩饰自己的虚弱。

前一阵子，回到母校举办一个活动，特意到老枫树下走了一圈。时光流转，容颜更换，老枫树或许已经认不出我了。轻轻地说我是林典铂，刚好一个同学从身边走过，他回头看看，很奇怪的眼神。

而我正陷入久远的记忆之中，黄彩寺、吴思文、胡建峰、郑小文……一个个名字渐渐鲜活，一切仿佛就在昨天，林乃灼老师匆匆从台阶爬上来，走过长长的走廊，踱进教室，"大家打开语文第 28 页……"

夜宿金竺寺

大山里的金竺寺，很少有人知道。三五个僧人，晨钟暮鼓，一日一日，时光似乎淡忘了这个地方，我长时间地凝视一架子的葫芦花白得那么干净，即使天黑下来了，仍然白得心里亮堂堂的。

摸　黑

久违了。

摸黑的感觉，其实很好。

重重叠叠的大山，不知道什么时候开始接纳了金竺寺，而且，把它当作山的一分子，不经意间，似乎就是这里的几棵草几块石头。

我是一个凡夫过客，入住这里的第一个夜晚，金竺寺用停电对我表示欢迎。

有意摸黑从一楼爬到二楼，又从二楼下到一楼。按着墙壁，摸索着，黑暗中，默默地数："一级、两级、三级……"

总共二十九级台阶，一个转角。

我摸着黑上下多遍之后，心满意足地坐在二楼走廊，慢慢回忆儿时居住的乡村，没有电的年代摸黑回家的情景：每走一步，脑海都放映白天这条路的影像，在心里进行对比，用脚底仔细去感触河卵石的坚硬和光滑，感触黄泥土路的蓬松和温暖。

那时候，常常有伸手不见五指的夜晚，但是年幼的我总是能够准确地摸回家，每次脚踩进家门的时候，就有一种胜利的感觉油然而生。

如今，久居城市。

每天晚上，每条道路都灯火通明。渐渐地，淡忘了没有电年代的摸黑前行。

现在，我心满意足地坐在金竺寺的走廊上，回味刚才摸索着在黑暗中上下楼梯，似乎久已迟钝的脚板又开始灵敏起来。

远　山

黑夜里的山，远远看去也就是一个轮廓，剪影一样，树啊草啊全被降服，白天时候的葱茏此刻毫无踪影。

山是连绵的，大大小小，一直相连，绝不会间断。

曾经在高峰上眺望，无边无际的群山，使我沉浸在无限遥远的遐思里。

遥远究竟有多远呢？脚边的一棵草开起了一朵小花，自顾自地灿烂，凋谢，远方也有这样的一棵草一朵小花吗？

夜幕里的群山，我无法看得太远，长时间地把目光落在对面的山的轮廓上，脑海里没有什么想法，甚至有点空，是空灵的"空"。

此时时针刚好指向二十一点，金竺寺周边静悄悄的，大殿里的烛光亮得格外亲切，似乎是无穷无尽的黑夜只守着这一点光亮。

我看看远山，看看大殿的一丁亮光，心里温暖极了。

突然想起黄昏的一场雨

雨淋在寺边的菜园子里。小白菜、西红柿、葫芦瓜，还有那些野草，全是一副幸福的模样，陶醉地接受雨水的滋润。

雨水从大殿红色的屋檐上，飞泻而下，活脱脱一拨一拨笑咧着白牙的快乐天使降临人间。

生来对雨天充满喜爱，可能我是一个善感的人，而雨天让人无所事事，易于浮想联翩。

界崇师和我相对而坐，一僧一俗，背景是漫山遍野的雨幕，有一种阔大的缥缈、朦胧的意境。

雨水浇熄了夏日的炎热，我似乎听到内心烧得通红的铁卒火的声响。

界崇师与我同乡，他幼年出家，终日在浩如烟海的佛经里遨游，远离俗事。

我们静静地坐着。我感到从未有过的放松，有一搭没一搭的话题，时大时小的雨，几乎忘了时光的流逝。

如果不是鱼池里的红鲤，跃出水面，发出了击水的声音，黄昏应该不会那么快就消失了。

一会儿的星空

晚上九点以后，除了虫儿的声响，再也没有别的声音了，这是金竺寺的夜晚。

过惯了喧嚣的生活，突然静下来，那种美妙的感觉就像一个挑担的脚夫，实在累时，放下肩上的重担，有着说不出的轻松和愉悦。

寺僧们已经入睡了。

只有我一个人，仍在走廊上，天空一直阴着，偶尔还有一些零星的小雨，侧耳倾听，不禁羡慕起这山间的花草树木，可以和来自天上的精灵，有着谈不完的细语。

有那么一会儿，我真想走到这夜晚的山里去，做一棵雨中的无名树，张开枝枝丫丫，欢迎雨儿光临，再次光临。

不经意间抬头，哦，居然满天星斗！

我一直相信高远的星空和人间有某种密切的关联。星星们有的紧紧靠在一起，应该它们是一群有缘的星星，也许是共同的事业使它们团结着友爱着，也许是一伙志同道合的好朋友在聚会，也许干脆它们就是恩爱的一家人；有的隔着棉絮状的银河，那是它们国土与国土之间的界线，在它们的世界里没有战争没有恐怖没有血腥，每一颗星星都奉献出自己的光亮，构成了太空亿万年的灿烂。

我目不转睛地盯着满天星星，觉得自己离它们很近，甚至怀疑身上也发出了星星亮光。

可是一阵风，天又阴了下来，并且居然下起了小雨。

星空持续前后不过十分钟，可满天星斗每一颗都投进了我的心里。

接下来，一直期待星空的再次出现。

一直等。

夜深了。

雨时下时停，再也没有出现我的星空。可是没有遗憾，那一夜，我睡得特别踏实，总觉得有无数的星星在我体内的太空闪烁着明亮着。

林典铇